어둠이
돌아오라 부를 때

어둠이 돌아오라 부를 때

Some Choose Darkness

찰리 돈리 지음 **1** 안은주 옮김

한스미디어

나의 고모할머니이자 친구인
세실리아 A. 도넷에게 바칩니다.

차례

1부 : 도적

2부 : 재구성

3부 : 농가

4부 : 선택

내가 쓰는 레퀴엠이 나를 위한 것이 될까 봐 두렵다.

—

모차르트

스릴
1979년 8월 9일, 시카고

올가미가 그의 목을 옭아매고 있었다. 뇌 산소 부족으로 황홀과 공황이 절묘하게 교차했다. 의자를 밟고 서 있던 그는 나일론 올가미에 조심스레 몸을 맡겼다. '스릴'을 이해하지 못하는 사람들은 그가 만든 도르래 장치를 미개하다고 생각할지 모른다. 하지만 그 위력을 제대로 아는 사람은 그가 유일했다. 스릴이 주는 감각은 어떤 마약보다 강렬했다. 인생의 어떤 매개체도 이와 같은 경험을 주지는 못할 것이다. 간단히 말하자면, 이것은 그가 살아가는 이유였다.

의자에서 발을 떼자 그의 몸이 바닥 쪽으로 내려앉았다. 올가미를 매단 로프는 그의 무게를 못 이겨 삐걱거리며 도르래의 홈을 따라 미끄러지듯 이동했다. 로프는 권양기 위에서 곡선을 그리며 두 번째 도르래까지 이어졌고, 그런 다음 다시 위를 향해 세 번째 도르래에 이르렀다가 마지막으로 방향을 꺾어 M 자를 만들어냈다.

맞은편 로프에 연결된 올가미는 피해자 목에 걸려 있었다. 그가 의자에서 발을 떼고 몸을 낮출 때마다 그의 목에 있는 올가미는 피해자 여성의 몸무게를 지탱했고, 그의 맞은편에 매달린 그녀는 마치 마법처럼 약 2미터 높이의 공중으로 둥둥 떠올랐다.

그녀는 더 이상 공황 상태가 아니었다. 발로 차거나 몸을 마구

흔드는 것도 끝났다. 그런 상태로 위로 솟아오르는 그녀의 모습은 몽환적이었다. 스릴이 그의 영혼을 흠뻑 적셨고, 공중에 떠 있는 그녀의 모습은 그를 황홀하게 만들었다. 그는 할 수 있는 한 오랫동안 그녀의 몸무게를 감당했다. 황홀감의 끝까지 다가가 의식불명 직전에 이르기까지. 그는 잠시 눈을 감았다. 취기를 계속 느끼고 싶다는 유혹이 너무나 강렬했지만, 이 무시무시한 길을 배회하는 것은 위험하다는 걸 그도 잘 알았다. 끌리는 대로 계속 가다가는 다시 돌아오지 못할 수도 있었다. 그렇다 해도 거부하기 힘든 유혹이었다.

목을 옥죄는 나일론 올가미를 느끼며 그는 반쯤 감은 눈으로 맞은편에 매달려 있는 자신의 희생물을 바라보았다. 끈이 더욱 조여들어 경동맥을 누르자 눈앞에 작은 점들이 나타났다. 그는 잠시 그 상태로 눈을 감고서 자신을 어둠으로 내맡겼다. 아주 잠시 동안. 일 초만 더.

직후
1979년 8월 9일, 시카고

　그가 다시 정신을 차리고 숨을 들이켰다. 하지만 숨이 쉬어지지 않았다. 당황한 그는 발을 더듬어 나무 의자 위에 발가락을 갖다 댔다. 의자에 올라서서 자신의 목을 죄던 끈을 느슨하게 하고 숨을 깊게 들이마셨다. 그러자 피해자가 맞은편 바닥으로 내려앉았다. 그녀는 발이 바닥에 닿았지만 몸을 지탱하지 못해 그대로 쓰러졌다. 그녀의 체중이 아래로 향하면서 그의 로프가 위로 올라갔지만, 도르래에 안전 매듭을 해둔 덕에 목의 끈은 여전히 느슨했다.

　그는 부드러운 나일론 올가미를 머리 위로 벗고 목에 난 붉은 자국이 없어지길 기다렸다. 오늘밤은 너무 많이 갔다는 사실을 그도 알고 있었다. 옷깃이 목을 감싸주긴 했지만 목에 생긴 짙은 보라색 멍을 감출 방법을 찾아야 할 정도였으니까. 앞으로는 지금보다 더 조심해야 할 필요가 있었다. 대중이 사태를 파악하기 시작했다. 신문기사도 나왔다. 당국이 주의를 당부하자 공포가 여름날의 열기 위로 스멀스멀 피어올랐다. 사람들의 관심이 고조된 상황이라 더욱 신중하게 스토킹을 하고, 치밀하게 계획을 세우고, 더 철저하게 흔적을 지워야 했다. 아직 숨기지 못한 시체들을 위해 완벽한 장소를 찾아야만 했다. 스릴에 대한 욕망, 이 시간을 통해 느끼는 희열은 자제하기가 어려웠지만, 이대로 가다간 자신의 비밀스러운 삶의 베일이 벗겨지게 될 것이었다. 영리한 그는 이런 상황을 멈출 방법도 알고 있었다. 납작 엎드려 공포가 잠잠해지기를 기다리면 된다. 하지만 스릴에 대한 욕망은 무시할 수 없을 만큼 거대해졌다. 그의 존재의 문제가 달려 있을 만큼.

그는 피해자를 등지고 의자에 앉았다. 그리고 잠시 감정을 다스렸다. 준비가 되자 이윽고 몸을 돌려 시체를 닦고 다음 날의 운송을 위해 정리를 시작했다. 모든 것을 끝낸 후에는 문단속을 마치고 차에 올랐다. 집으로 돌아가는 시간은 남아 있는 스릴을 누그러뜨리는 데 사용했다. 집에 거의 도착했지만 몸이 여전히 떨려 평상시처럼 대화하기가 어려울 것 같았다. 다행히 오늘밤은 운이 좋았다. 집 앞 연석에 차를 대며 보니 불이 모두 꺼져 있었다. 안으로 들어간 그는 옷을 세탁기에 집어넣고 재빨리 샤워한 후 침대로 기어들어 갔다.

그가 이불을 덮자 아내가 뒤척였다.

"몇 시야?" 아내가 베개에 머리를 묻으며 눈을 감고 물었다.

"늦었지." 그가 아내의 뺨에 입을 맞췄다. "다시 자."

아내는 다리 한쪽을 그의 몸 위로 슥 걸치고는 한 팔을 그의 가슴 위에 올렸다. 그는 등을 대고 누워 천장을 바라보았다. 대개 집에 돌아오고 몇 시간이 지나야 진정이 되곤 했다. 그는 눈을 감고 정맥을 타고 돌아다니는 아드레날린을 억제하기 위해 애썼다. 그리고 머릿속으로 지난 몇 시간을 떠올려보았다. 모든 기억을 곧바로 정확하게 떠올리지는 못했다. 몇 주가 지나고 나서야 구체적인 기억들이 떠오르곤 했다. 하지만 오늘만은 감긴 눈꺼풀 안으로 안구가 빠르게 움직이며 파닥였다. 그의 기억 중추가 오늘밤의 단편적인 기억을 불꽃처럼 재생하고 있었다. 피해자의 얼굴. 그녀의 눈에서린 공포. 그녀 목에 걸린 나일론 올가미가 이루던 뾰족한 각도.

　이미지와 소리가 머릿속에서 돌풍처럼 빙빙 돌았다. 그가 점점 더 공상의 세계로 나아갈 때 아내 자리의 이불이 들썩였다. 아내는 그를 향해 몸을 말았다. 스릴이 그의 정맥을 두드리는 이 순간, 확장된 혈관으로 엔도르핀이 쏟아져 나오는 소리가 귓가를 울렸다. 아내가 그의 목과 어깨에 입을 맞췄다. 그는 아내가 자신의 사각팬티 속으로 손을 넣는 것을 그대로 두었다. 여전히 스릴감에 압도당한 그는 몸을 굴려 그녀 위로 올라탔다. 아내가 낮은 신음을 내뱉을 때도 눈을 감고 마음을 차단했다.

　그는 자신의 작업실을 떠올리고 있었다. 그 어둠을, 그곳에서 나체로 있던 자신을. 그는 부드럽게 리듬을 타며 이른 밤 그곳으로 데려간 여자에게 초점을 맞췄다. 자신 앞에서 마치 유령처럼 둥실 떠오르던 그녀에게.

은은한 장미 향기

한 여인이 정원으로 나가 장미 가지 아래쪽을 가위로 잘랐다. 여섯 송이의 긴 장미 다발이 손에 들어올 때까지 똑같은 작업을 반복했다. 발을 돌려 현관 계단을 올라와서는 탁자 위에 장미를 올려놓고 흔들의자에 자리를 잡았다. 들판 너머를 바라보는 그 순간 어린 소녀가 계단을 올라 다가왔다.

아이의 목소리는 모든 아이들이 그렇듯 카랑카랑했고 순수했다.

"왜 맨날 정원에서 장미를 따요?" 어린 소녀가 물었다.

"아름다우니까. 그대로 두면 결국에는 시들어서 버려야 되거든. 이렇게 가지를 잘라내면 더 좋은 데 쓸 수 있단다."

"제가 한 다발로 묶어드릴게요."

이제 열 살인 소녀는 이 여인의 삶에 있어 가장 향기로운 존재였다. 그녀는 앞치마에서 작은 철끈을 꺼내 소녀에게 건네주고는 아이가 조심스럽게 장미를 정리하는 모습을 지켜보았다. 소녀는 가시를 피해 꽃가지들을 모은 후 철끈으로 둘러 꽉 묶일 때까지 끈을 꼬았다.

"꽃으로 뭐 하려고요?" 소녀가 물었다.

여인은 아이가 만든 완벽한 꽃다발을 받아 들었다.

"안으로 들어가서 씻고 저녁 먹자."

"맨날 이렇게 꽃을 꺾으면 제가 묶어드리잖아요. 근데 그러고 나선 그

꽃을 다시 본 적이 한 번도 없어요."

여인이 미소를 지었다. "저녁 먹고 나면 할 일이 있어. 오늘은 네가 색칠하게 해줄게. 그래도 될 만큼 손에 힘이 있다면 말이야."

여인은 이 미끼로 대화의 방향이 틀어지기를 바랐다.

소녀가 웃어 보였다. "저 혼자 색칠하게 해주실 거예요?"

"그럼. 이제 배울 때가 됐지."

"저 잘할게요. 약속할 수 있어요."

소녀가 주방으로 뛰어 들어갔다.

여인은 잠시 가만히 앉아 있었다. 곧 아이가 그릇을 달그락거리며 저녁상을 차리는 소리가 들렸다. 여인은 흔들의자에서 일어나 새로 만든 장미 다발을 조심스레 손에 쥐고 계단을 내려가 집 뒤에 있는 들판으로 걸어갔다. 해가 저물며 생겨난 자작나무 그림자가 그녀의 앞길에 드리워졌다.

그녀는 꽃다발을 코에 대고 은은한 장미 향기를 음미하며 발을 옮겼다.

1부

도적

1장
2019년 9월 30일, 시카고

그에게 가슴 통증이 시작된 것은 일 년 전이었다.

원인에 대한 의문은 전혀 없었다. 스트레스 때문이었다. 의사들은 그걸로 죽지는 않을 거라고 장담했다. 그럼에도 오늘밤처럼 식은땀에 젖어 한기를 느끼며 잠에서 깨면 유독 비참한 기분이 들었다. 공기를 들이마시려 했지만 칵테일용 빨대로 마시는 것처럼 힘겨울 뿐이었다. 숨을 들이쉬려고 애쓸수록 더욱 괴로웠다. 그는 침대에서 일어나 질식할 것 같은 공포에서 벗어나려 노력했다. 늘 그랬듯이 발작은 곧 지나갈 것이다. 그는 침실용 탁자 서랍에 넣어둔 아스피린 병으로 손을 뻗었다. 아스피린 한 알과 니트로글리세린˚한 알을 꺼내 혀 아래 놓았다. 십 분이 지나자 가슴 근육이 풀리며 폐가 확장되었다.

가장 최근 협심증 증상이 나타난 것이 가석방심사위원회의 편지를 받은 때와 일치한 것은 우연이 아니었다. 그 편지는 침실 탁자에 놓여 있었다. 잠에 들기 전에 다시 한 번 읽은 참이었다. 그 편지에는 판사가 회의를 요구하는 소환장이 첨부되어 있었다. 그는 침대에서 일어나 서류를 손에 쥐고 계단을 내려가 서재로 향했다. 땀

˚ 협심증 예방 및 치료 약.

에 젖은 셔츠가 피부에 차갑게 들러붙었다. 책상 아래 있는 금고의 다이얼을 돌렸다. 금고 안에는 그동안 받은 가석방심사위원회의 편지가 뭉텅이로 쌓여 있었다. 그는 최근 것을 그 위에 얹었다.

처음으로 가석방심사위원회의 편지를 받은 것은 10년 전이었다. 위원회는 일 년에 두 번씩 그의 고객을 만났지만 매번 가석방을 기각했고, 그 결정에 대해 항소와 이의제기를 할 수 없도록 적절한 용어를 사용해 편지를 보내왔다. 그런데 작년에 받은 내용은 달랐다. 위원회 의장이 장황하게 적은 심리 내용에는 그의 고객이 바로 "갱생" 그 자체이며, 위원회 의원 모두 수감자가 보여준 지난 수년 간의 발전에 얼마나 감명을 받았는지 상세히 묘사되어 있었다. 편지의 마지막 문장은 가석방심사위원회가 다음 심리를 기대하고 있으며, 수감자의 미래에 좋은 기회가 있을 거라는 내용이었다. 그의 가슴 통증은 마지막 문장을 읽은 순간 시작되었다.

마지막 편지는 고통, 비참, 비밀과 거짓말을 화물처럼 채우고 느리게 움직이던 기차가 마침내 도착한다는 신호와도 같았다. 악명 높은 이 기차는 그동안 절대 움직이지 않은 채 수평선에 있는 점처럼 보였다. 하지만 지금은 그의 안간힘을 조롱하기라도 하듯 제동 장치도 없이 쏜살같이 질주하며 날마다 더 커지고 있었다. 그는 책상 앞에 앉아 금고의 가운데 칸을 노려보았다. 파일철은 그동안 조사해온 내용으로 두껍게 채워져 있었다. 이 조사를 시작하지 말았어야 했다. 오늘밤처럼 슬픔과 불안이 엄습하는 날에는 그런 후회가 들었다. 하지만 그렇게 해서 발견한 것들은 삶을 바꿀 만큼 너무도 엄청난 것이어서, 만약 그러지 않았다면 그의 삶은 공허했을 것이라는 사실도 잘 알고 있었다. 하지만 그간 어둠 속에 도사리고 있던 자신의 거짓말과 기만이 곧 모습을 드러낼 거라 생각하니 그의 심장은 말 그대로 총이라도 맞은 듯했다.

그는 이마에 맺힌 땀을 닦고, 폐 속으로 공기를 들여보내기 위해 애썼다. 그가 가장 두려워하는 것은 자신의 고객이 곧 자유의 몸이 되어 수색을 시작할 거라는 사실이었다. 그동안 성과가 없다고 보고했던 그 조사는 고객이 교도소를 나오자마자 곧 재개되겠지. 이 일은 일어나서는 안 된다. 수단 방법을 총동원해 막아야만 한다. 그가 아는 건 그것뿐이었다.

그는 서재에 혼자 앉아 있었다. 흠뻑 젖은 셔츠가 어깨를 짓누르자 다시금 온몸에 소름이 돋았다. 금고를 닫고 다이얼을 돌렸다. 또다시 가슴 통증이 시작되었고 폐가 쪼그라드는 느낌이 들었다. 그는 의자에 몸을 기대며 질식할 거란 공포에서 벗어나기 위해 이를 악물었다. 곧 지나갈 것이다. 언제나 그랬듯이.

2장
2019년 10월 1일, 시카고

로리 무어는 콘택트렌즈를 낀 후 눈동자를 움직이고 눈을 깜빡여 세상을 향해 초점을 맞췄다. 그녀는 두꺼운 안경알 너머로 보이는 시야를 경멸했다. 시야가 왜곡되고 비뚤어져 보였다. 렌즈는 그런 불편함 없이 상쾌했지만, 그녀는 렌즈보다 안경을 사랑했다. 두꺼운 뿔테가 피난처를 제공해주기 때문이었다. 그러니 절충안이 필요했다. 렌즈를 낀 후 도수 없는 안경을 쓰는 것. 로리는 마치 전사가 방패 뒤에 숨듯 플라스틱 테 뒤로 자신을 숨겼다. 그녀에게 있어 매일매일은 전쟁과 같았으니까.

약속 장소는 스테이트 스트리트에 있는 해럴드 워싱턴 도서관이었다. 로리는 자신을 보호해줄 갑옷 차림을 완성했다. 두꺼운 뿔테안경, 내려쓴 비니 모자, 깃을 세워 턱 밑까지 단추를 채운 코트. 삼십 분 후 그녀는 차에서 내려 도서관으로 들어갔다. 고객을 처음 만날 때면 약속은 늘 공공장소에서 이루어졌다. 물론 대부분의 수집가들은 이런 장소를 곤란해했다. 자신의 소중한 전리품을 밝은 햇빛 아래로 가지고 나가야 하기 때문이었다. 하지만 로리 무어의 복구 기술을 원한다면 그녀의 규칙을 따라야 했다.

오늘의 만남은 다른 때보다 더 신경이 쓰였다. 왜냐하면 믿을 만한 친구이자 상사이기도 한 론 데이비슨 형사의 부탁으로 성사

된 만남이기 때문이었다. 이것은 그녀의 부업이었고 누군가는 짓궂게 "취미"라고 부르기도 했기에, 그녀는 데이비슨 형사가 연락을 해왔다는 사실에 내심 기분이 좋았다. 로리 무어의 복잡한 성격을 이해해주는 사람은 많지 않았지만, 데이비슨은 시간을 들여 벽을 깨고 들어와 그녀의 존경을 얻어냈다. 그러니 그가 뭔가 도움을 청할 때면 로리는 생각하고 말 것도 없었다.

그녀는 도서관 정문을 들어서며 즉각 케스트너* 인형을 알아보았다. 인형은 길고 얇은 상자에 담겨 로비에 서 있는 한 남자의 팔에 안겨 있었다. 상자를 들고 서 있는 신사를 흘끗 보는 것만으로도 평가를 마칠 수 있었다. 오십 대 중반, 깔끔한 면도, 광나는 구두, 넥타이 없이 재킷 착의, 부유층, 사업가거나 의학 혹은 법조계 전문직 종사자. 그녀는 재빨리 생각을 뒤로 돌려 의사나 변호사를 머릿속에서 지웠다. 저 남자는 작은 사업체를 운영할 것이다. 보험이나 뭐 그런 쪽으로.

그녀는 안경을 바로잡고 숨을 깊이 들이마신 뒤 그에게 다가갔다.

"버드 씨?"

"네. 로리 씨?"

158센티의 로리보다 30센티는 족히 큰 남자가 작은 체격의 그녀를 내려다보며 대답을 기다렸다. 로리는 대답도 없이 상자에 조심스럽게 담겨 있는 도자기 인형을 가리켰다.

"갖고 계신 걸 보죠."

그녀가 도서관 중앙으로 걸어갔다. 버드도 그녀를 따라 구석의 탁자로 갔다. 이 도서관은 한낮에만 사람이 드나드는 곳이었다.

---

* 도자기 인형으로 유명한 독일의 역사 깊은 인형 제조업체이자 인형 이름.

로리가 탁자를 툭툭 치자 버드가 상자를 내려놓았다.

"뭐가 문제죠?" 로리가 물었다.

"이건 제 딸의 케스트너 인형입니다. 다섯 살 생일 때 준 선물인데, 거의 새것처럼 보관하고 있었어요."

로리는 제대로 보기 위해 탁자 위로 몸을 수그렸다. 상자의 투명한 막을 통해 보이는 인형은 얼굴이 심하게 갈라져 있었고, 머리 뒤쪽 어딘가부터 시작된 균열이 왼쪽 눈을 지나 뺨까지 이어져 있었다.

"제가 떨어뜨렸어요. 이렇게 부주의했다니 저 자신에게 성질이 납니다."

로리가 고개를 끄덕였다. "제가 좀 봐도 될까요?"

버드가 상자를 밀어주었다. 로리는 조심스럽게 걸쇠를 풀고 뚜껑을 들어올려 손상된 인형을 뜯어보았다. 마치 수술대에 누워 있는 마취 환자를 처음으로 들여다보는 외과의처럼.

"금이 간 건가요, 부서진 건가요?"

버드는 주머니에 손을 넣어 지퍼백 하나를 꺼냈다. 그 안에는 작은 도자기 조각들이 있었다. 그는 감정을 제어하느라 힘겹게 침을 삼켰다. 올라갔다 내려오는 그의 목울대가 로리의 눈에 들어왔다.

"찾을 수 있는 대로 다 모은 겁니다. 틈이 없는 원목 바닥에 떨어진 거라 아마 사라진 조각은 없을 겁니다."

로리는 지퍼백을 들고 조각을 살펴보았다. 그러고는 다시 인형으로 눈을 돌려 금이 간 도자기 표면을 손가락으로 살살 문질렀다. 금이 깔끔하게 나 있어서 잘 붙일 수 있을 것 같았다. 뺨과 이마도 흠 없이 복구할 수 있을 것이다. 문제는 눈이었다. 기술을 최대한 동원해야 할 것 같았다. 자신보다 더 실력 있는 사람한테 도움을 받아야 할 거라는 생각에 기분이 좋아졌다. 잘게 조각난 부분은 아마 머리 뒤쪽일 것이다. 그쪽을 복구하는 것 역시 머리카락과 지퍼백 안의 작은 조각들 때문에 힘든 작업이 될 것이다. 그녀는 작업실이 아닌 곳에서 인형을 꺼낼 생각은 하지 않았다. 혹시나 부서진 부분에 붙어 있던 조각들이 떨어질 수 있기 때문이었다.

그녀는 인형에 시선을 고정한 채 천천히 고개를 끄덕였다.

"복구할 수 있어요."

"세상에, 다행이네요!"

"2주 주세요. 어쩌면 한 달이 걸릴 수도 있어요."

"시간은 맘껏 쓰십시오."

"비용은 복구 시작하고 나서 알려드릴게요."

"비용은 얼마든 괜찮습니다. 고칠 수만 있다면요."

로리가 다시 고개를 끄덕였다. 그녀는 지퍼백을 상자에 넣고 뚜껑을 덮은 후 걸쇠로 잠갔다.

"연락할 수 있는 번호를 주셔야겠는데요."

버드가 지갑에서 명함을 꺼내 건넸다. 로리는 명함을 주머니에 넣기 전 힐끗 훑어보았다. *버드 보험사, 월터 버드, 사장.*

로리가 상자를 들고 발을 떼려는데 버드가 손을 내밀었다. 그녀는 움찔했다. 낯선 사람과의 접촉이 좋았던 적은 단 한 번도 없었다.

"그 인형은 제 딸 거였어요." 월터 버드가 부드럽게 말을 뱉었다.

과거 시제의 말이 로리의 관심을 불러일으켰다. 아마 그럴 의도였을 것이다. 로리는 남자의 손을 보다가 그와 눈을 맞췄다.

"작년에 죽었어요."

로리가 천천히 자리에 앉았다. 이 상황에서는 누구라도 '삼가 조의를 표합니다'라거나 '그래서 이 인형이 그토록 소중한 거군요'라는 말을 하는 게 보통일 것이다. 하지만 로리는 보통과는 거리가 멀었다.

"무슨 일이 있었던 거지요?"

"살해당했어요." 그는 내밀었던 손을 거두며 다시 그녀를 마주해 앉았다. "목이 졸렸다는 게 경찰의 소견입니다. 작년 1월, 거의 반쯤 언 채로 그랜트 공원에서 발견됐어요."

로리는 상자에 놓인 케스트너 인형을 다시 쳐다보았다. 오른쪽 눈은 평화롭게 감겨 있었고, 왼쪽 눈은 안구까지 이어진 깊은 균열 때문에 삐딱하게 열려 있었다. 그녀는 무슨 일인지 이해하기 시작했다. 무엇 때문에 데이비슨 형사가 이 약속을 그토록 단호하게 밀어붙인 것인지. 로리가 어쩔 수 없이 받아들일 걸 알았던 그의 전형적인 수법이자 미끼였다.

"범인을 못 잡았나요?"

월터 버드는 죽은 딸의 인형으로 시선을 떨어뜨리며 고개를 가로저었다. "단서라고 할 만한 게 없었어요. 이젠 경찰에 전화해도 아무도 응답해주는 사람이 없어요. 그냥 다 잊어버린 모양이에요."

그렇지만 로리가 이날 아침 도서관에 나타났다는 것 자체가 그 말을 반박하는 증거였다. 그녀를 이곳에 오게 만든 게 론 데이비슨 형사니까.

월터 버드가 다시 그녀에게 시선을 옮겼다.

"제 얘기 좀 들어주세요. 이건 핑계가 아닙니다. 얼마 전 딸 카밀이 너무 그리워서 뭔가 그 애를 떠올리게 해주는 걸 품에 안고 싶었습니다. 그래서 이 인형을 꺼낸 거예요. 그랬는데 떨어뜨려서 부서지고 만 거죠. 너무 속이 상해 아내에게도 말하지 못했습니다. 그랬다가는 아내도 우울해할 테니까요. 이 인형은 제 딸이 어린 시절 내내 가장 좋아했던 거예요. 그러니 복구해달라는 말은 진심입니다. 그런데 데이비슨 형사님이 당신이 시카고에서 알아주는 범죄 재구성 전문가라고 하더라고요. 아니, 그 이상이라고요. 당신이 사건을 재구성해서 제 딸의 목에 손을 댄 놈을 잡아만 주신다면 저는 뭐든 드릴 준비가 되어 있습니다."

월터 버드의 시선은 로리가 감당하기에는 너무 강렬했다. 마치 도수 없는 안경의 보호막을 뚫고 들어오는 것처럼. 그녀는 결국 자리에서 일어나 인형 상자를 옆구리에 끼웠다.

"인형 복구는 한 달 걸릴 거예요. 따님 문제는, 좀 더 오래 걸릴 거고요. 전화를 좀 돌리고 연락드릴게요."

로리는 도서관에서 빠져나와 가을날의 아침으로 발을 내디뎠다. 월터 버드가 딸 얘기를 할 때, 과거 시제를 썼던 그 순간, 그녀는 이미 마음에서 무언가 미묘하게 따끔거리는 것을 느꼈다. 감지하기 어려울 만큼 작았던 그 느낌은, 이제 더 큰 존재감으로 그녀의 귀에 속삭이고 있었다. 보스는 그녀가 이 사건을 무시하지 못할 거라는 사실을 빌어먹을 만큼 잘 알고 있다는 속삭임.

"당신 정말 못됐어요, 론!" 로리는 도서관을 나오며 중얼거렸다. 그녀는 범죄 재구성 전문가로서는 일을 잠시 멈춘 상태였다. 번아웃과 우울증을 피하기 위해 필수적으로 갖는 휴지기. 그런데 이번의 휴식 기간은 특별히 더 길어서 보스가 열받은 게 분명했다.

그녀는 카밀 버드의 부서진 인형을 옆구리에 끼고 스테이트 스트리트를 걸어 차로 돌아왔다. 로리의 휴가는 이제 막 내렸다.

3장
2019년 10월 2일, 시카고

아침에만 해도 전화가 다섯 번 울렸지만 모두 무시했다. 로리는 거울을 보며 짙은 갈색 머리를 묶었다. '아침형'이 아닌 그녀는 정오까지는 전화를 받지 않는다는 원칙을 고수했고, 상사도 그걸 알고 있었다. 그래서 전화를 받지 않은 것에 조금도 죄책감이 없었다.

"누가 계속 전화하는 거야?" 침실에서 목소리가 흘러나왔다.

"오늘 데이비슨 만나거든."

"다시 일 시작하는지 몰랐네."

로리는 욕실에서 나와 손목시계를 차며 물었다. "우리 오늘밤에도 만날까?"

"좋아. 그 얘긴 하지 말라는 거군."

로리가 그에게 다가가 입을 맞췄다. 레인 필립스는 그녀에게 있어 무슨 존재일까? 이런 남자를 보통은 '남자친구'라고 칭하겠지만, 로리는 보통 사람과는 거리가 멀었고, 서른 살을 훌쩍 넘기니 그런 표현 자체가 유치하게 느껴졌다. 지난 10년간 잠자리를 함께했지만 그와의 결혼을 고려한 적은 없었다. 그렇지만 레인은 그녀에게 연인 이상의 존재였다. 아버지 말고 그녀를 이해해주는 사람은 그가 유일하니까. 그러니 레인은…… 그녀에게 속한 사람이었다. 로리에게 있어서 이 표현보다 더 나은 건 없었다. 그리고 둘 모두 이대로도 만족했다.

"말할 게 생기면 그때 얘기할게. 지금은 나도 뭔 일을 맡게 된 건지 잘 몰라서."

"좋아." 레인이 침대에서 몸을 일으켰다. "나는 살인 재판에서 전문가 증인으로 서달라는 요청을 받았어. 몇 주 후에 증언하게 될 거야. 그래서 오늘 검사를 만나기로 했어. 그리고 밤 9시까지 수업이 있고."

로리가 뒷걸음치려고 하자 그가 그녀의 허리를 잡았다.

"데이비슨이 뭘로 자기를 꽤냈는지 정말 말 안 해줄 거야?"

"수업 끝나고 밤에 들르면 그때 알려줄게."

로리는 또 한 번 그에게 입을 맞추고 자신을 더듬는 그의 손을 툭툭 친 뒤 침실을 빠져나갔다. 일 분 후 현관문이 열렸다가 닫혔다.

케네디 고속도로에서 오전의 차량 정체를 겪는 사이 전화가 두 번 더 울렸다. 로리는 오하이오 스트리트를 빠져나가 시카고의 격자 모양 길을 따라 이리저리 운전했다. 혼잡한 교통을 뚫고 그랜트 공원에 도착한 후에도 십오 분간 빙빙 돌고 나서야 주차 자리를 찾아냈다. 작은 혼다가 들어가기에는 비좁은 공간이었다. 그럭저럭 용감하게 평행주차를 하긴 했지만, 나중에 차를 뺄 때 범퍼를 부딪히지 않고 잘 빠져나갈 수 있을지 의문이었다.

그녀는 레이크쇼어가(街) 아래에서 끊기는 터널을 지나 그림 같은 길을 따라 공원 끝까지 걸어갔다. 그랜트 공원은 높은 빌딩이 즐비한 루프° 지역과 호반 사이에 껴 있는 대단히 아름다운 곳이었다.

° The Loop. 시카고의 유명한 다운타운 지역.

언제나 관광객의 발길이 줄을 이었고 오늘도 예외가 아니었다. 로리는 인파를 헤치고 버킹엄 분수 쪽으로 향했다.

그녀는 코트 단추를 끝까지 채우고도 깃을 올려 단단히 여미고 안경을 콧잔등 위로 올려 썼다. 10월이지만 온화한 아침이어서 사람들은 반바지 운동복 차림으로 호수의 미풍과 빛나는 해를 즐기고 있었다. 로리는 상쾌한 가을에 맞게 옷을 입은 참이었다. 회색 코트와 회색 청바지에 매든걸Madden Girl 브랜드의 엘로이즈 컴뱃 부츠를 신었다. 미치도록 더운 여름날에도 어딜 가든 이 부츠만 신고 다녔다. 분수 옆 의자에 론 데이비슨이 앉아 있었다. 로리는 그에게 다가가며 느슨한 비니 모자를 이마까지 내려썼다. 비니 끝이 안경테에 닿을 정도로. 그러자 보호받는 느낌이 들었다.

그녀는 인사도 없이 그의 옆에 앉았다.

"아이고, 하늘이여 감사합니다. 회색 여인을 보내주셨군요." 데이비슨 형사가 말했다.

둘이 오랫동안 함께 일한 터라 데이비슨은 로리의 기벽을 잘 알고 있었다. 그녀는 누구와도 악수를 하지 않았다. 이것은 데이비슨이 몇 번의 시도를 한 끝에 알게 된 거였다. 그의 손이 허공에 있는 동안 그녀는 다른 곳으로 눈을 돌렸다. 게다가 그녀는 론 말고는 부서의 다른 사람과 만나려 하지 않았고, 형식을 차리는 것을 용인하지 않았다. 일에 있어서는 마감 기한을 받아들이지 않은 채 철저히 혼자서만 일했다. 자신이 여유 있을 때만 연락을 받았고, 어떨 때는 전혀 받지 않기도 했다. 정치 또한 싫어해서 만약 누구라도(시의원이나 시장이든) 자신을 주목하면 몇 주씩이나 사라지기도 했다. 론 데이비슨이 그녀의 이 모든 기벽을 받아들일 수 있는 것은 범죄 재구성 전문가로서 그녀의 능력이 워낙 뛰어나기 때문이었다.

"잠수를 타고 있던데, 그레이."

그녀는 버킹엄 분수를 바라보며 입꼬리를 당겨 살짝 웃었다. 그녀를 '그레이'라고 부르는 건 데이비슨뿐이었다. 그녀는 시간이 지날수록 그 별명이 좋아졌다. 자신의 복장과 겉으로 무심한 모습을 잘 섞어놓은 말이었다.

"사느라 바빠서요."

"레인은 어때?"

"잘 지내죠."

"그가 나보다 더 괜찮은 상사인가?"

"그 사람은 제 상사가 아닌데요."

"그런데도 자네는 그 사람을 위해 일하느라 시간을 다 보내는군."

"그 사람을 위해서가 아니라 그 사람과 일하는 거죠."

론 데이비슨은 잠시 말을 멈췄다. "여섯 달 동안이나 연락이 안 됐잖아."

"좀 쉰다고 말씀드렸잖아요."

"도움이 좀 필요한 사건들이 있었어."

"저는 탈진 상태였어요. 좀 쉬어야 했다고요. 당신 부하들은 아무짝에도 쓸데없다고 생각하시는 거예요?"

"아, 자네의 이런 솔직함이 그리웠어, 그레이."

두 사람은 공원을 걷는 관광객들을 구경하며 잠시 아무 말이 없었다.

"도와줄 텐가?" 마침내 데이비슨이 물었다.

"이런 식으로 끌어들이다니 정말 뻔뻔하다는 건 아시죠?"

"반년 동안 연락이 안 된 게 누군데. 레인 필립스와 하는 살인사건연구 프로젝트에만 매달려 있고 말이야. 그래서 나도 머리 좀 썼지. 고마워할 거라 생각했는데."

침묵이 이어졌다.

"그래서?" 얼마쯤 후 데이비슨이 다시 물었다.

"여기 왔잖아요, 안 그래요?" 로리가 분수에 시선을 고정한 채 말했다. "그 여자 얘기를 해주세요."

"카밀 버드. 스물두 살 여성이 교살당했지. 시신은 이곳 공원에 버려졌고."

"언제였어요?"

"작년 1월. 그러니까 21개월 전."

"아무런 단서가 없나요?"

"으름장을 놓고 닦달도 해봤지만 다들 이 사건엔 쩔쩔매더군."

"사건 파일이 필요해요." 로리가 말했다. 그녀는 여전히 분수에 시선을 고정하고 있었지만 데이비슨이 목을 움직이는 게 느껴졌다. 시카고 강력계의 수장이 고개를 살짝 들고 안도감에 한숨을 내쉰 거였다.

"고맙네."

"월터 버드는 누구예요?"

"부유한 사업가이자 시장 친구지. 그래서 이 사건을 재빨리 잠재우라는 지시가 부서로 내려왔던 거고."

"돈 있고 연줄 있어서? 어떤 사람이 자식을 잃었든 간에 사건은 똑같이 위급하게 처리해야 해요. 그나저나 시신은 어디서 발견됐죠?"

데이비슨이 손가락으로 가리켰다. "공원 동쪽. 같이 가보세."

로리는 데이비슨을 앞세우고 함께 걸었다. 공원을 지나 산책로에서 떨어진 풀밭 동산에 이르자 양옆으로 자작나무가 줄지어 있었다. 로리는 시신을 여기까지 옮길 수 있는 사람에 대해 따져보기 시작했다.

"바로 여기서 시신이 발견됐지." 데이비슨이 풀밭에 서서 말했다.

"교살이었다고요?"

데이비슨이 끄덕였다.

"강간당했어요?"

"아니."

로리는 카밀 버드의 시신이 발견된 자리에서 천천히 원을 그리며 발을 내디뎠다. 물 위에 떠 있는 보트와 호숫가를 눈여겨보고 시카고의 하늘을 바라보며 계속 걸었다. 터지기 직전의 풍선처럼 뭉게뭉게 피어오른 하얀 구름만 빼면 하늘은 온통 푸른색이었다. 로리는 한겨울에 발견된 소녀의 시신이 꽁꽁 얼어 있는 모습을 상상해보았다. 1월이니만큼 나무들은 잎사귀를 떨구고 앙상한 가지만 남아 있었을 것이다.

"여기에 시신을 버렸다는 거죠? 왜 그랬을까요? 나뭇잎으로 가려지지도 않으니 발각되기 쉽잖아요. 범인이 누구든 시신이 발견되기를 원했던 거예요."

"여기서 죽였을 수도 있지. 통제 불능 상황이 되었던 걸 수도 있어. 말싸움이 격해졌다거나. 그래서 죽이고 도망간 거지."

"사랑싸움이라는 말씀이군요. 그쪽으로는 부하들이 면밀하게 조사했을 것 같은데. 당시 남자친구나 전 남친들한테도 연락해봤을 테고요. 동료나 가깝게 지냈던 남자들 할 것 없이 말이에요."

데이비슨이 끄덕였다. "다 조사했지만 모두 깨끗했어."

"그렇다면 피해자가 알던 사람이 아니라는 거예요. 어디 다른 곳에서 살해되어 이곳으로 끌려온 거죠. 왜 그랬을까요?"

"담당 형사들도 모르겠다고 하더군."

"론, 저는 모든 게 다 있어야 해요. 기본 서류와 부검 결과, 신문 내용까지 모두요."

"다 구해줄 수 있네. 다만 그러려면 자네를 다시 급료 지급 대상에 올려야 해. 공식적으로 일하는 거지. 그러면 뭐든 갖다줄 수 있어."

로리는 잠자코 현장을 바라보았다. 뇌 속에서 너무 많은 일이 벌어지고 있었다. 그녀는 자신을 충분히 잘 알았다. 그래서 이렇게 갑자기 밀어닥치는 정보를 억제할 시도조차 하지 않았다. 물론 자신이 받아들이고 있는 정보를 자각하고 있지도 않았다. 그녀가 아는 것이라곤 일단 정보를 받아들이고 나면 며칠 혹은 몇 주 후에 자신의 두뇌가 이 정보를 처리하고 목록화한다는 것이었다. 그렇게 천천히 로리는 모든 정보를 분석하고 사건 파일을 연구할 것이다. 그렇게 카밀 버드에 대해 알아갈 것이고, 목이 졸려 죽은 이 불쌍한 소녀를 위해 사건 전모를 밝혀낼 것이다. 자신이 지닌 신비한 능력으로 다른 형사들이 놓친 부분을 찾아낼 것이고, 모두가 포기한 퍼즐을 맞추고 범죄를 완벽하게 재구성해낼 것이다.

핸드폰 벨소리에 그녀는 상념에서 깨어났다. 발신인은 아버지였다. 음성사서함으로 넘길까 하다가 전화를 받았다.

"아빠, 저 지금 뭐 하는 중이라서요. 나중에 다시 걸어도 돼요?"

"로리?"

여자 목소리였다. 누구 목소리인지 기억나지 않았지만 상대가 공황 상태라는 건 뚜렷하게 느껴졌다.

"네?" 그녀는 데이비슨한테서 몇 발자국 물러났다.

"로리, 저 실리아 배너예요. 아버님 비서요."

"무슨 일이죠? 아빠 전화번호가 떴는데요."

"아버님 댁에서 전화하는 거예요. 안 좋은 일이 생겼어요. 아버님이 심장마비예요."

"뭐라고요?"

"같이 아침 먹기로 했거든요. 근데 오질 않으시더라고요. 상황이 안 좋아요, 로리."

"얼마나 나쁜데요?"

진공상태 같은 침묵이 로리의 입에서 나오는 말들을 빨아들였다. "실리아! 얼마나 안 좋은데요?"

"돌아가셨어요."

4장
2019년 10월 14일, 시카고

장례식을 치르고 일주일이 지나서야 로리는 겨우 시간과 용기를 내서 아버지 사무실을 찾았다. 따지고 보면 그곳은 로리의 사무실이기도 했다. 비록 그녀는 10년이 넘도록 정식으로 사건을 다룬 적이 없지만, 회사 봉투 상단에는 엄연히 그녀의 이름이 인쇄돼 있었고, 간간이 아버지 업무를 도왔기에(대부분은 조사나 재판 준비였다) 매년 소득증명원도 발급되었다. 그러나 시간이 지날수록 시카고 경찰서와 레인의 살인사건연구 프로젝트에 신경을 쓰다 보니 이곳에서 하는 일은 더욱 적어질 수밖에 없었다.

무어 법률회사에는 아버지의 비서 겸 사무관리자와 변호사 보조원이 출근하고 있었다. 이제 식욕 부진을 보이는 직원은 하나고 고객 명단이 아주 많지는 않으니, 로리 생각으로는 자신의 전문지식과 약간의 시간만 보태면 회사를 정리할 수 있을 것 같았다. 그러니까 한두 주 정도만 집중하면 될 일이었다. 그녀가 법학 학위를 딴 지는 10년이 훨씬 넘었고 정식으로 활용해본 적도 없지만, 그 학위 덕에 아버지 사업 정리에는 완벽하고도 유일한 지원자가 되었다. 어머니는 수년 전 돌아가셨고, 로리에게는 형제도 없었다.

그녀는 노스클라크 스트리트에 있는 빌딩 3층으로 올라가 열쇠로 문을 따고 들어갔다. 안내 데스크 공간에는 1970년대부터 쓴

게 분명한 황갈색 캐비닛 앞으로 책상 하나가 놓여 있었다. 양옆으로 보이는 사무실 두 개 중 왼쪽이 아버지 사무실, 다른 쪽은 변호사 보조원의 것이었다.

그녀는 일주일치 편지를 데스크에 올려두고 아버지 사무실로 들어섰다. 제일 먼저 할 일은 현재진행 중인 사건을 다른 법률회사로 넘기는 것이었다. 사건 목록을 정리한 뒤 남은 자금으로 직원들 급료며 공과금 등을 해결해야 했다. 그러고 나면 사무실 임대 계약을 해지하고 사무실을 폐쇄할 수 있을 것이다.

사무관리자 실리아가 정오에 나와서 파일을 살펴보며 재할당 업무를 돕겠다고 했다. 실리아는 자택에서 쓰러져 있던 아버지를 발견한 직원이었다. 로리는 가방을 바닥에 내려놓고 다이어트 콜라 캔을 딴 후 일을 시작했다. 안내 데스크의 캐비닛에서 서류를 모두 꺼내 세 가지로 분류했다. 계류 중, 중단된 사건, 진행 중인 사건. 정오가 되자 아버지 책상에 앉은 그녀 주변으로 서류가 산더미처럼 쌓였다.

문 열리는 소리가 났다. 몇 번 본 적 없는 실리아가 문 앞에 모습을 드러냈다. 로리가 자리에서 일어섰다.

실리아는 서류 더미를 지나쳐 다가와 로리를 꽉 껴안으며 "오, 로리!" 하고 내뱉었다.

로리는 양팔을 쭉 편 채 두꺼운 뿔테 뒤로 눈을 몇 번 깜빡였다. 낯선 여성이 그녀의 개인 공간을 침범하고 있었다. 로리를 잘 아는 사람이라면 하지 않을 방법으로.

"아버님이 그렇게 되셔서 너무 안됐어요." 실리아가 로리의 귀에 대고 말했다.

실리아는 물론 며칠 전 있었던 장례식장에서도 똑같은 말을 했다. 그날 어두운 장례식장에서 로리는 관 속에 누운 밀랍 인형 같은 아버지 옆에 멍하니 서 있었다. 그런데 지금 귀에는 실리아의 숨결이, 목에는 그녀의 눈물이 흐르는 게 느껴지자, 로리는 결국 팔을 들어 실리아의 어깨를 잡고 품에서 벗어났다. 그녀는 숨을 골랐고 명치에서 솟아오르는 불안을 한숨으로 내뱉었다.

"캐비닛을 살펴보고 있었어요." 마침내 로리가 말했다.

실리아가 사무실을 둘러보다가 로리가 분류해놓은 서류를 발견하자 얼굴에 당황한 표정이 드러났다. 그녀는 재킷 앞섶을 툭툭 치며 마음을 가라앉히고 눈물을 닦았다. "저는 우리 약속이 오늘……. 혹시 일주일 내내 이러고 있었던 거예요?"

"아니요. 오늘 아침에 한 거예요. 두세 시간 전에 도착했거든요."

로리는 남들이라면 시간이 걸릴 일을 지금처럼 재빨리 해치우는 능력에 대해 설명하는 걸 그만둔 지 오래였다. 그녀가 법조계에서 일하지 않는 이유 중 하나는 죽을 만큼 따분했기 때문이었다. 대학 시절 친구들은 몇 시간이나 공들여 교재를 공부했지만, 그녀는 한 번만 슬쩍 봐도 외워졌다. 남들은 변호사 시험 준비에 몇 달이나 매달렸지만, 로리는 굳이 다시 책을 펼쳐보지 않고도 단 한 번 만에 통과했다. 그녀가 변호사가 되지 않은 또 다른 이유는 사람에 대한 강한 혐오감 때문이었다. 그저 그런 범인의 징역형을 놓고 상대 변호사와 입씨름할 생각만 해도 소름이 끼쳤고, 사건 변호를 위해 판사 앞에 선다는 상상만으로도 숨이 가쁠 만큼 불안감이 밀려왔다. 그녀는 혼자서 사건 현장을 재구성하고 최종 의견을 서면 보고서로 작성하는 편이 잘 맞았다.

로리 무어의 세계는 벽으로 둘러싸인 안식처였고, 그녀는 오직 소수의 사람만 그 안으로 들였다. 그렇지만 그걸 이해하는 사람은 매우 적었다. 그래서 오늘 확인한 서류들이 특히 더 거북스럽게 느껴졌다. 살펴본 정보에 따르면 앞으로 몇 달 동안 재판으로 갈 사건이 몇 건 있었는데, 이것은 즉각적인 도움이 필요한 일이었다. 로리의 마음에 이미 몇 가지 가능성이 떠올랐다. 어쩔 수 없이 졸업장에 쌓인 먼지를 털고, 분노를 집어삼키며, 처음으로 법정에 출두해, 선임변호사가 사망했으니 재판이 연장되거나 최악의 경우 미결정 심리를 해야 한다고 판사에게 설명하는 모습이. 그러면 판사 나리로부터 어떻게 해야 할지 지침을 얻어낼 수 있을 것이다.

"두세 시간 전에요? 그게 가능해요? 우리가 맡았던 사건이 다 있는 것 같은데."

"맞아요. 캐비닛에 있는 건 다 봤어요. 컴퓨터는 아직 확인 못 했고요."

이건 거짓말이었다. 로리는 아버지의 컴퓨터 자료를 확인하는 데 아무런 어려움이 없었다. 암호가 걸려 있었지만 허술하게 설정된 보안을 손쉽게 뚫고 들어가 캐비닛에 있는 사건과 하드 드라이브 사건의 교차 참조를 마친 참이었다. 그녀는 아버지의 컴퓨터 파일에 접근할 수 있는 권한이 충분한데도 회사 일을 하지 않은 지 오래다 보니 뭔가 무단침입을 한 기분이 들었다.

"컴퓨터에 있는 사건은 캐비닛에도 똑같이 있어요." 실리아가 말했다.

"잘됐네요. 그러면 이게 다예요." 로리가 책상에 있는 서류 더미들 중 하나를 가리켰다. "이건 계류 중인 사건이에요. 고객에게 전화해서 상황을 설명하는 것으로 정리가 될 거예요. 우리가 그들을 맡아줄 수 없으니 다른 회사를 알아보시라고 하면 돼요. 이런 종류의 사건을 다루는 회사 목록을 제공해주면 고객들이 혼자 알아보느라 헤매지는 않겠죠."

"그렇게 할게요. 아버님도 그러길 바라셨을 거예요."

"그리고 이건 중단된 사건들이에요. 프랭크 무어 변호사가 사망했다는 간단한 편지만 보내면 충분할 거예요. 이 두 가지는 맡아서 해주실 수 있죠?"

"당연하죠. 제가 알아서 할게요. 그런데 저건 뭐죠?"

실리아가 마지막 서류 더미를 가리켰다. 로리는 그것을 보기만 해도 과호흡이 올 지경이었다. 자신이 콘크리트 블록으로 꼼꼼하게 쌓아올린 벽이 저편에서 넘어온 침입자 때문에 흔들리고 있는 게 느껴졌다.

"이건 현재진행 중인 서류들이에요. 이걸 다시 세 가지 범주로 나눠봤어요." 로리가 첫 번째 서류 더미에 손을 올렸다. "현재 양형거래*가 진행 중인 사건은 열두 건." 그녀는 두 번째 더미에 손을 댔다. 겨드랑이에서 땀이 차는 게 느껴졌다. "법원 출석이 대기 중인 사건이 열여섯 건." 땀 한 방울이 등줄기를 타고 내려가 허리를 적셨다. "그리고 마지막으로……" 그녀의 손이 세 번째 더미로 옮겨갔다. "재판 준비 중인 사건이 세 건." 세 건이라고 발음하는 순간 목이 막혀 헛기침으로 자신의 공포를 숨겨야 했다. 재판을 앞둔 이 사건들은 즉각적인 작업이 필요했다.

로리의 얼굴에서 핏기가 사라지자 실리아의 얼굴에도 공포가 서렸다. 로리의 아버지를 앗아간 심장병이 집안 내력은 아닌지, 혹시 이달에만 두 번이나 똑같은 일이 생기는 건 아닌지 걱정하는 듯 보

---

* 피고가 일찍이 유죄를 인정하거나 유력한 증거를 제시해줬을 때 형량을 조정해주는 사법 제도.

였다. "괜찮아요?"

로리는 다시 기침을 하며 평정심을 되찾았다.

"괜찮아요. 진행 중인 사건은 제가 알아서 할게요. 나머지를 맡아주세요."

실리아가 계류 중인 사건 파일을 집어 들며 고개를 끄덕였다. "이쪽 고객들에게는 지금 바로 연락을 돌릴게요." 그녀는 서류 더미를 들고 나가 안내 데스크에 있는 자신의 책상에 놓고 일을 시작했다.

로리는 사무실 문을 닫았다. 아버지가 쓰던 의자에 털썩 앉아, 아침 작업에 연료가 되어준 네 개의 빈 콜라 캔을 바라보았다. 이윽고 컴퓨터를 켜고 사건을 맡아줄 만한 시카고의 형사변호사를 찾기 시작했다.

5장
2019년 10월 15일, 스테이트빌 교도소

'포식스'는 그의 또 다른 자아였다. 그는 하도 오랫동안 이 별명에 익숙해져서 이제는 실명을 들어도 더 이상 반응하지 않을 거라 확신했다. 별명은 그가 이곳에 처음 도착하던 날 생겼다. 죄수복 등판에 굵은 글씨로 커다랗게 새겨진 죄수 번호 12276594-6 때문이었다.

교도관들은 수감자의 이름이나 해당 범죄보다 숫자를 먼저 인식했다. 그의 별명 포식스four-six는 죄수 번호 마지막 두 자리 숫자로 만들어진 거였다. 그러다 세월이 흐르면서 그에 대해 잘 모르는 교도관이나 대다수 수감자들까지 그의 성이 포식스Forsicks겠거니 생각하게 되었다.

그는 교도소 도서관으로 들어가 불을 켰다. 그곳은 교도소 속 그의 집이었다. 그는 몇십 년간 이곳을 관리해왔다. 역기를 들고 근육을 부풀리는 것에는 전혀 관심이 없었고, 교도소 마당의 동물들과 어울려 파벌을 나누는 것에도 흥미가 없었다. 그 대신 도서관을 찾았고, 이곳을 관리하는 늙은 종신형 재소자와 친구가 되어 자신의 때를 기다렸다. 종신형 재소자는 1989년 겨울부터 숨을 헐떡이더니 20세기의 마지막 10년을 보지 못하게 되었다. 다음 날 아침 교도관 하나가 포식스의 창살을 톡톡 치고는 늙은이가 하늘로 가석방이 되었다고 말했다. 그렇게 포식스는 도서관을 관리하게 되었다. *도서관 망치지 마.* 그는 그럴 생각이 없었다.

30년 동안 도서관은 그의 손안에 있었다. 모두 합쳐 40년이 되는 기간 동안 그는 어떠한 사소한 문제도 일으키지 않았다. 이렇게 쌓아올린 실적으로 거의 눈에 띄지 않는 존재가 되었다. 마치 어떻게 해서든 그가 매달 입수해서 읽는 만화책의 슈퍼히어로처럼. 그는 만화와 만화 같은 소설을 경멸했지만, 그러면서도 반드시 읽곤 했다. 덕분에 그의 자아는 더 부드러워졌고 자신의 영혼에 도사리고 있는 갈망을 숨길 수 있었다.

교도소에 오기 전까지 그는 스릴을 탐하며 살았다. 그 스릴이란 피해자들과 시간을 함께한 후 밀려오는 감정이었다. 스릴이 그의 마음을 조종했고 그의 존재를 만들어냈다. 그것은 자신이 절대 벗어날 수 없는 그 무언가였다. 그러나 구속된 후에는 교도소 안의 삶을 따를 수밖에 없었다. 금단증상은 고통스러웠다. 스릴이 주던 권력과 지배의 느낌이 너무나 그리웠다. 나일론 올가미를 목에 두르고 오직 피해자만이 줄 수 있는 희열이라는 유혹에 자신을 내맡기면, 뭔가 고결한 행위를 하고 있다는 묘한 감정에 빠져들곤 했었다.

아찔했던 금단증상이 진정되고 나자 그는 공허함을 메우기 위해 다른 것을 찾기 시작했다. 그 '다른 것'은 금방 결정되었다. 자신의 삶을 파괴한 비밀이 교소도 밖 어딘가에 숨어 있었고, 그는 그 비밀을 파헤치는 데 남은 여생을 쓰리라 결심했다.

그는 도서관 의자에 앉았다. 그렇게나 많은 사람을 죽인 자에게 이런(책상과 도서관 전체를 관리할) 권리가 주어지는 곳은 오직 미국이 유일할 것이다. 하지만 이곳에서 수십 년을 보낸 지금, 교도소

내에서 그의 이력을 아는 사람은 극소수였고, 신경 쓰는 사람은 그보다 더 적었다. 누군가 자신을 '포식스'로 부르더라도 굳이 정정해주지 않는 데는 익명성을 얻으려는 이유도 있었다. 그건 위장에 도움이 됐다. 세상은 수년 전에 이미 그를 향해 쏘던 조명을 끈 상태였다. 그런데 최근 과거라는 할로겐 빛이 깜빡거리며 되살아나고 있었다. 그는 도서관에 혼자 앉아 《시카고 트리뷴》 신문을 펼치고 두 번째 장에 있는 헤드라인을 보았다.

1979년 여름 이후 40년 만에
도적이 자유롭게 걸어 나온다

그의 시선이 자신의 오래된 별명 '도적The Thief'을 훑고 지나갔다. 그는 제목이 자신에게 주는 영향력과 음흉하게 흘러나오는 아드레날린을 무시할 수 없었다. 그렇지만 그렇게 완벽한 이름에는 불리한 면이 있다는 것도 잘 알았다. 그것은 분명히 사람들의 시선을 끌어 기억을 되살릴 것이다. 헤드라인이 튀어나오고 텔레비전에서 1979년 여름에 대해 떠들어대기 시작하면, 그는 항의 시위 하는 사람들과 자신을 따라다니며 괴롭히려는 사람들을 피할 방법을 찾아야 할 것이다. 그는 출소 후에 자신의 마지막 여정을 완성하고 싶었고, 여기에는 아주 작은 익명성이 필요했다. 그는 교도소에 있는 내내 이 계획에 전념했다. 수십 년간 착수하기를 고대해온 그 여정, 바보처럼 다른 사람이 자신을 위해 완수해줄 거라 믿었던 그 여정에. 하지만 그를 위협하고 파괴한 비밀을 파헤칠 사람은 바로 도적, 그 자신뿐이었다.

그가 만들어낸 공포의 시대로부터 이렇게 오랜 세월이 흐르고 나자 피해자들은 정체불명이 되었고 이름을 잃었다. 심지어 그 자신이 마음속 가장 깊은 곳에 들어가 자신의 연료가 돼주던 스릴을 다시 느껴보려 했을 때도 피해 여성들에 대한 기억은 거의 남아 있지 않았다. 그들은 모두 죽어 사라졌고, 시간과 무관심에 의해 그의 기억에서 지워지고 없었다.

기억 속에 강렬히 남은 것은 오직 한 사람이었다. 마치 40년의 세월이 눈 깜짝할 시간, 심장 한 번 두근거릴 시간에 다 지나버린 듯 선명하고 생생했다. 그녀는 아주 대단한 사람이었다. 그가 절대 잊지 못할 만큼. 도서관에서 조용한 나날을 보낼 때면 그녀는 그의 생각을 뚫고 들어왔고, 그가 잠을 잘 때면 꿈에 나타났다. 그녀는 그가 기억하는 오직 단 한 사람이었다. 그리고 이제 어렴풋이 자유가 보이기 시작하니 오랫동안 지체돼왔던 기회가 곧 올 것이다. 그녀와의 일을 마무리지을 기회가.

1979년 8월, 시카고

앤절라 미첼이 텔레비전을 뚫어져라 쳐다봤다. 그녀는 친구 캐서린 블랙웰과 함께 서서 뉴스를 보는 중이었다. 화면에 나온 리포터는 여름밤의 일몰로 어둑해진 골목에 서 있었다. 철조망 울타리에 쓰레기통이 있었고 울퉁불퉁한 노면의 틈 사이로 잡초가 삐져나와 있었다.

리포터가 말했다. "또 다른 여성이 실종된 것으로 밝혀졌습니다. 링컨파크 출신의 스물두 살 여성 서맨사 로저스가 출근을 하지 않아 화요일 실종 신고가 접수되었는데요. 당국은 그녀가 5월 첫 주부터 시작된 불명확한 실종사건의 다섯 번째 피해자라고 보고 있습니다."

리포터가 대로를 따라 걸음을 옮겼다. 몇몇 보행자가 그녀 뒤를 지나며 우스꽝스러운 표정으로 카메라를 쳐다보았다. 어떤 비극적인 사건이 전해지고 있는지도 모른 채.

"실종사건은 5월 2일 클래리사 매닝의 유괴로 시작되었습니다. 그 후로 세 명의 여성이 시카고 거리에서 실종되었는데요. 지금까지 찾아낸 실종자는 한 명도 없고, 이들의 실종이 서로 연결된 사건일 거라는 추측만 있을 뿐입니다. 그리고 현재 서맨사 로저스는 도적이라고 불리는 범인에 의해 납치된 마지막 피해자라고 우려되고 있습니다. 시카고 경찰서는 젊은 여성들에게 혼자 길거리를 다니지 말라고 경고하고 있습니다. 당국은 실종 여성의 행방과 관련해 어떤 단서라도 얻기 위해 제보 전화를 설치했습니다."

"세 달 동안 여자 다섯 명이야. 도대체 경찰은 왜 범인을 못 잡는 거지?" 캐서린이 말했다.

"뭔가를 알고 있긴 하겠지." 앤절라가 나직하게 말했다. "그렇지만 대중에게는 자세한 내용을 숨기는 거야. 범인이 수사 상황을 알면 안 되니까."

앤절라의 남편이 방으로 들어와 텔레비전을 껐다. 그가 아내의 이마에 가볍게 입을 맞췄다. "가자, 저녁 준비 다 됐어."

"너무 끔찍해." 앤절라가 말했다.

앤절라의 남편은 아내의 어깨에 팔을 두르며 가볍게 안아주었다. 그는 캐서린과 눈을 마주치며 주방 쪽으로 고개를 까딱해 보이고 방을 빠져나갔다.

앤절라는 전원이 꺼진 텔레비전 화면을 뚫어지게 바라보았다. 리포터가 말한 사건 개요가 그녀의 뇌에 불길을 일으켰다. 앤절라는 잔상 속에서 모든 것을 기억해낼 수 있었다. 리포터의 얼굴, 골목, 뒤에 보이던 초록색 도로 표시판, 심지어 우스꽝스런 표정으로 화면을 지나던 행인들의 얼굴까지도. 자신이 보는 모든 것을 기억한다는 것은 재능이자 저주였다. 그녀는 마침내 눈을 깜빡이며 리포터의 모습을 머리에서 지웠다. 캐서린이 그녀의 팔꿈치를 가볍게 잡아당겨 식탁으로 이끄는 순간 그 영상은 그녀의 시각피질에서 흐려졌다.

1979년 8월, 시카고

앤절라와 캐서린, 그리고 그들의 두 남편이 저녁을 먹기 위해 식탁에 둘러앉았다. 앤절라의 남편 토머스가 닭과 채소를 구워놓았다. 원래는 집 뒤쪽 테라스에서 먹으려 했는데 계획을 바꿔 에어컨이 잘 나오는 식탁에 자리 잡았다. 여름날의 열기가 숨이 막힐 듯했고 습도도 높은 데다 모기마저 기승을 부렸다.

"여름밤인데 또다시 안에 있어야 한다니." 토머스가 말했다. "겨울이 지나기를 그토록 기다렸는데 우린 아직도 안에 박혀 있네."

"난 요즘 계속 밖에서만 있었어." 캐서린의 남편인 빌 블랙웰이 말했다. "감독 하나가 몇 주 전에 일을 그만둬서 내가 그 팀을 맡아야 했거든. 그래서 이렇게 시원한 실내에 있는 게 난 좋아."

"우리가 아직도 그 자리에 사람을 안 뽑았나?" 토머스가 물었다.

토머스와 빌은 콘크리트 사업을 같이 하는 동업자였다. 그들은 건축물 지반을 콘크리트로 다지거나 주차장 바닥을 포장하는 일을 했다. 둘 다 스무 살이었을 때 시작한 이 사업은 노동조합을 갖춘 중소기업의 규모로 성장했다.

"인력회사 쪽에 요청해놓긴 했는데 적임자를 찾기까지는 내가 관리해야 해. 그 말은 하루 종일 밖에 있어야 한다는 의미지. 35도가 넘는 곳에 온종일 있다 보니 오늘밤 이렇게 안에 있는 게 아주 좋다고."

"위안이 될지 모르겠지만, 나는 이번 주에 직원 하나가 아픈 바람에 굴삭기 일을 해야 했지." 토머스가 말했다.

"위안이라니! 굴삭기 모는 거랑 인부들 감독하는 거랑은 비교가 안 되지. 모기에 더 물렸다간 말라리아에 걸릴 판이야!" 빌 블랙웰이 말했다.

"열심히 일하는 남자들에게 우리가 어떻게 해줘야 할까, 앤절라?" 캐서린이 물었다.

앤절라는 멍한 표정으로 자신의 접시만 쳐다보고 있었다.

"앤절라." 토머스가 불렀다.

여전히 대답이 없는 아내에게 토머스가 손을 뻗어 어깨를 만졌다. 순간 앤절라가 소스라치게 놀라며 고개를 들었다. 방 안에 있는 사람들을 보고 놀라기라도 한 것 같았다.

"빌이 모기가 얼마나 지독한지 얘기하던 중이었어." 토머스가 다독이는 목소리로 말했다. "그리고 작업장 안에서 일하는 나보다 자기가 더 힘들다고 했고. 당신이 내 편을 좀 들어줬으면 좋겠는데."

앤절라는 미소를 지으려 애썼지만 할 수 있는 건 남편을 향해 그저 끄덕여 보이는 것뿐이었다.

"어쨌든 벌레에 더 물리면 수혈을 받아야 할 정도야. 말라리아 걱정은 안 해도 될걸. 어휴, 꼭 드라큘라한테 물린 것 같네." 캐서린이 남편 빌의 목을 가리키며 말했다.

"해충 퇴치제에 알레르기 반응이 있어서 그래." 빌이 자신의 목에 손을 갖다 댔다.

토머스는 여전히 앤절라의 어깨에 손을 올리고 있었다. 아내를 대화에 이끌려고 애쓰는 중이었다. 앤절라는 그의 손 위에 자신의 손을 포개고 또다시 거짓 미소를 지었다.

"뱀파이어한테는 해충 퇴치제가 안 먹힐걸." 앤절라가 말했다.

이 말에 모두가 킥킥대며 웃었다. 앤절라는 저녁식사를 하며 대화에 참여해보려 노력했지만 눈에 보이는 것이라곤 텔레비전 리포터의 잔상뿐이었다. 이것은 여전히 그녀의 뇌에 불을 지폈고, 그녀의 머리에 떠오르는 건 오직 올여름 실종된 여성들의 얼굴뿐이었다.

1979년 8월, 시카고

손님들이 떠나자 앤절라는 쓰레기봉투를 단단히 여며 묶었다. 남편 토머스는 설거지를 하며 팔뚝으로 이마를 닦았다. 앤절라에게 있어 사람을 초대하는 것은 새로운 경험이자 여전히 적응해야 하는 일이었다. 토머스를 만나기 전만 해도 그녀는 친구들과 친하게 지내는 경험을 해본 적이 없었다. 아니, 사실은 친구라는 게 없었다. 그녀는 '사회적 표준'에서 벗어나는 인생을 살아왔다. 어릴 때의 생생한 기억 때문에 남들처럼 '우정'을 맺는 것이 불가능했다.

다섯 살 때 유치원에서 한 여자아이가 다가와 벳시 맥콜[*] 인형을 주며 같이 놀자고 한 적이 있었다. 바로 이날 앤절라는 누군가가 자신의 곁에 가까이 있다는 것에 거북한 감정을 느꼈고, 수많은 아이들이 만졌을 그 인형에 손을 댄다는 생각을 하자 혐오감이 밀려들었다. 유치원에 들어가기 전에도 세균과 오물이 걱정되어 소지품을 지퍼백에 넣어 다니곤 했다. 그녀의 부모는 앤절라의 짜증(감정 제어가 불가능한 상황)을 가라앉히려면 아이의 물건을 지퍼백에 안전하게 보관해야 한다는 것을 알게 되었다. 그 습관은 초등학교까지 이어졌고, 그녀의 물건이 세상으로부터 차단된 것처럼 그녀

---

[*] Betsy McCall. 미국에서 1950년대에 출시된 플라스틱 인형 이름.

자신도 교우관계에서 완벽하게 단절되었다.

이런 상황에서 캐서린과 빌 블랙웰을 저녁식사에 초대한 것은 앤절라가 몇 달 동안이나 머물렀던 안전지대에서 벗어나는 일이었다. 이건 필요한 일이었다. 그녀의 인생을 좀 더 평범하게 만들어주었으니까. 그녀는 자신을 변화시켜준 토머스에게 감사해야 했다. 그녀는 세상에서 만나는 모든 사람들이 자신을 곁눈질하는 걸 알고 있었다. 자신의 별난 점을 알면서도 토머스가 자신을 받아들여준 것은 그녀에게 위안이 되었다. 결혼생활을 통해 새로운 세계가 열렸다. 캐서린은 앤절라가 친구로 받아들인 첫 번째 사람이었다. 앤절라는 다른 사람들과 함께 있을 때면 어떻게 해서든 자신의 일상을 괴롭히는 독특한 버릇을 자제하려 애썼다. 캐서린은 그런 그녀의 모습을 너그러이 품어주었다. 예를 들어 토머스를 제외하면 누구와도 신체 접촉을 하지 않는다든가, 소음을 유난히 못 견뎌 하는 것, 그리고 오늘 또 다른 여성이 실종되었다는 뉴스를 보고 그랬던 것처럼 뭔가에 생각이 꽂히면 꼼짝하지 못하는 것 등등. 앤절라는 저녁 내내 다른 것에는 신경을 쓸 수 없었다.

캐서린과는 마음이 잘 맞았지만, 남편의 친한 친구인 캐서린의 남편에게는 거리감이 느껴졌다. 하지만 이 역시 캐서린에게는 별문제가 되지 않아 보였다. 캐서린과 앤절라는 남편들이 일하는 동안 자주 만나 점심을 함께했다.

"재밌었지?" 토머스가 물었다.

"응."

"당신하고 캐서린은 좋은 친구가 된 것 같던데?"

"맞아. 캐서린 남편도 좋은 사람이고."

토머스가 그녀에게 다가왔다. "캐서린 남편한테는 이름이 있어,

당신도 알잖아."

앤절라는 눈을 내리깔고 자신의 발을 바라보았다.

"오늘밤 힘들었다는 거 알아. 하지만 당신 아주 잘했어. 그리고 캐서린이 당신에게 아주 편한 사람이라는 것도 알아. 그렇다고 해서 나랑 캐서린한테만 얘기를 해선 안 되잖아. 집 안에 들인 모든 사람들하고 대화를 나눠야지. 그게 예의야."

그녀가 끄덕였다.

"그리고 사람을 거론할 때는 이름을 불러야 하고. 빌이잖아, 그치? 캐서린 남편 이름은 빌이야."

"나도 알아. 근데 그 사람은……. 그냥 아직 익숙지 않아서 그래. 그게 다야."

"빌은 내 동업자야. 좋은 친구이기도 하고. 앞으로도 자주 보게 될 거고."

"나도 노력하고 있어."

토머스가 아내의 이마에 다시 입을 맞췄다. 그녀가 실종사건에 대해 보도하는 리포터를 보고 있을 때 그랬던 것처럼. 그러고 나서 그는 다시 설거지를 하러 갔다.

"쓰레기 버리러 갔다 올게." 앤절라는 꽉 묶은 쓰레기봉투를 들어올리며 말했다.

그녀는 뒷마당으로 향하는 주방문 밖으로 나왔다. 잔디가 깔린 좁은 땅을 지나자 차고 뒷문이 열려 있는 게 보였다. 어두워진 지금, 차고 문 사이로 쏟아져 나온 빛이 잔디밭에 사다리꼴 모형으로 내려앉아 있었다. 토머스가 닭을 굽고 있을 때 캐서린의 남편(토머스가 방금 주지시켜준 그 이름 빌)이 차고를 맘대로 들락날락했던 게 떠올랐다. 차고는 잡동사니와 쓰레기로 엉망이라 이 행동 또

한 그녀를 불편하게 만들었다. 앤절라는 사물이 제대로 정리되어 있지 않으면 힘들어했다. 그래서 저녁때쯤 차고 뒷문을 닫아놓았다. 캐서린의 남편에게 뒷뜰에만 있으라고 무언의 신호를 준 것이었다. 그런데 그 문이 이렇게 열려 있으니 적잖이 당황스러울 수밖에 없었다.

앤절라는 차고 문을 닫고 철조망 울타리 문을 밀어 어두운 골목으로 들어섰다. 쓰레기통 뚜껑을 열고 쓰레기봉투를 버렸다. 고양이가 하악질을 하며 쓰레기통 뒤에서 튀어나왔다. 놀란 그녀는 쓰레기통 뚜껑을 떨어트렸다. 철끼리 부딪히며 내는 요란한 소리가 골목에 울려 퍼졌다. 그녀는 비명을 내질렀다. 어딘가 가까운 곳에서 개가 짖어댔다.

앤절라는 숨을 깊이 들이쉬고 골목을 바라보았다. 골목 끝 멀리에 가로등이 빛을 발했고, 땅바닥에 나뭇가지 그림자가 흔들거렸다. 앤절라는 마음속으로 도시를 내려다보는 인공위성 영상을 그렸고, 도시 변두리 어두운 골목에 서 있는 자신의 위치를 가늠해보았다. 앤절라의 생각은 그녀가 오밀조밀 만들어놓은 도표로 향했다. 그 안에는 여성들이 납치된 것으로 예상되는 장소가 빨간 점으로 표시되어 있었다. 그녀는 그 모든 지역을 연결하는 장소를 밝은 노란색으로 돋보이게 했다. 그녀가 사는 동네는 그 색이 칠해진 오각형에서 멀리 벗어나 있었다.

가슴이 쿵쾅거리고 손이 덜덜 떨렸다. 앤절라는 쓰레기통 뚜껑을 주워 들어 되는대로 올려놓고는 뒷마당을 가로질러 주방으로 뛰어들었다. 설거지는 모두 끝나 있었고, 거실에서는 시카고 컵스 구단이 경기하는 소리가 흘러나왔다. 슬쩍 보니 토머스가 안락의자에 깊게 몸을 파묻고 있었다. 얼마 지나지 않아 코를 골 태세였다. 그녀는 손가락 끝까지 아드레날린을 느끼며 침실로 기어들어가 침대 발치에서 무릎을 꿇었다. 상자를 열자 스크랩해둔 신문 더미와 도시 지도가 나왔다.

저녁 내내 강박관념을 누르고 있던 참이었다. 앤절라는 자신에게 자제력이 있다는 것을 새로이 알게 되었다. 그 덕에 토머스와 새로운 세계를 열 수 있었고, 캐서린과 우정을 쌓을 수 있었다. 하지만 자신의 마음이 원하는 것과 중추신경계가 요구하는 것을 완전히 무시하지는 못하리라는 것도 그녀는 알고 있었다. 그것은 앤절라를 향해 소리쳤다. 체계화하고 목록을 만들고 말이 안 되는 것은 허물어버리라고. 그녀는 사물을 볼 때 똑바로 완벽하게 정리된 모습을 90도 각도로 내려다보았다. 그러지 않으면 모든 것이 엉망진창으로 보였다. 뭐든 부자연스러운 것이 있다면 제대로 이어 맞추라는 마음속의 외침은 너무 커서 무시할 수 없을 정도가 되었다. 더군다나 요즘에는 귀가 먹먹할 정도였다. 도시를 마비 상태로 만든 남자가 경찰을 피해 다니고 있다는 생각은 그 자체로 혼돈이었다. 앤절라는 '도적'이라는 이름의 그 남자에 대해 끊임없이 맹렬하게 생각한 이래로 다른 어떤 것에도 집중할 수 없었다.

그녀는 신문기사 더미를 침실에 있는 작은 책상에 펼쳐놓았다. 이미 모든 기사를 족히 백 번씩 읽었지만, 다른 누군가가 놓친 것을 찾아내리라 각오하며 스탠드를 밝혔다.

1979년 8월, 시카고

다음 날 오전, 앤절라는 식탁에 앉아 지난주 신문에서 잘라낸 도적 관련 기사에 둘러싸인 채 시간을 보냈다. 토머스가 안락의자에서 잠든 틈을 타 밤늦게까지 기사를 읽고, 그가 출근하고 나자 또다시 기사를 들여다보는 것이었다. 그녀 앞에는 시카고 신문 《선타임스》와 《트리뷴》이 있었고, 각각의 기사가 가위로 꼼꼼하게 오려져 있었다. 심지어 《뉴욕 타임스》도 있었다. 《뉴욕 타임스》는 시카고 사건에 대한 짧은 논평을 실으며 3년 전에 일어난 "샘의 아들" 살인사건과의 유사점을 거론하고 있었다. 앤절라는 실종된 여성 다섯 명에 집중해 기사를 읽고 또 읽으며 각각의 피해자에 대한 모든 기사를 목록으로 만들었다. 사진도 모으고 자신이 직접 그들의 삶에 대해 정리했다. 그러다 보니 그들과 연결되어 있다고 느낄 만큼 많은 것을 알게 되었다.

앤절라는 자신이 느끼는 고통의 크기를 토머스에게 숨기기 위해 부단히도 애썼다. 과거에는 강박장애가 그녀를 좀먹던 시기가 있었다. 일상생활이 불가능할 정도의 강박장애였다. 암흑의 시대를 지나는 동안 그 병은 앤절라를 구속했고, 그녀의 뇌는 끊임없이 과잉 작업을 요구했다. 폭풍처럼 몰려드는 일에서 도망치려고 할수록 편집증이 더욱 강하게 그녀를 붙들었다. 줄곧 해오던 의미 없는 과제를 중간에서 멈추면 뭔가 끔찍한 일이 생길 것만 같았다. 결국 그녀가 굴복할 때까지 편집증은 끊임없이 반복되며 자가증식했다.

앤절라는 그러한 증상이 다시 시작되는 걸 느꼈다. 당장 지금의 강박상태를 다스려야 했다. 안 그러면 재발로 이어질 터였다. 하지만 쉽지 않은 일이었다. 그녀의 정신은 이미, 사라진 여성들과 미지의 납치범으로 향해 있었다. 그녀는 피해자들 사이의 연관성을 찾을 수 있으리라 확신했다. 하지만 그렇게 찾아낸 결과를 가지고 뭘 할지는 아직 정하지 못했다. 그 결과를 경찰에 알릴 수도 있겠지. 하지만 너무 앞서 나가지 말아야 했다. 미래를 너무 앞서 생각하다 보면 추측만 늘어날 뿐이고, 결국 불안과 두려움만 야기될 뿐이다. 만약 또다시 그녀의 속눈썹이 없어지고 눈썹이 얇아지는 걸 토머스가 눈치챈다면 증상이 재발했다며 걱정할 것이다. 그러면 다시 상담을 받아야 할 테고, 이 조사도 진행하지 못하게 된다. 그럴 순 없었다. 사진 속에서 앤절라를 바라보는 이 여성은 마땅히 관심을 받아야 했고, 앤절라는 그녀를 못 본 체할 수 없었다.

신문을 오려 분류하고 파일에 정리한 뒤 침대 발치의 나무 상자에 넣었다. 커피를 들고 차고로 갔을 때는 오전 10시였다. 손수 만든 샌드위치 두 개도 포일에 싸서 가져왔다. 차고는 방갈로식 주택 뒤로 차 두 대를 세울 수 있을 만큼 떨어져 있었다. 주방 뒷문을 열면 시멘트 길이 나왔고 그 길이 차고 뒷문으로 이어졌다. 차고 정문은 골목을 향해 열리는 구조였다. 전날 밤 쓰레기통 뒤에서 튀어나온 고양이를 목격한 그녀는 어두운 그림자 속에 있었을지도 모르는 존재에 대해 상상하다가 말도 안 되는 악몽을 꾸었다. 그렇지만 오늘 아침, 해는 밝게 빛났고 두려움은 사라졌다.

벽에 있는 스위치를 누르자 커다란 차고 문이 덜컹거리며 올라갔고 아침의 태양이 내부를 밝혔다. 그녀가 차고에 들어가는 건 흔치 않은 일이라 내부 분위기가 집과는 달랐다. 만일 차고가 토머스가 아닌 그녀의 장소였다면 앤절라는 자신의 손길이 닿는 장소처럼 꼼꼼하게 정리했을 것이다. 선반에 낡은 책과 먼지 쌓인 보관 용기가 어수선하게 늘어서 있었다. 토머스와 함께 집 안 곳곳을 정리하며 침실을 칠하는 데 썼던, 겉에 페인트 방울이 묻은 페인트 통도 선반에 있었다. 한쪽 구석에 차 수리 공구도 쌓여 있었다. 팔기로 해놓고 그냥 내버려둔 오래된 소파도 있었다. 소파는 흙먼지를 잔뜩 뒤집어쓴 채 오래된 잡지와 신문으로 덮여 있었다. 이것이 오늘 그녀가 할 프로젝트였다.

수요일은 쓰레기 수거일이었다. 오늘 할 일은 오래된 소파를 골목으로 끌어내는 것이었다. 앤절라는 일단 소파를 뒤덮은 신문과 잡지 더미를 치웠다. 이 일만 하는 데도 십 분이 걸렸다. 그런 다음 차고 정문 쪽에 서서 소파 팔걸이를 부여잡고 잡아당겼다. 너무 무거웠지만 십 분이 지나자 골목까지 끌고 나오는 데 성공했다. 공용 쓰레기통까지는 6미터 더 가야 했지만 거기까지는 정말 무리였다. 샌드위치 두 개는 이곳에 둔 거대한 폐기물을 옮겨야 할 쓰레기 수거원들에게 미안해서 뇌물로 준비한 것이었다.

그녀는 숨을 고르며 차고로 돌아왔다. 불안한 눈빛으로 어지러운 선반을 쳐다보았다. 소파만 치우겠다고 토머스에게 말해놓았다. 만약 다른 것들까지 강박적으로 정리를 하면 토머스가 화를 낼 것이다. 그렇지만 혼돈 상태인 선반을 보자 손가락 끝이 간질간질했다. 그곳을 살펴보니 잊고 있었던 물건들이 눈에 띄었다. 결혼 전에 쓰던 유리 식기, 지금껏 한 번도 쓰지 않았던 크리스마스 장식물.

다른 쪽 선반에는 실용적이지도, 맘에 들지도 않았던 오래된 결혼 축하 선물들이 있었다. 양쪽으로 와인병을 끼울 수 있는 피크닉 바구니도 있었다. 그녀는 살면서 피크닉을 가본 적이 한 번도 없었다. 벌레가 들끓는 잔디밭에 앉아 와인을 홀짝거린다는 생각만으로도 피부에 뭔가 기어가는 느낌이 들었다. 바구니 뚜껑을 들어올리자 그 안에 뭔가 있었다. 자세히 보니 얇은 보석 상자였다.

앤절라는 마치 보물이라도 발견한 사람처럼 누가 볼세라 재빨리 주변을 둘러보고 골목을 내다보았다. 이윽고 상자를 꺼내 뚜껑을 열어보았다. 아침 햇살이 측면 창문을 통해 비스듬히 들어와 다이아몬드 목걸이에 부딪혔고, 가운데 있는 녹색 감람석橄欖石을 눈부시게 비췄다. 토머스가 사치를 부리는 건 드문 일이 아니었다. 과거에도 그런 적이 있었고, 일주일만 있으면 앤절라의 생일이기도 했다. 그의 깜짝 선물을 망쳐버린 것 같아 마음이 안 좋았다.

"도와드릴까요?"

낮고 낯선 목소리에 앤절라는 떨 듯이 놀랐다. 목걸이를 바구니에 떨어트리고 몸을 돌리자 모르는 남자가 서 있었다. 그녀는 저도 모르게 숨을 들이마셔서 폐를 확장시켰다가 헉하는 소리를 내뱉었다. 남자는 골목에 있는 소파 옆에 서 있었지만 존재감은 그보다 더 가깝게 느껴졌다. 움푹 들어간 눈은 빛 때문에 더욱 그늘져 보였고, 아침 햇살이 그의 뒤에서 쏟아지며 실루엣을 만들어냈다. 차고 바닥에 드리워진 그의 그림자가 너무 가까이 다가오는 것 같아 소름이 돋았다.

"이거 옮기다가 포기하신 거 같아서요."

"아니, 아니에요." 앤절라는 앞뒤 생각 없이 대답했다. 비틀거리며 조금씩 뒷문 쪽으로 뒷걸음쳤다. 그녀는 가능한 한 사람들과 눈을 마주치지 않았다. 하지만 이 남자의 짙은 회색 눈은 못 본 척하기에는 너무나 신비했다.

"제가 도와드릴게요. 공용 쓰레기통까지 옮겨드리죠. 이거 버리는 거 맞죠? 그렇죠?"

앤절라가 고개를 저었다. 그동안 모아놓은 실종 여성들의 삶이 떠올랐다. 그녀가 살펴보고 조사한 신문기사들. 실종 지역을 표시해놓은 지도와 피해야 할 지역을 밝은 노란색으로 칠해 만든 오각형. 쓰레기통 뒤에서 길고양이가 튀어나왔을 때 느꼈던 바로 그 두려움이 그녀를 가득 채웠다. 어젯밤 그녀는 누군가의 존재를 감지했고, 자신의 마음이 두려움에 잠식되기 전에 집 안으로 뛰어 들어갔다. 그 후로는 생각을 떨쳐내기 위해 부단히 애썼다. 골목에 누군가가 있었고, 그가 어둠 속에서 자신을 바라보고 있었다는 생각을 떨쳐내기 위해. 공포에 집중하는 것, 마음속 부싯돌이 끊임없이 부딪쳐 불안이라는 불쏘시개에 불길을 일으키는 것. 이것들은 그녀를 미치게 할 위력이 있었다. 일단 이런 생각이 시작되면 불길을 끌 방법은 없었다.

만약 몇 년 전에 이처럼 오락가락하는 생각이 들었다면 어땠을까? 편집증이 몇 주나 지속되었을 것이다. 집 안에 틀어박혀 자물쇠를 확인하고 또 확인하며 매일 밤 창문이 잘 닫혔는지 확인하느라 침대에서 자꾸 일어났을 것이고, 전화가 작동하는지 신호를 확인하기 위해 수화기를 수백 번씩 들었다 놨을 것이다. 앤절라는 수년간 미치도록 노력해왔다. 이제 와서 자신의 마음이 구불구불 복잡해지는 걸 보며 새로운 삶을 망치게 내버려둘 수 없었다. 그런데 지금 골목에 있는 남자를 보고 있자니, 어젯밤 자신의 뇌가 보낸 경고를 더 확실히 받아들였어야 했다는 후회가 들었다.

"남편이 곧 나올 거예요." 그녀는 겨우 입을 뗐다. "나머지는 남편이랑 같이 하면 돼요."

남자는 앤절라의 어깨 너머 뒷문으로 시선을 들어 주택을 쳐다보았다. 그가 주택을 가리키며 말했다. "남편분이 집에 있다고요?"

"네." 앤절라가 너무 급하게 응수했다.

남자가 차고 문턱까지 한 걸음 다가왔다. 그의 어두운 그림자가 바닥에서 구부러져 앤절라의 다리까지 올라왔다. 앤절라는 그림자가 느껴지는 것만 같았다.

"정말 안 도와드려도 돼요?"

앤절라는 더 뒤로 물러났다. 그리고 몸을 돌려 급하게 문을 나가 뒷마당으로 뛰어갔다. 주방문으로 달려가 더듬더듬 손잡이를 잡고 집이라는 안전한 공간에 들어가 곧장 문을 잠갔다. 커튼을 살짝 젖혀 내다보니 남자는 소파 옆에 서서 차고 뒷문을 통해 앤절라의 집 뒤편을 보고 있었다. 귀에서 심장 뛰는 소리가 들렸다. 그때 쓰레기 수거 차량이 골목으로 들어와 끽 하고 브레이크 밟는 소리를 냈다. 낯선 남자는 뒤를 돌아보더니 트럭이 다가오자 서둘러 멀어졌다.

앤절라는 손이 덜덜 떨렸다. 샌드위치를 들고 나가 골목에 내버려둔 소파를 가져가 달라고 얘기할 용기가 나지 않았다. 대신 그녀는 욕실로 뛰어 들어가 눈물이 나고 명치가 아플 때까지 변기에 대고 구토를 했다.

6장
2019년 10월 16일, 시카고

로리 무어는 암행순찰차 옆으로 운전자를 마주볼 수 있게 차를 댔다. 차창을 내리고 도수 없는 안경을 올려 썼다. 어두운 시간이었고 차 안도 어둑어둑했다. 그녀는 론 데이비슨 형사가 자신의 눈을 보지 못할 거라고 확신했다.

론이 차창 밖으로 노란 서류 봉투를 건넸다.

"부검 보고서와 독극물 결과네. 사건에 대한 모든 기록과 인터뷰도 있어."

로리가 봉투를 받아 들고 파일철 아래 인쇄된 카밀 버드의 이름을 보았다. 부서진 케스트너 인형과 도와달라는 그녀 아버지의 간청이 떠올랐다. 로리는 파일을 조수석에 두었다.

"자네 이제 공식적으로 수사하는 거야. 오늘 아침에 서류 정리는 마쳤네."

"그쪽 팀에서 이 사건을 마지막으로 들여다본 게 언제예요?"

론이 볼을 부풀리더니 졌다는 듯이 한숨을 내쉬었다. 로리 눈에는 그가 대답을 하기도 전에 이미 곤란해하는 기색이 보였다.

"일 년이 넘었지. 몇 달이나 지나도 새로운 실마리는 없고, 올해만 해도 지금까지 살인사건이 오백 건이 넘었어. 그러니 미해결 사건이 되었지."

로리의 마음은 론과 함께 카밀의 꽁꽁 언 시신이 발견된 그랜트 공원으로 갔던 날 아침으로 되돌아갔다. 매번 사건을 맡을 때면 그렇듯이 피해자를 생각하면 가슴이 아팠다. 그게 바로 사건을 골라가면서 받는 이유였다. 범죄 재구성이라는 좁은 판에서 로리무어만큼 일을 잘하는 사람은 없었다. 그녀는 시카고의 겨울보다 더 꽁꽁 언 사건에 새 생명을 불어넣었다. 그녀는 그렇게 타고났다. 그녀의 유전자에는 다른 사람들이 보지 못하는 것을 보고, 남들이 보기에는 산발적이고 상관없는 것들을 연결하는 능력이 있었다. 차량 파괴나 자살 등 간단한 사건의 재구성은 그녀가 맡지 않았다. 그런 단순한 사건은 절대 로리의 관심을 끌지 못했다.

그녀는 미해결 살인사건이나 남들이 포기한 사건을 재구성했다. 이를 위해서는 피해자와의 관계를 좀 더 깊고 사적으로 발전시켜야 했다. 그들이 누구인지는 물론 그들의 이야기를 속속들이 알아야 했다. 그러면 그들이 살해당한 이유가 뒤따라왔다. 이는 그녀를 감정적으로 소진시키는 아주 어려운 작업이었다. 보통은 피해자들을 위해 정의를 꾀하는 과정에서 그들과 친밀해졌는데, 그럴 때면로리 인생에 있는 누구보다도 그들과 더 가까운 사이가 되었다. 그녀는 오직 이 방법으로만 일을 할 수 있었다.

시카고 경찰서의 살인전담반 반장인 론 데이비슨은 현재 정치적으로나 사회적으로 여기저기서 압력을 받고 있었다. 그는 시카고의 미해결 살인사건 비율을 '똥통'에서 구해내야 했다. 시카고는 전국에서 살인사건 해결 비율이 가장 낮은 곳에 속했다. 그래서 로리가 카밀 버드의 꽁꽁 언 미해결 살인사건을 맡기로 했을 때, 론의 입장에서는 자원을 많이 들이지 않고도 이 사건을 목록에서 지울 수 있는 기회가 된 것이었다. 로리는 강력계 형사의 도움을 전혀 받지 않고 혼자서 사건을 재구성했다. 수년 동안 경찰은 로리에게 계속 사건 의뢰를 해왔으니, 만약 그토록 까다롭게 따져가며 맡지 않았더라면 아마 일주일에 한 건씩은 맡았을 것이다.

"한번 보고 뭐 발견하면 알려드릴게요." 마침내 로리가 말했다.

"소식 계속 전해주게."

로리의 차창이 올라가기 시작했다.

"이봐, 그레이!" 데이비슨이 불렀다.

로리는 중간쯤 올라온 창을 멈추고 안경 너머로 그를 바라봤다.

"아버님 일은 유감일세."

로리는 고개를 끄덕이고 창을 끝까지 올렸다. 차 두 대가 서로 다른 방향을 향해 달리기 시작했다.

7장
2019년 10월 16일, 시카고

로리가 요양원으로 들어가 121호실 문을 열었다. 전등은 어두 침침했고 텔레비전에서는 파란 불빛이 새어 나왔다. 한 노부인이 침대에 누워 있었다. 눈을 뜨고 있었지만 로리의 존재는 의식하지 못했다. 로리는 침대 옆 의자에 앉아 노부인을 바라보았다. 침대 양쪽으로 높이 올라온 난간이 환자를 보호하고 있었다. 노부인은 텔레비전만 뚫어지게 바라보았다.

로리가 손을 뻗어 그녀의 손을 잡았다.

"그레타 할머니. 저예요, 로리."

로리의 고모할머니가 입술을 오물거리며 입안으로 입술을 빨아 들였다. 간호사가 틀니를 빼고 난 후에 든 습관이었다.

"그레타 할머니, 제 말 듣고 계세요?" 로리가 속삭이며 물었다.

"널 구하려고 했어. 그랬는데, 피가 너무 많이 났어." 노부인이 말 했다.

"괜찮아요. 다 괜찮아요."

"출혈이 심했다고. 피가 너무 많이 났어." 고모할머니가 로리를 보며 말했다.

간호사가 병실로 들어왔다. "죄송해요, 들어오시기 전에 말씀드 리려고 했는데. 오늘 상태가 좀 안 좋으세요."

간호사는 그레타의 베개를 바로잡아주고 빨대가 꽂힌 하얀 스티로폼 컵을 침대 옆 탁자에 올려놓았다.

"물 여기 있어요. 피는 없고요. 저는 피 보는 거 싫어해요. 그래서 여기서 일하는 거예요."

"언제부터 이러신 거예요?"

"거의 하루 종일요. 어제는 괜찮으셨어요. 아시다시피 치매라는 것은 사람을 인생의 다른 순간으로 잠깐씩 데리고 가잖아요. 어떨 때는 잠깐 그랬다가 어떨 때는 좀 더 길게 그래요. 그렇지만 지나갈 거예요."

로리가 스티로폼 컵을 가리키며 고개를 끄덕였다. "물은 제가 드릴게요."

간호사가 미소를 지었다. "뭐든 필요하시면 절 부르세요."

간호사가 나가자마자 고모할머니가 다시 로리를 바라보았다.

"널 구하려고 했어. 피가 너무 많이 났어."

그레타는 간호사로 일했었다. 그만둔 지 오래됐지만, 치매라는 것이 그녀의 마음을 헤집어놓더니 환자들을 돌보며 맞이했던 과거의 가장 어두웠던 순간으로 그녀를 데려가고 있었다.

그레타는 입을 닫고 다시 텔레비전을 바라보았다. 오늘의 방문은 그저 그런 날 중의 하나였다. 고모할머니는 아흔두 살이었고, 지적 능력은 때마다 다르게 나타났다. 어떤 때는 예전처럼 예리했고, 때로는 오늘밤처럼, 그리고 로리 아버지의 사망 소식을 듣고 난 지난 2주처럼 과거에서 길을 잃기도 했다. 로리도 뚫고 들어갈 수 없는 세계였다. 지난 몇 년간 할머니의 정신이 온전했던 순간이 있었다면 그건 밤일 확률이 높았다. 때때로 로리는 와서 몇 분만 있다가 가곤 했다. 간혹 할머니가 초롱초롱한 정신으로 말을 많이 할 때면 로리는 이른 새벽 시간까지 머물며 어렸을 때처럼 이야기를 나누곤 했다. 그레타 할머니는 로리 무어를 이해할 수 있는 극소수 사람 중 하나였다.

"그레타 할머니, 아빠에 대해 말씀드린 거 기억하세요? 프랭크 말이에요. 할머니 조카요."

그레타가 입술을 오물거렸다.

"지난주에 장례를 치렀어요. 할머니도 모셔 가려고 했는데 할머니 상태가 안 좋았어요."

로리는 할머니의 오물거림이 빨라지는 것을 보았다.

"할머니는 놓친 거 하나도 없어요. 제가 사람들 피하려고 구석에서 꿈틀대는 건 못 보셨지만. 오셨으면 할머니 뒤로 숨었을 텐데 말이에요."

이 말을 하자 그레타가 힐끗 보더니 희미하게 미소를 지었다. 로리는 자신이 벽을 뚫고 들어갔음을 직감했다. 오늘밤은 할머니에게 작은 기회를 선사할 것이다.

"모두가 사랑하는 작은 노부인을 휠체어에 태워가면 누가 저한테 관심이나 뒀겠어요?"

로리는 할머니가 자신의 손을 꽉 잡는 걸 느꼈다. 그레타의 눈에 눈물이 맺히더니 뺨으로 흘러내렸다. 로리는 재빨리 티슈를 뽑아 할머니의 얼굴을 닦아주었다.

"할머니." 로리는 할머니와 눈을 마주치려 애쓰며 말했다. 평소라면 싫어했을 눈 맞춤을. "이번 건은 어려워서 도움이 필요해요. 케스트너 인형인데 왼쪽 안구 쪽에 균열이 심하게 났어요. 균열이야 제가 손볼 수 있는데 색칠하는 건 도움이 필요할지도 몰라요. 도자기 색이 바래서 에폭시 위에 칠해야 할 것 같거든요. 도와주실래요?"

그레타가 로리를 바라보았다. 입술 오물거림을 멈춘 채. 그러더니 보일 듯 말 듯 고개를 끄덕였다.

"좋아요. 할머니가 최고예요. 제가 아는 모든 걸 가르쳐주셨잖아요. 다음에 올 때 물감이랑 붓이랑 가져올게요."

로리는 다시 의자에 앉아 할머니의 손을 잡았다. 그리고 할머니가 잠든 것이 확실하게 느껴질 때까지 한 시간 동안이나 무음으로 흘러나오는 텔레비전을 바라보았다.

8장
2019년 10월 16일, 시카고

　11시가 막 지난 시각, 로리는 집 앞 길가에 있는 이웃집 차 뒤로 줄 맞춰 주차했다. 그레타 할머니를 만나고 와서 기분이 좋았다. 고모할머니를 보고 온다고 늘 기분이 좋은 것은 아니었다. 치매가 할머니의 성격 대부분을 앗아가 버렸으니까. 어떨 때는 못된 할머니가 되어 술에 취한 선원처럼 욕을 내뱉다가 곧 두서없는 말을 횡설수설 늘어놓곤 했다. 그렇지만 그렇게 표독하게 욕을 하더라도 공허한 눈빛에 텅 빈 영혼의 할머니를 보는 것보다는 못된 할머니를 보는 게 더 나았다. 로리는 할머니의 어떤 성격이라도 받아줄 수 있었다. 때때로 오늘처럼 자신이 평생 사랑했던 할머니의 모습을 잠깐이라도 볼 수 있는 날이 있기 때문이었다. 오늘은 좋은 밤이었다.

　집으로 걸어가 편지를 꺼내고 열쇠로 문을 여는 동안 건너편 개가 짖어댔다. 로리는 편지 더미와 카밀 버드의 서류를 식탁 위로 던지고 찬장에서 유리잔을 하나 꺼냈다. 냉장고 가운데 칸에는 플로이즈 다크로드° 맥주 여섯 병이 있었다. 좀처럼 구하기 어려운 이 맥주는 인디애나 쪽 연줄을 통해 비축해놓은 것이었다. 620밀리리

° 인디애나주의 맥주 제조사 스리플로이즈브루잉(Three Floyds Brewing)사에서 출시한 맥주.

터의 병들이 라벨을 앞쪽으로 향한 채 완벽하게 줄지어 서 있었다. 로리는 다크로드를 꼭 이렇게 진열했다. 그중 하나를 꺼내 커다란 유리잔에 따른 후 블랙커런트˚ 농축액을 조금 섞었다. 알코올 15도의 다크로드는 웬만한 포도주보다 강해서 두 잔 정도만 마시면 원하는 효과를 얻을 수 있었다. 식탁에 앉은 로리는 편지 더미를 한쪽으로 밀어놓고 데이비슨 형사가 준 서류 봉투를 앞에 놓았다. 맥주를 두 모금 가득 마시고 깊게 숨을 들이쉰 뒤 서류의 첫 장을 펼쳤다.

카밀 버드는 사망 당시 스물두 살로 일리노이 대학을 졸업한 지 얼마 안 된 상태였다. 5월에 졸업을 하고, 정보통신 전공을 살려 일할 곳을 찾던 중이었고, 위커파크에서 두 명의 룸메이트와 생활하고 있었다. 검시관은 그녀가 질식으로, 혹은 손으로 목이 졸려 사망했다는 소견을 보였다. 사망 방식은 살해. 성폭행 흔적은 없음.

로리는 맥주를 두 모금 더 마신 후 페이지를 넘겼다. 부검 기록에는 질식의 전형적인 징후들이 적혀 있었다. 기도에 남은 핏자국, 폐부종, 얼굴에 나타난 점상출혈, 그리고 눈에 나타난 결막하출혈. 목에는 멍자국이 심하게 나 있었고, 목뿔뼈과 후두부에는 균열이 나 있어서 교살이라는 결론을 다시 한 번 확인해주었다. '지문' 검사에도 의문의 여지는 없었다. 로리는 부검 사진을 눈앞에 놓았다. 그리고 보고서를 다시 읽어보았다. 카밀 버드는 하루 동안 실종 상태였다가 바로 다음 날 시신으로 발견되었다. 사후경직 상태와 시반 현상으로 보아 발견되기 스물네 시간 전에 사망한 것으로 판단됐다. 카밀 버드를 죽인 범인은 재빨리 일을 해치운 것이었다. 피

˚ 북유럽 원산의 검은색 베리류 열매. 칵테일, 주스, 잼 등을 만들어 먹는다.

부 샘플에서는 류코트리엔 B_4가 발견됐는데, 이것은 목에 상처가 난 것은 사망 전, 그러니까 그녀가 죽기 전이라는 것을 의미했다. 그녀가 마지막 숨을 거둘 때 치유 능력도 함께 사라졌기에 영원히 없어지지 않을 상처였다.

로리는 조용한 집에서 한 시간 동안 부검 보고서를 들여다보다가 형사가 남긴 기록을 살펴보기 시작했다. 부검 보고서는 컴퓨터로 작성한 것이었다. 반면에 시카고 경찰서 살인전담반은 여전히 수기 기록을 하며 일했다. 서류를 펼치자 보기 싫게 뚝뚝 끊어 쓴 글씨체가 눈을 습격했다. 알아보기 힘들 정도였다. 로리는 남자 형사의 끔찍한 글씨체와 그들이 맺었던 어머니와의 관계를 프로이트식으로 해석했다. 그들이 애들처럼 글씨를 쓰는 것은 어리광을 부리고 싶어 하는 끊임없는 욕구의 증거라고.

한 시간 동안 블랙커런트 농축액을 섞은 다크로드 한 병을 더 마시며 카밀 버드의 삶을 읽어 내려갔다. 어린 시절의 삶에서부터 실종 당일, 그리고 그랜트 공원에서 꽁꽁 언 시신으로 발견된 아침까지의 삶이 적혀 있었다. 그녀는 종이 한쪽이 다 채워질 때까지 행간 여유도 없이 한 문장 한 문장을 죽 이어 적기 시작했다. 형사의 글씨체와는 달리 로리는 완벽한 필기체를 갖고 있었다. 그러나 행간이 없고 마침표도 거의 없어서 누가 자신의 글씨를 보더라도 형사가 고약하게 갈겨쓴 글씨만큼이나 알아보기 힘들 거라고 로리는 확신했다.

서류를 닫은 로리는 자신이 카밀 버드에 대해 아는 게 거의 없으며 원하는 대답은 직접 찾아야 한다는 것을 깨달았다. 하지만 오

● leukotriene B_4. 주로 백혈구에서 생산되는 염증 유발 물질.

늘은 시작일 뿐이었다. 보고서를 옆에다 쌓아놓고 그녀는 마침내 눈을 감았다. 마음을 가다듬으며 서류 속 사실들이 머릿속에서 자리를 잡게 했다. 밤이 되면 카밀 버드의 꿈을 꿀 것이다. 피해자에 대한 조사를 하고 나면 언제나 그랬듯이. 사건의 재구성은 늘 이렇게 시작되었다. 그녀는 사건을 신중하게 골랐고, 자신의 결론으로 형사들이 마무리지을 때까지 모든 집중력을 쏟아부었다.

이십 분의 명상 후 눈을 뜨고 숨을 깊이 들이마셨다. 서류를 들고 서재로 가서 책상 위에 두고는 8×10 사이즈의 카밀 버드 사진을 서류에서 뽑아 벽에 있는 커다란 코르크판에 꽂았다. 이전 사건들로 구멍투성이가 된 코르크판은 수년간 충격적인 이야기들을 담아왔다. 오늘밤 카밀 버드의 사진을 바라보는 로리에게 이전 사건들의 메아리는 더 이상 들리지 않았다. 오직 다른 세상에서 도움을 청하는 카밀 버드의 목소리만이 들려올 뿐이었다.

서재를 나오며 불을 껐다. 집 안이 온통 어두웠다. 그녀는 냉장고에서 맥주를 한 병 더 꺼내 작업실로 향했다. 작업실에는 간접 조명과 심혈을 기울여 위치를 잡은 스포트라이트만 있었다. 첫 번째 조명을 켜자 붙박이 선반에 서 있는 열두 개의 골동품 도자기 인형이 모습을 드러냈다. 선반마다 세 개씩 줄을 맞춰 선 인형들 위에서 매입형 조명이 밝음과 어둠의 완벽한 조화를 드리웠다. 각각의 도자기 인형은 빛이라는 마력 아래서 얼굴을 빛내며 자신의 색과 흠 없는 윤기를 뽐냈다.

선반에는 정확하게 스물네 개의 인형이 서 있었다. 한 칸이라도 비어 있으면 그 자리가 찰 때까지 로리는 괴로움을 느꼈다. 예전에 시험 삼아 인형 하나를 치우고 그 자리를 비워놓은 채 지내보았다. 빈자리는 그녀 마음에 불균형을 불러일으켰다. 잠도 못 잤고, 생각도 합리적으로 할 수 없었다. 계속되던 짜증이 사라지고 균형을 되찾은 것은 그 빈자리에 다른 인형을 놓아 선반을 완벽하게 채우고 난 직후였다. 그녀는 수년 전 이러한 자신을 받아들이고 더 이상 발버둥치지 않게 되었다.

그런 강박적인 생각이 마음에 자리 잡은 것은 어릴 적 할머니 집에서 선반에 줄 맞춰 서 있는 인형들을 본 순간부터였다. 인형 복구에 매력을 느끼게 된 것도 여름방학을 그 집에서 보내며 할머니와 복구 작업을 함께하면서부터였다. 10년이 넘게 똑같은 모습을 유지한 로리의 작업실은 그레타 할머니의 집을 따라한 것이었다. 붙박이 선반과 가장 완벽하게 복구한 인형들. 빈 공간이라는 것은 절대 허락할 수 없었다.

각각의 선반 아래에는 얇은 서랍이 달려 있었고, 서랍에는 선반 위 인형이 복구되기 '전' 사진이 담겨 있었다. 8×10 사이즈의 유광 사진에는 금이 간 얼굴, 사라진 눈, 들쭉날쭉한 균열 사이로 삐져나온 하얀 충전재, 얼룩투성이 옷, 사라진 팔이나 다리, 광택을 잃어 색이 바랜 도자기 인형이 찍혀 있었다. 사진 속 모습은 선반 위의 흠 없이 완벽한 인형과 강한 대비를 이루었다. 그 인형들은 로리가 공들여 살려낸 것이었다.

그녀는 작업대에 앉아 거위목 스탠드의 목을 꺾어 케스트너 인형을 비췄다. 카밀 버드의 아버지가 딸 사건에 로리를 끌어들이기 위해 사용한 인형. 그녀는 다크로드를 한 모금 더 마시고 초기 작업을 시작했다. 인형을 다각도로 촬영한 후 바닥에 눕히고 '복구 전' 사진이 될 결정적인 사진을 찍는 게 시작이었다. 그 사진을 토대로 복구 작업을 가늠했다. 맥주에 취한 채 새로운 일(카밀 버드가 어린 시절 갖고 놀던 인형과 바로 그 소녀의 죽음)에 집중하자 이 일이 정신의 깊은 곳까지 차지했다. 덕분에 아버지 회사에서 해결을 기다리며 자신의 신경을 갉아먹는 파일로부터 벗어날 수 있었다. 그리고 새로운 사건에 집중함으로써 적어도 아버지가 자택에서 홀로 숨졌다는 생각을 마음속 어두운 곳으로 밀어낼 수 있었다.

9장
2019년 10월 17일, 스테이트빌 교도소

그가 범행을 저지른 건 수십 년 전의 일이었다. 짧은 시간 동안 그는 유명인사였다. 그러나 곧 유죄 선고가 내려지자 세상의 관심은 멀어졌고 도적이란 이름도 거의 잊혀졌다. 그러다가 최근 기자들의 활약으로 그의 이름이 다시 떠오르게 됐다. 몇 개월 전부터 기자들은 공식적으로 확인되지 않은 피해자의 수를 다시 세며 1979년 여름을 끄집어내고 있었다. 피해자들의 가족과 친구들을 찾아가기도 했다. 세월의 여파로 잿빛 머리에 주름이 진 친구들은 자신들이 잃어버린, 오랫동안 잊고 지냈던 우정에 대해 얘기했다. 야망이 넘치는 뉴스 진행자들은 오래된 화면을 다시 송출했다. 도적이 시카고의 어두운 거리를 누비고 다니며 젊은 여성들을 납치해 사라지게 만들었던 그 무더웠던 여름날의 패닉을 다시금 상기시키려는 것이었다.

그의 유명세가 슬그머니 고개를 드는 이때, 그는 지난 수년간 자신을 도왔던 한 남자에게 의지해야 했다. 그는 교도소 이메일 시스템에 접근할 수 있었지만, 메일을 주고받는 과정이 지루할 정도로 느렸고, 교도소 규칙에 의해 엄격한 글자 수 제한을 받았다. 그러니 손으로 편지를 써서 교도소 우체국을 통해 보내는 게 더 빠르고 편했다. 심지어 전화를 거는 것보다도 빨랐다. 전화를 걸려면 정식으로 신청서를 올려 승인받은 다음 교도소 공중전화를 사용할 날짜와 시간을 정해야 했다. 그래서 그는 담당 변호사와 연락하고 싶으면 언제나 펜을 들어 편지를 쓰고 우체통에 넣는 것을 선호했다. 그런데 이번에는 편지의 답장을 받지 못한 지 2주가 훌쩍 지났다. 어쩔 수 없이 전화 사용 신청서를 올렸다. 가석방심사위원회의 최종 심리 날짜가 성큼 다가온 터라, 곧 있을 석방과 관련해 변호사와 꾸준히 연락해오던 참이었다.

도적은 침상에서 팔짱을 끼고 누워 가만히 기다렸다. 우주로부터의 불균형이 느껴졌다. 직감적으로 느낄 수 있었다. 시간을 보내는 것이 힘들었던 적은 없었다. 적어도 수년 동안은 그랬다. 하지만 최근 가석방심사위원회의 승인 도장을 받고 난 후부터 시간을 다스리는 게 무척 힘들어졌다. 감옥 생활이 끝을 향해 가는 지금, 그는 바깥세상에서 자신을 기다리는 것을 마음속으로 맛보고 있었다. 곧 맞이할 자유에 대해 생각하며 즐기는 것은 위험한 행동이었다. 그녀를 찾아내고 느낄 만족감에 대해 상상하는 것은 더더욱 위험했다. 그런데도 그는 침상에 누워 눈을 감은 채 마침내 그녀와 마주서는 순간을 상상했다. 얼마나 기쁜 순간일까? 이곳에 자신을 집어넣은 그 여자는 결국 응징을 받을 것이다.

"포식스!" 교도관의 목소리가 그의 상념을 흐뜨렸다. "오늘 전화 사용하는 날이라고?"

그가 침상에서 재빨리 일어나 바로 섰다.

"예, 그렇습니다."

교도관은 고개를 돌리고 벼락같이 울리는 소리로 감방 복도에 소리쳤다. "일-이-이-칠-육-오-구-사-육!" 그의 목소리가 벽을 타고 메아리치자 마치 마법처럼 수감자들이 각자의 감방 문 쪽으로 다가와 철장에 팔꿈치를 대고 그 사이로 팔을 내뻗었다.

포식스의 감방 문이 철커덕 열리자 교도관이 그에게 앞서 가라는 표시를 했다. 두 사람은 긴 복도를 따라 걸었다. 흥미를 끌 만한 일이 생기지 않자 수감자들은 철장에 걸쳤던 팔을 거두어들였다. 두 사람이 복도 끝에 이르자 신호음과 함께 문이 열렸고 포식스가 그 문을 통과했다. 문 안에서는 다른 교도관이 대기하고 있었다. 그는 포식스를 가볍게 툭툭 치더니 벽에 딱 하나 걸려 있는 공중전화를 가리켰다.

포식스는 그동안 해온 절차에 따랐다. 수신자 부담 전화를 걸 수 있는 교도소 자동화 시스템을 거쳐 다이얼을 돌리고, 수화기를 통해 들리는 잡음 섞인 신호음에 귀를 기울였다. 신호음이 여덟 번 울리더니 음성사서함으로 넘어갔다. 사서함은 꽉 차 있었다.

세계가 끝장났다. 뭔가 잘못되었다. 그녀를 찾겠다는 환상이 점차 희미해지기 시작했다.

1979년 8월, 시카고

.

앤절라는 골목에 나타난 낯선 남자를 본 이후로 일주일 내내 구토에 시달렸다. 그날 아침을 떠올릴 때마다 현기증이 났고 메스꺼움으로 배 속이 뒤집어졌다.

더러운 소파는 그날 하루 종일 그 상태로 놓여 있었다. 쓰레기 수거원은 그걸 건드리지도 않았다. 열린 차고 문 앞 골목에 이상한 각도로 놓여 있는 소파를 보고, 아마도 그들은 차고를 청소하느라 잠시 꺼내놓은 거라 생각했을 것이다. 앤절라는 주방 창문 커튼 사이로, 쓰레기 수거차가 공용 쓰레기통 앞에 멈춰 서고 수거원이 쓰레기를 차에 싣고 발판에 올라서자 다시 차가 떠나는 것을 지켜보았다. 차마 골목으로 달려나가 소파를 수거해달라고 말할 용기가 나지 않았다.

빵빵거리는 소리가 난 건 이른 오후 시간이었다. 이웃 사람이 주차를 시도 중이었다. 이웃 차고는 앤절라의 차고와 정확히 마주보고 있어서 소파 때문에 주차 각이 나지 않는 상황이었다. 누군가가 끊임없이 경적을 울린다는 것은 시카고에서는 늘 있는 일이었다. 그것은 운전자들이 어떤 문제에 봉착하든 선택하는 해결책이었다. 차량이 정체되었을 때도, 길에서 공놀이하는 아이들을 만났을 때도, 골목에 소파가 버려져 있을 때도 마찬가지였다. 경적 소리가 오 분이나 울리며 신경을 갉아놓자 앤절라는 마침내 용기를 내 집을 나섰다. 소파를 다시 차고로 들인 후 서둘러 집으로 들어와 문을 단단히 잠갔다. 한 번, 두 번, 세 번, 확실하게.

그날 토머스가 집에 오자 앤절라는 즉시 그 얘기를 늘어놓았다. 토머스는 경찰에 신고하자고 했다. 그런데 좀 더 얘기하다 보니 앤절라는 정확히 뭘 신고해야 할지 알 수 없었다. 이웃일 수도 있는 낯선 남자가 친절하게도 도움을 베풀겠다며 다가왔다고? 전날 밤 고양이 때문에 놀랐는데 그 후로 누군가가 지켜보는 느낌이 든다고? 이 대화가 어떻게 흐를지는 뻔했다. 그녀가 사력을 다해 경찰관들의 눈을 피하며 더듬더듬 설명하는 동안 그들이 서로 곁눈질하는 모습이 벌써 눈에 보이는 듯했다. 불안에 떨며 눈썹을 뽑아대는 버릇은 전염병처럼 보일 수도 있었다. 그러면 경찰관들이 자리를 피해 토머스만 따로 데리고 가서 얘기할 것이다. 보아하니 당신의 편집증적인 아내가 없는 일을 만들어내고 있다고. 그녀는 토머스와 얘기하면 할수록 신고하는 건 말도 안 된다는 생각이 들었다.

일주일이 지난 지금 더욱 두려운 것은 강박장애로 인한 신경쇠약이 곧 자신을 집어삼킬 거라는 사실이었다. 마치 지평선에서 뇌운이 다가오는 것처럼 그것이 임박해 있다는 걸 느낄 수 있었다. 몇 년 전에는 고통이 예고도 없이 덮쳐와 일주일 혹은 한 달 동안 마음이 시키는 대로 의미 없는 작업을 반복해야 했다. 하지만 인생의 새로운 패러다임 속에서 앤절라는 다가오는 붕괴의 시간을 기다리지 않고 어떻게든 막아내기 위해 미친듯이 애쓰고 있었다. 이렇게 자신의 상태와 싸우는 동시에 지금이 최악의 상태라는 걸 토머스에게 숨기기 위해 애써야 했다. 숭숭 빠진 속눈썹에는 마스카라를 덧발랐고, 얇아지는 눈썹은 눈썹연필로 두껍게 그렸다. 무더운 여름날인데도 반바지와 탱크톱 대신 긴 셔츠에 청바지를 입었다. 신경질적으로 긁는 버릇 때문에 생긴 어깨와 허벅지의 피딱지를 가리기 위한 것이었다.

그렇지만 증상을 가리는 것은 상황을 더 나빠지게 할 뿐이었다. 자신의 신체에 해를 가하는 것을 잘 숨길수록 더더욱 숨김에 의존하게 되었다. 그래서 과거에는 통했던 미묘한 속임수를 더 이상 쓰지 않기 위해 노력했다. 손끝에 바셀린을 잔뜩 발라 눈썹을 잡아 뽑기 힘들게 만들고, 피부에 상처를 내지 않도록 손톱도 바짝 깎았다. 그런 식으로 지금까지 최악의 신경쇠약을 어찌어찌 숨겨왔던 것이다.

그렇지만 구토는 또 다른 문제였다. 요전날 아침에는 토머스도 눈치를 챘다. 그가 괜찮냐고 물었을 때 중국 음식이 상했던 것 같다고 둘러댔다. 사실은 낯선 남자와 함께 있었다는 생각으로 광란 상태가 될 때마다 메스꺼움이 올라왔다. 토머스가 출근하고 나면 앤절라는 매일 몇 시간이나 주방 커튼 사이로 골목을 관찰했다. 그리하여 일과가 만들어졌다. 커튼을 들추고, 골목을 관찰하고, 자물쇠를 확인하고, 수화기를 들어 신호음을 듣고, 다시 반복. 이 순환을 멈추는 것은 토할 때뿐이었다. 모르는 남자가 골목에 서서 열린 차고 문 안으로 주방까지 들여다봤던 기억을 떠올릴 때마다 속이 뒤틀렸다. 그때마다 화장실로 달려가 심한 구역질을 했다.

일주일 내내 구토에 시달리다 잠시 정신이 맑았던 어느 날, 언젠가 처방받은 발륨* 병을 발견했다. 유효기간은 지났지만 여섯 시간

● 신경안정제의 일종.

마다 한 알씩 삼키고 나니 신경이 무뎌져 밤잠을 잘 수 있었고, 차고에서의 사건에서도 마음을 돌릴 수 있었다. 하지만 발륨 복용은 마음을 다잡고 진정시킬 때까지의 임시방편이었다. 그전에 강박을 다스려야 했다. 그녀는 다시 해낼 수 있었다.

발륨의 진정 작용으로 앤절라는 '할 수 있다'고, 심지어 골목에서의 만남은 선한 사마리아인이 나타나 도움의 손길을 내밀었던 거라고 확신하게 되었다. 게다가 시 경계에 있는 이곳, 그들이 고요한 삶을 사는 이곳까지 실종사건의 영향이 닿는다는 것은 확률이 매우 적은 일이었다. 그녀는 숨을 깊이 들이마시고 모닝커피를 따르는 동안 덜덜 떨리는 손가락을 멈추기 위해 애썼다. 지금이라도 뒤쪽 창문을 통해 백번이나 골목을 쳐다볼 수 있었다. 하지만 그녀는 실종된 여성들과 자신이 만들어낸 프로파일에 초점을 맞추려 노력했다. 며칠째 그들에 대해 생각하고 있었다.

앤절라는 침실 나무 상자에서 신문 스크랩을 꺼내와 식탁에 펼쳐놓았다. 두 시간 동안 실종된 여성들에 대해 조사하며 새롭게 알게 된 사실을 기록했다. 편집증으로 일주일을 버리고 난 후 마음이 백지가 되어서인지, 아니면 발륨이 몇 주 동안 묶여 있던 그녀의 생각을 자유롭게 해줘서인지 몰라도, 프로파일을 읽어보니 이전에 놓친 무언가를 발견할 수 있었다. 그녀의 정신이 마치 도서관의 마이크로필름을 훑듯이 정리된 정보 속으로 파고들었다. 몇 년 전에 읽었던 기사가 갑자기 마음속에서 떠올라 한데 합쳐지며 패턴이 보였다. 그 자리에 계속 남아 발견되기를 원했지만 지금까지 누구에게도 인식되지 않은 패턴이. 그녀는 질주하는 정신에 맞춰 기록을 시작했지만 지난주 내내 강박장애와 맞서 뉴런을 혹사시키며 새하얗게 불태운 터라 자기회의가 들기 시작했다. 확실히, 그녀는 자신이 틀린 거라 확신했다.

앤절라는 불안감을 옆으로 밀어놓고 정신이 쏟아내는 생각을 노트에 미친듯이 갈겨쓰기 시작했다. 지금 적지 못하면 영영 잃어버릴 것 같다는 끔찍한 생각이 들었다. 몇 년 전에 읽은 뉴스 기사들까지 뚜렷하게 떠올리며 머릿속에서 빠르게 지나가는 날짜와 이름을 갈겨썼다. 다 마친 후 시계를 보았다. 시곗바늘은 정오를 향해 가고 있었다. 식탁에 앉은 건 세 시간 전이지만, 단 몇 분밖에 지나지 않은 것 같았다.

앤절라는 재빨리 청바지와 긴팔 셔츠를 입고 노트를 가방에 넣었다. 집을 나서려고 하자 속이 울렁거렸지만 선택의 여지가 없었다. 도서관에 가서 의혹을 확인해야 했다. 또한 분명히 해두어야 할 예방조치가 하나 더 있었다. 이 모든 것이 편집증의 결과가 아닌, 명료하며 논리정연한 생각의 결과라는 확신이 필요했다. 그 확신은 오직 한 사람만이 줄 수 있었다.

수화기를 들고 다이얼을 돌려 친구 캐서린에게 전화했다.

"여보세요?"

"캐서린." 앤절라가 작게 말했다.

"앤절라?"

"응, 나야."

"좀 어때? 토머스가 빌한테 그러더라고. 우리 저녁 같이 먹은 이후로 몸이 안 좋았다며."

증상을 숨기려고 노력했지만 생각만큼 잘 숨겨지지 않은 모양이었다.

"나 괜찮아. 근데 할 얘기가 있어. 우리 만날 수 있을까?"

"응. 뭐 안 좋은 일 있어?"

"아니. 그냥 도움이 좀 필요해서. 좀 이따가 집에 들러도 돼?"

"물론이지."

앤절라는 인사도 없이 전화를 끊고는 화장실로 달려가 구토를 했다.

1979년 8월, 시카고

앤절라 미첼은 도서관 선반에서 책을 꺼내 들춰보며 두 시간을 보냈다. 마이크로필름 보관실에 앉아 오래된 신문기사도 돌려보았다. 거의 10년이나 된 1970년 여름 신문이었다. 메모를 하면서 보니 흔들리는 정신 상태로도 그동안 의심했던 패턴이 확연히 보이는 것을 확인할 수 있었다. 그녀는 삼십 분을 더 할애해 자신이 발견한 것을 모눈종이에 표시하고 조사 결과를 그래프로 만들었다. 이렇게 하면 다른 사람들이 더욱 쉽게 이해할 수 있을 것이다.

오후 3시, 도서관을 빠져나와 캐서린의 집으로 향했다. 캐서린은 앤절라의 집에서 고작 두 블록 떨어진 곳에 살았다. 철문을 밀고 들어가자 노크를 하기도 전에 캐서린이 현관문을 열어주었다.

"아이고, 이 친구야! 지금 밖은 32도야. 옷을 왜 이렇게 입었어?"

캐서린의 말에 앤절라는 자신이 입은 긴 셔츠와 청바지를 내려다봤다. 손톱으로 할퀸 팔다리의 상처 딱지를 가리느라 이렇게 입을 수밖에 없었다.

"빨래가 밀려서." 그녀는 결국 이렇게 대답했다.

"에어컨 바람 좀 쐐." 캐서린이 망으로 된 문을 열고 앤절라를 안으로 들였다.

"그래서, 왜 아팠던 거야? 장염?" 식탁에 마주보고 앉자 캐서린이 물었다.

"응." 앤절라는 캐서린의 눈치를 살피며 재빨리 눈을 맞췄다가 다시 식탁으로 시선을 돌렸다. "근데 며칠 전부터 괜찮아졌어. 토머스가 걱정이 좀 많은 거 알잖아."

토머스는 결혼하고 거의 2년간 앤절라에게 자신의 친구 아내들과 잘 지내라며 등을 떠밀었다. 하지만 앤절라는 늘 그들에게 평가받는 기분이 들었다. 그들은 앤절라가 대화에 집중하지 않는다고 생각이 들 때면 자기네끼리 소곤거렸고, 야단법석을 떠는 자신들에게 호응하지 않는 그녀를 아이처럼 대하곤 했다. 다만 캐서린 블랙웰은 달랐다. 캐서린과 있을 때는 인정받는 기분이 들었다. 캐서린은 절대 바보 같은 질문을 하지 않았고, 앤절라가 불안 때문에 말이 없어질 때도 이상한 표정을 짓지 않았다. 캐서린은 언제나 앤절라를 편안하게 대해주었다. 언제든 누군가가 앤절라를 나쁘게 대하더라도 그녀 곁을 지켜주었다. 처음으로 둘이서 점심을 먹으러 나갔을 때 종업원이 앤절라의 목소리가 너무 작다며 핀잔을 준 적이 있었다.

저기요, 말을 하려면 들리게 해야겠지요?

이 사람 이름은 저기요가 아니라 앤절라예요. 그리고 제 친구는 좀 있으면 서른이에요. 열두 살이 아니고요.

앤절라 대신 캐서린이 이렇게 대꾸해줬다.

바로 그 순간이었다. 캐서린 블랙웰이 앤절라 미첼의 보호자이자 가장 친한 친구가 된 것은.

"뭐 마실 것 좀 줄까?"

"아니, 아니. 안 줘도 돼. 고마워."

"뭐가 그리 급한 일인데?"

"이 얘기가 이상하게 들릴 거라는 거 아는데." 앤절라가 가방에서 자료를 꺼내며 말했다. 실종 여성들과 관련한 신문 스크랩과 노트 기록, 도서관에서 조사하며 적은 메모들이었다. "나 그동안 실종 여성들에 대해 조사를 좀 했어."

그 말에 캐서린이 관심을 보였다. "조사를 했다니, 어떻게?"

"신문이랑 뉴스 보면서 정보를 모았지."

캐서린은 식탁 위에 있는 종이 더미에서 한 장을 자기 쪽으로 잡아당겼다. 그것은 시카고 거리에서 가장 최근 실종된 서맨사 로저스에 관한 《시카고 트리뷴》 기사였다. 지난주 그들이 함께 저녁을 먹을 때 캐서린도 앤절라와 함께 그 뉴스를 보았다. 신문기사 상단에 사진이 있었는데 앤절라가 접어서 파일철에 넣는 바람에 접힌 자국이 남아 있었다.

"이걸 왜 모은 거야?"

앤절라가 고개를 들었다.

"내가 강박……." 앤절라는 말을 멈췄다. '강박관념'이라는 단어를 내뱉는다는 건 자신의 삶을 괴롭혀온 어두운 고통에 대해 고백하는 것과 다름없었다. 캐서린이 그녀의 상태를 아직 눈치채지 못했을 리는 없지만, 그래도 앤절라는 망설여졌다.

"이 사람들에 대한 생각을 멈출 수가 없어서." 마침내 앤절라가 대답했다.

"왜?"

"설명하기는 힘들어. 뭔가에 한번 집중하기 시작하면, 그러니까 나는…… 그냥 흘려보내기가 힘들더라고. 그래서 그들에 대해 정보를 모으기 시작했는데, 뭔가 찾은 거 같아."

앤절라가 자료를 식탁 위에 펼쳤다. 도서관 신문과 마이크로필름 기사를 출력한 자료, 참고한 책의 일부 복사본, 스프링 노트의 삼 분의 일을 채운 그녀의 기록 등이었다.

"봄부터 다섯 명의 여성이 실종됐어. 이건 각각의 피해자가 실종된 날짜야." 앤절라가 다른 페이지를 가리켰다. "이건 피해자들에 대한 정보야. 나이, 인종, 출신지, 직업, 머리카락 색, 피부색, 눈동자 색깔 같은 신체적 특징 등등. 무슨 말인지 알겠지?"

앤절라는 자신이 손으로 쓴 목록을 캐서린에게 밀어주었다.

"경찰은 실종사건이 무작위로 일어난 거라고 했어. 이 여성들을 납치한 범인은 한 사람이지만 피해자들 사이에 연관성은 없다는 거지. 내가 본 바로도 그건 맞는 거 같아. 여성들 사이에는 연관성이 없어. 그리고 경찰은 도적이 닥치는 대로 피해자를 공격한다고 했어. 근데 그건 사실이 아니야."

캐서린이 앤절라를 바라보았다. "얼마 동안 이러고 있었던 거야?"

"여름 내내. 여자들이 없어지기 시작한 때부터. 정말 이거에만 매달렸다니까. 이 생각만 하게 되더라고. 그런데 사실은, 오늘 아침에 깨달았어. 내가 조사한 건 이번 여름 것만이 아니야. 지금까지 깨닫지 못했을 뿐이지. 이제야 한데 합칠 수 있었거든."

"뭘 합쳤다는 거야?"

앤절라가 흐트러진 복사지 중에서 한 장을 꺼내 보였다.

"이걸 봐봐. 실종 여성들의 특징을 분류해봤거든. 나이, 인종, 직업, 신체적 특성 같은 거. 지금 이 페이지에 다 있어. 그런 다음 단순 실종뿐만 아니라 시카고 주변에서 일어난 살인사건도 조사했어. 피해자가 이런 특성에 들어맞는 사건들을."

앤절라는 도서관에서 작성한 그래프를 꺼냈다.

"여길 봐봐." 그녀가 모눈종이를 가리켰다. "그래프 가로축은 1960년부터 시작해서 지금 1979년 여름까지 이어지는 거야." 앤절라는 페이지 아랫부분의 왼쪽부터 오른쪽으로 손가락을 훑어 보였다. "세로축은 실종 여성들의 특성에 들어맞는 여성들이 살해된 사건 수야. 나이, 성별, 인종, 신체적 특성 말이야. 여길 봐봐. 1960년부터 1970년 이전까지 이 특성에 들어맞는 여성들의 살인사건 수는 계속 비슷한 수준이야."

1960년부터 1970년에 이르기까지는 그래프 선이 눈에 띄게 올라가거나 떨어지는 일이 없었다.

"그런데 1970년에 이런 특성에 맞는 여성들의 살인사건이 갑자기 증가해."

도표에는 앤절라가 손으로 그린 그래프 선이 1970년에서 극적으로 치솟아 있었다.

"이게 시카고에서 일어난 살인사건 전체야?"

"아니. 1970년에는 시카고와 그 주변에서 800건이 넘는 살인사건이 발생했어. 이 그래프에는 올여름 실종된 여성 다섯 명과 특성이 비슷한 피해자들의 건수만 반영한 거야." 앤절라는 종이를 톡톡 치며 손가락으로 그래프를 따라 그렸다. "1970년에서 1972년까지 대폭 증가한 건수는 이후 점점 줄긴 하지만, 1960년대에 비하면 상대적으로 높은 편이지. 그러다 올해 1979년에 1960년대와 비슷한 수준으로 갑자기 뚝 떨어져."

캐서린은 고개를 끄덕이며 경청했다. "증가하고 감소하는 게 보이네. 근데 그게 무슨 의미인 거야?"

"내 생각은 이래. 올여름 여성들을 납치한 범인은 1970년대부터 이런 특성의 여성들을 살해했을 거야. 1970년부터 1978년까지는 부주의하고 대담했지. 그러다 올초부터는 좀 더 신중해지기 시작한 거야. 그래서 여성들이 실종됐다가 몇 주 뒤에 시체로 발견되는 게 아니라, 이제는 실종이 되면 시신도 없이 사라지는 거야."

캐서린은 고개를 끄덕이며 눈을 가늘게 떴다. "그러니까 네 말은 그 범인이 공포를 떨친 기간이 올여름뿐 아니라 거의 10년간 이어 졌다는 거네."

"응." 앤절라가 다시 그녀와 눈을 마주쳤다. 두 번째 눈 맞춤.

"이거 정말 말도 안 되는 소린데." 캐서린은 의자에 등을 기댔다. "그렇지만 가능한 얘기잖아, 그렇지?"

"이렇게 보여주니까 그래 보여. 조사한 내용이 다 사실이라고 가 정하면 말이야."

"사실이야."

"이 정보를 다 도서관에서 찾은 거라고?"

"누구라도 찾아볼 수 있어. 타당한 이론을 갖고 제대로 된 지점 만 파면 돼. 도적이라고 불리는 이 사람, 그는 일정한 타입을 쫓아. 10년간이나 특정한 타입의 여성들을 먹잇감으로 노려온 거야."

"근데 왜 갑자기 올해 들어 조심하게 된 거지? 왜 시신을 치밀하게 숨기게 된 걸까?"

"좋은 질문이야. 작년에 무슨 일이 있었지? 작년 이 근처에서 있 었던 가장 큰 사건이 뭐였어?"

캐서린이 고개를 저었다. "모르겠는데."

앤절라가 파일철에서 종이를 더 꺼내 캐서린에게 건넸다. "데스 플레인스에서 일어난 사건이라고 하면?"

캐서린이 눈을 살짝 크게 뜨고 기사 제목을 읽었다. *시신이 더 발견되자 살인광은 자신이 33명을 살해했다고 주장.*

"존 웨인 게이시!" 캐서린이 말했다.

"그거야. 경찰이 존 웨인 게이시라는 연쇄살인범을 발견했지. 그는 서른 명이 넘는 젊은이들을 죽이고 마루 밑에 묻었어."

"근데 그게 왜? 도적이 게이시가 체포되는 걸 보고 겁을 먹었다는 거야?"

"그렇지. 경찰력이 강화됐거든. 사람들은 더 조심하게 되었고. 만약 당국이 어떤 패턴을 발견하면 그자를 찾아낼 수도 있으니까." 앤절라가 그래프를 다시 두드렸다. "그래서 그는 살인범에서 도적으로 바뀐 거야. 그는 여전히 여성들을 살해하고 있어. 그건 확실해. 다만 시신을 좀 더 꼼꼼히 숨기고 있는 거지."

"앤절라, 친구야. 뭐라고 말해야 할지 모르겠다. 만약 이게 맞다면, 아주 조금이라도 맞는 거라면 경찰서에 가져가야 해."

앤절라가 다시 캐서린을 바라보았다. "그래서 도움이 필요하다는 거야."

"말만 해."

"나는 경찰서에 갈 수가 없어. 경찰이 나를 보면……." 앤절라는 다시 친구와 잠깐 눈을 마주했다. "그들이 어떻게 생각할지는 너도 알잖아."

"토머스랑 같이 가면 되잖아."

앤절라는 고개를 저었다. "토머스한테는 이 얘기를 할 수가 없어. 그는 내가 시간을 어떻게 쓰고 있는지에 대해 이미 걱정하고 있거든. 내가 이 사건들에 *강박적으로*……."

그 단어가 자신의 목소리로 나오는 걸 들은 앤절라는 셔츠 위로 어깨를 긁기 시작했다. 손톱을 너무 바짝 깎아서 원하는 만큼의 고통을 얻지 못하자 좌절감에 사로잡혔다.

"토머스는 내가 이런 식으로 시간을 보내는 걸 건강하지 않다고 생각할 거야."

"근데 앤절라, 이게 사실이라면 말이야. 네가 발견한 게 진실이라면, 이건 토머스가 널 걱정하는 것보다 훨씬 더 중요한 문제야."

캐서린이 그래프를 톡톡 두드렸다. "이게 사실이라면 경찰에 알려야 해. 그러면 많은 생명을 살릴 수 있어."

그때 현관문이 열리며 캐서린의 남편이 소리쳤다.

"캐서린, 집에 있어?"

"자기야, 나 여기 있어!"

앤절라는 공황 상태에 빠져 허둥지둥 자료를 모아 파일철로 쑤셔넣었다. 빌 블랙웰이 주방으로 들어왔다. 그는 지저분한 청바지에 여기저기 콘크리트가 묻은 셔츠를 입고 있었다. 앤절라의 남편 토머스도 일을 마치고 오면 꼭 저런 모습이었다. 캐서린 남편의 목에는 두건이 느슨하게 둘러져 있었다. 앤절라는 요전날 밤의 일이 떠올랐다. 빌의 목에 있던 빨간 자국을 본 것, 그가 얘기한 모기와 해충 퇴치제 알레르기 반응 이야기, 감독 하나가 그만둬서 그가 팀을 맡아야 했다는 이야기…… 앤절라는 그날 밤만 해도 실종 여성들에 대한 생각에 사로잡혀 빌이 무슨 말을 했는지 깨닫지 못하고 있었다. 앤절라의 뇌는 그런 식으로 작동했다. 주변에 있는 모든 것을 흡수한 뒤에 뇌가 쉴 때 그걸 저장하는 식이었다. 분류된 정보는 그 존재를 깨닫게 될 때까지 잠재의식 속에서 되는대로 떠다녔다. 그녀에게 그런 일은 흔하게 일어났다. 심지어 자신이 무엇을 이해했는지 정확히 파악하지 못했을 때도 그녀의 마음이 그녀에게 뭔가를 알고 있다고 속삭이기도 했다. 그런 후에는 저장된 이미지와 정보 덩어리가 마음속 닻에서 풀려나 표면으로 솟아올랐다. 그렇지만 지금은 다른 일에 신경을 써야 했다. 앤절라는 빌을 보지 않고 시야를 좁혀 앞에 펼쳐져 있는 자료를 정리하는 데 집중했다. 그래야 빨리 이곳을 벗어날 수 있었다.

"앤절라, 어때요? 둘이 오늘 만나는 줄은 몰랐는데요." 빌이 말했다.

앤절라는 미소를 지으며 그를 향해 잠깐 시선을 보냈다. 그러자 그녀의 시선을 끄는 또 다른 이미지가 눈에 들어왔다. 뒤에 또 다른 남자가 서 있었다.

"이 사람은 레너드 윌리엄스." 빌의 말과 동시에 그 남자가 복도에서 주방으로 들어왔다. "저를 도와 커노샤 지점에서 일하고 있어요. 웨스트사이드로 가기 전에 잠깐 들러 뭐 좀 먹으려고요."

레너드 윌리엄스가 주방으로 들어오자 앤절라는 그를 즉시 알아보았다. 얼마 전 골목에서 소파를 옮겨주겠다며 다가왔던 남자였다. 그의 눈은 그날 아침 역광에서 보던 것보다 덜 어두웠지만, 짙은 잿빛 눈동자는 여전했다. 앤절라는 순간적으로 목에 경련이 일어 잠시 동안 숨을 쉴 수가 없었다. 그 때문에 그 남자를 바라보는 눈동자가 더 커지며 돌출되었다. 그녀를 일주일 동안 히스테리 상태로 몰아갔던 그 남자가 강박증에 불을 붙이고 있었다.

그녀는 마침내 폐에 공기를 들여보내고 다시 자료를 가방에 쑤셔넣기 시작했다. 몇 장은 바닥에 떨어져 있었다. 황급히 종이를 주워 모으다 식탁 위의 종이가 더 흐트러지고 말았다.

"워, 워, 워. 천천히 하세요." 빌이 말했다.

그는 휘둥그레진 눈으로 캐서린을 보고는 식탁에 있는 종이를 집어 앤절라에게 건넸다. 앤절라는 그를 보지도 않은 채 재빨리 종이를 낚아챘다. 빌이 정나미 떨어진다는 표정을 짓고 있다는 걸 앤절라는 보지 않아도 알 수 있었다. 그냥 느껴졌다. 그 순간 그녀는 어린 시절로 되돌아간 느낌이었다. 청소년기 내내 대부분의 사람들이 그녀를 그런 식으로 쳐다보았다. 그리고 오늘, 앤절라는 지난 몇 년간 쌓아온 자신감이 사라지는 것을 느꼈다. 그녀는 거의 들리지도 않게 고맙다고 말하며 종이를 가방에 쑤셔박았다.

"내가 해줄게." 캐서린이 분위기를 수습하려는 듯 종이를 차곡차곡 모아 앤절라의 가방에 넣어주었다.

"앤절라는 커피 마시려고 들른 거야. 잠깐 있다 가는 거야." 캐서린이 말했다.

빌이 물기 없는 커피포트를 보았다. 아침부터 포트는 텅 비어 있었다.

"알았어. 좀 괜찮으세요? 토머스가 그러는데 몸이 좀 안 좋았다면서요?"

앤절라가 급하게 고개를 끄덕였다. "네. 고맙습니다." 그녀가 캐서린을 바라보았다. "나중에 전화로 얘기하자."

"전화할게."

앤절라는 캐서린의 남편과 골목에서 본 남자를 지나쳐 황급히 현관으로 향했고, 망문을 밀고 계단을 뛰어 내려갔다. 가방은 겨드랑이에 낀 채로.

캐서린의 집 안에서는 빌 블랙웰이 아내 옆에 서서 앤절라가 뛰어가는 모습을 바라보고 있었다. 빌은 감독으로 고용한 지 얼마 안 된 레너드 윌리엄스가 듣지 못하게 목소리를 낮춰 말했다.

"토머스에게는 절대 아무 말 안 할 건데, 근데 저 여자 도대체 뭐가 문제야? 좀…… 멍청한 거 아니야? 정신지체 같은 거?"

캐서린이 고개를 돌려 남편의 눈을 마주보았다.

"앤절라는 멍청한 거랑은 거리가 멀어, 이 바보야."

"그럼 왜 그런 사람처럼 행동하는 건데?"

"왜냐하면 빌어먹을 만큼 영리해서 그래, 빌. 그래서 사람들이 그녀를 나병환자처럼 대하는 거야."

10장
2019년 10월 21일, 시카고

로리는 자그마한 법률사무소로 들어가 불을 켰다. 실리아의 책상을 지나 아버지 사무실로 들어가니 처음 왔을 때보다 서류 더미가 줄어 있었다. 그녀는 실리아가 자신의 목에 눈물을 떨어뜨린 그날을 여전히 기억하고 있었다. 일주일이 지난 지금도 그 기억을 하면 소름이 돋았고, 아침 샤워 때는 평소보다 더 피부를 문지르게 되었다.

실리아는 감정 기복이 좀 심하긴 해도 일에선 아주 유능했다. 그녀와 변호사 보조원은 현재 맡고 있는 모든 의뢰인에게 무어 변호사가 사망했으며 그러니 다른 변호사가 필요할 거라는 내용을 전달했다. 실리아가 열심히 해준 덕에 거의 모든 의뢰인이 새로운 회사나 자신의 사건에 적합한 변호사들을 소개받았다. 예전에 맡았던 의뢰인들에게는 상황을 설명하는 내용을 우편으로 발송했다. 고작 일주일 동안 모든 일을 완수한 실리아는 마침내 책상을 비웠다. 프랭크 무어의 회사를 정리하는 나머지 일은 이제 로리에게 달렸다.

바쁜 건 로리도 마찬가지였다. 그녀는 재판을 앞둔 사건의 의뢰인 모두에게 전화를 걸어 새로운 변호인이 배정될 때까지 재판이 연기될 거라고 설명했다. 그렇게 거의 모든 사건이 정리되었고,

오늘 아침 그녀가 아버지 사무실로 들어섰을 때는 단 한 개의 파일철만 책상 위에 놓여 있었다. 수수께끼 같기도 하고 골칫거리 같기도 한 사건이었다. 그래서 지금까지 다른 회사에 넘기지 못했다. 가장 큰 이유는 사건과 관련해 대화를 나눴던 판사가 로리에게 일단 만나자고 면담을 요청했기 때문이었고, 또한 로리가 세부사항을 들여다보면 볼수록 이 사건이 왜 아버지 손에 떨어졌는지 궁금했기 때문이었다.

그녀는 한 시간 동안 아버지 책상에 앉아 사건 의뢰인에 대해 인터넷으로 조사를 해봤다. 여기서 일하는 동안에는 한 번도 들어본 적 없는 사건이었다. 로리 무어 법률사무소에서 그녀가 맡은 일은 제한적이었으니 놀랄 일은 아니었다. 다만 아버지가 이렇게 큰 사건을 철저히 비밀에 부쳐온 것에 대해서는 호기심이 일었다. 아버지가 이 의뢰인과 얽힌 것은 오래전부터였다. 그러니 다른 사건들처럼 전화 몇 통 돌리는 것으로 새 변호인 배정이 끝날 것 같지 않았다.

오전 10시, 컴퓨터를 끄고 파일철을 들고 나와 텅 빈 법률사무소의 문을 잠갔다. 그녀는 차에 올라 시내에 있는 데일리 센터^{the} Daley Center로 향했다. 보안 검색대를 통과해 건물로 들어서자 잠시 후 보안요원이 다가왔다. 앤절라는 보안요원과 함께 엘리베이터를 타고 쿡 카운티 순회법원이 있는 26층으로 올라갔다. 판사 사무실에 이르자 보안요원이 문을 두드렸고, 잠시 후 나이 든 남자가 문을 열었다. 백발에 넥타이 정장 차림으로 금속테 안경을 쓴 기품 있어 보이는 남자였다.

"로리 무어 씨?" 판사가 물었다.

"네, 판사님." 로리가 대답하는 동시에 보안요원이 모자를 기울여 인사하고 자리를 떴다.

"러셀 보일입니다. 들어오시죠."

로리는 안으로 들어가 보일 판사의 책상 맞은편 의자에 앉았다. 판사는 움푹 들어간 가죽 의자에 앉고는 방향을 돌려 로리를 마주보았다.

"몇 주 동안 아버님께 연락을 시도하던 중이었는데요. 돌아가셨다니 유감입니다. 얼마 전에야 소식을 들었습니다."

"감사합니다."

"이렇게 급하게 요청했는데 와주셨으니 제가 감사하죠. 이런 상황에서 조금 냉혹하게 들릴 수도 있지만, 여러 가지 이유를 놓고 봤을 때 아버님 사망 시기가 매우 안 좋아요. 프랭크와 저는 아주 미묘한 사건을 다루고 있었거든요. 주의를 요하는 상황이죠."

보일 판사가 책상에서 파일 하나를 들어 보였다.

"네, 판사님. 아버지 사건 중 이 사건을 마지막으로 처리하려던 참이었습니다." 로리가 말했다.

"이 사건에 대해 알고 있나요?"

"아니요, 판사님. 아버지가 맡으셨던 사건 중 아는 건 하나도 없었습니다."

"회사를 같이 운영하는 파트너 아니었나요?"

"파트너요? 아니요, 아버지 회사에 변호사는 아버지뿐이었습니다. 저는 아버지가 도움이 필요할 때 조금씩 도와드리는 정도였고요. 회사에서 현역으로 뛴 것은 아니었죠."

"그렇다면 회사에서의 역할은 무엇이었습니까, 무어 씨?"

로리는 자신의 일을 정확히 설명할 단어를 고르느라 고심했다. 그녀는 번개처럼 빠른 사고력과 사진처럼 정확한 기억력을 가지고 있었다. 사건에 대해 읽고 나면 아버지는 절대 찾아낼 수 없는 법률적 허점을 찾아내곤 했다. 프랭크 무어는 사건에 발이 묶이면 딸에게 도움을 청했다. 로리는 법정에 한 번 출두하지 않고도 아버지가 도움을 청한 모든 사건에 대해 승리 전략을 세울 수 있었다.

"조사하는 게 대부분이었습니다." 마침내 로리가 대답했다.

"하지만 당신 또한 변호사잖습니까, 무어 씨. 그렇죠?"

사실대로 말하자면 그 대답은 '네'가 되겠지만 그녀는 거짓말을 하고 싶었다.

"하지만 더 이상 변호 일을 하지는 않습니다."

"일리노이 자격증인가요?"

"네, 판사님. 하지만 그건 단지 시카고 경찰서에서 일하는 데에⋯⋯."

보일 판사는 로리의 말을 끊고 서류를 건넸다. "좋습니다. 그렇다면 이 건을 처리할 자격이 충분합니다."

로리가 서류를 받았다.

"상황에 대해 설명해드리죠. 아버님의 의뢰인은 가석방을 앞두고 있었습니다. 난처한 상황이죠."

로리가 서류를 펼쳐 읽기 시작했다.

"아버님은 마지막 남은 가석방 심사를 앞두고 있었습니다. 의뢰인의 석방 조건에 대한 저의 권고사항을 살펴볼 예정이었죠. 날짜는 11월 3일입니다. 심리는 그 전날 열릴 예정이고요. 아버님과 저는 세부사항을 손보고 있었지요. 아무래도 이 심리에 당신이 변호사 자격으로 출석을 해야 할 것 같네요. 가석방심사위원회가 제 권고사항을 따르기로 한 데다가 제가 이미 승인을 한 터라 이건 그냥 형식일 뿐입니다. 그렇더라도 우리 모두는 이 사안을 꼼꼼하게 처리해야 해서요. 의뢰인과 함께 출석해주시기 바랍니다."

"판사님, 그래도 될지 잘 모르겠습니다."

"저는 이 사건을 가능한 한 길게 끌어왔습니다. 하지만 가석방심사위원회가 결정을 내렸고, 저는 그것에 대해 주지사에게 전달해놓은 상태입니다. 그러니 여기서 멈추는 건 불가능합니다. 그저 이 일이 가능한 한 매끄럽게 흘러갈 수 있게 해야겠지요. 아버님과 이 사건을 살펴봤을 때, 속되게 말해서 세부사항이 토 나올 정도로 많았습니다. 석방과 관련해 협상할 일이 아주 많았지요. 이제 막 모든 것을 결정한 상태고요."

보일 판사가 로리의 손에 든 서류를 가리켰다.

"세부사항에 대해 공부 좀 하셔야 할 겁니다. 그래야 다음에 우리가 만날 때 최종 사안에 대해 대화를 나눌 수 있을 테니까요."

"판사님, 저는 아버지의 모든 사건을 다른 변호사들에게 넘겼습니다. 제가 맡은 게 아니라서요."

"이 사건에 대해서는 그렇게 안 될 것 같군요. 다음주까지 당신 대신 처리해줄 사람을 찾지 않는다면 말이에요."

"기한 연장을 요청할 순 없을까요?"

"아버님께서 이미 몇 번이나 요청하셔서 더 이상은 안 됩니다. 이 사건을 주의 깊게 보는 시선이 너무 많아요. 그 의뢰인은 요즘 기삿거리가 되었고, 2주 후에는 가석방심사위원회 앞에 서게 될 테니까요. 그전에 사건에 대해 면밀히 살펴보시고 저랑 가석방 관련해서 상세하게 얘기하도록 하죠. 이제 이 사람 사건을 정리해서 제 사건 목록에서 빼버릴 때입니다."

"판사님, 저는 법정에 어울리는 사람이 아닙니다. 가석방심사위원회에도요. 아니, 변호인 역할에 어울리지 않는 사람이에요."

그러나 보일 판사는 이미 위엄 있는 가죽 의자에서 일어나 문으로 다가가고 있었다.

"상황을 잘 수습하셔서 다음주에는 휴직 상태를 벗어나라고 말씀드리고 싶군요."

그가 문을 열고 옆으로 비켜섰다. 사무실에서 나가달라는 신호였다. 앤절라는 자리에서 일어났다. 순간 무릎이 살짝 휘청거렸다. 그녀는 자세를 바로한 뒤 목소리를 가다듬었다.

"이 사람이 무슨 일을 저질렀길래 가석방이 이리 요란하게 진행되는 거죠?"

"1979년에 사람을 많이 죽였습니다. 그리고 가석방위원회에 있는 몇몇 멍청이들이 이제 그를 풀어줘도 된다고 생각한 거죠."

1979년 8월, 시카고

캐서린의 집에서 나온 앤절라는 두 블록 떨어진 집으로 뛰어가 현관문을 밀고 들어갔다. 문을 철컥 닫고 떨리는 손으로 도어록을 돌렸다. 정신없이 달려오느라 호흡이 가빴다. 달리면서도 누가 따라오지는 않는지 계속해서 어깨 너머를 확인했다. 걸쇠까지 단단히 채운 앤절라는 문틀에 이마를 댔다. 골목에서 봤던 그 남자를 마주친 뒤로 그녀는 얕은 숨을 쉬고 있었다. 지난주 내내 움푹 들어간 그의 눈이 자신에게 스며드는 것을 막기 위해 노력해왔다. 오늘은 도적이 이번 여름뿐 아니라 더 오랜 기간 범죄를 저질러왔다는 사실을 파헤치며 낯선 남자의 얼굴과 실종 여성들의 얼굴을 바꾸는 데 성공했었다. 그런데 캐서린의 집에서 그 남자를 맞닥뜨리고 토머스와 빌이 그자를 고용했다는 사실을 안 지금, 꼭꼭 숨겨놓았던 편집증이 슬슬 고개를 들고 있었다.

앤절라는 자물쇠와 창문을 확인하고 수화기를 백번이나 들었다 놓으며 한 시간을 보냈다. 토머스의 사무실에 전화를 걸었지만 아무도 받지 않았다. 전화번호를 누르느라 검지가 쓰라릴 정도였다. 그녀는 멍한 상태로 계속 전화를 거는 한편, 뒷문에서 서성거리며 커튼을 살짝 열어 골목을 살폈다. 그렇게 몇 시간을 오락가락한 뒤에야 토머스의 포드 트럭이 골목으로 들어서며 내는 낮은 부르릉 소리가 들렸다. 이어서 차고 문이 열렸다. 남편의 트럭이 부릉부릉하는 소리, 평소라면 모든 소음이 그렇듯 그녀의 짜증을 돋웠겠지만 오늘만큼은 그 소리가 위안이 되었다.

주방에서 토머스를 기다리는 동안 앤절라는 피부가 타들어가는 것 같았다. 문이 열리자마자 그녀는 남편의 얼굴에 드리워진 걱정의 표정을 바로 알아보았다.

"무슨 일이야?" 토머스가 그녀에게 뛰어오며 물었다.

"그 사람 또 봤어."

토머스는 앤절라의 대답을 귓등으로 흘리고 그녀의 손을 잡아 눈앞으로 끌어당겼다. 언제 묻은 건지 손가락 끝에 피가 묻어 있었다. 토머스는 그녀의 위팔로 손을 뻗어 소매를 내려주었다. 앤절라는 오늘 도서관에 입고 갔던, 캐서린이 물어본 그 셔츠를 무의식적으로 벗어버린 상태였다. 지금 그녀가 입고 있는 하얀색 티셔츠는 소매가 핏방울로 젖어 있었다. 어깨 밑에 숨겨놓은 상처 딱지가 벗겨져 피가 난 것이었다.

"무슨 일이야? 피투성이잖아, 앤절라!"

토머스가 그녀의 이마와 눈썹을 닦아주었다. 그녀가 피 묻은 손으로 눈썹을 뽑아서 진홍색 흔적이 남아 있었다.

"그 남자, 캐서린 집에 있었어. 빌이 그 남자를 고용했대."

"진정해. 진정하고 호흡을 해." 토머스가 그녀의 눈을 보며 말했다.

힘겹게 침을 삼킨 앤절라는 미친듯이 날뛰는 호흡을 진정하려고 애썼다. 맹렬하게 울어대다가 마침내 말을 하려고 애쓰는 아이 같았다. 그녀는 몇 차례 깊은 숨을 내쉬고 자신의 어깨를 잡은 토머스의 손길을 느끼며 마음을 진정했다.

"오늘 캐서린의 집에 갔었어."

"그런데?"

"빌이 집에 나타났어."

"그리고?"

"골목에 있던 남자가 함께 왔어. 소파 버리려고 할 때 본 남자."

"그게 누군데?"

"빌이 그러는데 그 남자, 당신 직원이래. 북쪽 창고를 운영한다고."

토머스가 눈썹을 찡그리더니 고개를 갸우뚱했다. "커노샤 창고?
그럼 레너드인데."

"그 남자가 캐서린 집에 있었어. 나를 똑바로 쳐다봤어."

"레너드 윌리엄스? 지금 레너드 얘기 하는 거야?"

"그렇대도! 그자가 골목에 있던 그 남자야." 앤절라가 소리쳤다.

"앤절라, 진정해."

토머스가 그녀를 가슴 쪽으로 끌어당겼다. 그녀는 자신을 들어
올리려는 부모에게 저항하는 아이처럼 힘을 주고 버텼다.

"하지만…… 그 사람을 골목에서 봤는데."

"레너드도 근처에 살아. 그날 아침에 산책 중이었겠지. 이건 좋은
거야, 앤절라. 당신도 알겠지? 레너드는 위험한 사람이 아니거든.
우리 창고 하나를 관리하는 사람이야. 그게 다야."

그녀는 자신을 끌어당기는 토머스를 가만히 내버려두었다. 그
의 어깨에 머리를 기대고 있는 지금, 여전히 가슴이 쿵쾅거렸고 남
편의 포옹에도 안정이 되지 않았다. 그녀가 할 수 있는 것, 느낄 수
있는 것이라곤 오직 걱정뿐이었다. 그녀의 마음이 허락하는 것은
그뿐이었다. 걱정이 그녀의 마음을, 머리를, 영혼을 가득 채웠다.

토머스가 그녀의 귀에 속삭였다. "아무래도 당신, 의사를 다시
만나야 할 것 같아."

11장
2019년 10월 22일, 시카고

보일 판사와 면담을 한 다음 날 오전, 로리는 루프에 있는 더크슨 연방법원으로 갔다. 재판이 진행 중이라 복도는 텅 비어 있었다. 걸음을 뗄 때마다 컴뱃 부츠가 덜그럭거리며 복도를 울렸다. 법정문 앞에 도착하자 회색 코트의 깃을 바짝 끌어올린 뒤 육중한 문을 열고 뒷줄로 미끄러지듯 들어갔다. 관중석은 앞 세 줄에 자리한 젊은 남녀를 제외하고 대부분이 비어 있었다. 아마 젊은이들은 그 유명한 레인 필립스의 학생들일 것이다. *팬이 따로 없군.* 로리는 생각했다. *실력 좋은 박사가 가는 곳이라면 어디든 따라다니는 학생들.* 레인의 법원 출석은 멘토가 증인석에 선 것을 보고 싶어 하는 젊은이들의 열정에 불을 지폈다. 이런 기회는 흔치 않으니까. 로리는 레인 필립스 박사가 법정에 나타난 것은 여느 예능 프로그램에 필적하는 볼거리라는 걸 인정할 수밖에 없었다.

레인은 작년에 발생한 이중 살인사건 기소를 위해 전문가 증인으로 출석했다. 한 남자가 분노에 사로잡혀 아내와 어머니를 살해한 것으로 기소된 사건이었다. 지난 한 주 동안 레인은 증언대에 설 준비로 바빠서 로리와 거의 만나지 못했다.

"필립스 박사님, 좀 전에 말씀하시길 박사님 전문 분야가 법정심리학이라고 하셨죠. 맞습니까?" 연단에 선 변호사가 물었다.

"맞습니다." 증언대 의자에 앉은 필립스 박사가 대답했다.

레인 필립스는 오십 대를 바라보는 나이였다. 빗질도 제대로 하지 않고 나왔지만 겉으로는 여전히 삼십 대로 보였다. 오른뺨에는 한때 두드러져 보였던 보조개 자국이 남아 웃을 때마다 살짝 존재를 드러냈다. 무슨 일이 닥치든 평정심을 잃지 않는 태도가 특히 학생들의 인기를 샀다. 학생들은 그를 마치 신이나 된다는 듯 우러러보았다. 그의 '될 대로 되라 스타일', 즉 엉망인 머리와 검은색 청바지, 넥타이 없이 낡아빠진 재킷을 입은 모습은 좌석 앞줄을 채운 젊은 관객들에게 확실히 통하는 것 같았다. 레인이 로리의 집에서 밤을 보낼 때도 그는 아침에 샤워를 하고 옷을 입는 데 십 분 이상을 쓰지 않았다. 그가 이렇게 효율적으로 사는 모습은 '여자다운 모습'과는 거리가 먼 로리 무어마저 최고 미인으로 보이게 할 정도였다.

레인의 외모는 반대신문 측의 변호사와 완벽히 대비되었다. 딱 떨어지게 입고 나온 변호사는 머리 손질도 완벽했고, 맞춤 양복 소매 사이로 살짝 보이는 커프스단추까지 눈부시게 빛났다. 그와 레인이 주고받는 말을 굳이 들어보지 않아도 그 둘이 대척점에 있다는 사실은 자명해 보였다.

"그렇다면 박사님, 세간의 이목을 끄는 사건들에서 전문가 증인으로 자주 출석하신 것도 맞습니까?"

"제가 증인으로 출석하는 것은 사건의 유명세와는 관계가 없습니다."

"아주 좋군요." 변호사가 연단에서 걸어 나오며 말했다. "그렇지만 살인사건과 관련해 여러 차례 전문가 증인으로 증언하신 것도 사실이죠?"

"네, 그렇습니다."

"주로 박사님의 전문지식을 빌리는 이유는 살인 관련 기소자의 심리 상태를 배심원단에게 이해시키기 위함입니다. 맞습니까?"

"보통은 그렇습니다." 필립스 박사가 대답했다. 두 손을 무릎 위에 기도하듯 모은 그는 등을 꼿꼿이 펴고 앉은 채 변호사의 공격에 침착함과 자신감으로 맞서고 있었다.

"오늘 사건에 대해 박사님께서는 배심원단이 꽤나 상세하게 들여다볼 수 있게 하셨습니다. 말하자면, 제 의뢰인의 마음 상태를 말입니다. 이렇게 표현해도 되겠지요?"

"저는 당신의 의뢰인이 아내와 어머니를 죽였을 때의 심리에 대해 제 의견을 제시했습니다. 그러니 네, 맞습니다."

변호사가 보일 듯 말 듯 살짝 웃었다. "이의 있습니다, 판사님."

"필립스 박사, 질문에만 대답하시고 유죄인지 무죄인지에 대한 발언은 금하시기 바랍니다." 판사가 말했다.

"죄송합니다, 판사님." 필립스 박사가 다시 변호사를 쳐다보며 말했다. "제가 의견을 제시한 것은 만에 하나 누군가 아내와 어머니를 죽였다면 그때 어떤 심리 상태였을지에 대한 것이었습니다."

이 말을 들은 학생들 사이에서 미묘한 반응이 오갔다.

변호사는 고개를 끄덕이고는 볼 안으로 혀를 굴리며 희미하게 웃음을 흘렸다.

"그러니까, 좀 전의 증언과 더불어 다른 사건들에서 범죄자의 심리에 대해 전문가로서 증언하셨던 것을 보면 말입니다, 박사님께서는 정부 기관에 소속된 것으로 추측되는데요. FBI죠?"

"아닙니다."

"아니라고요? 박사님처럼 걸출하신 분이라면 범죄수사부나 FBI

소속 행동과학부서에서 고용하는 게 마땅하지 않을까요?"

필립스 박사는 손바닥을 내보이며 말했다. "어쩌면요."

변호사가 앞으로 몇 걸음 걸어 나왔다. "그게 아니라면 개인 사업을 하시겠군요? 정기적으로 그런 사람들에게 카운슬링을 해주신다거나. 물론 그런 식으로 범죄자 심리에 대해 전문가가 되신 거겠죠."

"아닙니다. 저는 개인 사업을 하지 않습니다." 레인이 침착하게 대답했다.

"아닙니까?" 변호사가 고개를 저었다. "필립스 박사님, 아니라면 말씀 좀 해주십시오. 박사님께서는 학위는 물론이고 법정심리학에 대한 저서도 그렇게 많은데, 정확히 어디서 일을 하십니까?"

"살인사건연구 프로젝트입니다."

"그렇죠." 변호사는 서류를 챙기고 읽기 시작했다. "살인사건연구 프로젝트. 박사님께서 특별히 좋아하신다는 그 프로젝트는 연쇄살인범을 발견하는 알고리듬을 개발했다고 추정되는 것인데요. 제 말이 맞습니까?"

"그렇지 않습니다. 아니에요."

"그렇다면 저희에게 정보를 좀 주시죠."

"첫째, 그건 제가 특별히 좋아하는 프로젝트 정도가 아닙니다. 그건 합법적인 유한책임회사로 저와 제 직원들에게 월급을 주지요. 그리고 개발했다고 추정되는 게 아닙니다. 저는 실제로 알고리듬을 개발했습니다. 전국에 걸쳐 일어나는 살인사건의 유사성을 추적해 추세를 살피는 것이죠. 그렇게 추세를 보다 보면 패턴으로 이어지고, 그러면 사법 당국이 살인사건을 해결하는 데 도움을 줄 수 있습니다."

"그럼 사건 해결에 도움을 주신 모든 살인사건에서 심리학자로서 직접 기소된 가해자를 다루신 사건은 얼마나 됩니까?"

"저희 프로그램은 사법 당국이 잠재적 살인자를 추적할 수 있도록 추세를 찾아내는 게 일입니다. 일단 패턴을 찾아내면 당국이 사건을 맡습니다."

"그러면 심리학자로서 살인 혐의자를 몇 명이나 다루셨느냐는 질문에 대한 대답은 없다는 거군요. 맞습니까?"

"저는 제 프로그램이 찾아낸 어떠한 사건에도 직접적으로 개입하지 않습니다."

"그렇다면 실제로 일을 하지도 않는데 본인을 심리학 전문가라고 칭하는 것은 조금 오해의 소지가 있는 것 아닙니까, 그렇지 않나요?"

"아닙니다, 변호사님. 번쩍이는 정장을 입고서 배심원단의 정신을 딴 데로 돌리기 위해 모욕적인 말을 내던지는 사람이 자신을 변호사라고 칭한다면, 그게 오해의 소지가 있는 것이죠."

레인의 학생들은 웃음을 참기 위해 노력했지만 허사였다.

"필립스 박사님." 판사가 끼어들었다.

레인이 고개를 끄덕였다. "죄송합니다, 판사님."

변호사는 눈도 깜짝하지 않고 다시 서류를 쳐다봤다. "박사님께서는 시카고 대학에서 교수로 재직 중이네요. 맞습니까?"

레인이 자신의 라이벌을 바라보았다. "그렇습니다."

"정확히 어떤 과목 교수죠?"

"범죄심리학과 법정심리학입니다."

"그렇군요." 변호사는 구레나룻을 긁고 일부러 혼란스러운 척하며 연단으로 걸어갔다. "그러니까 박사님께서는 살인자를 찾아낸다는 사업을 하고 계신데, 그렇게 찾아낸 살인자들과 관련해서는 심리학적으로 전혀 관여를 하지 않으시네요. 그런데 젊은 학생들에게는 범죄자의 심리에 대해 심리학을 가르치고 있고요. 필립스 박사님, 그렇다면 대체 어디서 실전 경험을 쌓으신 건지 저는 이해하기가 어렵거든요? 그러니까 제 말은, 박사님께서는 제 의뢰인의 심리 상태에 대해 그렇게나 많은 정보를 주셨잖습니까. 그의 아내와 어머니가 살해된 날 밤에 대해 어떤 생각을 했는지 말입니다. 박사님께서 보여주신 통찰력은 강력 범죄로 기소된 사람들과 같이 일하며 얻은 실전 경험, 임상 경험에서 나와야 합니다. 그런데 제가 보기에 검찰 측은 알고리듬과 데이터를 경찰에 팔고 대학생들에게 심리학을 가르치는 사람을 소위 전문가 증인이라며 증언대에 세운 것 같은데요. 박사님, '실전에서 뛰지 못하는 사람은 가르치는 일을 한다'는 말 들어보신 적 있습니까?"

"이의 있습니다!" 검사가 자리에서 일어나며 말했다.

"철회합니다, 판사님. 필립스 박사에게 더 이상 질문 없습니다."

지방 검사가 증인석으로 향했다. "필립스 박사님, 대학에서 교수직을 맡고 살인사건연구 프로젝트를 하시기 전 어디서 일하셨습니까?"

"FBI였습니다."

"얼마나 오래 일하셨죠?"

"10년입니다."

"FBI에서 하신 일은 무엇입니까?"

"법정심리학자로 일했습니다."

"거기서 하신 일은 범죄를 분석해서 잠재적으로 살인을 저지를 만한 사람을 찾아내는 것이었습니다. 이 말이 맞습니까?"

"네, 저는 프로파일러였습니다."

"FBI 재임 기간 동안 다룬 사건은 150건이 넘죠. 박사님의 전문 지식으로 가해자를 찾아내 체포까지 이어진 사건 중 사건이 해결된 비율이 얼마나 되죠?"

"92퍼센트입니다."

"살인에 있어서 사건이 해결되는 비율은 전국 평균 64퍼센트입니다. 박사님의 성공률은 그보다 거의 30퍼센트나 높습니다. 그리고 박사님은 FBI 근무 전에 범죄자의 심리에 대한 논문을 쓰셨죠. 제목이 「어둠을 선택하는 자」*인데요. 그 논문은 지금까지도 살인자들의 심리와 살인 동기에 대해 포괄적으로 관찰한 논문으로 널리 알려져 있습니다. 필립스 박사님, 어떻게 그런 통찰력을 갖게 되신 건지 말씀해주시죠."

"저는 안식년 기간 중 2년을 할애해 박사 학위 연구를 했습니다. 전 세계를 다니며 유죄를 선고받은 살인자들과 인터뷰를 진행했고, 그들의 동기, 심리 상태, 공감 능력과 더불어 한 인간이 어떻게 다른 이의 생명을 앗아가게 되는지 그 패턴을 이해하려고 노력했습니다. 논문은 좋은 평가를 받았고, 동료들과의 상호 검토도 마친 것입니다."

"그 논문은 발표한 지 10년이 넘었지만 법의학 분야에서 여전히 유명합니다. 제 말이 맞습니까?"

"맞습니다."

"그리고 박사님의 논문은 FBI 신참 프로파일러들의 교육을 위한 주요 교재이기도 합니다. 맞습니까?"

---

* Some Choose Darkness. 이 책의 원제와 같다.

"그렇습니다."

"논문 말고도 박사님께서는 지난 100년간 있었던 연쇄살인범에 대한 조사 자료를 엮어 책을 내셨죠. 맞습니까?"

"네."

"최근 판을 포함해 총 발행 부수가 어떻게 되죠?"

"6백만 부 정도 됩니다."

"여기까지입니다, 판사님."

12장
2019년 10월 22일, 시카고

레인이 법정 출두를 마친 오후 시간, 로리와 레인은 펍으로 가서 바 구석자리에 앉아 음료를 주문했다. 로리는 쓰고 있던 비니와 안경을 벗었다. 세상에서 로리가 편하게 느끼는 사람은 몇 없었는데, 레인 필립스가 그중 한 명이었다. 바텐더가 설리 다크니스 흑맥주를 그녀 앞에 놓고 라이트 비어는 레인 앞에 놓았다. 로리는 레인의 맥주잔을 보며 못난 표정을 지어 보였다.

"왜?" 그가 물었다.

"맥주 색깔이 오줌 같잖아."

"흑맥주 마시면 속이 안 좋아서."

"당신 때문에 내 속이 안 좋은 건 어쩌고. 그런 쓰레기 같은 일은 왜 맡게 된 거야?"

"증언대에 선 거? 전문가 증인은 모두 그렇게 자격 검증을 당하지. 그냥 그게 재판의 일부야. 낯 두껍게 처신하고 본색을 살펴봐야 해. 피고 측이 나를 공격한 것은 자기네 의뢰인이 아내를 살해했다는 사실로부터 배심원단의 정신을 딴 데로 돌리려고 그런 거야. 내 자격이 갈기갈기 찢어져야 의견을 피력할 수 있다면야 나는 괜찮아. 그렇게 해서 그 개자식이 유죄가 된다면 말이야."

"나는 그렇게 괴롭히는 사람들이 싫어."

"그 사람은 그냥 자기 일을 하는 거야."

"변호사들은 인간쓰레기 같아." 로리가 맥주를 홀짝이며 말했다.

"라고 내 옆에 있는 변호사가 말했습니다! 근데 그 사람 말이 맞아. 난 몇 년간이나 심리학 쪽에서 일하지 않았잖아. 제정신 아닌 범죄자들을 직접 다루지 않은 지는 10년이나 지났고." 레인이 말했다.

"그 점에 있어선 변화가 생길 거야. 도움이 좀 필요하거든."

"카밀 버드 사건 때문에?"

로리는 잠시 카밀 버드를 떠올렸다. 카밀의 사진이 로리의 코르크판에 꽂힌 지도 며칠이 지났다. 그녀가 사건을 맡겠다고 하자마자 아버지가 심장마비로 돌아가시는 바람에 회사 일을 마무리하는 데 모든 시간을 써버렸다. 카밀의 얼굴을 떠올리자 이내 두통이 엄습했다. 미해결 사건을 방치했다는 죄책감이 그녀를 무겁게 짓눌렀다. 그녀는 일단 아버지가 남긴 마지막 파일을 정리하는 대로 사건 재구성에 시간을 들여야겠다고 마음에 새겼다.

"아니, 다른 일 때문에." 마침내 그녀가 대답했다.

로리는 가방에 손을 뻗어 보일 판사가 준 파일을 꺼냈다.

"아버지 회사 일을 거의 다 정리했는데, 이게 남았어."

그녀는 파일철을 바 건너편으로 밀어주었다. 레인이 자세를 꼿꼿이 세웠다. 범죄자의 파일을 살펴보는 것은 그에게 전율을 가져다주었다. 빳빳하게 차려입은 변호사가 제아무리 아니라고 해도 레인 필립스는 살인자의 마음을 해부하는 데 있어 최고였다. 그가 FBI에서 물러난 것은 프로파일링 실력에 문제가 있어서가 아니라 그가 너무나도 유능했기 때문이었다. 그는 범죄자의 마음에 뛰어들어 발견한 것들 때문에 불안과 고통을 얻었다. 그들의 마음을 너무나도 잘 이해한 탓에 마음에 떨쳐낼 수 없는 이미지가 남았다.

그래서 지난 백 년간 악명을 떨친 범죄자들을 연대순으로 기록하고 그들과의 인터뷰 내용을 수록한 그의 책이 출간 첫해 200만 부넘게 팔렸을 때, 그는 FBI를 그만뒀다. 그리고 그때부터 로리와 함께 살인사건연구 프로젝트를 시작했다. 그것은 미해결 살인사건을 추적하여 패턴을 찾아내기 위한 것이었다. 그렇게 찾은 패턴으로 사건들 사이의 유사성을 발견했고, 종종 연쇄살인범을 집어내기도 했다. 로리와 레인 각자의 기량은 서로에게 보완이 되었다. 로리는 전국을 통틀어 살인사건 재구성을 가장 잘했고, 레인은 연쇄살인과 관련해 세계에서 손꼽히는 권위자였다.

"이 사람 들어본 적 있어?" 레인이 파일을 들여다보자 로리가 물었다.

"응. 도적이라고 부르는 사람이야. 그런데 세상에! 그건 40년 전 일인데. 아버님이 이 사람을 변호했다고?"

"보다시피. 아직 세부사항에 대해 정리 중이야. 원래는 개리슨 포드사에서 다루던 사건이었어. 규모가 큰 형사 전문 사무소인데 아버지가 국선변호인 그만두고 그 회사로 들어간 거야. 거기서 한 2, 3년 근무하다 나와서 회사를 차리셨는데 그때 이 사건도 갖고 나오신 거야."

레인이 파일에 있는 서류를 넘겨보았다. "아버님이 언제까지 개리슨 포드에서 일하셨어?"

"1982년. 그때 이후로 쭉 이 사람을 맡으신 거야."

"뭘 하면서?" 레인이 물었다.

"내가 알아내려고 하는 게 바로 그거야. 개리슨 포드가 재판에서 패소하고 나서 우리 아버지가 항소 제기에 나섰고 가석방 심사에서 그를 변호했지. 이 사람은 잡히기 전부터 돈이 좀 있었는데 아버지가 그 돈도 관리해주신 것 같아. 신탁을 들어서 30년 동안 지켜주신 거야. 채무를 청산하고 부동산도 맡아 관리하고, 그에 대한 보수는 신탁에서 빼서 받으셨어."

레인이 페이지를 넘겼다. "그리고 꽤 자주 이 사람을 만나러 가셨네. 출입 기록이 이렇게나 많다니."

"응. 아버지는 이 사람과 꽤나 친밀한 관계였던 거 같아."

"그래서 뭐가 문제지? 다른 사건들처럼 이것도 딴 데다 넘겨버려."

"그럴 수가 없어. 이 사람 가석방 허가가 승인됐더라고. 아버지는 돌아가시기 직전에 판사와 함께 세부사항에 대해 논의 중이었어. 판사는 이 사건을 끝내야 한다는 중압감에 시달리고 있고. 그래서 연기를 허락하지 않더라고."

레인은 파일을 들여다보며 맥주를 한 모금 마셨다.

로리도 흑맥주를 들어올렸다. "이 사람에 대해서 얘기 좀 해줘. 나도 좀 찾아보긴 했는데, 그는 단 하나의 사건에 대해 2급 살인죄로 기소되었어. 40년이 지난 지금 가석방이라니 그다지 극적인 전개는 아니지. 하지만 판사 말로는, 그가 다수의 살인을 저질렀대."

"아, 이런!" 레인이 고개를 들어 로리를 바라보았다.

"왜?"

"이 사건의 뭔가가 당신 흥미를 자극하는 거야, 그렇지?"

"그만해, 레인."

"당신이 어떤지 내가 모를까 봐? 아버님이 이 사건에 발을 들이고 있었다는 사실이 머릿속 깊이 뿌리박혀서 그냥 지나칠 수가 없는 거야."

아버지가 떠난 지금, 미지의 것에 대해 집착하는 로리를 완벽하게 이해해주는 사람은 레인 필립스가 유일했다. 심리학자로서도 오랜 경력이 있는 그에게 틀렸다고 거짓말할 수는 없었다. 필립스 박사는 인간의 뇌 작용에 대해, 특히 로리의 뇌에 대해 잘 알았다. 이런 유별난 뇌는 그녀를 그토록 잘나가는 범죄 재구성 전문가로 만들어주었다. 그녀의 뇌는 사건에 대한 해답을 모두 찾을 때까지 바삐 일했고, 그녀는 속수무책으로 따라갈 수밖에 없었다. 특히 사건을 잠깐 훑어봤는데 뭔가 말이 안 되면 더욱 그랬다. 신문사들이 도적이라고 부르던 그자를 위해 아버지가 오래도록 일해왔다는 것 역시 정말 말이 안 됐다.

"이 사람에 대해서 얘기 좀 해줘." 그녀가 다시 말했다.

레인은 옛날 사건에 대해 생각을 정리하며 손으로 맥주잔 아래를 잡고는 제자리에서 빙빙 돌렸다. "검사는 1급 살인을 주장했는데 배심원단에서 2급 살인으로 결정이 난 거였어. 그자는 사실 다수의 실종 여성과 관련해 의심을 받고 있었지. 다섯 아니면 여섯 명……. 그 부분은 찾아봐야겠다."

"다섯 아니면 여섯 명을 죽였다고? 파일에는 다른 피해자들에 대해 아무런 언급이 없는데? 정말 그렇게 많이 죽였다면 가석방이 불가능했을 거야."

"다수의 살인에 대해 의심을 받았지, 그 모든 사건에 대해 기소되지는 않았거든. 그래서 다른 사건들이랑 정식으로 연결된 문서는 찾을 수 없을 거야. 그냥 소문과 추측뿐이라."

"다른 사건들이 더 있었다면서 검찰은 왜 한 건에만 매달린 거야?"

레인이 파일철을 닫았다. "여러 이유가 있었지. 1970년대 후반, 도시는 완전 패닉 상태였어. 사람들 마음에는 여전히 '샘의 아들' 사건이 남아 있었거든. 1976년 뉴욕에서 숱한 살인을 저지른 그

미친놈 말이야. 존 웨인 게이시가 시카고 주변에서만 30여 명의 소년을 죽이고 마룻바닥에 묻었지. 그랬는데 1979년 여름에 여자들이 실종되기 시작했으니 공포가 가중될 수밖에. 여름 내내 분노와 불안이 들끓었어. 마침내 여름 끝자락에 경찰이 그자를 찾아냈지. 근데 찾아낸 방식이 아주 특이했어. 모든 걸 짜맞춰준 사람이 다름 아닌 자폐증이 있는 여성이었거든."

로리는 바 쪽으로 몸을 바짝 붙이며 귀를 쫑긋 세웠다. 지금까지보다 더더욱 흥미가 솟는 중이었다.

"그 여성이 정보를 모으고 경찰에 증거를 전달한 방법이 아주 이상했어. 그래서 그 증거들을 재판에 전혀 사용할 수 없었지. 거의 다 인정이 되지 않았고. 그러다 보니 어느 쪽도 재판을 원치 않았어. 만약 검찰이 그자의 범죄 사실을 배심원단에 납득시키지 못한다면 그자는 그냥 걸어 나가게 될 테고, 반대로 성공하면 그자는 사형을 당할 처지였거든. 때는 1979년이었으니. 재판을 한다는 게 양쪽 모두에게 위험했어. 결국 검찰은 여러 사건 중 한 건에만 매달린 거야. 증거들이 거의 불확실하고 정황증거인 데다가 시신도 없었으니까."

"시신이 없었다고?"

"응. 그래서 재판까지 가는 게 위험했던 거야. 그래서 사건 하나에만 매달린 거고. 시신을 한 구 발견하긴 했는데 그것도 그자와 연결 지을 증거가 없었어. 시신이 없었다는 사실 때문에 결국 2급 살인으로 판결 난 거야. 60년이 구형됐지만 30년 후에는 가석방이 가능했어. 이 선고로 도시의 공포는 가라앉았지."

"그런데 40년 동안 감옥에 구속되어 있었고 가석방 심사를 시작한 지는 10년이 지난 지금, 그가 풀려나려고 하고 있어."

레인이 고개를 저었다. "내가 책 쓸 때 이 사건도 조사했는데, 자세한 내용은 최종 편집에서 빠지게 됐어. 이 사건을 짜맞춘 여성 말이야, 젠장! 뉴스 제목이 아직도 기억나. *정신분열 여성이 도적을 쓰러뜨리다.*"

"정신분열?"

"그때는 '자폐'에 대한 인식이 부족할 때였거든. 게다가 '정신분열'이라는 단어를 쓰면 신문이 더 잘 팔리니까."

로리는 검은 심연 같은 설리 다크니스 잔을 들여다보았다. 남은 맥주를 다 들이켜고 나자 한 잔 더 주문하고 싶었다. 처음 알게 된 이 여성에 대한 생각을 취기로 가라앉히고 싶었다. 그러나 호기심은 이미 로리의 마음에 뿌리를 내려 무시할 수 없는 상태가 되었다.

"그 여성은 어떻게 됐어? 자폐증 있다는 여성 말이야."

레인이 손가락으로 파일을 톡톡 쳤다. "앤절라 미첼이라는 여성이야. 증언을 앞두고 범인에게 살해당했어."

1979년 8월, 시카고

정신적으로 무너진 지 이틀이 지난 후 앤절라는 얇은 가운을 입고 진료실 탁자에 앉아 속눈썹을 뽑고 있었다.

"마음 편하게 하세요. 두 병만 뽑으면 돼요. 금방 끝나요." 간호사가 주사기를 준비하며 말했다.

앤절라는 고개를 돌린 채 간호사가 자신의 팔꿈치 안쪽에 주삿바늘을 꽂기를 기다렸다. 하지만 주삿바늘이 무서운 게 아니었다. 그녀의 신경이 곤두선 것은 토머스가 그녀의 발작을 심각하게 받아들이고 의사를 만나보라고 밀어붙였기 때문이었다. 그러한 강요가 앤절라에게 그 무엇보다 두려운 일이라는 걸 토머스는 알지 못했다. 편집증을 토머스에게 들키고 말다니! 진료실에 있는 지금 그녀는 더욱 불안에 떨었다.

이전에도 똑같은 상황을 겪은 적이 있었다. 그때는 청소년기 대부분을 진료실과 정신과 소파에서 보냈다. 부모님과 함께 지낼 때는 의사와 상담사들이 그녀의 삶을 차지했다. 부모님은 앤절라가 병원에 자주 가서 좋은 선생님을 만나면 건강해질 거라 믿었다. 부모님의 바람과 달리 효과적인 해결책을 제시해준 치료사는 아무도 없었다. 그저 청소년 정신병원에 입원하기를 권유할 뿐이었다.

부모님이 앤절라를 입원시켰을 때 그녀는 열일곱 살이었다. 정신병원에서 일곱 달을 보낸 후 열여덟 번째 생일날 퇴원했다. 그곳 생활에서 탈출할 수 있었던 것은 거기서 만난 친구의 도움 덕분이었다. 퇴원 후 지난 몇 년 동안은 어찌어찌 부드러운 궤적을 그리며 살았다. 토머스를 만나고부터는 불안한 내면을 엄격하게 관리했고, 심지어 얼마 전부터는 남들처럼 사회와 어울릴 수 있을 것 같다는 생각까지 들었다.

그런데 다시 병원으로 떠밀렸다. 그녀의 자폐를 이해해주는 사람은 아무도 없었다. 의사들도 마찬가지였다. 이해하는 척할 뿐이었다. 오랜 기간 받은 비난과 실패 속에서 깨달은 것은 그녀의 마음이 작동하는 방식을 그 누구도 완전히 이해하지 못한다는 것이다. 그래서 자신에 대해 설명하는 것을 이미 오래전에 그만뒀는데, 다시 의사를 마주하고 상태를 설명해야 한다니!

물론 토머스는 좋은 뜻으로, 아내를 보호하기 위해 그녀를 의사에게 보낸 것이었다. 그가 그녀의 과거에 대해 모든 것을 아는 것은 아니니까. 앤절라는 어두웠던 십 대 시절을 가능하면 숨기려 애썼다. 토머스도 그녀의 삶에 새로운 기회를 열어주었다. 그래서 앤절라는 안전감을 느끼고 있었다. 그러나 올여름 발생한 사건들은 그녀가 붙잡고 있던 것이 얼마나 약한 것인지를 깨닫게 해주었다. 마음 깊숙하게 자리 잡은 실종 여성들, 그리고 실종이 폭력의 연장선상에 있었을 거라는 생각만으로 앤절라는 제동 장치 없이 추락하는 기분이 들었다. 그 여성들에 대한 집착이 해롭다는 걸 알면서도 그들에게 느낀 유대감을 모른 척할 수 없었다.

골목에서 마주친 남자, 캐서린의 주방에 다시 나타난 남자가 앤절라 안에 도사려 있던 불안을 튀어나오게 했다. 앤절라는 시간을 되돌려 청소년기로 돌아간 듯 불안했다. 마음 한켠에 단단히 묶

어 가둬놓았던 강박장애가 불쑥 튀어나와 예전처럼 삶의 대혼란을
초래하고 있었다. 무엇보다, 자신의 고통이 토머스를 밀어낼까 봐
겁이 났다. 이제는 토머스가 자신의 편집증에 대해 더 정확히 알게
됐다는 사실이 두려웠다. 지난 몇 년간 그녀를 다잡아주었던 닻이
풀려나 자신을 홀로 표류하게 내버려둘 것만 같았다. 그녀의 마음
에는 따라잡기도 힘들 만큼 너무나 많은 근심이 떠돌기 시작했다.

"다 됐어요." 간호사의 말에 앤절라는 상념에서 깨어났다. 장갑
을 낀 간호사는 앤절라의 피가 담긴 작은 유리병 두 개를 들고 있
었다.

"의사 선생님이 곧 들어오실 거예요."

몇 분 후 의사가 진료실에 들어와 매뉴얼대로 검진을 진행했다.

"과거에 불안 발작을 일으킨 적이 있나요?" 의사는 차트에 뭔가
를 끼적이며 물었다.

"아니요. 그러니까 제 말은…… 제가 어렸을 때는 그런 용어로
말하지 않았어요."

의사는 잠시 뭔가를 적더니 앤절라를 바라보았다. "십 대 때 리
튬을 드셨네요. 효과가 있었나요?"

남성의 시선을 받으면 으레 겁을 먹는 앤절라가 의사의 시선을
맞받아쳤다. 그녀 자신도 놀랄 만큼 강렬하게. 십 대 시절에 대한
공포가 그녀의 분노에 불을 붙였다.

"아니요! 그 사람이 시켜서 억지로 먹은 거예요. 부모님은 그냥
그 사람 말을 따른 거고요."

"그 사람이라뇨?"

"부모님이 만나라고 한 정신과 의사요. 정신병원에 저를 가둬둔
사람 말이에요. 그 사람은 저한테 행동장애와 조울증이 있다고 했

죠. 저를 진정시킨다며 리튬을 먹인 거예요. 그걸 먹으면 저는 잠에 빠지거나 환각에 시달렸어요."

의사는 잠시 멈칫하더니 고개를 끄덕였다. "맞습니다. 모두가 약효를 보는 것은 아니니까요." 그는 재킷 앞주머니에서 처방용지를 꺼내 뭔가를 적고는 그 용지를 뜯어 앤절라에게 건넸다. "이건 발륨이에요. 리튬과 같은 부작용 없이 신경증이 누그러질 겁니다."

그는 처방용지에 또 뭔가를 적고는 그 용지도 뜯어주었다.

"정신과 의사 이름이에요. 제가 보기엔 누군가와 얘기를 좀 하셔야 할 것 같습니다. 최근에 여성 환자들을 그쪽으로 많이 보냈습니다. 도시에서 일어난 실종사건 때문에 겁에 질린 사람이 많거든요. 누군가와 대화를 하면 좀 나아질 겁니다. 그리고 수분 보충을 많이 하시면 구역질도 가라앉을 거고요. 발륨이 도움이 될 거예요. 그리고 미첼 부인." 의사가 일어나며 말을 이었다. "경찰은 일을 제대로 하고 있습니다. 범인을 잡을 거예요. 그렇게 되면 지금 겪고 계신 증상이 싹 나을 겁니다."

앤절라는 병원을 나오며 정신과 의사의 이름이 적힌 종이를 구겨서 쓰레기통에 던져버렸다. 차에 올라탄 그녀는 십 분 후 약국으로 들어가 발륨을 처방받았다.

13장
2019년 10월 23일, 시카고

로리가 데이비슨 형사에게 전화를 걸었다. 형사는 그녀를 카밀 버드의 아버지와 엮이게 만들며 그녀에게 신세를 졌지만, 이번에는 그녀가 신세를 질 차례였다. 1979년에 있었던 오래된 사건에 대한 것이라면 뭐든 다 필요했다. 론 데이비슨은 쿡 카운티 연방 건물의 어두운 구석을 샅샅이 뒤진 끝에 이른 오후 그녀의 집 앞으로 상자 세 개를 전달했다.

로리는 첫 번째 상자의 내용물을 꺼내 책상 위에 펼쳐놓았다. 1979년에 일어난 사건은 그녀를 사로잡았다. 무엇보다도 앤절라 미첼이라는 이름의 수수께끼 같은 여성이 연쇄살인범을 찾아냈다는 사실이 흥미로웠다. 로리는 40년 전의 이 여성에게 이상하리만큼 유대감을 느꼈다. 따지고 보면 앤절라 미첼은 로리가 지금 하고 있는 일을 했던 것이다. 피해자를 찾아내고 서사를 부여해 범죄 사건을 재구성하는 것.

로리의 아버지가 속한 피고 측, 즉 도적을 변호하는 그들은 앤절라 미첼의 신상에 대해 조사를 해놓았다. 보고서에는 이런 문장이 있었다. "스물아홉 살의 사회 부적응자이자 자폐증을 앓는 여성으로 일반적인 인지 능력이 부족하다." 또 이런 내용도 있었다. "강박성 인격장애 때문에 일상생활에 한계가 있으며, 검찰이 재판에 제시한 '증거'라는 것을 그녀가 모을 당시 상당한 양의 발륨을 복용 중이었다." 보고서는 계속해서 앤절라가 청소년기에 정신병원에 입원했던 일과 부모님과 소원하게 지냈던 일을 나열했다. 보고서만 읽으면 앤절라 미첼에 대해 비호감이 생길 정도였다.

하지만 로리는 읽으면 읽을수록 수십 년 전에 있었던 여성과 더욱 가까워지는 것을 느꼈다. 그녀의 이야기는 많은 면에서 로리와 비슷했다. 단지 로리는 부모님과 소원하게 지낸 적이 없고 오히려 그 반대였으며, 정신병원에 갇힌 적도 없었다. 그렇지만 로리도 어린 시절 앤절라와 똑같은 증상에 시달렸다. 로리의 부모님은 그녀를 의사들에게 보내는 대신 주말과 여름방학을 그레타 할머니 집에서 보내게 했다. 그레타 할머니는 로리의 사회적 불안을 치료하기 위해 할머니만의 해결책을 제시했다. 만약 할머니가 없었다면 로리의 어린 시절 또한 앤절라 미첼의 보고서와 한 치도 다르지 않았을 것이다.

로리는 눈앞에 놓인 맥주를 바라보았다. 플로이즈 다크로드와 발륨은 비교 대상이 되지 않았다. 로리는 앤절라 미첼이 당시 발륨에 중독된 상태였을지도 모른다는 생각을 털어냈다. 오후 3시, 두 번째 잔을 마시는 로리는 머리가 어지러웠다. 그녀는 자신의 생각을 밀어내는 마음으로 잔을 들어올려 길게 한 모금 마셨다. 그러고는 1979년 파일을 들여다보며 앤절라 미첼과 그녀가 해냈던 일들에 파묻혀 두 시간을 보냈다.

상자 두 개를 다 들춰보았고 마지막 한 상자를 남겨놓았다. 그녀는 책상으로 돌아와 인터넷 검색창에 '앤절라 미첼'이라고 쳤다. 1979년의 도적과는 상관없는 검색 결과 몇 페이지를 넘긴 뒤에야 사건과 관련해 몇 가지 사항을 재탕해서 써놓은 기사들을 찾을 수 있었다. 파일에 없는 내용을 폭로한 기사는 한 건도 없었다.

컴퓨터를 막 끄려고 하는 찰나 "앤절라에게 정의를"이라는 제목의 페이스북 계정이 눈에 들어왔다. 그 계정을 팔로우한 사람은 1200명이었고, 마지막 게시물은 2년 전, 2017년 8월 31일에 올라와 있었다.

오늘은 나의 소중한 친구 앤절라 미첼이 사라진 지 38주년 되는 날이네요. 이렇게 오랜 세월이 흐른 뒤에도 여전히 사건에 대한 실마리는 없어요. 이제 시카고 경찰서에서 앤절라를 기억하는 사람은 거의 없고, 기억하는 자들이 있다 해도 오래전에 은퇴했거나, 1979년 여름 그녀에게 정말 무슨 일이 일어난 것인지 알아내는 것에 대해 희망을 잃은 자들뿐입니다. 여기 온라인 커뮤니티에 소속되어 해답을 찾는 우리들은 1980년에 열렸던 웃기지도 않은 그 재판이 아무런 해답을 주지 않았다는 것을 알고 있잖아요. 한 해 한 해 지날 때마다 진실에 빛을 비춰줄 수 있는 사람은 감옥에 있는 단 한 사람뿐이라는 생각이 듭니다. 그는 당연히도 앤절라에 대해 단 한 마디도 내뱉지 않고 있고요.
언제나 그렇지만 앤절라 미첼에 대해 정보를 갖고 계신 분이 있다면 글을 남겨주세요. 그러면 개인적으로 연락을 드리겠습니다. 너무 옛날 일이지만 아주 작은 정보라도 어쩌면 도움이 될 수 있어요.

게시글에는 화질이 선명하지 못한 앤절라 미첼의 사진이 함께 실려 있었다. 사진 속 앤절라를 다시 사진 찍어 올린 것이었다. 오래되어 색이 바랜 폴라로이드 사진을 핸드폰으로 촬영한 것으로, 플래시 빛 때문에 폴라로이드 위쪽 부분이 하얗게 되어 있었다. 사진 속 그녀는 자그마한 체형이었고 키 큰 여성 옆에 서 있었다. 키 큰 여성은 아마 이 게시글을 올린 사람이리라. 앤절라는 부끄러워하며 카메라를 향해 미소 짓고 있었는데, 렌즈를 똑바로 보지 못하고 시선을 약간 왼쪽 아래로 두고 있었다. 그 모습을 로리는 이해했다. 로리 자신도 똑같은 고통을 겪고 있으니까.

지난번 바에 갔을 때 레인이 한 추측이 맞았다. 호기심이라는 씨앗이 로리의 마음에 심겼고, 씨앗이 자라지 못하게 막는 것은 떠오르는 태양을 누르는 것만큼 불가능한 일이었다. 처음에는 아버지가 연루된 사건이기에 관심이 갔다. 하지만 사건의 중심에 있는 이 기묘한 여성에 대해 알게 된 지금, 점점 커져가는 호기심을 무시할 수 없었다. 사건 재구성을 시작할 때면 맞닥뜨리는 바로 그 감정. 이제 로리의 정신은 앤절라 미첼에 대해 모든 것을 알게 될 때까지 쉼 없이 달릴 것이다.

그녀는 마침내 노이즈가 자글자글한 페이스북 사진에서 시선을 돌리고 평소라면 절대 하지 않을 행동을 했다. 댓글 칸에 마우스를 클릭하고 재빨리 타이핑을 했다. *제 이름은 로리 무어입니다. 앤절라 미첼 씨에 대해 자세한 사항을 알고 싶어요. 연락 주시기 바랍니다.*

로리는 두 번 생각할 것도 없이 엔터를 누르고는 스크롤을 올려 페이스북 상단에 있는 정보 아이콘을 눌렀다. 그러자 이 계정을 만든 사람에 대한 정보가 나왔다. 그녀는 자신을 1979년 여름에 앤절라 미첼과 가장 친하게 지냈던 친구라고 소개했다. 그녀의 이름은 캐서린 블랙웰이었다.

1979년 8월, 시카고

발륨이 도움이 됐다. 앤절라는 지난 3일 동안 구토를 하지 않았고, 두통이 오는 간격도 멀어졌다. 딱지투성이 어깨를 긁고 싶은 욕구도 덜해졌고, 편집증도 한결 줄어들었다. 그리고 토머스의 걱정도 사라졌다. 문제는 약을 정량의 두 배로 먹고 있다는 사실이었다. 그녀는 약물 과다복용에 대해서, 그리고 약이 떨어지고 난 후의 상황에 대해 걱정하기 시작했다. 토머스에게는 병원에 다녀온 후로 괜찮아졌다고 말했다. 짧게 재발한 거라 금방 제어가 됐다고 둘러댔다. 또 골목에서 낯선 남자를 봤을 때 처음에는 당황했지만 지금은 괜찮아졌다고 애써 설득했다. 그중 가장 중요한 말은 자신은 정신과 의사를 볼 필요가 없다는 것이었다.

토머스는 계속해서 그녀의 상태를 엄중히 감시했다. 앤절라는 정신을 바짝 차려야 했다. 연기를 해서라도 증상을 감춰야 했다. 그러다 보니 진이 빠지는 느낌이었다. 얼마나 더 오래 이런 속임수를 쓸 수 있을지 의문이었다. 다행히 숨 쉴 수 있는 시간이 다가오고 있었다. 토머스는 주말 동안 인디애나폴리스에 가서 작업장을 살펴보고, 150채의 집을 짓겠다는 건축업자를 만날 예정이었다. 토머스와 빌은 그 일에 입찰했고, 토요일과 일요일을 거기서 보낼 참이었다. 며칠 전만 해도 토머스는 피딱지에 뒤덮여 몸서리치는 앤절라를 발견하고 이 출장을 취소하겠다고 했다. 하지만 그녀는 숨막히는 남편의 걱정에서 벗어나고 싶었고, 레너드 윌리엄스에 대한 의혹을 파헤쳐볼 시간이 절실하게 필요했다. 그래서 의지력을 총동원하고 발륨 복용량을 두 배로 늘려 정상적으로 잘 지내는 모습을 연기했다. 그리고 오늘 토요일 아침, 앤절라는 토머스와 식탁에 앉아 모닝커피를 마시며 한 번 더 시도했다.

"그냥 가도 돼. 이제 훨씬 나아졌다니까."

"약 먹고 있지? 그치?" 토머스가 그녀를 바라보았다.

"그럼. 약효가 괜찮아."

"밤에 혼자 두려니 걱정이 되잖아. 내가 안 가도 빌이 혼자 할 수 있어."

"난 괜찮대도." 앤절라가 목소리에 묻어나는 절박함을 숨기며 말했다. "그리고 이 계약 따내야 하잖아. 그럼 올 한 해 걱정 없을걸."

"우리 사업 잘하고 있어. 그 건도 따내면 좋긴 하겠지만, 그렇다고 꼭 필요한 건 아냐."

"가라니까." 그녀가 다른 사람과는 좀체 하지 않는 눈 맞춤을 하며 말했다. "나 괜찮아."

토머스가 차고에 있는 트럭에 올라 인디애나로 향한 지 한 시간 후 앤절라는 도로변에 대놓은 차를 몰고 고속도로로 향했다. 토머스와 빌에게는 창고가 네 개 있었다. 위스콘신주의 커노샤와 시카고의 북부와 서부, 인디애나주 해먼드에 있었다. 커노샤 창고를 관리하는 레너드 윌리엄스는 토머스와 함께 떠난 터라 앤절라는 위스콘신 지역으로 향하는 중이었다.

커노샤는 시카고에서 한 시간 반 정도 떨어진 곳이었다. 앤절라는 고속도로를 빠져나온 후 지도를 보며 달렸다. 그리고 마침내 남편의 위스콘신 사무실과 건축용 창고로 이어지는 긴 도로로 접어들었다. 운전하며 달리는 차량 뒤로 먼지가 길게 일었다. 산업단지 끝, 자갈길을 따라 늘어선 단층 건물 사이에 그의 사무실이 있었다. 토요일 오전이라 그런지 그녀의 차 말고 다른 차량은 없었다. 그녀는 주차장에 차를 세우고 시동과 에어컨을 켜놓은 채 라디오를 들었다. 밤사이 실종 여성에 대한 새로운 사실이 발견되었다는 WGN 방송 뉴스였다.

"확인 중입니다만 오늘 아침 일찍 발견된 시신은 서맨사 로저스로 추정됩니다. 3주 전에 실종된 그녀는 도적에 의해 가장 최근에 납치된 피해자이자 다섯 번째 피해자라고 경찰은 밝혔습니다."

캐서린과 함께 거실에서 뉴스를 보던 밤이 떠올랐다. 리포터가 서맨사 로저스라는 여성의 실종 사실을 전하던 그 밤. 앤절라는 그 후로 이 여성의 삶에 대해 조사했고 실종과 관련한 모든 사항을 알아냈다. 서맨사 로저스가 실종된 날짜, 마지막으로 있었던 장소, 부모와 친구들과 마지막으로 얘기한 시간, 그녀가 사라진 날 택시가 웨스턴가와 켓지가 교차로에 그녀를 내려줬다는 것. 그곳은 그녀의 집에서 고작 한 블록 떨어진 곳이었다. 앤절라는 리포터가 알려주지 않아도 이미 서맨사 로저스에 대해 알고 있었다. 사실 뉴스보다 훨씬 더 많은 정보를 알아냈다. 너무 많은 것을 알았기에 다시는 살아 돌아올 희망이 없다는 사실에 가슴이 아팠다.

"지금 시카고 경찰서가 피해자의 신원을 확인해주길 기다리고 있는데요. 포리스트글렌 지역의 나무가 우거진 곳에서 발견된 시신이 서맨사 로저스라는 데 추측이 모아지는 상황입니다. 이곳은 피해자의 아파트가 있는 위커파크에서 몇 킬로미터 떨어진 곳입니다.

저희는 발 빠르게 취재해 새로운 소식이 들어오는 대로 속보로 알려드리겠습니다."

앤절라는 차 시동을 끈 후에야 심장이 두근대고 있다는 걸 깨달았다. 떨리는 손으로 차 키를 뽑으니 짤랑거리는 소리가 났다. 그녀는 차에서 내려 주변을 둘러보며 마음을 진정했다. 일꾼들이 다 빠져나가 조용해진 토요일 오전 시간이었다.

앤절라는 자갈밭을 가로질러 걸었다. 사무실 손잡이를 돌려봤지만 잠겨 있었다. 집을 나서기 전, 시카고베어스 열쇠고리에 달린 열쇠꾸러미를 주방 서랍 깊숙한 곳에서 꺼내온 참이었다. 가방에서 열쇠꾸러미를 꺼내 열쇠 하나하나 문고리에 꽂고 돌려보았다. 마침내 문을 따고 들어간 그녀는 창밖으로 주차장을 바라보았다. 그녀의 차 말고는 아무것도 없었으며, 산업도로를 달리며 일으킨 먼지가 흰 구름처럼 퍼져 시야를 뒤덮고 있었다. 앤절라는 멀리 보이는 도로 끝까지 잠시 시선을 옮겼다. 길도 텅 비어 조용했다.

그녀는 문을 걸쇠로 잠그고 뒤쪽 벽에 줄지어 서 있는 캐비닛으로 갔다. 캐비닛 서랍을 열어 십 분을 뒤적거린 후에야 인사관리 파일을 찾을 수 있었다. 미첼-블랙웰 건설회사에는 77명의 직원이 있었다. 레너드 윌리엄스의 자료를 찾아내는 데는 일 분이면 충분했다. 그녀는 바닥에 앉아 자료를 읽기 시작했다.

첫 페이지에는 레너드 윌리엄스의 운전면허증 복사본이 있었다. 몇 주 전 집 뒷골목에 나타났던 남자의 어두침침한 눈과 무표정한 얼굴을 바라보자 어깨 위로 열감과 한기가 동시에 몰려왔다. 자료에 따르면 그는 52세로, 이전에는 우드데일 서쪽 근교지역에 있는 건축회사에 있다가 미첼-블랙웰 회사로 넘어온 것이었다. 추천서에는 이전 고용주가 극찬하는 내용이 적혀 있었다. 그는 기혼이었고 아이가 둘 있었다. 얇은 서류를 넘기는 동안 뭔가가 그녀의 정신을 잡아끌었다. 이것이 그녀의 뇌가 작동하는 방식이었다. 눈으로 봤지만 인식하지 못하는 무언가가 있었다. 그렇게 의식 저편에 묻혀 있는 관련 정보가 지각의 표면으로 떠오르기를 기다리고 있었다. 앤절라는 언제나 그랬다. 뭔가를 즉각적으로 알아차리지는 못하더라도 중대한 뭔가가 있다는 것을 예리하게 감지해냈다.

그녀는 눈을 깜빡이며 생각의 정지 상태에서 벗어났다. 그리고 마음 저멀리서 울려 퍼지는 작은 속삭임을 무시하며 계속해서 페이지를 넘겼다. 1099개의 서식, 고용계약서, 노동자재해보상 문서, 조합 인증서. 마침내 점점 분명해지기 시작했다. 속삭임은 이제 비명으로 바뀌었다. 그녀는 맨 앞장으로 돌아와 레너드 윌리엄스의 운전면허증을 다시 살펴보았다. 그녀의 시선이 주소가 적힌 부분으로 집중되었다. 그는 서맨사 로저스의 시신이 발견된 포리스트 글렌 지역에 살고 있었다.

1979년 8월, 시카고

앤절라는 메모장에 레너드 윌리엄스의 주소를 재빨리 옮겨 적은 뒤 서류를 제자리에 꽂고 캐비닛을 닫았다. 그리고 비서의 책상을 지나 창고로 이어진 옆문을 밀고 휑뎅그렁한 공간에 발을 들였다. 서까래가 드러난 천장은 3층 높이로 높았고 탁한 회색빛 필름이 덧붙여진 때 묻은 창문을 통해 빛이 스며들었다. 앤절라는 눈을 가늘게 뜨고 어둑한 공간을 살펴보았다. 전등 스위치를 발견하고 불을 켜자 전구가 깜빡거리며 창고를 환하게 비췄다.

거대한 트럭이 자리를 차지했고, 벽에 줄지어 있는 화물 운반대에는 초록색 포장지에 담긴 가루 시멘트가 높이 쌓여 있었다. 봐도 뭐에 쓰는지 모르겠는 장비들이 벽에 매달려 있거나 창고 중간에 높게 쌓여 있었다. 앤절라는 장비들을 보며 걸음을 옮겼다. 이곳이 바로 레너드 윌리엄스가 관리 감독하는 곳이었다.

뒤쪽으로 가자 흐릿한 창문 너머로 주차장이 보였다. 그녀는 자갈이 깔린 주차장에 홀로 서 있는 자신의 차를 흘끗한 뒤 창고로 이어진 도로의 저쪽 길 끝을 다시 한 번 바라보았다. 갑자기 폐가 아프고 숨이 얕아졌다. 공간이 주는 적막함과 공허함 때문이었다. 금방이라도 발작이 일어날 듯한 느낌이 찌르르하게 밀려왔다. 그녀는 정신이 음침한 곳으로 가지 않도록 애썼고, 그날 아침 골목에서 본 레너드 윌리엄스에 대한 생각을 품지 않기 위해 노력했다. 그가 가까이 다가오자 그림자가 자신의 다리로 기어오르던 것, 그의 검은 눈, 낮게 비치던 햇살에 보이던 실루엣. 그렇지만 그녀는 뭔가를 또 감지하고 있었다. 다른 때보다 마음속 장애물을 더 쉽게 지나게 해주는 그 무언가를. 창밖을 바라보는 지금, 조금 전 레너드 윌리엄스의 서류를 보면서 부지불식간에 그의 주소를 봤을 때 그랬던 것처럼 마음이 또다시 무언가를 더듬거리며 말하고 있었다. 무언가가 그녀의 관심을 기다리며 비명을 지르고 있었다.

그녀는 창고 구석에 있었다. 뒤쪽 벽은 그녀 왼쪽 옆에 있었고 흐릿한 창문이 있는 측벽은 그녀 맞은편에 있었다. 그런데 뭔가가 이상했다. 다시 주차장을 내다보자 차에서 내릴 때 봤던 이미지가 떠올랐다. 그녀는 창고 가장자리에 맞춰 주차를 한 터였다. 그런데 지금 창문으로 보니 차는 왼쪽으로 몇 미터 떨어져 있었다. 앤절라는 뒤쪽 벽을 살펴보았고 창고의 끝이 여기가 아니라는 것을 깨달았다. 창고는 뒤쪽으로 더 있었다.

창문에서 멀어지며 뒤쪽 벽을 따라 걸었다. 벽에는 천장 높이까지 나무 선반이 가득했다. 중장비와 자재가 있는 화물 운반대가 선반을 채우고 있었다. 높은 선반의 자재를 내리는 지게차도 근처에 있었다. 앤절라는 뒤쪽 벽을 따라 걸으며 가루 시멘트가 있는 바로 그 선반에 틈이 있는 걸 발견했다. 화물 운반대 뒤로 방수포가 커튼처럼 걸려 있었는데 일부는 문을 가리고 있었다. 앤절라는 창고 너머 사무실을 뒤돌아보았다. 으스스한 기분이 밀려왔다. 바람 때문에 서까래가 끼익하는 소리를 냈다. 속이 다시 울렁거렸다. 오는 길에 이미 발륨 두 알을 먹었는데 한 알을 더 먹고 싶은 심정이었다. 반쯤 가려진 문을 향해 몸을 돌려 가루 시멘트 포대 사이로 작은 체구를 밀어넣고는 손잡이를 돌렸다. 잠겨 있었다. 그녀는 가방을 열어 열쇠꾸러미를 꺼냈다. 하나씩 열쇠를 꽂아보았다. 다섯 번째 시도에서 손잡이가 돌아갔다.

문을 밀자 경첩이 움직이며 문이 열렸다. 그녀는 어두운 공간으로 미끄러져 들어가며 문이 180도로 열려 벽에 닿을 때까지 손잡이를 놓지 않았다. 손을 뻗자 스위치가 느껴졌다. 천장의 등에 불이 들어오자 공간이 살아나는 것 같았다. 그녀는 천천히 커다란 공간으로 걸어 들어갔다. 벽에 선반이 줄지어 있었다. 다른 쪽 벽에는 커다란 기름통이 나란히 있었다. 바닥에는 진흙이 메말라 있었는데, 저쪽 창고에 있는 먼지 나는 콘크리트 바닥과는 확실히 달랐다.

커다란 기름통 옆 바닥에는 더러운 방수포, 삽, 밧줄, 콘크리트 블록이 쌓여 있었다. 기름통 하나의 뚜껑을 열고 안을 들여다보았다. 통 속은 어두웠고 아무것도 없었다. 그녀는 천천히 창고를 둘러보았다. 피부가 가렵고 빨갛게 달아올랐다. 메스꺼움을 멈추기 위해 숨을 깊이 들이마셨지만 그래도 담즙이 계속해서 역류했다. 그때 어두운 구석 천장에 매달린 이상한 장치가 눈에 띄었다. 가까이 다가가 올려다보니 M 자 모양의 나무가 매달려 있었다. M 자의 각 모서리 부분에 다섯 개의 도르래가 있었고 두꺼운 밧줄이 연결되어 있었다. 밧줄은 나무의 양쪽 끝 아래에 마치 버드나무 가지처럼 늘어져 있었다. 두 밧줄은 2미터 정도 떨어져 있었다. 앤절라는 더 가까이 다가갔다. 양쪽 밧줄 끝에 빨간색 나일론 끈이 올가미 모양으로 매달려 있었다. 마치 중세시대에 만든 장치 같았다.

나일론 올가미를 손으로 잡고 부드럽고 새빨간 천을 엄지와 검지로 문질러보았다. 바로 그때 쿵 하는 소리가 밖에서 들렸다. 그녀는 올가미를 놓고 문으로 달려가 창고 쪽을 엿보았다. 잿빛 공간은 여전히 우중충했고, 거대한 차고 문은 닫혀 있었다. 그때 쿵 소리가 다시 났다. 그녀는 문을 가리고 있던 시멘트 포대와 선반 사이로 비집고 나가 창문으로 가서 주차장을 살펴보았다. 콘크리트 트럭 한 대가 주차장 건너편에 있는 저장소에 쓰레기를 버리고 있었다. 트럭은 옹벽을 뒤로하고 90도 각도로 짐받이를 기울였고, 인부들이 운전자에게 큰 소리로 지시하고 있었다.

앤절라는 창고를 가로질러 사무실로 들어갔다. 밖으로 나오며 문을 잠근 그녀는 인부들이 50미터 떨어진 곳에서 쓰레기를 버리는 동안 서둘러 차로 향했다. 그리고 자동차 후드에 기대 숨을 고르며 여름날의 습기 가득한 공기를 들이마셨다. 메슥거림이 가시자 운전석에 올라 가방에 손을 뻗었다. 발륨 한 알을 꺼내 삼키고는 가속 페달을 힘차게 밟아 먼지를 일으키며 산업도로를 달렸다. M 자 모양의 장치와 양쪽에 있는 올가미가 그녀의 시야에 플래시처럼 잔상을 남기며 타올랐다. 마치 그날 밤 서맨사 로저스 뉴스에서 봤던 리포터의 이미지가 그랬던 것처럼. 그리고 또 다른 무언가…… 또 다른 속삭임, 아주 작은 중얼거림이 마음 깊은 곳에서 자신의 소리를 들어주길 바라고 있었다. 차를 멈추고 귀를 기울여 자신에게 들리는 그 소리를 해독해야 할 때였다. 그러나 애써 숨을 고르며 떨리는 손을 자제하기 위해 노력하는 지금, 뒤죽박죽인 메시지를 이해하는 건 고사하고 그것을 자각하는 것 자체가 불가능했다.

14장
2019년 10월 24일, 시카고

로리는 성교 후의 애정 행위를 환영한 적이 한 번도 없었다. 따지자면 그녀는 사랑을 나누고 나면 혼자만의 시간이 필요했다. 그런 로리와 10년 동안 함께해온 레인은 그녀가 잠자리를 가진 후 몰래 빠져나가는 것을 더 이상 문제 삼지 않았다. 처음 사귈 때만 해도 그녀는 레인이 잠들기를 기다렸다가 빠져나왔지만 이제는 굳이 그러지 않았다. 로리는 조용조용 이불에서 빠져나와 탱크톱을 입고 까치발로 아래층으로 내려갔다.

냉장고를 열자 희미한 불빛이 바닥으로 쏟아졌다. 그녀는 다크로드를 꺼내 들고 작업실로 향했다. 어두운 집에서 오직 작업실 책상 위의 적갈색 램프만이 부드럽게 빛을 발하고 있었다. 로리는 맥주를 한 모금 마시고 책상 위의 파일을 읽기 시작했다.

도적은 입건되자마자 개리슨 포드 법률회사에 변호를 의뢰했다. 1979년 당시 2만 5천 달러의 수임료를 자기앞수표로 결제했다. 변호에 들어간 총 비용, 그러니까 실패한 변호와 논쟁거리가 된 재판까지 다 포함한 비용은 12만 달러에 달했고, 이 또한 자기앞수표로 1979년 여름부터 1981년 겨울까지 네 번에 걸쳐 결제했다. 이런 정보는 모두 론 데이비슨이 전해준 상자 중 세 번째이자 마지막 상자에 들어 있었고, 거기에는 아버지 회사의 파일과 보일 판사가 제공한 정보도 들어 있었다.

로리는 맥주를 한 모금 마시고 페이지를 넘겼다. 아무래도 아버지는 도적이 62년 형을 받고 항소를 제기한 때부터 이 일에 발을 담그게 된 것 같았다. 개리슨 포드사는 1982년, 그러니까 아버지가 퇴사하고 자신의 회사를 세울 때까지 그에게 급료를 지불했다. 아버지 회사 캐비닛에서 발굴한 서류들을 대조해가던 로리는 1982년 후반부터 대금청구서가 바뀌었다는 것을 발견했다. 무어 법률사무소로 처음 발행된 수표 날짜는 1982년 10월 5일로 2차 항소를 위한 자금이었다.

서명된 수표를 찍은 오래된 사진으로 보아 모든 비용은 단 한 번에 지급되었다. 로리는 맥주 한 병을 더 마셨다. 아버지의 의뢰인은 냉혹한 살인자일 뿐만 아니라 굉장한 부자였다. 체포 당시 그의 자산은 120만 달러에 달했다. 그의 자산은 파일에 상세하게 적혀 있었다. 그는 아버지에게 항소 준비와 가석방 심리에서의 변호와 더불어 투옥 기간 동안의 재산관리까지 의뢰했다. 재산관리에는 대금 청산, 사유지 정리, 자산 매각 등의 일까지 포함되었다. 범죄 변호의 어두운 면에 대해서 읽던 로리는 아버지가 유한책임회사와 신탁이라는 방법을 이용해 그의 자산을 감추고 민사소송으로부터 보호해왔다는 것을 알게 되었다. 그렇게 감춰져 있었기에 또 다른 피해자의 가족이라고 주장하는 사람들이 그를 뒤쫓는다 해도 그의 재산 대부분에 손을 댈 수가 없었다.

그렇지만 민사로 소송을 건 사람은 없었다. 시신이 없으니까 그렇겠지. 이런 상황에서 소송을 거는 것 자체가 바보 같은 짓이었다. 시신이 발견된 피해자는 1979년 여름에 사망한 서맨사 로저스가 유일했다. 로리는 계속 읽어나갔다. 당시 도적과 이 여성의 죽음을 연결하기 위한 시도가 있었지만, 개리슨 포드의 변호사들은 도적이 서맨사 로저스를 살해했다는 증거는 단순히 정황증거뿐이라고 배심원단을 설득하는 데 성공했다. 판사 또한 여기에 동의했고, 검찰 측은 추격을 멈추고 대신 앤절라 미첼에게 초점을 맞추기 시작했다.

1980년대 초반 살인자가 투옥된 당시 아버지는 의뢰인의 자산을 은행 계좌에 넣어 지켜냈는데 모두 합해서 90만 달러가 넘었다. 1980년대 내내 아버지는 10년 동안 질질 끈 지루한 항소 절차에 대한 자신의 변호사 비용을 이 자산에서 인출했다.

로리는 변호사 비용으로 발급된 수표 외에도 '의뢰비'라고 적힌 추가 비용이 있다는 걸 발견했다. 1980년대에 무어 법률사무소가 그로부터 받은 총 금액은 20만 달러가 넘었다. 항소를 제기하는 것치고는 터무니없이 높은 금액이었다. 아버지가 이 남자와 일반적인 변호사와 의뢰인 관계를 넘어섰다는 것을 깨닫자 로리는 강한 호기심이 일었다.

아빠, 도대체 이 사람을 위해 뭘 하신 거예요?

로리는 아버지가 공들여 작성한 항소 내용을 읽었다. 검찰 측의 구멍을 강조하는 내용이었다. 거기에는 피해자의 시신이 없으니 검사가 자기 의뢰인에게 불리한 증거를 제시할 근거가 없다는 내용이 포함되어 있었다. 로리의 아버지는 앤절라 미첼의 시신이 발견되지 않았고, 1979년 사건 보고서에 서술된 바와 같이 이 여성이 정신지체를 앓고 있었다고 주장했다. "인지적 장애가 있는"이라는 표현은 아직 쓰지 않던 시절이었고, "자폐증"이라는 단어는 너무 의학적인 데다가 극적이라서 이야기에 들어맞지도 않았다. "정신지체를 앓는 정신분열 환자"가 훨씬 더 강력하게 느껴졌다. 그렇지만 앤절라 미첼을 어떤 표현으로 수식하든 그녀를 올바르게 설명하는 구절은 하나도 없었다. 로리는 앤절라가 해낸 일들을 읽으며 그녀 덕분에 시민들이 목숨을 지킬 수 있었다는 사실을 깨달았다. 하지만 서류 어디에서도 앤절라 미첼을 '영웅'이라고 칭하지 않았다.

검찰 측 진술에 따르면 앤절라는 인생의 마지막 날들을 증거를 수집하는 데 썼다고 했다. 그리고 그 증거로 1979년의 살인자를 정확하게 짚어냈다. 그러나 그 과정에서 살해되고 말았다.

1979년 8월, 시카고

    일요일 아침이었다. 남편 회사 창고에서 괴상한 기구를 발견한 지 24시간이 다 되어가는 지금까지 앤절라는 단 일 분도 잠을 이루지 못했다. 그녀는 실종 여성들에 대한 정보를 갱신하고 지난 3일 동안 알아낸 레너드 윌리엄스에 대한 모든 것을 기록하며 밤을 지새웠다. 어제 창고에서 빠져나온 후에는 도서관에 들러 마이크로필름을 돌려보며 시카고 안팎에서 여성들이 목을 매거나 교살되어 죽은 사건들에 대해 조사했다.

    그리고 지난 10년간의 살인사건 추세를 종합한 그래프 아래에 도서관에서 조사한 관련 사항을 추가했다. 비밀 장소에서 발견한 기구가 뭔지는 아직 모르겠지만 그녀는 뭔가 엄청난 것을 발견했다는 걸 직감했다. 그녀가 만든 그래프에 속하는 여성들, 그러니까 인상착의와 신상이 비슷하고 시카고 안팎에서 살해당한 여성들은 대부분 교살되었다. 그녀는 파일 마지막에, 양쪽 끝에 올가미가 달린 이상한 M 자 모양의 나무 장치를 그려 넣었다.

    창고에서 뛰쳐나와 자료를 찾고 그래프를 정리하고, 레너드 윌리엄스에 관한 이론을 세우며 밤을 지새우고, 오늘 아침 캐서린의 집에 찾아온 지금까지도 앤절라는 마음속에서 들려오는 작은 속삭임에 내내 괴로워하고 있었다. 그 속삭임을 무시하고 일에만 몰두했다. 발륨을 과다하게 삼킨 부작용으로 목소리가 들리는 게 아닐까 걱정되었다. 어쩌면 그 소리는 그녀의 마음속 논리적이고 합리적인 부분이 소리를 치는 것일 수도 있었다. 현재 자신이 약을 과용하고 있으며 실종 여성들에 대해 터무니없는 가설을 세우고 있는 거라고.

지금 그녀는 캐서린의 식탁에 앉아 마음속의 목소리를 밀어내며 친구에게 자료를 보여주는 중이었다. 캐서린은 참을성 있게 앉아 앤절라의 얘기를 들어주었다. 그녀가 창고에 간 것, 레너드 윌리엄스가 서맨사 로저스의 시신이 발견된 장소에서 아주 가까운 곳에 산다는 것, 그리고 살해당한 여성들 중 올여름의 실종 여성들과 비슷한 신상을 가진 이들이 모두 교살당했다는 것까지. 끝으로 앤절라는 양쪽 끝에 올가미가 달린 괴상한 기구 그림을 보여주었다.

캐서린은 커피를 한 모금 마셨다. 앤절라가 자신을 쳐다보고 있었다. "나는 언제나 네 편인 거 알지? 그렇지만……."

"그렇지만 뭐?"

"네가 이러는 거, 올여름의 일들 때문인 것 같아."

"그게 무슨 말이야?"

"현재 일어나는 일 때문에 불안해하잖아. 나도 그래. 하지만 너는 이걸 네 자신이 해결해야 한다고 책임감을 느끼는 거 같아. 근데 앤절라, 나한테 보여준 건……."

"그건 뭐?"

"납득하기가 힘들어. 실종 여성들에 대한 조사도 그렇고, 이걸 10년간이나 이어진 살인사건과 연결 지은 것도 그렇고."

"난 그렇다고 봐."

"하지만 지금 너는 이 짓을 한 사람을 알고 있다는 거잖아. 그리고 그 사람이 빌과 토머스가 고용한 남자라는 거고."

앤절라는 캐서린에게서 시선을 거두고 자신의 노트를 바라보았다. 갑자기 뺨이 타는 듯 빨개졌다. 그녀는 자료를 그러모아 파일함에 쑤셔넣었다. 그녀의 조사 자료와 이론, 모든 것이 들어 있는 파일함이 식탁 위에 서 있었다. 마치 황야에서 발견된 환영받지 못하는 이국적인 유물처럼. 둘 다 그걸로 무엇을 해야 할지, 어떻게 다뤄야 할지 모르고 있었다. 그것이 조금이라도 가치가 있는 것인지, 아니면 아무짝에도 쓸모없는 것을 발굴해 들여놓은 것인지 모르는 상태였다.

"네가 골목에서 레너드 윌리엄스를 보고 너무 놀랐던 거 같아." 마침내 캐서린이 앤절라의 손을 잡으며 입을 뗐다. "그래서 편견의 눈으로 그를 보게 된 거고. 내가 알기로 그는 가정적인 남자야. 아내하고 애들도 있어, 앤절라. 미친 연쇄살인마가 아니라고. 그렇다고 네가 멍청한 짓을 한 거라는 얘기는 아니야. 하지만 이 모든 걸 합리적으로 봤을 때 네가 제시한 이론에 완전히 동의한다는 말은 못 하겠어. 앤절라, 나는 말이야……. 나는 이걸 다 믿어야 할지 말지도 모르겠어."

앤절라는 친구의 거절을 받아들이는 게 힘들었다. 어린 시절의 기억이 밀려들며 주변이 희미해졌다. 어린 앤절라가 한마디 할 때마다 선생님이 내던졌던 경멸의 말, 그녀가 어떤 문제에 대해 거론할 때마다 무시하고 외면했던 부모님, 리튬 부작용으로 심각한 환각을 호소했지만 노골적으로 묵살하던 정신과 의사까지. 어린 시절의 이런 이미지들이 그녀를 어디론가 휩쓸어갔고, 누군가의 말소리가 들려서야 현재로 돌아올 수 있었다. 정신을 차리자 빌 블랙웰이 캐서린 옆에 서 있었다.

먼 곳에서 메아리가 들려왔다. 귀 기울이려 했지만 소리는 허공에 날려 사라졌다. 빌의 입술이 움직이고 있었고, 그제야 그가 자신에게 얘기하고 있다는 것을 깨달았다. 앤절라는 눈을 깜빡였다.

"일주일에 두 번씩이나 제가 이렇게 나타나서 놀래드렸네요." 빌의 목소리가 들렸다. "토머스는 인디애나에서 돌아왔습니까?"

앤절라는 캐서린 남편의 목에 둘러진 두건에 시선을 고정했다. 조금 전 들려온 메아리는 빌 블랙웰의 목소리가 아니라 커노샤 창고에 다녀온 이후 계속된 속삭임이었다는 걸 깨달았다. 그 소리는 드디어 판독 가능할 정도로 크게 들렸다. 자신 앞에 선 남자를 보는 지금, 그건 비명에 가까웠다. 앤절라는 그들이 함께 자신의 집에서 저녁을 먹던 날 밤을 떠올렸다. 빌의 붉은 목과, 해충 퇴치제에 알레르기 반응이 있고 모기에 물렸다던 그의 말. 지난번 캐서린과 같이 주방에 있을 때도 그가 두건을 두르고 나타났던 게 떠올랐다. 그리고 지금, 두건 사이로 비치는 그의 목에 검붉은 자국이 보였다. 올가미 때문에 생긴 것일 수도 있었다.

앤절라는 자리에서 훌쩍 일어섰다. 의자가 뒤로 넘어가 주방 바닥에서 튕겼다. 그녀는 뒷걸음질하다가 아무런 말도 없이 몸을 돌려 현관으로 향했다. 식탁에는 그녀의 두꺼운 파일함이 그대로 서 있었다.

15장
2019년 10월 25일, 시카고

　로리는 검색대를 통과하고 보안요원을 따라 판사실로 향했다. 보일 판사는 책상에 딸린 왕좌에, 자신의 머리보다 훨씬 더 높이 솟은 등받이 가죽 의자에 앉아 있었다. 로리는 지난번 처음 왔을 때처럼 판사의 책상 맞은편에 앉았다.

　"다룰 내용이 많습니다. 담당 의뢰인에 대해서는 숙지하셨나요?"

　담당 의뢰인, 이 말이 로리를 여러모로 불편하게 만들었다. 일단 그녀에게는 '의뢰인'이라는 존재가 없었다. 그녀의 삶은 '사건' 중심으로 돌아갔다. 사람을 죽인 살인자가 아니라 살인을 당한 피해자를 돕는 게 그녀의 삶이었다. 식도까지 역류한 위산이 혀 뒤쪽에 자리 잡았다. 로리는 그것을 꿀꺽 삼켜서 넘겨버렸다. 앤절라 미첼에 대한 호기심이 위산 역류보다 더 강력했다. '도적'과 관련해 아버지가 수행했던 수상한 역할도 마음속에 자리 잡은 터였다. 아버지가 도적이란 자와 무얼 했던 것인지 정확히 알아내기 전에는 이 사건을 남에게 넘길 수 없었다.

　"네, 판사님." 마침내 로리가 대답했다.

　"좋습니다. 아버님과 저는 이 남자의 가석방과 관련해서 여러 가지 조항을 놓고 작업 중이었습니다. 이건 그중 일부입니다."

　보일 판사가 책상 너머로 종이 한 장을 내밀었다. 여러 항목들이 길게 나열되어 있는 서류였다. 판사가 복사본을 들고 설명했다.

"주거와 관련해서 사회복귀 훈련시설은 가지 않겠다는 조항이 있는데, 의뢰인의 나이, 재정, 악명을 고려해서 그 부분은 인정해주었습니다. 다만 24개월 동안은 일리노이주에 머물러야 합니다. 의뢰인은 일리노이 스타브드록 주립공원 근처에 집을 한 채 소유하고 있습니다. 시카고에서 한 시간 걸리는 곳이죠. 프랭크는 의뢰인이 이 집을 거주지로 유지할 수 있게 해달라고 요구했었고, 저는 거기에 합의했습니다. 그렇지만 점검이 필요한 항목들이 있습니다. 당신은 사회복지사와 의뢰인의 가석방 담당자와 함께 미리 그곳에 가서 요건들이 충족되는지 확인하셔야 합니다."

"무슨 요건들을요, 판사님?"

보일 판사는 또 다른 종이 한 장을 내밀었다.

"집에 일반전화가 설치돼 있어야 하고 첫 3개월 동안은 매일 가석방 담당자의 확인 전화를 받아야 합니다. 인터넷 접속은 의무는 아니지만 권하는 바입니다. 그리고 미국우정공사USPS의 주소가 거주지에 있어야 합니다. 사서함 주소는 허락되지 않습니다. 거주지 사진을 찍어 공식 서류에 첨부해야 하니 이번 주에는 그곳에 가셔야 합니다. 일정은 사회복지사인 나오미 브라운 씨와 조정하시면 되겠군요?"

판사는 마치 요청이라도 하듯 마지막 말의 억양을 올렸다. 하지만 그건 요청이 아닌 명령이라는 걸 로리는 잘 알았다. 그녀는 고개를 끄덕였다.

"의뢰인은 가석방이 되자마자 상당한 재산에 대한 권한을 갖게 됩니다. 지난 40년간은 프랭크가 변호인으로서 권한을 대행했죠. 이제 프랭크가 세상에 없으니 그 돈은 오로지 의뢰인 혼자서 관리하게 됩니다. 변호인, 그 돈은 80만 달러가 넘습니다. 그는 현대의 디지털 뱅킹은 사용해본 적이 없습니다. 정착할 때까지는 도움이 필요하죠. 그에게 자금을 풀어주는 대신 당신이 관리인 역할을 해 주셨으면 합니다. 가석방 후 첫 18개월 동안 그가 돈을 낭비하지는 않는지, 혹은……." 판사는 잠시 말을 멈췄다. "사기를 당하지는 않는지 재정 관련 사항을 계속해서 보고해주십시오. 일리노이주가 이 남자를 위해 쓴 돈은 지금도 충분합니다. 그가 풀려난 후에는 더 이상 돈을 쓰지 않도록 확실히 했으면 좋겠군요."

로리가 메모를 했다.

"마지막으로, 그는 68세입니다. 보시다시피 굳이 일해야 할 형편은 아니지만, 과거 이력 때문에 일다운 일은 할 수 없을 겁니다. 지금으로선 잠시 사라지는 게 최선인 것 같습니다. 어쩌면 영원히요. 스타브드록 근처의 집은 신탁에 걸려 있어서 누구도 그와 연결 지을 수 없습니다. 그러니 석방되면 그를 찾아내는 건 쉽지 않을 겁니다. 물론 당국은 원하기만 하면 언제든 쉽게 접근할 수 있을 거고요. 하지만 악플러들은 그를 찾으려 할 테고, 그를 익명으로 남게 할지 말지는 당신에게 달렸습니다. 아버님께서는 이를 위해 많은 수고를 하셨습니다."

판사가 파일철을 닫고 일어섰다. 마치 이것보다 더 긴급한 회의가 있는 사람처럼.

"궁금하신 사항 있습니까?"

"네." 로리는 역류하는 위산을 삼켜낸 다음 말을 이었다. "공식적으로 가석방 심리가 열려서 다른 사항에 대해 점검하기 전에 그를 만나봐야겠습니다. 제가 알기로 그는 담당 변호인이 사망한 사실도 모를 겁니다."

비좁은 장소에서 낯선 사람의 눈을 바라보며 자신이 새로운 담당 변호인이라고 설명하는 것, 보통이라면 그것은 피하고 싶은 상황이었다. 피하기 위해 뭐라도 했을 거였다. 움켜잡은 엄마의 손에서 빠져나가기 위해 팔을 들고 미끄러지는 아이처럼. 하지만 로리가 원하는 것은 따로 있었다. 도적이라는 이름의 남자에게는 조금의 관심도 없었다. 아버지가 그를 위해 하던 일이 무엇인지 알고 싶을 뿐이었다. 왜냐하면 이 일은 아버지가 맡을 법한 일이 아니기 때문이었다.

"그렇게 해드릴 수 있을 겁니다. 신속히 처리하라고 요청하겠습니다." 보일 판사가 말했다.

1979년 8월, 시카고

앤절라의 생일인 화요일. 그녀가 청소년기에 만났던 사람들처럼 캐서린이 그녀에게 거부감을 보인 지 이틀이 지났다. 빌 블랙웰의 목과 두건으로 감춘 흉한 붉은 자국을 본 지 이틀이 지났다. 올여름 사건의 중요 사항을 한데 짜맞춘 지도 이틀이 지났다. 앤절라는 그 이틀 내내 아무것도 하지 않았다. 잠도 거의 못 자고 그저 실종 여성들에 대한 생각만 했다. 그리고 자신의 의혹이 과연 틀린 것인가 의심하기 시작했다. 빌 블랙웰이 이 일과 관련 있을 거라는 생각, 두 사람을 매달 수 있는 괴상한 기구가 여성들을 살해한 도구라는 생각, 또 올여름의 실종이 거의 10년 전부터 시작된 살인사건의 연장선상에 있다는 생각이 과연 틀린 것인가…… 이틀 동안 내내 패닉과 의구심에 빠져 지냈다. 이렇게 자신을 의심하고 나니, 캐서린이 경계심을 보인 것을 마냥 비난할 수만은 없었다.

"와인 괜찮아?" 토머스가 앤절라의 상념을 깨웠다.

사람 많은 곳을 싫어하는 그녀를 위해 토머스는 저녁 식당 예약을 이른 시간에 잡아주었다. 그녀의 생일을 맞아 두 사람은 촛불이 켜진 식탁에 앉아 레드 와인을 홀짝이고 있었다. 식당 안에는 손님이 드문드문 있었다. 앤절라는 자신의 민감한 위장을 자극하는 신맛 강한 카베르네를 마시며 최선의 노력을 다했다.

"좋네." 그녀가 미소를 지으며 말했다.

지난 일요일 밤 그가 집에 왔을 때 모든 것을 얘기할 수도 있었다. 하지만 그러는 대신 모든 것을 숨기고 마음이 가는 대로 내버려두었다. 앤절라는 알고 있었다. 더 이상 생각을 제어할 수 없다는 것을. 발륨으로도 정신을 붙들어놓을 수 없었다. 잠이 부족한 그녀는 기진맥진하고 신경이 날카로워져 있었다.

저녁 먹는 내내 불편한 속을 다스려야 했다. 결국 디저트는 사양했다.

"생일인데 디저트를 안 먹겠다고?"

"단 거 별로 안 당겨서. 당신은 먹고 싶으면 먹어."

"아니, 나도 오늘은 넘어갈래. 그나저나 당신 줄 선물이 있지."

토머스가 재킷 앞주머니에서 작게 포장된 선물을 꺼냈다.

앤절라는 차고에서 소파를 옮긴 날부터 생긴 모든 일(레너드 윌리엄스와 마주친 것, 강박장애가 한바탕 몰려들어 일주일을 날려먹은 것, 10년 전으로 거슬러 올라가는 여성들의 연쇄 실종에 대해 가설을 세운 것, 서맨사 로저스의 시신이 발견됐다는 뉴스, 회사 창고에서 괴상한 기구를 발견한 것, 두 명이 가사 상태에 빠지는 충격적인 행위에 대한 자료의 발견, 그리고 빌 블랙웰이 이 모든 것과 관련 있을 거라는 생각) 때문에 오래된 피크닉 바구니에서 발견한 목걸이에 대해서는 까맣게 잊고 있었다.

사실 지난주에 있었던 일 때문에 생일도 거의 잊고 있던 참이었다. 그런데 지금 선물을 보고 있으니 자신이 목걸이에 대해 잊고 있었다는 사실이 고마울 지경이었다. 그걸 계속 기억하고 있었더라면 놀란 척하기가 힘들었을 것이다.

"열어봐도 돼?"

"물론이지."

앤절라는 작은 상자를 끌어당겼다. 조심스럽게 포장지를 뜯고 상자의 뚜껑을 열었다. 그녀는 눈을 가늘게 뜨고 보며 혼란스러운 마음을 감추려 하지 않았다. 펠트 천 위에 다이아몬드 귀고리가 놓여 있었다.

"마음에 안 들어?"

그녀는 고개를 들어 남편을 보았다. 그는 어쩔 줄 모르는 표정으로 앤절라의 눈을 바라보고 있었다.

"아니, 아니." 그녀가 재빨리 대답했다. "맘에 들어. 난 그냥……." 그녀는 고개를 저었다. "너무 예쁘다."

"맘에 안 들면 가서 바꿔도 돼. 몇 달 전에 우리 같이 쇼핑했을 때 그거 봤었잖아. 난 그래서 완벽하게 깜짝 선물이 될 거라 믿었지."

앤절라가 고개를 끄덕였다. "맞아. 완벽해."

다이아몬드 귀고리를 귀에 꽂는 순간, 그녀의 마음은 온통 차고 속 피크닉 바구니에 숨겨져 있던 목걸이로 향했다.

앤절라는 침대에 누워 남편의 관심을 즐기는 척했다. 그녀와 토머스의 잠자리는 결코 격정적이지는 않았지만, 그들은 침실에서 잘 통했고 사랑을 나누는 것은 언제나 즐거웠다. 하지만 오늘밤 그녀의 마음은 딴 곳에 있었다. 마침내 토머스가 몸을 굴려 떨어져나갔다. 앤절라는 남편이 잠든 게 확실해질 때까지 그의 어깨에 머리를 대고 기다렸다. 잠시 후 규칙적인 숨소리를 들으며 침대를 빠져나왔다. 그녀는 가운을 걸치고 긴 양말을 신었다. 밤 11시가 막 넘은 시각이었다. 평소라면 절대 밖으로 나갈 생각조차 안 할 시간. 한밤중에 차고로 간다고 생각하니 손끝이 저리고 어깨의 상처는 터질 때까지 긁어달라고 아우성쳤다. 그렇지만 또 다른 충동이 그녀의 공포를 누르며 마음속 자기 파괴적인 부분에서 가장 강력한 패를 꺼내 보였다. 그것은 호기심이었다.

원하는 만큼 발륨을 먹었지만 목걸이에 대한 진실을 알아낼 때까지는 잠에 들지 못할 것이다. 앤절라는 불을 켜지 않고 주방까지 가서 스토브 위에 있는 흐릿한 전구만 켰다. 주방 창문을 통해 차고를 바라보자 뺨이 달아오르고 배 속에서는 익숙한 메스꺼움이 느껴졌다. 맥박은 요동쳤고 피가 혈관을 타고 질주하는 소리가 들릴 지경이었다. 몸은 제발 아침까지 기다리라고 말하고 있었지만, 그럴 수는 없었다.

결국 뒷문 걸쇠를 열고 밤 속으로 발을 내디뎠다. 이렇게 늦은 시각에도 무더운 여름날의 열기는 세력을 잃지 않았고, 후텁지근한 공기에 얼굴이 젖는 것 같았다. 주변은 고요했다. 그녀는 뒤뜰의 불을 켜지 않은 채 작은 손전등을 들었다. 금방이라도 공황발작이 일어날 듯 숨이 가빴다. 그녀는 단숨에 차고 뒷문 안으로 뛰어들었다.

더러운 소파는 여전히 벽에 붙어 있었다. 그녀는 어수선한 선반으로 시선을 돌려 피크닉 바구니를 찾아냈다. 바구니 안에 얇은 목걸이 상자가 그대로 놓여 있었다. 상자를 꺼내 뚜껑을 열자 전등불빛 아래 목걸이가 빛을 발했다.

어두컴컴한 차고에서 그녀는 귓불에 매달린 귀고리를 만져보았다. 그리고 이게 무슨 의미인지를 생각하며 목에 고인 침을 꿀꺽 삼켰다. 토머스는 올여름 일주일에 두세 번씩 야근을 했다. 지난달에는 아무 말도 없는 전화가 연달아 왔다. 몇 번은 앤절라가 "여보세요"라고 하자마자 그냥 끊겼다. 그녀가 알기로 토머스는 올여름 비서를 새로 뽑았다. 그리고 지금 어두운 차고에 서 있는 앤절라는 남편이 바람을 피우고 있다고 소리치는 마음의 목소리와 싸우고 있었다. 다시 메스꺼움이 느껴지더니 배 속이 뒤집어지기 시작했다. 그녀는 한 번 헛구역질을 하고는 재빨리 목걸이를 제자리에 넣고 바구니를 선반 위로 올렸다. 그리고 뒤뜰로 뛰어나가 자그마한 잔디 위에 토하고 말았다.

그녀는 거칠게 숨을 몰아쉬며 두 번째 메스꺼움이 지나갈 때까지 끈적끈적한 여름날의 공기를 들이마셨다. 그리고 나서야 집 안으로 급히 돌아왔다. 주방문을 걸어 잠그는데 불이 켜졌다. 몸을 돌리자 토머스가 사각팬티만 입고 서 있었다.

"무슨 일이야?" 그가 물었다.

앤절라는 나이트가운을 툭툭 쳤다. 당혹감을 감추기 위해 괜히 신경질적인 반응을 보였다. 하지만 당혹감은 전혀 감춰지지 않았다. "쓰레기통이 또 덜거덕거리는 거 같아서. 뚜껑이 떨어져 있더라고." 이렇게 말하면서도 자신의 거짓말이 어설픔과 미심쩍음 사이에 있다는 걸 느낄 수 있었다.

"날 깨우지 그랬어?"

"난 그냥…… 이웃집에 들릴까 봐서. 피터슨 씨가 소파 때문에 힘들게 주차하고 나서 좀 예민하게 굴거든."

토머스가 다가와 창문의 커튼을 옆으로 걷었다.

"차고로 들어가는 문이 열려 있네." 그가 아내를 보며 말했다.

"그래? 그건 못 봤는데." 앤절라는 위장이 다시 뒤집어지는 것 같았다.

토머스가 주방문을 열고 나갔다. 이내 차고로 들어가 불을 켰다. 그 순간 앤절라는 끈적끈적한 밤공기가 집 안으로 밀려드는 걸 느꼈다. 그는 약 일 분 동안 시야에서 사라졌다. 앤절라는 배 속이 죄어드는 것 같아 화장실로 뛰어갔다. 또다시 구토를 하고는 손등을 이마에 대며 벽에 기대선 채 몸을 가누었다. 마룻바닥이 삐걱거리는 소리가 들렸다. 눈물 고인 눈을 드니 토머스가 욕실 입구에 서 있었다.

"당신 괜찮아?"

"다시 좀 안 좋네."

"그러니까 나를 깨웠어야지."

그는 아내를 부축해 위층으로 데려갔다. 앤절라는 남편에게 몸을 의지한 채 침실로 발을 옮겼다.

"밖에서 토하는 거 봤어." 그가 이불을 덮어주며 말했다. "아침에 병원에 전화할 거야. 당신이 싫어하는 거 알아, 앤절라. 하지만 정신과 의사를 만나볼 때가 됐어. 당신은 도움이 필요한데, 난 당신을 위해 딱히 뭘 해줘야 할지 모르겠어."

앤절라는 처방받은 발륨을 거의 다 먹은 참이었다. 약이 더 필요했기에 굳이 마다하지 않았다. 토머스가 옆자리에 누웠다. 앤절라는 눈을 감았지만 좀처럼 잠에 들지 못했다.

16장
2019년 10월 25일, 시카고

　로리는 카밀 버드가 갖고 놀았던 인형의 균열을 붙이느라 평소에 쓰던 에폭시보다 훨씬 많은 양을 사용했다. 안구를 온전하게 붙이느라 접착제도 더 많이 썼다. 살인사건에 집중하기가 어려웠던 로리는 대신 인형에 정신을 쏟았다. 눈 부분을 복구하기가 가장 어려울 것 같았다. 그녀는 종이 반죽과 회반죽의 혼합물로 안구를 재건했다. 이것은 독일 인형 전문가 자비네 에셰의 조언을 참고한 거였다. 에폭시와 석고가 굳은 지금, 안구가 눈구멍에 자리를 잘 잡았고 로리는 결과물에 만족했다. 인형을 눕힐 때 이쪽 눈꺼풀이 닫히는 속도가 아주 살짝 느리다는 것만 빼면. 그것도 예리한 사람이 아니면 알아채기 힘든 수준이었다.

　그녀는 접착제를 붙인 부분에 사포질을 시작했다. 균열 자리의 이음새를 매끈하게 하기 위해서였다. 얼마쯤 지나 눈을 감고 손가락으로 인형의 뺨을 문질러보았다. 균열은 느껴지지 않았다. 촉감으로 봤을 때 카밀 버드가 어린 시절 갖고 놀던 인형 얼굴은 완전히 복구되었다. 그렇지만 외형은 여전히 더 많은 손길을 기다리고 있었다. 에폭시를 사용하고 과하게 광을 낸 탓에 마치 지도 위에 개울이 흐르듯 머리부터 턱 끝까지 변색된 부분이 있었다. 색이 바랜 도자기 리본은 제대로 낫지 않은 흉터처럼 보였다. 로리는 자신의 균열 보수 기술과 안구 재건 기술이 타의 추종을 불허한다는 걸 알고 있었다. 그리고 약점도 잘 알았다. 그것은 도자기 인형의 색감을 원래 상태로 되돌려놓는 것이었다. 이 일을 위해서는 대가에게 가야 했다. 그녀보다 실력이 좋은 단 한 사람에게.

요양원에 도착했을 때는 자정이 다 된 시각이었다. 할머니와 일관성 있는 대화를 나누기 위해서는 오밤중에 방문해야 했다. 이미 직원의 허락을 받아 병실 문 비밀번호도 받아놓았다. 그레타 할머니가 밤에 상태가 가장 좋으며 밤잠이 없다는 것, 그래서 로리가 자정이 넘어서 방문한다는 것은 간호사들도 잘 아는 사실이었다. 최근 두 번의 방문은 실패했다. 아버지가 돌아가신 이후로 할머니와 연결되는 데 어려움을 느꼈다. 할머니에게는 자식이 없었다. 가족이라곤 프랭크 무어와 로리뿐이었다. 할머니에게 있어 로리의 아버지는 마치 손자 같았고, 로리는 증손녀 같은 존재였다.

로리는 인생을 살면서 그레타 할머니에게 많은 것을 얻었다. 그중 하나가 도자기 인형 복구에 대한 애정이었다. 오래된 인형을 복구해 할머니 집 벽에 줄 맞춰 세워놓는 것은 그들이 가장 소중하게 여겼던 취미였다. 골동품 인형 복구에 대한 애정이 둘의 관계에 밑바탕이 되었고, 그 덕분에 로리는 어린 시절 할머니와 그토록 가까워질 수 있었다. 치매가 할머니의 정신을 앗아간 이후로는 로리가 침대맡으로 가져온 오래된 인형들이 할머니에게 또 다른 과거를 떠올리게 해주었다. 치매가 들춰내는 고통스러운 순간이 아닌, 할머니의 삶이 기쁨으로 가득했던 그때를.

오늘밤의 방문 또한 이기적인 목적이었다. 도적과의 면담을 요청한 이래로 어렸을 때 그랬던 것처럼 손이 떨렸다. 불안에 잠식되었던 어린 시절, 오직 그레타 할머니만이 그녀에게 도움이 되었다.

할머니의 다독임과, 함께 인형을 복구하던 순간이 그녀를 살게 해주었다. 부모님 또한 할머니가 로리에게 어떤 영향을 주는지 잘 알았고, 로리의 마음이 어수선해질 기미가 보이면 할머니에게 보냈다. 로리는 주말 동안, 어떤 때는 일주일 넘게 할머니 집에 머물며 안정을 되찾았고 새 삶을 얻었다. 할머니와 함께 작업하던 인형들처럼 말이다. 오늘밤 로리는 길을 잃은 어린 시절 그랬던 것처럼 할머니가 전해주는 치유의 능력이 필요했다.

어둑한 병실로 들어서자 할머니는 침대에 멍하니 앉아 눈을 뜨고 있었다. 이렇게 허공을 응시하고 있는 것은 결코 좋은 신호가 아니었다. 할머니에게 받은 것이 너무 많은 로리는 할머니의 마지막 여생을 혼자 보내게 하고 싶지 않았다.

"할머니, 안녕?" 로리가 침상으로 다가가며 말했다.

할머니가 곁눈질로 로리를 힐끗 보았다.

"널 구하려고 했어. 피가 너무 많이 났어."

"알아요. 최선을 다하셨잖아요. 할머니는 간호사로 일하면서 아주 많은 환자를 도와주셨어요."

"피가 너무 많이 났어. 병원에 가야 해."

"할머니, 지금은 다 괜찮아요. 모두가 무사해요."

"우린 가야 해. 도움이 필요하다고. 피가 너무 많이 나."

로리는 할머니의 시선을 마주하며 잠시 기다렸다.

마침내 할머니의 손을 잡고 부드럽게 쥐었다.

"할머니, 인형 복구하는 거 도와주신다고 약속하셨잖아요. 기억나시죠?"

로리는 케스트너 인형이 든 상자를 침대 위에 올렸다. 그러자 할머니의 태도가 금세 바뀌는 게 보였다. 할머니는 인형을 내려다보았다. 투명한 막 안으로 훼손된 인형의 얼굴이 보였다.

"균열 때문에 에폭시를 많이 썼어요. 그래서 사포질을 꽤 많이 했고요. 복구는 제대로 됐지만 원래 색깔로 돌려놓으려면 도움이 필요해요."

로리가 인형을 꺼내 할머니의 무릎에 올리자 할머니가 앉음새를 바로했다. 로리는 침대 조절 장치를 찾아 등받이 각도를 조절했다. 할머니는 똑바로 앉은 자세가 되었다.

"할머니가 쓰시던 물감 가져왔어요." 로리가 배낭에서 매니큐어 크기의 유리병에 담긴 다양한 색상의 물감 세트를 꺼냈다. 그리고 머리맡 탁자를 끌고 와 그 위에 물감을 올렸다.

"조명이 더 밝아야 해." 할머니가 말했다. 목을 긁는 쉰 목소리가 났다. 치매라는 고통에 갇혔을 때 내는 카랑카랑한 횡설수설과는 다른 목소리.

로리는 램프를 끌어당겨 불을 켰다. 그리고 할머니가 작업하는 모습을 보았다. 로리는 순간이동을 하듯 그레타 할머니의 집으로 빨려 들어갔다. 인형이 나란히 세워진 집, 그녀와 할머니가 몇 시간이고 함께 몰두하던 작업실로.

"할머니." 균열이 복구된 부분 위로 밑칠을 하는 할머니에게 로리가 말을 걸었다. 할머니는 대답 없이 작업에만 몰두했다. "제가 무슨 일을 해야 하는데…… 겁이 나요."

로리는 '긴장된다'거나 '불안하다'는 단어는 절대 쓰지 않았다. 쓰는 순간 자신의 상태를 인정하는 것 같았기 때문이었다. 할머니는 여전히 로리 쪽은 쳐다보지도 않았다. 복구 작업에 완전히 빠져 있었다.

"아빠가 같이 일하던 사람을 만나야 해요. 의뢰인이요."

로리는 할머니가 얘기를 듣고 있는지 살피며 잠시 기다렸다.

"그 사람은 나쁜 사람이에요. 제가 보기에는 악마 같아요. 그렇지만 만나야만 해요. 선택의 여지가 없어요."

그제야 할머니는 인형 얼굴을 두드리던 붓질을 멈추고 로리를 바라보았다. "언제나 선택의 여지는 있단다."

로리는 잠시 가만히 있다가 대답했다. "그 말씀이 맞네요."

할머니는 다시 인형에게 시선을 돌리고 온 집중력을 끌어모아 안구에서 시작되는 균열 복구 구간에 색을 칠했다.

물론 할머니의 말이 맞았다. 다시 판사를 찾아가 사건을 맡을 수 없다고 말할 수도 있었다. 그게 과연 법적 의무였을까? 애매한 상황이었다. 아버지 회사의 파트너 자리에 있던 사람으로서 이 사건을 맡긴 했지만, 그냥 거부했어도 보일 판사는 어쩔 수 없었을 것이다. 하지만 사실 로리는 이미 선택을 내린 상태였다. 아버지가 무엇을 숨기려 했는지 알기 위해서는 의뢰인을 대면해야만 했다. 그걸 말해줄 수 있는 사람은 감옥에 갇혀 가석방을 기다리는 그 죄수뿐이었다.

규칙적이고 단호한 붓질로 길게 이어진 줄이 사라지기 시작했다. 할머니는 인형을 주시하며 또다시 입을 열었다.

"어떤 것도 너를 겁줄 수 없단다. 네가 허락하지 않는다면 말이야."

로리는 미소를 지으며 의자에 등을 기댔다. 치매가 할머니의 정신을 빼앗고 황폐하게 만든 최근에도 이렇게 소통할 수 있는 순간이 간혹이나마 있어서 다행이었다.

두 시간 후 첫 번째 칠이 끝나고 건조가 끝났다. 대충 보아도 카밀 버드의 인형은 완벽해 보였다. 그러나 색을 두 번 더 칠하고 광을 내야 진정으로 흠 없는 인형이 된다는 걸 로리는 잘 알고 있었다. 그녀는 이 점이 좋았다. 그건 바로 그레타 할머니와 소통할 수 있는 기회를 곧 다시 얻게 된다는 의미였다.

1979년 여름, 시카고

앤절라는 생일 다음 날 온종일 예의 관찰하는 토머스의 시선을 느꼈다. 그녀는 정신과 의사를 찾아가야 한다는 상황을 받아들이며 정신을 똑바로 차리기 위해 노력했다. 피할 방도는 없었다. 토머스는 그 문제를 계속해서 밀어붙일 것이었다. 십 대 시절의 기억이 광풍처럼 몰아닥쳤다. 부모님은 권위적인 의사가 내린 규칙들로 그녀의 격렬한 돌발행동과 자해가 다스려질 거라 믿었다. 그렇게 하면 내향적인 아이가 "정상적"이고 사교적인 십 대로 변할 거라고.

발륨은 이제 남아 있지 않았다. 차고로 갔던 지난밤 복용한 게 마지막이었다. 햇살이 침실의 창가를 빛나게 하는 오늘 아침, 그녀는 세상이 자신을 지난밤의 고통에서 끌어당겨 주기를 갈망했다. 아침 9시, 침대에 혼자 있는데 토머스의 통화 소리가 들렸다. 그중 한 통은 앤절라도 아는 솔로몬 의사와의 통화로, 정신과 의사를 소개해달라는 내용이었다. 앤절라는 솔로몬 선생님의 추천이 제 갈 길을 찾아 쓰레기통으로 직행했다는 것과 선생님한테서 전화가 몇 번 왔었지만 받지 않았다는 사실을 함구하던 중이었다.

마침내 앤절라가 침대에서 나왔다. 토머스는 여전히 통화 중이었고, 그의 깊은 목소리가 주방으로부터 웅웅거리며 들려왔다. 샤워를 하고 아래층으로 내려가보니 토머스는 식탁에서 커피를 마시며 도표를 분석하고 있었다.

"커피 만들어놨어. 기분 좀 나아졌어?"

"응, 조금 나아." 앤절라는 커피를 따르고 그의 맞은편에 앉으며 거짓말을 했다.

"의사한테 전화했더니 내일까지 사무실에 없을 거래. 그래서 메시지를 남겼어. 당신 의사한테 갈 때 나도 같이 가야 할 것 같아."

앤절라는 그저 고개만 끄덕였다.

"근데 인디애나 일에 문제가 좀 생겼어. 나더러 와서 좀 봐달라는데. 지금 이 시간이면 러시아워도 끝났을 테니 아마 이른 오후에는 거기 도착할 거 같아. 저녁까지는 돌아올게. 늦어도 8시에는 올 거야."

앤절라는 처음으로 자신이 발륨을 남용하고 있는 건지도 모른다는 생각이 들었다. 전날 밤 차고에 다녀와 마지막 남은 약을 삼킨 후부터 무심함이라는 감정이 그녀를 덮쳤다. 피크닉 바구니에 숨겨진 목걸이, 토머스가 불륜을 저지르고 있다는 생각이 그녀의 마음을 스쳐갔다. 그가 사무실에서 야근하던 일, 집에서 먼 곳으로 출장을 가서 밤을 보내던 일들이 생각났다. 거기에 더해 자신의 발견에 대해 캐서린이 묵살한 것까지. 앤절라는 외로웠고, 의지할 사람 없이 고립된 기분을 느꼈다. *그건 사실이 아냐.* 그녀는 자신에게 되뇌었다. 혼란스러운 중에도 인생에서 믿을 수 있는 한 사람이 떠올랐다. 무조건 도와주겠다던 그 사람의 제의도. *"언제든, 어떤 이유라도."* 앤절라는 그 도움을 찾게 될 거라고는 결코 생각해보지 않았다. 열여덟 살에 구원을 받은 이후로는 도움이 필요하지 않았다. 그때부터 혼자 지냈고, 부모님과 정신과 의사의 구속과 자신을 포로처럼 잡아두던 정신병원에서 자유로울 수 있었다. 그렇지만 오늘 아침, 몇 년 만에 처음으로 도움이 필요하다는 걸 느꼈다. 이렇게 오랜 시간이 흐른 뒤에도 여전히 그 제안이 유효한지 의문이 들었다.

"혼자 있어도 괜찮겠어? 캐서린한테 오늘 같이 있어줄 수 있는지 물어봐줄게." 토머스가 말했다.

"아니야." 앤절라가 대답했다.

그녀의 마음은 부모님이 자신을 매의 눈으로 살펴보던 어린 시절로 날아갔다. 부모님은 혹시나 앤절라를 혼자 두면 무슨 일이라도 생길까 두려워했다. 이제 더 이상 캐서린에게는 마음을 의지할 수 없었다.

"괜찮을 거야."

토머스가 아내를 뚫어지게 바라보며 고개를 끄덕였다. "솔로몬 선생님 사무실 직원이 그러는데 선생님이 가끔 자택에서도 전화를 하신대. 그러니 전화가 울리면 꼭 받아. 선생님이 당신한테 연락을 계속 시도하셨대. 전화를 몇 번 하셨다고 하더라고."

앤절라가 커피를 쳐다보았다. 자신의 세상을 둘러싼 벽이 조여드는 느낌이 들었다. 그녀는 솔로몬 선생님이 남긴 자동응답 메시지를 듣지도 않고 지웠다. 그것만 지우면 다시는 선생님과 얘기하지 않아도 될 거라는 말도 안 되는 생각으로. 전화해달라는 음성을 지우면 정신과 의사를 만나는 일 같은 건 생기지 않을 거라는 터무니없는 생각으로. 그녀는 고개를 들어 남편을 보며 어깨를 으쓱했다. "전화 없었는데? 그래, 오면 꼭 받을게."

삼십 분 후 토머스의 차가 차고에서 골목으로 빠져나갔다. 부르릉하는 트럭 엔진 소리가 귓가에서 멀어질 때쯤 앤절라는 움직이기 시작했다. 지난 며칠 동안 뉴스를 보지 못했다. 지난주에 발견된 소녀의 시신에 대한 뉴스가 그녀를 뒤흔들어 편집증이 도질 거라는 토머스의 걱정 때문이었다.

토머스가 떠난 지금, 앤절라는 최근에 밝혀진 상황을 더 자세히 알고 싶다는 충동이 일었다. 토머스가 불륜을 저지르고 있다는 생각만 잊게 해줄 수 있다면 뭐든 하고 싶었다. 그날 아침 커노샤 창고에 갔을 때 서맨사 로저스의 뉴스를 들은 이후로 후속 뉴스는 들은 적이 없었다. 텔레비전을 켰지만 지금 방영되는 거라곤 오전 시간대 방송뿐이었다. 토머스가 늦게 출발한 탓이었다. 아침 뉴스는 이미 한 시간 전에 끝났다. 라디오를 켜서 AM 방송 주파수를 780에 맞춰보았다. 주식 시장에 대한 대화와 광고를 십 분 정도 듣고 나서야 그녀는 신문을 찾아 나섰다.

《트리뷴》이 있나 내다보았지만 현관 앞에는 아무것도 없었다. 진입로에도 마찬가지였다. 토머스가 갖고 들어왔을 거라는 생각에 화장실을 확인했다. 아무리 말해도 고쳐지지 않는 넌더리 나는 습관이었다. 하지만 집 안을 아무리 찾아도 신문은 나오지 않았다. 할 수 없이 쓰레기통을 뒤져보기로 했다. 골목으로 나가 쓰레기통 뚜껑을 열었다. 《트리뷴》이 검정색 쓰레기봉투 위에 있었다. 배달 비닐에 담긴 그대로 아무도 읽지 않은 상태였다. 앤절라는 신문을 낚아채 서둘러 집 안으로 들어왔다.

《트리뷴》은 도적에 대한 얘기와 유일하게 시신이 발견된 피해자에 대한 내용으로 꽉 차 있었다. 앤절라는 꼼꼼하게 기사를 읽으며 속눈썹을 뽑기 시작했다. 한 번에 하나씩. 그리고 가위로 신문기사를 조심스럽게 오려 점점 두꺼워지는 파일에 끼워 넣었다. 페이지를 넘기자 서맨사 로저스를 다룬 새로운 기사가 나왔다. 범인은 그녀의 시체를 땅에 얕게 묻었다고 했다. 기사를 읽는 내내 피부가 따끔거렸다.

> 서맨사 로저스의 시신은 포리스트글렌 지역의 나무가 우거진 곳에서 발견되었다. 대로에서 1.5킬로미터도 채 되지 않은 곳이었다. 부검 결과 목에 심한 멍이 든 것으로 보아 교살된 것으로 추측된다. 시카고 경찰은 피해자가 실종된 밤 이후 행적에 대해 어떠한 정보라도 받고 있다고 밝혔다. 서맨사 로저스의 부모에 따르면, 그녀는 실종 당시 한 달 전 졸업 선물로 받은, 감람석과 다이아몬드가 박힌 목걸이를 차고 있었다고 한다. 경찰은 도심과 주변 지역 전당포를 다니며 목걸이를 찾고 있으며, 그것이 올여름 실종사건의 첫 실마리가 될 거라고 보고 있다.
> 문제의 목걸이 뒤에는 피해자의 이니셜과 생년월일이 새겨져 있다고 한다. SR 57-07-29.
> 제보 전화는 다음의 번호로 받고 있다.

앤절라가 고개를 들었다. 그녀의 세계가 좁아지고 있었다. 편두통이 생길 것 같았다. 터널처럼 좁아진 시야에는 오직 주방 창문을 통해, 차고로 들어가는 문만이 보였다. 그녀는 벌떡 일어나 잠망경처럼 보이는 시선을 따라 뒷문으로 향했다.

17장
2019년 10월 26일, 시카고

안경, 비니 모자, 회색 재킷, 그리고 끈으로 여민 컴뱃 부츠. 전투복 차림의 로리는 주차장에 차를 댄 채 앉아 있었다. 얼굴이 진홍색으로 달아올랐다. 이제 그 남자와 마주해야 했다. 아버지가 오랫동안 맡았던 의뢰인, 냉혈한이자 계획적으로 살인을 저지른 가해자와 마주앉아 가석방 세부사항에 대해 논의해야 했다. 그녀는 숨을 깊이 들이쉬었다. 아버지가 1979년의 살인자와 비도덕적인 비즈니스 관계를 맺고 있었다고 생각하자 이상하게 죄책감이 몰려들었다.

"어떤 것도 너를 겁줄 수 없단다. 네가 허락하지 않는다면 말이야." 그녀는 숨을 몇 번 더 들이마신 뒤 폐에서 숨을 내보낼 때마다 불안도 함께 내보냈다. 손의 떨림이 잦아들었고, 폐의 수축과 확장도 자유로워졌다. 딸꾹질의 리듬으로 몰려오던 공황도 사라지자 마침내 차문을 열고 나왔다. 가을날의 시원한 공기가 코 속으로 들어왔다. 일리노이주 크레스트힐에 있는 스테이트빌 교도소가 눈앞에 보였다. 저곳이 바로 도적이 지난 40년 동안 지낸 곳이었다.

그녀는 신원 확인서도 준비해왔고 서류 작업도 미리 해놓은 참이었다. 거기에 더해 즉석 방문을 허가하라는 보일 판사의 지시서 사본도 있었다. 그런데도 처리 과정은 느렸다. 마침내 창구에서 방문에 대한 추가 사항을 기록하라며 그녀를 불렀다. 한 여성이 창구 문을 한쪽으로 밀고 컴퓨터에서 시선을 들어올렸다.

"이름이 어떻게 되시죠?"

"로리 무어입니다."

"재소자와의 관계는요?"

"담당 변호사입니다."

여자가 컴퓨터에 뭔가를 입력했다. "재소자 이름은요?"

로리가 손에 든 파일을 바라보며 아래쪽에 있는 이름을 읽었다.

"토머스 미첼."

1979년 8월, 시카고

앤절라는 차고 뒷문을 활짝 열어둔 채 피크닉 바구니를 선반에서 내렸다. 고리버들로 엮은 뚜껑이 떨어져 몇 미터 굴러가더니 동전처럼 제자리에서 빙글빙글 돌다가 멈췄다. 앤절라는 조그만 상자에서 목걸이를 꺼내 자세히 들여다보았다. 차고에 빛이 거의 들지 않는 오늘 아침, 처음 발견했던 그날과는 다르게 녹색 감람석과 그 주변을 둘러싼 다이아몬드가 흐릿해 보였다. 그날 아침 반짝이는 햇살에 비춰봤을 때만 해도 생생해 보였는데. 그 이후로 너무나 많은 것이 달라졌다. 그녀 인생에 있던 햇살이 사라진 것 같았다. 지금 보이는 보석처럼.

목걸이를 뒤집어 새겨진 글자를 확인하려 하자 손이 떨렸다. 창문 사이로 들어오는 빛 쪽으로 천천히 목걸이를 들어올렸다. 그제야 뒷면에 새겨진 글자가 분명하게 보였다. SR 57-07-29.

앤절라 미첼의 세상은 그날 차고 안에서 끝이 났다. 소파를 버리려고 했던 그날 아침과 오늘 사이, 이해할 수 없는 상관관계가 형성되었다. 그날 이후로 그녀의 삶은 하향 곡선을 그렸고, 오늘 아침 마침내 맹렬하게 폭발해버리고 말았다.

그녀는 앞에 있는 선반으로 천천히 시선을 옮겼다. 그리고 자신이 뭘 하는지도 모르는 채 다른 상자들을 뒤지기 시작했다. 상자를 하나씩 하나씩 살펴보았다. 그러다 크리스마스 장식품이 담긴 플라스틱 상자에 이르렀다. 그녀는 머리 높이에 있던 상자를 바닥에 내려놓고 뚜껑을 열었다. 안에는 크리스마스 전구 줄이 단단히 감긴 채 뭔지 모를 물건 위에 올려져 있었다. 전구 줄을 끄집어내자 그 아래 있던 가방이 보였다. 처음 보는 가방이었다. 명치에서 불길한 느낌이 밀려들었고 손가락이 떨렸다. 가방을 열어보았다. 화장품과 립스틱이 들어 있었다. 구겨진 폴몰Pall Mall 담뱃갑과 라이터도 있었다. 작은 지갑도 들어 있었다. 가방에서 지갑을 꺼내는데 담배 개비들이 땅바닥으로 굴러 떨어졌다. 그녀는 가방을 떨어뜨리고 지갑을 손 위에서 뒤집어보았다. 약간 어지러웠다. 좁아진 시야 속에서 별들이 춤을 추는 것 같았다. 엄지손가락으로 지갑 안의 운전면허증을 밀어올렸다. 금발머리의 여성 사진! 앤절라는 그녀를 즉시 알아보았다. 5월 초 실종된 첫 피해자 클래리사 매닝이었다. 앤절라는 다른 피해자들과 마찬가지로 그녀에 대해서도 많은 것을 조사해 알고 있었다.

커노샤 창고에서 느꼈던 공포, 그때는 그게 무엇인지 전혀 이해하지 못했다. 그러나 이제 뭔가가 서서히 감이 잡히는 느낌이 들었다. 올가미 두 개와, 뉴스에서 말하던 서맨사 로저스의 목에 난 명자국. 그때만 해도 그곳에서 무슨 일이 있었던 건지 전혀 짐작할 수 없었다.

한 손에는 클래리사 매닝의 신분증을, 또 한 손에는 서맨사 로저스의 목걸이를 들고 있는 지금, 앤절라의 마음속에서 요란한 비명 소리가 그녀의 관심을 촉구하고 있었다. 그녀의 시선은 여전히 실종 여성들의 유품에 고정되어 있었다. 그녀는 마침내 자신이 왜 여름 내내 그렇게 예민했는지 해답을 찾아냈다. 오래전에 무덤에 묻어놓았던 과거의 집착과 강박이 왜 살아 돌아왔는지 마침내 알게 되었다. 생각하면 할수록 그것은 골목에서 만난 낯선 남자나 빌 블랙웰과는 전혀 관계가 없었다. 그녀가 올여름 느낀 공포심은 아주 정확했다. 왜냐하면 여성들의 목숨을 앗아간 남자와 그토록 가까이 있었기 때문이었다.

덜커덩거리는 소음이 계속되자 앤절라는 퍼뜩 정신이 들었다. 눈을 크게 뜨고 차고 문을 바라보았다. 곧이어 그 소음의 정체를 깨달았다. 체인이 연결된 차고 문 개폐 장치가 덜컹거렸고, 태엽이 끼익하는 소리를 내며 문을 위로 말아 올리고 있었다. 그리고 토머스의 포드 트럭이 부르릉거리며 골목으로 들어오고 있었다.

토머스는 지금 인디애나에 있어야 했다. 거기서 향후의 작업 지역을 조사하는 중이어야 했다. 앤절라는 자신의 발을 내려다보았다. 피가 도는 소리가 귓가에 크게 들렸다. 그곳, 차고 바닥에 플라스틱 상자가 열려 있었고 뚜껑은 옆으로 치워져 있었다. 그 옆에는 크리스마스 전구 세 가닥이 내팽개쳐져 있었다. 클래리사 매닝의 가방은 거꾸로 박혀 화장품, 립스틱, 라이터와 동전 같은 것들을 쏟아낸 상태였다. 피크닉 바구니와 몇 미터 굴러간 뚜껑도 거기 있었다.

차고 문은 계속 올라갔고 부르릉거리는 토머스의 트럭 소리도 더욱 커졌다.

18장
2019년 10월 26일, 시카고

로리는 칸막이를 사이에 두고 토머스 미첼과 마주앉았다. 아버지의 서류에서 본 바로는 68세였는데 앞에 앉은 남자는 더 젊어 보였다. 콧구멍에서 시작된 상처가 입술을 지나 턱 근처에서 끊겨 있었다. 그것 빼고는 윤곽이 뚜렷하고 젊어 보이는 얼굴이었다. 그에 대한 정보가 없었다면 오십 대 초반으로 봤을 것이다.

그녀를 앞에 두고도 토머스 미첼은 초연한 태도를 유지했다. 수갑을 찬 손목은 탁자 위에 두고 기도하듯 손가락을 모은 채. 인내의 기운이 그에게서 뻗어 나오고 있었다. 그는 수화기를 들고 귀에 가져다 댔다. 로리도 똑같이 했다.

"미첼 씨, 저는 로리 무어라고 합니다."

"저는 제 변호사가 왔다고 해서 나온 건데요."

"이런 소식을 전하게 되어 유감이지만 프랭크 무어 씨는 지난달에 돌아가셨습니다. 저는 그분 딸입니다."

순간 로리는 그의 눈에서 무언가를 감지했지만, 감정이 담긴 건지 그냥 응시하고 있는 건지 분간이 되지 않았다.

"그럼 가석방이 미뤄집니까?"

"아니요. 제가 사건을 물려받아서 세부사항을 정리 중입니다."

"당신도 변호사입니까?"

로리는 보일 판사가 물었을 때와 마찬가지로 잠시 주저했다.

"네. 아버지와 가끔 일을 같이 했습니다. 이번 가석방을 감독하시는 판사님과도 만났고요."

토머스 미첼은 아무런 말이 없었다.

"판사님과 아버지는 당신 가석방 조건에 대해 협의 중이었습니다. 그 내용에 대해서는 저도 다 파악한 상태입니다."

로리가 앞에 있는 파일을 열었다.

"당신에게는 자산이 좀 있지요." 그녀는 서류 뭉치에서 종이 하나를 들어올렸다. "80만 달러 조금 넘는 돈이 계좌에 있습니다. 돈을 제대로만 쓰신다면 평생 쓰실 수 있는 금액이죠."

그가 끄덕였다.

"저희 아버지는 변호사로서 재산을 관리할 권리가 있었습니다. 그 권리는 저한테 넘어온 상태고요, 판사님께서는 저에게 당신이 가석방된 후에 경제적으로 자리 잡을 수 있게 도와주라고 지시를 내리셨습니다. 당신이 수감된 이후로 은행 체계가 많이 바뀌었어요. 판사님이 가석방 이후 일 년 반 동안 당신의 재정 관리를 도와주라고 하시더군요."

"제 주거 문제는 어떻게 됐습니까? 저는 사회복귀 시설에서 살고 싶지 않습니다. 프랭크가 그 문제를 해결하는 중이었는데요." 그가 말했다.

"스타브드록 근처에 있는 집에서 살 수 있도록 판사님이 허가를 내리셨습니다. 1994년에 삼촌한테서 그 집을 상속받으셨더군요. 저희 아버지는 그걸 신탁에 넣으셨고 그 후로는 숙박시설로 관리되었습니다. 저와 사회복지사인 나오미 브라운, 가석방 담당자인 에즈라 파커는 당신이 가석방되기 전에 가서 거주지를 확인하라는 판사님의 명령을 받은 상태고요."

"좋네요. 난방이 되는지 확인 좀 해주쇼." 도적이 말했다.

장난스러운 그의 말투에 로리는 잠시 머뭇거렸다.

"이 집에 가보신 적 있으신가요?"

"어렸을 때 가봤죠. 삼촌이 그걸 저한테 주셔서 저도 놀랐습니다. 하지만 저야 좋지요. 프랭크는 그걸 익명으로 소유할 수 있게 해주었고요."

로리는 파일을 넘기며 상속 부동산과 관련해서 아버지가 해놓은 작업을 재빨리 훑어보았다. 그 집을 신탁에 넣고 소유주 이름을 숨긴 이유가 그제야 이해가 갔다.

"가석방 이후 12개월 동안은 따라야 할 조건들이 많습니다." 로리가 파일에서 다른 종이를 끄집어내며 말했다. "가석방 담당자를 주기적으로 만나 대화를 나눠야 합니다. 또한 사회복지사가 배정되어 당신의 상태를 확인할 겁니다. 만나셔야 할 의사 목록도 있고요. 내과 의사가 정기적으로 약물 테스트를 할 거고, 격주로 심리학자도 만나셔야 합니다. 이 모든 것은 당신이 사회에 다시 잘 적응할 수 있게 도와줄 겁니다."

"적응이니 뭐니 할 것도 없을 겁니다. 저를 추격하려는 사람들이 있거든요. 그중 누구라도 제가 살아 있다는 걸 알게 되면 저는 끝장나는 겁니다. 프랭크는 이를 대비해 제 사생활을 보장할 방법을 강구하고 있었죠. 똑같은 이유로 저는 일을 할 수도 없을 겁니다. 저를 원할 회사는 아무 데도 없을 거고, 저를 쫓는 사람들을 회사에서 맞닥뜨릴 수도 있으니까요. 돈이 꽤 있으니 조용히 삽니다. 그게 제가 원하는 바예요."

"당신의 나이, 악명, 재정 상황을 고려해서 판사님께서도 직업 항목은 제하셨습니다. 이 모든 조항이 담긴 서류가 도착하면 사인을 해주셔야 하고요, 사인을 마치면 가석방이 진행될 겁니다. 가석방 날짜는 11월 3일로 예정되어 있습니다. 질문 있으신가요?"

"네. 프랭크는 어쩌다 그렇게 된 겁니까?"

로리는 안경 너머로 사내를 바라보았다. 프랭크라고 아버지를 칭하는 걸 보니 개인적인 질문으로 느껴졌다.

"심장마비였어요."

"정말 유감이네요."

로리는 두꺼운 안경 뒤에서 눈을 가늘게 떴다. "저희 아버지와 친하게 지내셨던 거 같던데요."

"그랬죠. 그는 내 변호사였고, 여기 내부에 있는 사람을 제외하면 제가 정기적으로 만난 사람은 그가 유일하니까요."

로리는 아버지가 토머스 미첼을 위해 40년간 무슨 일을 한 건지 묻고 싶었다. 항소와 가석방 심리를 넘어선 무언가가 있을 터였다. 도대체 이 남자는 무엇 때문에 수임료로 20만 달러나 되는 돈을 지불했던 것일까?

마치 도적이 그녀의 마음을 읽었다는 듯이 입을 뗐다. "이봐요. 프랭크 소식은 유감입니다. 저한테 친구라고 할 만한 사람이 있다면 그게 그 사람이었어요. 어쨌든 지금은 일단 여기서 나가서 익명으로 지내는 것에 집중해야 합니다. 당신이 좀 도와주실 수 있습니까?"

아버지와 친구라니! 로리의 뒷주머니에서 핸드폰이 진동했다. 한 번 더. 다시 한 번 더. 세 번 연속 알림음이 울렸다. 그녀는 토머스 미첼을 향해 억지웃음을 짓고는 주머니에서 핸드폰을 꺼내 화면을 보았다.

로리, 저도 무척이나 앤절라 미첼에 대해 얘기 나누고 싶어요. 저는 시카고에 삽니다. 만나고 싶네요. – 캐서린 블랙웰.

로리는 캐서린 블랙웰의 페이스북에 남긴 댓글을 거의 잊고 있던 참이었다. 그녀는 토머스 미첼에게로 시선을 옮겼다. 이 남자가 아내를 살해한 지 40년이 지난 지금까지도 한 여성이 정의를 구하고 있었다. 로리는 캐서린 블랙웰에게 답신을 보내고 싶어 손가락이 근질근질했다.

"가석방 날짜는 다음주입니다." 로리가 핸드폰에서 시선을 들며 말했다. "변하는 건 없어요."

토머스 미첼이 고개를 끄덕이며 수화기를 내려놓고는 아래에 있는 호출 버튼을 눌렀다. 잠시 후 교도관이 나타나 그를 데리고 나갔다.

1979년 8월, 시카고

토머스는 골목으로 트럭을 몰고 가며 차고의 자동개폐 장치 버튼을 눌렀다. 차고로 다가가면서 보니 길바닥에 쓰레기통 뚜껑이 떨어져 있었다. 그는 브레이크를 밟고 주차 기어로 돌린 후 차에서 내려 뚜껑을 주워 들었다. 뚜껑을 제자리에 돌려놓으려고 보니 아침 일찍 쓰레기통에 버렸던 신문이 사라지고 없었다. 그는 쓰레기통 뚜껑 위에 돌덩이를 하나 얹어둔 다음 뒷마당 너머 주방 창문을 응시했다. 그곳에 앤절라를 두고 집을 나선 지 한 시간이 채 되지 않았다. 그녀의 생일날 밤 차고에 들어갔다 나온 이후로 그의 감각은 활활 타오르고 있었다. 오늘 아침 캐네디 고속도로를 이십 분쯤 질주하던 그는 뭔가가 잘못되었다고 느꼈다. 인디애나의 일은 다음에 처리해도 되었다. 집에서 모든 것이 무너져 내리고 있었다. 그 상황을 먼저 수습해야 했다.

다시 차에 올라타 차고로 운전해 들어갔다. 차창 밖으로 상자와 수납 통들의 자리가 뒤죽박죽 바뀐 게 눈에 띄었다. 그는 차고에 대해 잘 알고 있었다. 자신의 보물을 숨겨놓은 곳이니까. 선반을 둘러보는 지금, 그는 자신이 자리를 비운 게 실수였다는 걸 깨달았다. 아내가 상자를 들춰봤다면 뭐라도 발견했을지 모른다.

차에서 내린 그는 선반을 마주하고 서서 자세히 둘러보았다. 아내가 물건을 이리저리 옮겨놓았다는 걸 알 수 있었다. 그렇지만 그녀가 정확히 뭘 알아냈는지는 알 수 없었다. 뒤뜰로 이어진 문으로 향하려는데 25센트, 10센트, 1센트짜리 동전들이 바닥에 흩어져 있었다. 그는 다시 몸을 돌려 크리스마스 전등 줄과 피해자들의 가방이 담겨 있는 투명 플라스틱 상자에 손을 뻗었다. 일을 치른 직후 그걸 상자 안에 두고는 아직 처리하지 못한 상태였다. 그들의 물건을 없애는 건 어려운 일이었다. 그는 스릴이 사라질 때까지 한동안 물건들을 음미하는 게 좋았다. 원래는 회사 창고에 보관해뒀어야 했지만, 그들의 소지품을 가까이 간직하고 있다는 사실에 비뚤어진 쾌감을 느꼈다.

선반에서 상자를 내리고 뚜껑을 열었다. 그 안에 단단히 감겨 있는 세 개의 전구 줄이 가방 위에 올려져 있었다. 그가 보관해뒀던 그대로였다. 그는 선반 측면에 상자를 대고 허리로 눌러 고정한 다음 자유로워진 두 손으로 전등 줄을 들어올려 가방을 꺼냈다. 가방 지퍼를 열자 담배와 라이터, 화장품 등의 물건이 보였다. 그중 지갑을 찾아내 확인했다. 지퍼가 달린 동전 칸과 카드 칸들이 있는 얇은 지갑이었다.

그가 바닥에 흩뿌려진 동전들을 다시 한 번 내려다보았다. 지갑을 뒤집어보자 신분증을 끼워 넣는 전면부 칸이 비어 있었다. 가방 안의 포켓도 뒤져봤지만 신분증은 없었다. 그는 허리로 계속 상자를 붙든 채 약간 오른쪽으로 기웃하며 문에 달린 커튼 사이로 집 뒤쪽을 살폈다. 주방에는 아무도 없었다.

그는 아내가 자신의 비밀을 알아챘을지도 모른다는 생각에 이마를 찌푸렸다. 그렇다면 결과는 재난 상황이었다. 그는 지퍼를 닫지도 않고 가방을 상자 안에 떨어뜨렸다. 그 위에 지갑을 던져 넣고 전등 줄도 쑤셔 넣었다. 상자를 선반 위에 처박은 다음 이번에는 피크닉 바구니를 꺼내 뚜껑을 열어젖혔다. 테이블보를 낚아채고 보니 그 안은 비어 있었다.

토머스는 바구니를 내팽개치고 뒷문으로 나가 뒤뜰을 가로질렀다. 주방 문손잡이를 돌리자 문은 잠겨 있지 않았다.

"앤절라!" 그가 안으로 들어서며 소리쳤다.

아무 대답도 없었다.

"앤절라?"

지하실에서 뭔가가 부딪치는 소리가 들렸다. 그는 계단으로 향했다. 계단을 뛰어 내려가자 지하 세탁실에 불이 켜져 있었다. 건조기가 돌고 있었다. 세탁기 뚜껑이 올려진 채 물이 채워지는 동안 앤절라는 그 안에 옷을 던져 넣고 있었다.

토머스가 아내에게 다가갔다. 순간 화들짝 놀란 그녀는 날카로운 비명을 지르며 바닥에 주저앉아 몸을 떨었다.

"미안해. 불렀는데 대답이 없었어." 토머스가 말했다.

앤절라는 머리를 쓸어 넘기며 위를 올려보았다.

"세탁기랑 건조기 때문에 안 들렸어."

"놀라게 해서 미안해." 그는 손을 뻗어 아내를 일으켜주었고, 주변을 둘러보며 상황을 살폈다. "뒷문이 열려 있었어. 그 문 잘 잠그고 있기로 했잖아."

"아, 깜빡했나 봐."

"밖에 나갔었어?"

"응, 아침에. 쓰레기 버렸거든."

토머스는 쓰레기통을 떠올렸다. 신문이 사라졌고 뚜껑은 바닥에 굴러떨어져 있었다.

"근데 집엔 뭐 하러?" 앤절라가 물었다.

세탁기가 우레 같은 소리를 내기 시작했다. 통이 돌고 물이 철썩거렸다. 앤절라는 세탁기 뚜껑을 닫아 소리를 죽였다. 건조기는 윙윙거리는 소리를 내며 열기를 뿜고 있었다.

"내일 가려고." 토머스가 말했다.

앤절라가 끄덕였다. 그녀가 불안해한다는 걸 토머스는 감지했다. 평소와는 다른 불안함이었다.

"올라가자. 점심 챙겨줄게." 앤절라가 텅 빈 세탁 바구니를 들어 올리며 말했다.

토머스는 그녀가 서둘러 지하실을 빠져나가 계단을 오르는 모습을 지켜보았다. 지하실에 혼자 남은 그는 다시 한 번 주변을 둘러봤다. 뭔가가 잘못됐다는 느낌을 지울 수 없었다. 세탁기 뚜껑을 열어보니 빨랫감이 세탁조를 가득 채운 물과 거품 속에서 이리저리 돌고 있었다. 그는 족히 일 분은 그대로 서서 주변의 소리에 귀 기울였다. 마침내 그의 시선이 건조기에 가 닿았다. 웅웅거리는 소리 속에서 그는 의혹의 정체를 깨달았다. 그것은 어떤 소리 때문이 아니었다. 오히려 나야 할 소리가 나지 않아서 생긴 의혹이었다. 조용히 웅웅대는 건조기 안에는 아무것도 없었다. 단추나 버클이 건조기 내부에 부딪치며 내는 소리가 없었다. 건조기 통이 돌면서 빨랫감이 위에서 아래로 떨어지는 소리도 나지 않았다.

그는 손을 뻗어 건조기 문을 열었다. 건조하고 뜨거운 김이 밖으로 쏟아져 나왔다. 뜨거운 기운이 사라지자 그 안을 들여다보았다. 아무것도 없었다.

1979년 8월, 시카고

목요일 아침이었다. 토머스가 갑자기 들이닥쳐 차고에 있던 앤절라를 놀라게 한 지 하루가 지났다. 스물두 시간 전, 앤절라는 차고 선반에 숨겨져 있던 클래리사 매닝의 운전면허증을 들고 그녀의 사진을 바라보고 있었다. 그러니까 일주일 전에 발견한 비밀스러운 목걸이가 서맨사 로저스의 것이라는 사실을 알아낸 지 하루가 채 되지 않았다. 혹시 거기에 다른 실종 여성들의 장신구도 있었을까? 앤절라는 어젯밤 내내 잠을 자는 척하며 밤을 보냈다. 마음은 온통 선반에 숨겨져 있던 여성들의 소지품에 향해 있었다.

압력솥의 압력이 서서히 높아지듯 시간이 지남에 따라 그녀의 편집증도 점차 더해만 갔다. 토머스는 그녀가 그걸 발견했다는 사실을 분명 알아챘을 것이다. 상자들을 선반에 아무렇게나 둔 바람에 그녀가 차고를 기웃거렸다는 걸 토머스는 눈치챘을 것이다. 그는 오늘로 미룬 인디애나 출장을 또 취소하고 일도 나가지 않았다. 앤절라를 의사에게 보내야 한다는 그의 염려는 이제 다른 생각에 자리를 내주었다. 바로 차고였다. 앤절라는 아침 내내 주방 창문을 통해 그를 바라보며 속눈썹을 뽑고 눈썹을 꼬집었다. 차고에서 상자와 수납 통을 들고 나와 골목의 트럭으로 옮기는 그의 모습이 여러 번 눈에 띄었다.

그녀는 전날 오전 차고 문이 덜컹거리며 열리기 시작했던 순간을 떠올려보았다. 그때 허둥지둥 물건들을 선반에 올린 그녀는 주방으로 뛰어 들어가며 생각했다. 화장실에 박혀서 아프다고 핑계를 댈까? 실제로 지난 이삼 주 동안 아팠으니 그럴듯한 핑계였다. 그렇지만 다른 선택을 했다. 지하 세탁실이 더 나을 것 같았다. 세탁기와 건조기 소리 때문에 집에 누가 오는 걸 못 들었다고 할 수도 있고, 토머스가 자신을 찾았을 때 깜짝 놀란 척할 수도 있으니까. 그러는 동안 클래리사 매닝의 운전면허증을 숨길 시간도 벌 수 있었다. 그녀는 신분증은 자신의 바지 주머니에, 서맨사 로저스의 목걸이는 바닥에 있던 빨랫감과 함께 세탁기에 넣었다. 토머스를 세탁실에 남겨두고 먼저 올라왔을 때 그녀의 피부는 가려움으로 부글부글 일었다. 그녀가 올라오고 난 뒤에도 토머스는 족히 일이 분은 지하실에 남아 있었다. 혹시 그사이 그가 세탁기 안에 손을 넣어 목걸이를 찾아낼까 봐 두려웠다.

목요일 아침인 지금, 그녀는 주방에 앉아 미친듯이 자신의 선택지를 찾기 시작했다. 집을 나가 남편한테서 멀리 떨어질 방법을 찾아야 했다. 선택지를 구상하는 한편 토머스가 차고를 정리하는 모습도 지켜보았다. 처음에 본능처럼 떠오른 선택지는 현관 밖으로 나가 계속해서 달려가는 것이었다. 이 생각은 곧 그만두었다. 무작정 나가서 어디로 간단 말인가? 캐서린의 집? 당치도 않았다. 경찰서? 가능은 하겠지. 그렇지만 그녀가 알아낸 기상천외한 얘기를 들려주면 경찰은 못마땅한 눈길로 쳐다볼 것이다. 그녀를 경찰차에 태우고 집으로 데려다줄 수도 있었다. 토머스에게로.

집전화가 울렸다. 토머스가 트럭에 상자를 싣고 있는 이 순간, 앤절라는 창밖의 일에서 시선을 거두고 전화기로 다가갔다.

"여보세요?"

"미첼 부인, 솔로몬입니다. 계속 연락했는데 연결이 안 되더군요."

그녀는 잠시 뜸을 들였다. 전화를 받은 자신에게 화가 났다.

"미첼 부인, 듣고 계신가요?"

"네, 죄송해요. 전화를 드릴 상황이 아니었어요." 앤절라가 작은 목소리로 말했다.

"미첼 부인, 제가 처방해드린 발륨 복용을 멈추셔야 합니다."

병은 이미 비어 있었다. 그러니 문제가 되지 않겠지.

"미첼 부인?"

"네, 듣고 있어요."

"발륨 그만 드시고 한번 병원으로 오세요."

솔로몬 선생님은 계속 말을 이어갔다. 검사 결과를 설명하는 그의 목소리가 잡음이 가득 섞인 채 울려 퍼졌다. 수화기를 든 그녀의 손에 힘이 풀렸다. 수화기는 그녀의 어깨 위로 떨어져 가슴을 치고 벽걸이 전화에 매달린 채 빙글빙글 돌았다. 듣고 있느냐는 솔로몬 선생님의 목소리가 들리는 것 같았다. 앤절라는 벽에 등을 기대고 바닥으로 주저앉았다. 발륨 약통이 비어 있지 않았다면 남아 있는 걸 입안에 털어 넣고 싶은 심정이었다.

1979년 8월, 시카고

앤절라는 목요일 밤을 뜬눈으로 지새우며 토머스가 비워낸 차고를 떠올렸다. 그렇지만 중요한 건 남아 있었다. 따로 숨겨놓은 서맨사 로저스의 목걸이와 클래리사 매닝의 운전면허증. 남편은 세탁실에서 그녀를 발견한 이래로 거의 말을 걸지 않았다. 그래서 자신이 증거를 발견했다는 사실을 그가 알아챘는지 도통 감을 잡을 수 없었다.

텅 빈 선반이 지속적으로 생각나는 한편, 솔로몬 선생님의 목소리가 레코드판이 튀듯 계속해서 반복하며 귓가에 울려 퍼졌다. 며칠째 잠을 제대로 이루지 못했다. 토머스가 지하실을 치우느라 침대 옆자리를 비운 지금에야 그녀는 잠깐씩 잠에 빠져들 수 있었다.

그녀의 생각은 어느새 커노샤 창고의 비밀 공간으로 향했다. 그녀는 우중충하고 어두운 공간으로 걸어 들어갔다. 이른 아침의 잿빛 햇살이 서까래 높이의 창문으로 겨우 고개를 내밀고 있었다. 창고 뒤편으로 가서 비밀 공간의 문손잡이를 돌리자 삐걱거리며 문이 열렸다. 끼익하는 소리가 잦아들자 다른 소리가 들렸다. 낮은 신음이었다. 그녀는 어두운 공간으로 발을 들였다. 두 개의 올가미 중 하나에 클래리사 매닝이 매달려 있었다. *도와주세요.* 실종 소녀가 말했다. 그녀는 팔에 무언가를 한 아름 껴안고 있었다. 앤절라는 가까이 다가가 자세히 바라보았다. 어두운 공간에 차츰 눈이 적응하자, 초록색 방수포에 싸인 채 문 앞에 걸려 있는 아기가 눈에 들어왔다. 그녀가 다가가자 아기가 악을 쓰며 울기 시작했다.

앤절라가 침대에서 벌떡 일어났다. 그녀는 물속에 몇 분간 빠져 있다가 수면으로 솟아오른 사람처럼 숨을 몰아쉬었다. 악몽 속에서 들리던 클래리사 매닝의 신음 소리는 토머스의 트럭이 내는 부릉 소리로 바뀌었다. 그녀는 이불을 걷어내고 창문으로 달려갔다. 골목을 빠져나가는 트럭에는 차고와 지하실에 있던 상자와 수납통들이 가득 실려 있었다.

앤절라는 재빨리 옷을 입었다. 시간이 얼마 없었다. 아래층으로 내려가자 토머스가 집 안 구석구석 다 살펴봤다는 걸 알 수 있었다. 다행인 것은 지난 일요일 캐서린의 집에 갔을 때 빌 때문에 당황해서 파일함을 빠뜨리고 왔다는 것이었다. 지금 생각하면 천만다행이었다. 만약 침실 나무 상자에 파일을 숨겨놓았다면 틀림없이 토머스가 발견했을 것이다. 그 파일을 꼭 다시 찾고 싶었지만 다시 찾아올 방법은 없었다. 그녀에게는 시간이 없었다.

클래리사 매닝의 운전면허증은 바지 앞주머니에 쑤셔넣은 그대로 있었다. 앤절라는 지하실 계단으로 내려갔다. 토머스가 그곳 또한 샅샅이 살펴본 게 분명했다. 서랍들이 열려 있었다. 서랍 안 물건들은 옆으로 밀려 있거나 바닥에 떨어져 있었다. 텅텅 빈 선반 위에는 뭐가 있었는지 기억도 나지 않았다. 거의 2년 동안 그 모든 증거와 함께 살아왔다고 생각하니 으스스한 한기가 온몸을 휘감았다. 도대체 얼마나 많은 증거가 이곳에 쌓여 있었을까? 토머스가 군림하던 공포 시대를 내가 끝낼 수 있지는 않았을까? 그녀의 짐작이 맞다면 그 일은 거의 10년 동안이나 이어져왔다. 텅 빈 선반에 있던 것들은 그녀의 이론을 뒷받침할 증거였는지 모른다. 하지만 지금 손에 쥔 것만으로도 충분하다고 그녀는 믿었다.

세탁기로 달려가 뚜껑을 열어보았다. 전날 아침에 넣어놓은 옷들은 축축하게 젖어 드럼통 벽에 붙은 채 납작해져 있었다. 그녀는 철커덕하는 소리가 들릴 때까지 옷을 하나씩 꺼냈다. 그러고는 손을 넣어 서맨사 로저스의 목걸이를 찾아냈다. 토머스가 이걸 못 봤다는 생각에 일말의 안도감이 밀려왔다.

위층으로 올라간 그녀는 지난주에 알아낸 것들을 삼십 분 동안 절박한 심정으로 적어 내려갔다. 지난밤 앤절라는 토머스가 집 안을 뒤지고 지하실에서 뭔가를 갖고 나가 뒤뜰을 통해 트럭으로 옮기는 소리를 들었다. 그는 집 안에서 증거를 빼내고 있었다. 그녀는 그 소리를 들으며 기도했다. 공황발작과 찰나의 수면을 반복했고, 잠이 들면 클래리사 매닝이 올가미에 매달려 있는 꿈을 꿨다. 밖으로 달려나가 소리치며 울고 싶었지만 꾹 참고 숨을 죽인 채 계획을 세웠다.

19장
2019년 10월 27일, 시카고

　모르는 사람과 만나는 것은 치아 신경 치료와 같은 급이었다. 차라리 저승으로 간 피해자를 만나는 게 더 나았다. 자신의 죽음을 재구성하여 무슨 일이 생긴 것인지 알아내 주길 원하는 피해자들. 로리는 살아 있는 사람과 같이 있는 게 더 힘들었다. 그들은 서로 영향을 주고 질문을 하고 판단을 하니까. 하지만 캐서린 블랙웰과의 만남은 어디에서도 찾을 수 없는 기회를 안겨주었다. 앤절라 미첼을 알았던 사람과 대화한다는 기회. 그것은 로리의 마음을 온통 빼앗을 만큼 대단한 일이었다. 그녀는 앤절라 미첼에 대해 모든 걸 알고 싶다는, 설명할 수 없는 충동을 느꼈다.

　정오 즈음 단층집 앞 계단에 올라가 초인종을 눌렀다. 문이 열리고 백발의 노부인이 모습을 드러냈다. 그녀의 외모에 대해 전혀 상상해보지 않았던 로리는 놀랄 수밖에 없었다. 페이스북 사진으로 한번 보긴 했지만 그건 흐릿한 화질이었다. 보아하니 일흔 살쯤이거나 더 나이가 들었으리라. 1979년에 앤절라 미첼과 친구였으니 계산이 맞을 것이다.

　"로리 씨 맞나요?" 캐서린 블랙웰이 물었다.

　"네, 블랙웰 부인이시죠?"

　"캐서린이라고 부르세요. 들어와요."

로리는 집 안으로 들어가 노부인을 따라 주방으로 갔다.

"외투 받아드릴까요?"

로리는 자신도 모르게 맨 위 단추 쪽을 손으로 꽉 여몄다. 목 부분이 채워지며 안전해지는 기분이 들었다.

"아니에요, 괜찮습니다."

그래도 비니 모자는 벗었다. 그게 로리가 할 수 있는 최선이었다.

"커피 한잔 드릴까요?"

"괜찮습니다."

캐서린은 자신의 컵에 커피를 따랐다. 둘은 식탁에 마주앉았다. 식탁 위에는 자료가 담긴 파일철이 몇 개 놓여 있었다.

"메시지 받고 아주 들떴지 뭐예요. 요즘에는 페북 방문자 수가 거의 없다시피 했거든요." 캐서린이 말했다.

"저도 그 페북을 찾아서 기뻤습니다." 로리가 안경을 추켜 쓰며 말했다.

"이 나이에 탐정이 다 되었네요. 제가 보통의 노인네처럼 당신한테 그냥 낯선 사람이 아니라, 디지털 시대의 친구가 되었다는 걸 뿌듯하게 생각합니다. 페북에서 댓글 달아주신 거 보고 저도 염탐을 좀 했어요. 과학수사 분야에서 명성이 자자하던데요."

로리가 눈을 피하며 고개를 끄덕이고는 다시 코트 깃으로 손을 뻗어 맨 위 단추가 잘 잠겼는지 확인했다. 그렇게 하면 왠지 안전하고 보호받는 느낌이 들었고, 어쩐지 익명의 존재가 된 것 같았다. 익명의 존재라기에는 너무 알려지긴 했지만.

"네. 저는 시카고 경찰서에서 특수조사 팀 일을 하고 있어요."

"그리고 살인사건연구 프로젝트도 하시죠." 캐서린이 미소를 지으며 말했다. "그래서 저한테 연락하신 건가요? 시카고 경찰서가 다시 앤절라를 조사하는 거예요?"

로리가 잠시 머뭇거렸다. 앤절라를 조사한다고?

"아니, 아니에요. 제가 앤절라 미첼 씨와 관련해서 궁금한 것이 있어서요." 로리가 의자에 앉은 채 앞으로 몸을 기울였다. "두 분은 어떻게 알게 되신 거예요? 이런 질문 괜찮은지 모르겠네요."

캐서린은 미소를 지으며 김이 모락모락 나는 커피에 시선을 고정했다. "우리는 친한 친구였지요. 그러니까 그건 아주 오래전 일이에요." 그녀가 고개를 들었다. "어쩌면 제가 지금 와서 우리 우정을 미화하는 걸 수도 있어요. 실제보다 더 좋았던 것처럼요. 하지만 앤절라는 저한테 소중한 사람이었어요. 사실은, 특별한 사람이었죠."

"어떻게 특별했는데요?" 자신이 대답을 안다고 믿으면서도 로리는 질문을 던졌다.

"앤절라는 제가 사랑하는 친구였어요. 그렇지만 한편으로는 몹시 문제가 많은 사람이기도 했답니다. 앤절라에게는…… 문제가 많았어요. 아마 그래서 그렇게 친했던 걸 수도 있어요. 앤절라에게는 지원군이 많지 않았거든요. 잠깐 들은 바로는 부모님과 소원했고 의지할 수 있는 다른 가족도 없었대요. 지금에야 자폐증이라는 말이 있지만, 당시엔 그런 용어가 없었잖아요. 앤절라는 대부분의 사람들에게 지독한 오해를 받았어요. 게다가 강박장애도 있었고요. 한바탕 편집증이 왔다 가면 기진맥진해지곤 했어요. 그렇지만 앤절라와 저는 지극히 정상적인 우정을 맺었어요. 제게는 아주 소중한 우정이었죠. 앤절라는 1979년 여름부터 실종되기 전까지 상태가 악화됐는데, 저는 혹시나 제가……."

로리가 잠시 기다렸다가 물었다. "혹시나 뭐요?"

"혹시나 제가 앤절라가 피해 다녔던 다른 사람들처럼 그녀를 대했던 게 아니었나 싶어요."

"무슨 일이 있었는데요?"

캐서린은 마음을 다스리기 위해 커피 한 모금을 마셨다. "1979년 여성 실종사건에 대해서는 알고 계시겠죠?"

로리가 끄덕였다. 레인의 이야기만 듣고 온 터라 그녀는 실종 여성들을 다 알지는 못했다. 그들의 사망과 관련해 토머스 미첼이 범인이라는 추측이 파다한데도 그 어떤 사건도 그 남자와 연결되지 않았기 때문이었다.

"앤절라는 그해 여름 실종된 여성들에게 완전히 몰입해 있었어요. 납치범과 살해 방법에 대해 가설을 세우기까지 했죠. 하지만 10년에 걸쳐 실종된 여성들이 단 한 사람에 의해 사라졌다는 것은 터무니없는 생각이었죠. 누군가는 음모 이론이라고 생각할 수도 있을 만큼요. 앤절라는 모든 걸 조사했어요. 자료와 그래프, 살해 방법에 대한 자세한 내용 같은 걸요. 비슷한 여성들이 비슷한 방법으로 당했고, 모든 사건이 도시 근교에서 일어났다고 했어요."

로리는 숨이 막히는 듯했다. 그녀는 자신과 레인이 살인사건들 간의 유사점을 찾아내 연쇄살인범을 발견할 수 있도록 개발한 살인사건연구 프로젝트를 떠올렸다. 그들은 알고리즘을 이용해 사건을 해결해왔다. 그런데 앤절라 미첼은 컴퓨터가 널리 사용되기 이전, 알고리즘이 만들어지기 이전, 인터넷이 존재하고 손가락만 놀리면 정보가 입력되기 이전에 이미 비슷한 일을 실행한 거였다. 앤절라 미첼에 대해 품었던 호기심이 로리의 마음에 더욱 깊이 뿌리내렸다.

"여기요. 그 친구가 조사한 걸 좀 보세요." 캐서린이 말했다.

캐서린은 3공 바인더를 식탁 건너편으로 밀어주었다.

"앤절라가 그해 여름 실종된 여성들에 대해 모은 자료랑, 사건에 대한 가설을 적어놓은 거예요."

로리는 천천히 바인더를 끌어당겨 덮개를 열었다. 그렇게 방대한 자료가 대부분 손으로 쓴 것이라니 신기할 따름이었다. 몇몇 페이지는 책을 복사한 거라 새까맣게 잉크가 남은 부분도 있었다. 하지만 대부분은 손으로 깔끔하게 적은 것이었다. 로리는 카밀 버드 사건 파일에서 본, 괴발개발 아무렇게나 적은 형사의 필체를 떠올렸다. 그에 비하면 앤절라의 글씨체는 티 없이 깔끔했다.

1979년 사라진 여성들의 자료를 총체적으로 모으는 데는 꽤나 시간이 걸렸을 것이다. 로리는 앤절라가 머리로 이미지화하고 분류하며 제시한 피해자들의 이름과, 인생 이야기, 실종과 관련한 내용을 읽어 내려갔다. 이들과 비슷한 신상의 여성들 중 시신으로 발견된 이는 딱 한 명이었다. *서맨사 로저스*. 앤절라는 그녀에 대해서도 묘사해놓았다.

페이지를 넘기자 무언가를 자세히 그린 그림이 나왔다.

"이게 뭐죠?"

캐서린이 그림을 보기 위해 식탁 위로 몸을 숙였다.

"아! 그게 앤절라의 최종 결론이었어요. 토머스의 창고에서 그 기구를 봤다고 하더라고요. 비밀 공간에 숨겨져 있었대요. 범인이 그 기구로 여성들을 죽인 것 같다고 했어요. 거기에 매달아서요. 저한 테는 너무 과한 얘기였지요."

로리는 특이한 그림을 들여다보였다. 올가미 두 개가 나란히 달려 있고 밧줄이 3중 도르래에 걸려 M 자 모양으로 드리워진, 조악해 보이는 기구였다.

"지금 와서 인정한다는 게 슬프지만, 앤절라가 실종된 건 이걸 보여준 직후였어요. 실은 그때 제가 등을 돌려버렸어요. 앤절라한테 이건 너무 지나치다고, 이게 맞을 리 없다고 말했어요. 여름이라는 계절과 실종 여성들에 사로잡혀서 네가 완전히 빗나간 거라고요. 그런 염려 할 필요 없다고 설득까지 했죠. 그랬는데……." 캐서린은 자신의 커피를 내려다봤다. 마침내 입을 뗀 그녀의 목소리는 더욱 나직했다. "그랬는데 사라진 거예요."

로리는 조금 후에야, 캐서린이 울고 있다는 것을 알아챘다. 불안감이 차오르며 마음이 복잡해졌다. 로리는 잘 모르는 사람을 다독일 만한 성격이 아니었다. 저도 모르게 "저런, 저런……" 하고 중얼거리며 대체 이 상황이 무얼 뜻하는 걸까 생각할 뿐이었다.

"이 자료들을 왜 아직까지 갖고 계신 거예요?" 로리가 목을 가다듬고 물었다.

"앤절라가 실종되기 직전에 저희 집에 이걸 두고 갔거든요. 일부러 그랬는지 실수였는지는 모르겠어요. 영영 알 수 없겠죠."

"왜 경찰에 넘기지 않으셨어요?"

"경찰이 앤절라 건을 제외한 다른 실종사건들에 대해서는 토머스에게 혐의를 두지 않았거든요. 처음부터 그 점은 명확했죠."

"하지만 이 그림……." 로리가 바인더를 가리키며 말했다. "경찰은 토머스의 창고에서 이 기구를 못 찾았대요?"

"창고가 완전히 불타버렸거든요. 증거가 남지 않도록 확실히 마무리한 거죠."

로리는 바인더를 닫기 전 앤절라의 자료를 마지막으로 한 번 더 보았다. "페북에 대해 궁금한 게 있어요. 계정 명칭을 '앤절라에게 정의를'이라고 정하셨고 제보를 기다린다고 하셨잖아요. 세월이 이렇게나 흘렀는데 정확히 뭘 알고 싶으신 거예요?"

캐서린이 마음을 가라앉히고 로리를 바라봤다. "해답을요." 그녀가 티슈로 눈물을 닦으며 말했다. "저는 수십 년 동안 해답을 찾아왔어요. 폐북은 그걸 좀 더 겉으로 드러내는 거고요."

"제가 이해하기 어려운 게 바로 그거예요. 무슨 해답을 원하신다는 거죠? 재판이 있었고 유죄 선고가 나왔잖아요."

캐서린이 미소를 지었다. 다정함보다는 어쩐지 실망감이 실린 미소였다. "재판이 있었지만 마무리된 건 없어요. 시카고와 공포에 질린 시민들에게 마음의 평화를 준 건 맞지요. 하지만 앤절라에 관한 질문에는 어떤 해답도 주지 않았어요. 40년이나 흘렀지만 저는 앤절라에게 무슨 일이 생긴 건지 여전히 궁금해요."

로리는 눈을 가늘게 뜨고 캐서린을 쳐다보더니 고개를 갸우뚱하고 말했다. "남편한테 살해당했잖아요."

"오!" 캐서린이 고개를 저었다. "그게 아닐 거예요. 있잖아요. 당신이 앤절라에 대해 아셔야 할 게 있답니다."

"그게 뭔데요?"

"앤절라는 무서울 만큼 똑똑했어요. 토머스한테 살해당하지 않을 만큼 머리가 좋았죠. 앤절라는 본인 의지로 사라진 거예요. 저는 앤절라가 떠나기 직전에 등을 돌린 거고요. 그 점에 있어서 저는 절대로 제 자신을 용서하지 못했지요. 언젠가 만나게 된다면 그래서 정말 미안했다고 말하고 싶어요."

로리가 식탁에 팔꿈치를 대고 앞으로 바짝 당겨 앉았다. "앤절라 미첼이 아직 살아 있다고 생각하세요?"

"생각 정도가 아니라 확신해요. 당신이 날 도와서 그 친구를 좀 찾아줬으면 좋겠어요."

1979년 8월, 시카고

토머스 미첼이 커노샤 창고 주차장에 도착한 것은 자정이 다 된 시각이었다. 한적한 주차장으로 이어진 긴 산업도로는 감쪽같이 위장하는 데 큰 도움이 됐다. 낮 동안에 차가 도로에 접어들면 연기처럼 자욱하게 피어나는 먼지를 보고 미리 알아챌 수 있었다. 만약 밤중에 차가 다가오면 등대처럼 빛나는 전조등 빛이 미리 알려주었다. 누군가가 몰래 접근한다 해도 자갈길 위에서 뽀드득거리는 소리가 나서 들통날 수밖에 없었다.

그렇지만 최근까지만 해도 누가 올까 봐 딱히 신경 쓴 적은 없었다. 그는 여태 자취를 잘 감췄고, 시신들도 창고와 먼 곳에 숨겼으니까. 그런데 중대한 오류를 저지르고 말았다. 아내를 과소평가했다. 아내가 의혹을 품는 데 재능이 있다는 것을 간과했다. 그러니 아내를 처리하는 최상의 방법을 고려하는 지금, 주의할 필요가 있었다. 아내를 집에 혼자 두는 건 위험했지만, 그는 창고에 와야만 했다. 아내가 어디까지 알아냈는지, 정확히 무엇을 알고 있는지 모르니까. 그럴 일은 없겠지만 그녀가 모든 것을 알고 있다고 상정해야 위험을 줄일 수 있었다.

그는 자신이 집을 치운 전날 밤을 잠시 떠올렸다. 일을 제대로 끝내려면 아내를 이곳으로 데려와야 했는데 여기에는 그 결정을 방해하는 요소들이 있었다. 가장 큰 난관은 아내의 실종 신고를 해야 한다는 점이었다. 신고한다면 아내는 '도적'의 피해자 목록에 오를 것이고, 그것은 바로 자신에게 압박으로 되돌아올 것이다. 올여름 도시를 사로잡은 공포의 피해자인 척하는 게 매력적으로 느껴지긴 했지만, 그랬다가는 일이 복잡해질 것이다. 다른 방법을 선택해야 했다. 그는 차고의 선반과 지하실 바닥 밑에 숨겨놓은 모든 것(10년 동안의 수집품이지만 대부분은 기억도 안 나는)을 끌어모아 창고와 비밀 공간에 갖다놓았다.

일이 잘못될 경우나 실수할 때를 대비해 예방책을 마련해놓았지만, 그 위험이 자신의 가정에 도사리고 있었을 줄이야! 그야말로 이러지도 저러지도 못하는 딜레마에 빠지고 말았다. 아내는 전형적으로 아주 뻔한 사람이었다. 그녀의 감정을 조종하고 행동을 제어하는 건 단 한 번도 문제가 된 적이 없었다. 시간이 지나면 그녀가 알고 있는 게 무엇인지 모두 다 밝혀질 것이다. 그러고 나면 중대한 오류라고 설득하며 생각을 고쳐먹게 만들 것이다. 하지만 그러려면 시간이 필요했다. 그는 얼마의 시간이 남아 있는지 확신할 수 없었다.

트럭 짐칸을 다 비운 다음 각각의 시멘트 트럭 밑으로 기어 들어가 기름통에 구멍을 냈다. 십 분 후 문을 닫을 때쯤 휘발유 냄새가 코를 찔렀다. 그는 먼지가 날리는 길을 달려 산업단지를 빠져나왔다. 그때 창고에서부터 번쩍하고 솟아오르는 불길이 백미러에 비쳤다.

1979년 8월, 시카고

토요일 아침, 경찰서 안내 데스크에 우편물 더미와 함께 소포 하나가 도착했다. 서기가 파일을 분류하러 돌아다니기 전까지 그 소포는 두 시간 동안 거기 그대로 있었다. 크기가 크고 마닐라 봉투에 내용물이 든 소포는 마침내 형사들의 파일 보관함으로 옮겨진 뒤에도 또 한 시간 동안 그대로 있었다. 점심시간 직후 한 형사가 소포를 보고는 집어 들어 확인했다. 봉투 왼쪽 상단에 이름과 반송 주소가 적혀 있었다.

패스트푸드와 탄산음료를 먹고 온 형사는 트림을 하며 자리에 앉아 봉투를 찢었다. 봉투 안을 들여다보더니 곧 내용물을 책상 위에 쏟아냈다. 사건기록부 위로 사진이 있는 신분증 하나, 녹색 보석과 다이아몬드 목걸이, 신문 스크랩과 손으로 쓴 편지가 쏟아졌다. 형사는 목걸이를 찬찬히 들여다보다가 운전면허증에 있는 이름을 보고 멈칫했다. 드디어 신문기사와 편지까지 다 읽은 그는 책상 위의 전화를 들어 다이얼을 돌렸다. 토요일 오후라 근무 인원이 적었다.

"저기, 보스! 주말을 방해해서 죄송한데요, 이것 좀 보셔야 할 것 같습니다."

두 시간 후 전화가 걸려왔고, 사실이 확인되었다. 토요일 오후 3

시, 형사들은 모든 것을 다시 봉투에 담고 무기를 상의에 장착한 뒤 관할 경찰서를 나섰다.

1979년 8월, 시카고

창고가 전소된 지 이틀 후 토머스는 몹시 심란했다. 경찰 보고서, 보험금 청구, 직원 월급, 대금 납부를 신경 써야 했고, 더불어 마무리해야 할 중요한 일이 남아 있었다. 그는 모든 것을 예상했고, 다른 방법이 없다는 것을 알고 있었다. 그를 불편하게 만드는 건 계획된 소란이 아니었다. 그는 차고에 불을 붙인 뒤 오는 길에 바에 들렀고, 새벽이 되어서야 퀴퀴한 위스키 냄새를 풍기며 집에 돌아와 소파에서 잠들었다.

토요일 오전, 잠에서 깬 그는 할 일이 많았다. 오후가 되자 집 건너편에 암행순찰차가 서 있는 게 보였다. 보험사정인을 만나러 가는 길에 백미러를 보니 똑같은 차가 따라오고 있었다. 그는 갈 곳이 더 있었지만 안전이 보장되지 않은 곳에 꼬리를 달고 갈 엄두는 나지 않았다. 몇 시간 후 집으로 돌아와 차고에 주차하고 현관으로 들어섰다. 커튼을 옆으로 들추자 길 건너편 같은 자리에 그 차가 자리 잡고 있었다.

그는 저녁까지 여기저기 전화를 걸어댔다. 왜냐하면 그것이 아내를 걱정하는 남편이 응당 할 일이기 때문이었다. 캐서린에게도, 심지어 앤절라의 부모님에게도 전화를 걸었다. 아내 소식을 들은 사람은 아무도 없었고, 이런 반응은 이미 예상된 것이었다. 그가 원하는 것은 걱정하는 자신의 모습을 다른 사람들의 기억에 남기는 것이었다. 누구라도 자신이 아내를 찾기 위해 필사적으로 노력하는 남편이라는 것을 알아볼 수 있도록.

가능한 한 모든 방법을 동원하고 나니 밤 9시가 되었다. 이제 논리적으로 고려할 단계는 경찰에 전화하는 것이었다. 그 생각을 하며 침을 꿀꺽 삼켰다. 창고는 손을 봐놨다. 차고와 지하실은 비었다. 그렇게 신중했는데도 뭔가가 잘못돼가고 있다는 느낌이 강하게 들었다. 어쩌면 자신의 안전을 위해 마지막 시도를 해야 할지도 몰랐다. 바로 도망가는 것.

그런 이유로 돈도 비축해놓았다. 마지막 선택지를 심각하게 고려하려는 그때 누군가가 현관문을 두드렸다. 그는 텅 빈 집을 둘러보고는 천천히 현관으로 가서 문을 열었다. 정장 차림의 두 남자가 서 있었다. 습도가 높은 여름밤이라 이마에 땀이 맺혀 있었다.

"토머스 미첼 씨?"

"그런데요?"

상대는 허리춤에서 신분증을 꺼내 토머스의 얼굴 앞에 갖다 댔다.

"시카고 경찰서에서 나왔습니다. 아내분과 대화 좀 하고 싶은데요."

토머스의 얼굴에 심각한 표정이 내려앉았다. 자신을 지켜내려는 안간힘의 표정을 아내를 걱정하는 남편의 표정으로 바꿔야 했다. 그가 목을 가다듬고 말했다.

"저도 오늘 하루 종일 연락이 안 되고 있습니다."

20장
2019년 10월 27일, 시카고

캐서린과 로리는 여전히 식탁에 앉아 있었다. 캐서린은 자신의 커피잔을 다시 채웠다. 로리는 이번에도 커피를 사양했다.

"그게 말이죠, 구글로 검색한 거 빼고는 제가 탐정 노릇을 제대로 못한 거 같아요. 40년이 지난 지금까지도 앤절라에게 있었던 일에 대해서 아는 건 그 당시랑 똑같거든요. 페북 계정을 만든 건 다른 분들의 도움을 받으려고 한 거였어요. 그래서 당신 연락을 받았을 때 얼마나 기뻤는지 몰라요." 캐서린이 말했다.

"제가 도움이 될 수 있을지 모르겠는데요."

로리는 그 말이 자신의 입술을 떠나자마자 말도 안 되는 발언이라는 걸 깨달았다. 로리 자신이야말로 캐서린을 도와 해답을 찾는 데 적임인 사람이었다. 그녀가 하는 일이라는 게 산 사람들을 위해 죽음을 재구성하는 것이니까. 다른 사람들이 간과하는 증거의 조각을 찾아 한데 뭉칠 수 있는 사람. 그녀는 약간의 정보로 다른 사람들은 질문만 캐내는 곳에서 해답을 찾아내는 사람이었다. 만약 앤절라가 살아 있다면 로리는 그 누구보다 그 일을 잘해낼 수 있었다.

"그럼 저한테 연락하신 이유는 뭐죠?" 캐서린이 물었다.

로리가 안경을 추켜 썼다. "사건에 대해 들었거든요." 그녀는 거짓말을 했다. "토머스 미첼의 가석방이 다가오면서 뉴스가 나오더라고요. 그래서 궁금해졌어요. 그게 다예요. 괜한 희망을 드린 것 같아 죄송하지만, 제가 도움을 드릴 수 있을 것 같지 않네요. 그리고……" 로리는 잠시 후 말을 이었다. "캐서린, 좀 경솔한 소리 같긴 하지만, 혹시 40년 동안 해답이 안 나오는 건 해답이 없어서가 아닐까요? 기소 내용대로 토머스 미첼이 진짜로 앤절라를 죽였을 거라는 생각은 안 드세요?"

"그런 생각도 들었죠. 오랜 시간 아주 많이요. 하지만 그게 아니라는 생각이 들게 하는 게 있었어요. 그 한 가지 이유로 앤절라가 아직 살아 있다고 확신하게 되었죠."

"그게 뭔데요?"

"앤절라가 실종되고 이삼 년 후에 한 남자가 여기저기 찔러보고 다니더라고요. 저한테도 찾아와서 앤절라에 대해 질문을 해댔는데, 그가 저에 대해서도, 저와 앤절라의 관계에 대해서도 많이 아는 것처럼 보였어요."

"재판 이후예요? 유죄 선고를 받고 난 이후에 그런 일이 있었다는 말씀인가요?"

"그렇다니까요." 캐서린은 파일 더미에서 가죽 장정이 된 서류를 꺼내 펼쳤다. "그 일도 다 기록해놓았는데 음, 어디 있더라." 그녀는 페이지를 몇 장 더 넘겼다. "네, 여기 있네요. 1981년 11월 23일이었어요. 앤절라의 죽음에 대해 조사한다며 한 남자가 찾아왔었어요."

로리는 잠시 말이 없었다. 그녀의 머릿속이 분주해지기 시작했다.

"그게 재판이 끝난 후였다면 뭐 때문에 찾아온 거래요?"

"그 남자는 절대 터놓고 얘기하지 않았어요. 하지만 저는 무슨 일인지 알 수 있었죠. 그는 앤절라가 살아 있다고 생각해서 찾고 있었던 거예요."

로리의 가슴에서 뭔가가 파닥이기 시작했다. "그래서 뭐라고 하셨어요?"

"아무 말도 안 했죠. 대화를 거부했어요. 무슨 일 때문인지 뻔하니까요. 뭐가 됐든 도와줄 생각이 없었어요."

로리가 눈을 가늘게 떴다. "무슨 일 때문인데요?"

"토머스가 앤절라를 찾고 있었던 거죠. 앤절라를 찾아낸다면 자기한테 내려진 선고를 뒤집을 수 있으니까요. 그러면 수많은 여자들을 죽였으면서도 자유의 몸이 됐겠죠. 앤절라가 매달려서 찾아낸 그 수많은 피해 여성들 말이에요. 그러니까 그 남자는 앤절라를 찾아내라고 토머스가 고용한 게 분명해요. 그날 이후로 저는 앤절라가 살아 있다는 걸 확신하게 되었죠. 앤절라는 무려 40년 동안이나 숨어 있는 거예요."

로리는 머리가 핑 돌았다. 빙빙 도는 어지러움이 그녀의 마음을 혼란스럽게 했다. 어쩌면 방어기제일 수도 있었다. 그렇지만 정신만은 여전히 맑았다. 그녀는 이미 답을 알고 있는 질문을 내뱉었다.

"이름이 뭐였어요?"

"누구요?"

"그 남자요. 질문하고 다니던 사람. 그 사람 이름 아세요?"

"네, 모든 걸 적어놓았거든요." 캐서린이 다시 서류를 들여다보았다. 서류를 훑던 그녀의 손가락이 페이지 끝부분에서 멈췄다.

"그 남자 이름은 프랭크 무어예요."

2부

재구성

1981년 11월, 시카고

프랭크 무어는 쿡 카운티 국선변호인으로 일한 지 2년 만에 개리슨 포드사에 입사했다. 국선변호는 대부분의 형사변호사들이 거쳐가는 통과의례와 같았다. 국선변호인으로서 수많은 사건을 빠른 시간 동안 습득하고, 법을 배우고, 판사 앞에 서며 거친 법정에서의 실패를 견디는 법을 배울 수 있었다. 그것은 갓 로스쿨을 나온 변호사들을 성장시키는 고통스러운 교육 시간과도 같았다. 어떤 위대한 변호사라도 형사변호사의 경력을 성공적으로 구축하기 전에 이 시기를 거쳤다. 프랭크는 임기 첫 2년 동안 임무를 성실히 수행해 시카고에서 제일 크고 잘나가는 형사변호 법률회사에 안착했다. 입사 연도는 1979년으로, 그는 사람들의 권리를 진정으로 보호하겠다는 열의와 웅대한 꿈, 원대한 목표를 품고 일을 시작했다. 그 당시 프랭크가 개리슨 포드의 거대한 사건들로부터 떨어져 나와 혼자서 변호사 생활을 꾸려간다는 건 결코 상상할 수 없는 일이었다. 그는 젊었고, 굶주렸으며, 열정으로 가득 차 있었다. 그 무엇도 앞길을 막을 수 없었다. 그러니까 이것은, 그의 인생을 영영 바꿔버릴 사건에 뛰어들기 이전까지의 이야기다.

1979년 여름은 여섯 명의 실종 여성으로 괴로운 시기였고, 도시에는 긴장감이 가득했다. 경찰이 범인을 찾았을 때 프랭크의 전화가 울렸다. 이렇게 까다로운 사건에 그의 상사이자 회사 대표가 그의 도움을 필요로 했다. 의뢰인의 이름은 토머스 미첼이었다. '도적'이라는 별명으로 악명 높은 이 남자가 아내를 살해했다는 기소 내용에 반박하며 개리슨 포드사를 찾은 것이었다. 그즈음 프랭크는 세간의 이목을 끄는 회사에 들어왔지만 별로 달라진 게 없다고 생각하던 참이었다. 젊고 유망하고 야심 가득한 그가 조사 업무와 보고서 작성이라는 지루한 업무만 계속하고 있었다. 그러던 차에 기회를 잡은 것이었다.

그 후로 2년 동안, 그러니까 1979년 여름부터 1981년 가을까지 소송은 지저분하게 진행되며 극복하기 힘든 고비들을 만났다. 결국 개리슨 포드사는 토머스 미첼의 변호에 실패했고, 도적은 아내를 죽인 죄목으로 60년 형을 선고받았다. 그 후 프랭크 무어는 토머스 미첼의 항소를 맡게 되었다. 항소 기간 동안 의뢰인을 만나 전략에 대해 상의했고, 그러면서 그는 토머스 미첼의 아내가 살아 있을 수도 있다는 생각을 하기 시작했다.

"항소를 신청했습니다. 변론취지서를 준비해서 일주일이나 열흘 후에 제출할 겁니다." 프랭크가 말했다.

"그건 그녀에 대한 거죠?" 토머스 미첼이 물었다.

그들은 스테이트빌 교도소에 있는 개인 면회실에 앉아 있었다. 변호사 면책특권을 위해 마련된 공간이었다. 탁자를 사이에 두고 주황색 죄수복에 수갑을 찬 의뢰인과 프랭크가 마주해 있었다. 프랭크는 감옥에 있는 누군가가 이 대화를 들을 가능성이 있다는 걸 알았지만, 그럴 확률은 낮았다. 사실 그다지 신경이 쓰이지도 않았다.

1981년 11월, 시카고

"당신에게 불리하게 작용하는, 소위 증거라는 것을 피고 측이 어떻게 찾았는지에 대한 겁니다. 그걸 재판 증거로 허락한 판사의 결정에 대해 반박하는 내용이에요."

"좋아요. 판사에 맞서고 증거에 맞서세요. 그렇지만 아내도 놓치면 안 됩니다. 아내는 이 일을 꾸밀 당시 정신쇠약을 앓고 있었어요. 처방받은 것보다 세 배나 더 많은 발륨을 먹었고요. 게다가 정신적으로 좀 떨어졌어요."

"우리에게는 탄약이 많습니다, 토머스. 처음으로 낼 변론취지서는 주로 당신에게 불리하게 작용하는 그 증거가 적법하게 수집되었는가 하는 점이 될 거예요. 모두가 완벽히 정황증거라 재판에서 증거로 채택되어선 안 된다고 주장할 겁니다. 그랬는데 그게 기각되면, 아마 그렇게 될 확률이 높은데요, 그러면 다음으로는 아내분이 사라졌을 당시의 정신 상태에 대한 세부사항을 포함해서 항소할 겁니다. 명심하세요. 항소를 하면 필요할 경우 연방 차원에서 인신보호영장을 청구할 수가 있어요. 거기까지 안 가고 주 차원에서도 할 수 있는 일이 많고요. 그러니 항소 법원에서 올바르고 공정한 결정을 내려주길 바라는 수밖에요. 하지만 아내분에 대한 건 나중을 위해 아껴둘 겁니다. 시신도 없이 2급 살인죄 선고를 받았다는 것도요."

"그들은 시신을 제시할 수 없을 겁니다. 왜냐하면 시신 자체가 없으니까요. 거기에 대해서는요? 진행된 게 있습니까?"

프랭크는 서류를 모아 가방에 넣고 다른 서류를 꺼내 바라보았다. "부모님을 찾아가 봤지만 소용없었어요. 오래전부터 못 보고 지냈다고 하더라고요. 열여덟 살 이후로는 고작 몇 번 본 게 전부라는군요."

"설마. 거짓말하는 것 같진 않던가요?"

"거짓말이 아니었어요."

"앤절라는 도움이 필요했을 겁니다. 아내 같은 사람은 그냥 혼자 사라지지 않아요. 그러기엔 너무 겁을 먹었을 테니까요. 어떨 때는 집 밖에도 못 나갈 정도였거든요. 그런 사람이 홀로 도움도 없이 사라졌다니요. 분명 누군가가 도와줬을 겁니다. 그 누군가가 지금도 돕고 있을 거고요. 부모님도 그중 하나겠죠. 그분들께 따님을 찾고 있다고 말했습니까?"

"토머스." 프랭크는 탁자에 팔꿈치를 대고 의뢰인 앞으로 몸을 기울였다. "그분들은 화를 엄청 내셨어요. 앤절라가 죽었다고 생각하시거든요. 전 국민이 그런 것처럼요. 저는 그분들께 제가 누군지도, 딸이 어쩌면 살아 있을 거라는 말도 하지 않았습니다. 어쩌면 민사소송이 있을지도 모른다고 말을 지어냈지요."

"당신이 찾는 게 뭔지 사실을 말씀드리는 게 낫지 않을까요?"

"그건 올바른 접근 방식이 아니에요. 그분들은 딸이 죽었다고 믿고 있어요. 저는 그분들께 딸이 살아 있을 수 있다는 헛된 희망을 주지 않을 겁니다."

"헛된 희망이 아니에요. 살아 있다니까요."

프랭크가 고개를 끄덕였다. "그렇다 해도 제가 그런 말을 할 수는 없죠. 저는 제가 가장 좋다고 생각하는 방식으로 그녀를 찾을 겁니다."

"캐서린과는 얘기해보셨습니까?"

"당신 동업자의 아내인 캐서린 블랙웰, 네. 2주쯤 전에 찾아갔었죠. 당신과 앤절라 얘기만 꺼내도 굉장히 심란해하더라고요. 별로 건진 건 없습니다."

"변호사님, 저를 믿으시나요?"

프랭크는 의뢰인을 뚫어지게 바라보았다. 아내를 살해했다는 판결을 받고, 더 많은 살인을 저질렀다는 혐의를 받는 그를. 한동안 말이 없던 프랭크가 대답했다. "저는 앤절라를 찾고 있습니다. 그렇죠? 당신을 믿지 않는다면 어떻게 여기에 시간을 쓰고 다닐 수 있겠습니까. 그건 그렇고 시간제로 요금을 청구할 겁니다."

"돈은 있습니다."

"꽤 많이 나올 겁니다."

"앤절라만 찾아낸다면 얼마든지 드릴 수 있습니다. 하지만 조용하게 처리해주십시오. 회사를 끌어들이지 말고요. 비용은 따로 드리겠습니다."

"저는 제 아내에게도 이 일에 대해 얘기하지 않았습니다. 그런 제가 개리슨 포드 대표에게 이 얘기를 할 것 같나요? 공식적으로 우리는 당신 항소와 관련해 일을 하는 겁니다. 비공식적으로는 저를 따로 고용하신 거고요. 저는 당신의 개인적인 문제들을 살펴보고, 채무를 청산하고, 재정을 관리하고, 아직도 공동 소유로 이름이 올라간 사업에서 발을 빼게 하고, 부동산을 처리하고, 뭐 그런 일들을 하는 거죠. 곧 서류를 작성할 겁니다."

"그다음은 뭡니까?" 도적이 물었다.

"이번 주에 항소를 신청할 겁니다."

"아니요, 앤절라를 어떻게 찾을 거냐는 말입니다."

"아." 프랭크가 자리를 뜨기 위해 서류를 모으며 말했다. "십 대 시절을 보낸 정신병원에 가보려고요."

21장
2019년 10월 28일, 시카고

레인 필립스가 죽어가는 잉걸불을 뒤적여 주황빛으로 빛나는 통나무 불길을 살려냈다. 그는 장작 두어 개비를 그 위에 올리고 타오르는 불길을 바라보다가 자신의 노트북이 열려 있는 소파로 갔다. 옆에서는 로리가 무릎에 노트북을 올려놓고 뭔가를 입력하고 있었다. 가을은 빨리 달려 들어왔다. 차가운 캐나다의 바람이 미국 중서부를 휩쓸어 온도가 5도 내외로 떨어졌다. 히터를 켜기에는 이른 것 같아 벽난로만 개시했다.

"그러니까 아버님이 이 남자와 평생을 묶여 있었는데, 이제 당신도 그렇게 된 거라고?"

"난 평생은 아니야. 그래도 최소 18개월은 걸려. 마지막 공판에서 그를 변호하고, 모든 조항을 다시 한 번 점검하고 나면 가석방 담당자에게 넘길 거거든. 그런데 판사가 명령하기를 나더러 일 년 반 동안 그의 재정 상황을 보고하라고 하셨어. 그가 비상금을 두둑하게 챙겨놓은 데다가 아버지가 담당 변호인으로 그의 재정을 담당하고 있었거든. 그러니 내가 그 사람이 파산하지 않도록 확실히 해야 해. 그러고 나면 그는 홀로 서는 거지."

"근데 스타브드록에 가라는 이유는 뭐야?"

"워낙 악명 높은 사람이라 판사가 사회복귀 시설 거주 항목을 삭제했거든. 1990년대에 삼촌한테 물려받은 집이 스타브드록 근처에 있는데 우리 아버지가 그걸 신탁에 넣어서 관리회사로 넘겨줬지. 그래서 그동안 휴가용 숙박시설로 사용된 거야. 이제 거기가 그 사람 집이야. 그래서 판사가 나더러 가석방에 앞서 사회복지사랑 가석방 담당자를 동행해서 한번 가보라고 한 거고. 조건에 맞는지 확실히 하라는 거지."

"내가 같이 가줄게." 레인이 말했다.

로리는 레인에게 캐서린을 만난 일은 얘기하지 않았다. 레인은 그녀가 스테이트빌 교도소 면회 이후로 초조해하는 줄 알고 있었다. 로리는 그가 그렇게 생각하게 내버려두었다. 괴로움의 진짜 이유(아버지가 앤절라를 찾으려 했다는 사실을 알게 된 것)를 알리기보다는 그편이 더 나아 보였다. 사실 그보다 더 곤란한 것은 면회 이후 그녀에게 닥친 영향이었다. 그녀의 머릿속, 벽으로 막아놓은 구역이 흔들리며 한때 잔잔했던 물이 오물과 쓰레기로 흐려지고 말았다. 그 물을 다시 깨끗하게 하는 방법은 하나뿐이었다. 아버지가 하던 일을 알아내는 것. 흔들리는 물결을 잠재우고 마음의 평화를 찾기 위해서는 앤절라를 찾아야만 했다. 이 충동을 무시하는 것은 수년간 다스려온 병의 불길에 기름을 붓는 꼴이었다. 이 충동의 불씨를 끄는 데 가장 좋은 방법은 오히려 그 감정을 키우는 것이었다. 어릴 적 할머니에게 인형 복구 기술을 배우며 광적인 충동을 진정시켰던 것처럼. 지금 시급한 문제는 그 여성의 죽음을 재구성할지, 아니면 아직 살아 있는 발자취를 따라갈지 결정하는 것이었다.

"좋아. 같이 가자." 로리는 노트북에서 시선을 들어 보일락 말락 감정을 드러냈다. "고마워. 혼자 가고 싶지 않았는데."

레인에게 비밀을 만들었다는 죄책감에 뒷목이 오싹했다. 거의 10

년 동안 그저 자신을(그리고 모든 결점을) 사랑해주는 것 말고는 아무 잘못 없는 이 남자에게 비밀이라니! 그도 이걸 알 자격이 있지 않을까? 그럴 수도 있었다. 하지만 그녀는 입이 떨어지지 않았다. 로리는 레인의 컴퓨터 화면을 가리키고는 자신의 노트북으로 시선을 돌렸다.

"해보자. 우리 완전히 뒤처져 있어. 당신은 뭘 찾아냈어?"

레인은 그녀가 뭔가 숨기고 있다는 걸 감지했다는 듯 여전히 그녀를 바라보았다. 로리는 그의 시선을 느꼈지만 노트북만 바라보았다.

"오케이." 레인은 마지못해 자신의 컴퓨터로 시선을 돌리고 스크롤을 시작했다. "나는 디트로이트 외곽 지역, 도시 남동부 지역, 그리고 인접한 캐나다 지역까지 살펴봤어. 알고리듬에 맞는 게 뜨더라고. 지난 4개월만 해도 몇 건이나 돼. 지난 2년 동안 여성 노숙자나 매춘부가 살해당한 사건이 열두 건이었는데 모두 아프리카계 미국인이었어. 가족의 지원이 없거나 부족한 사람들이었고, 몇몇은 시체안치소에서 지문을 떠서 미시간주 전과자 지문 조회 프로그램에 대입하고 나서야 신원이 확인됐지. 그러니까 그들이 살해당한 사실조차 아무도 모르는 거였어. 가족도 없고 친구도 없으니."

"위험 요소가 거의 없는 쉬운 타깃." 로리가 타이핑을 하며 말했다.

"바로 그거야." 레인이 말했다.

"알고리듬이 그들을 어떻게 찾아낸 거야?"

"사망 방식으로."

두 사람은 레인이 만들어낸 알고리듬을 통해 나온 추세를 매주 살펴보고 있었다. 알고리듬은 전국에서 일어나는 사건의 각기 다른 요소들을 고려해 추세와 유사점을 찾아냈다. 이를 통해 특정 지역에서 일어나는 살인사건의 공통점을 파악할 수 있었다. 같은 지역에서 비슷한 표식과 신호가 쌓이면 두 사람은 경계 태세에 돌입했고, 그 부분에 뛰어들어 파헤치기 시작했다. 지금까지 살인사건연구 프로젝트는 미국 전역에서 열두 명의 연쇄살인마(한 사람이 세 건 이상의 살인을 저지른 경우)를 찾아냈고, 이는 체포로 이어졌다. 지역 경찰서가 단서를 추적 중인 위험 가능 지역은 이보다 더 많았다. 오늘은 일주일에 한 번 둘이 함께 앉아 소프트웨어가 찾아낸 표식들을 살펴보는 날이었다. 그것은 일정 지역에서 수차례 일어난 살인사건일 수도 있었고, 동일한 것으로 의심되는 무기에 의한 살인사건이거나, 피해자가 비슷한 타입일 수도 있었다. 시신을 처리한 방식이나 피해자의 직업으로 찾아내는 경우도 있었다. 이러한 유사점을 찾기 위해 알고리듬은 5천 개가 넘는 지표를 추적했다.

충분히 사건이 성립된다고 판단되면 그 내용을 지역 경찰에 알렸다. 법정심리학자이자 FBI 행동과학부의 프로파일러로서 떨친 레인의 명성, 그리고 알고리듬이 찾아낸 증거로 사건을 종합하는 범죄 재구성 전문가 로리의 능력은 두 사람을 완벽한 팀으로 만들어주었다. 경찰들도 그들의 판단에 귀를 기울였고, 많은 곳에서는 아예 자체적으로 레인의 소프트웨어를 이용해 살인사건을 추격하기도 했다.

"모두가 둔기에 맞아 살해된 것 같아. 머리 옆으로 충격이 가해진 것 같고, 시신은 쓰레기통에 유기됐어."

디트로이트에서 살해된 피해자 열두 명의 이름을 기록하고 증거를 분류하고 있을 때였다. 초인종이 울렸다. 손목시계를 보니 10시가 다 되어 있었다. 로리가 현관으로 가서 외시경으로 밖을 내다보았다. 론 데이비슨이 서 있었다.

"젠장." 그녀는 바깥 문만 열고 인사했다. "안녕하세요, 론!"

"그레이! 또 연락이 안 되더군." 데이비슨 형사가 침착한 목소리로 말했다.

로리가 한숨을 크게 내쉬었다. "죄송해요. 제가 요즘 좀…… 바빴거든요. 아버지 일로요."

"그 예전 자료들 구해달라고 할 때 그 얘기는 이미 들었어." 론이 망문 쪽으로 몸을 기울였다. "세상에, 그레이. 자네 아버님이 그 사람을 변호한 건가?"

"네, 그런 것 같네요."

"1979년 자료 상자에서 필요한 건 찾았나?"

"네. 아니…… 잘 모르겠어요. 아직 제대로 살펴보지 않았거든요." 안경을 추켜올리려고 습관처럼 손을 올린 로리는 그제야 안경을 쓰고 있지 않다는 걸 깨달았다. 레인과 둘만 있을 때는 안경을 절대 쓰지 않았다. "자료 찾아서 갖다주신 건 감사했어요."

"천만에. 카밀 버드 사건으로 내가 빚을 졌잖아."

두 사람은 잠시 아무 말 없이 서 있었다. 론은 현관 발치에, 로리는 망문 안쪽에.

"들어가도 되겠나?" 론이 물었다.

"네, 죄송해요. 물론이죠." 로리가 망문을 열며 말했다.

그녀는 보스를 거실로 안내했다. 레인은 여전히 이글거리는 불꽃 앞에 앉아 컴퓨터에 뭔가를 치고 있었다.

"레인! 론이 왔어. 얘기할 게 있어서."

레인이 고개를 들었다. "론, 어떻게 지내세요?"

"잘 지냅니다, 박사님."

론과 레인이 악수를 나눴다.

"방해해서 죄송합니다. 잠시만 있다 가겠습니다." 론이 말했다.

"편하게 있다 가세요." 레인이 답했다.

"이쪽으로 오세요." 로리는 론을 이끌고 그늘진 선반에 인형이 늘어서 있는 어두운 작업실을 지나 서재로 향했다. 서재 책상 옆에는 1979년의 자료가 담긴 상자 세 개가 있었고, 책상 위에도 자료가 펼쳐져 있었다. 카밀 버드의 사진 또한 코르크판에 꽂혀 있었는데, 약 2주 전에 부검 관련 사항을 조금 적어놓은 것 말고 다른 내용은 없었다.

"월터 버드 씨가 연락을 해왔네. 자네하고 통 연락이 안 된다고 하더군. 몇 번이나 전화를 걸어봐도 받지를 않는다고. 어디서 많이 듣던 얘기지."

"아직 딱히 말씀드릴 수 있는 내용이 없어서 그래요."

"그럼 그렇게 말해, 로리. 무슨 말이든 대답을 해주라고."

"론, 저도 지금 기분이 엉망이라고요. 사건 재구성을 맡기로 약속했는데 아버지가 돌아가셨고, 그래서 아버지 회사를 정리하느라 정신없었어요. 그리고…… 그거 말고도 많다고요. 그 사건에 시간을 들일 틈이 없었어요."

"일이 이렇게 한꺼번에 터진 건 유감이네, 로리. 자네가 해야 할 일이 엄청 많다는 건 나도 알아."

로리는 책상으로 고개를 돌렸다. 1979년 사건에 대해 조사하던 흔적이 그대로 펼쳐져 있었다. 며칠 전 밤, 책상에 앉아 아버지의 기록을 발견하고 그가 그 오랜 기간 동안 토머스 미첼을 변호하며 무슨 일을 한 것인지 궁금해했었다. 이제 그녀는 그 이유를 알고 있었다.

"카밀 버드 일 할게요. 약속해요."

"자료를 제대로 보긴 했나?"

"잠깐 봤어요."

로리는 검시관의 보고서를 훑어보던 밤을 떠올렸다. 카밀 버드의 몸에 난 멍과 목의 상처가 그녀의 생각 속에서 불꽃처럼 번뜩였다. 로리는 코르크판에 있는 카밀 버드의 사진으로 시선을 돌렸다. 죄책감이 거미처럼 척추를 타고 올라왔다. 이틀 전 밤, 로리는 카밀 버드에 대한 꿈을 꿨다. 그랜트 공원에 있는 카밀의 시신을 발견하는 꿈이었다. 사건 해결을 뒤로 미뤄서 미안하다고 말하려 했지만 차갑게 굳은 소녀의 몸은 아무리 흔들어도 움직이지 않았다. 지금 이렇게 사진 속 죽은 소녀의 눈동자를 바라보자, 로리는 코트 깃을 여미고 두꺼운 뿔테안경 뒤로 숨어 눈을 돌리고만 싶었다.

"시간을 낼게요."

"언제?"

"곧이요. 약속해요."

뒷주머니의 핸드폰이 울렸다. "아, 잠시만요." 로리는 손가락 하나를 들어 보인 뒤 핸드폰을 꺼내 번호를 확인했다. 연락처에 없는 번호였지만 즉시 그 번호를 알아보았다. 다른 기억처럼 그 번호 또한 머릿속에 각인되어 있었다. 단순히 기억력 때문이 아니라 이 번호에 큰 의미가 있기 때문이었다. 지난번 이 번호로 온 전화를 받았을 때 그녀는 아버지가 돌아가셨다는 소식을 들었다.

얄궂기도 하지. 지난번 전화를 받았을 때도 론과 함께 있지 않았던가.

"실리아, 무슨 일 있어요?" 로리가 아버지의 비서에게 물었다.

"오, 안녕하세요?" 실리아가 깜짝 놀란 듯 말했다. "아니요. 아무일 없어요. 글쎄, 뭐라고 해야 할지. 좀 만나야겠어요. 저한테 아버님 물건이 있는데 이걸 어떻게 해야 할지 몰라서요. 이번 주에 만날수 있을까요?"

로리는 머릿속으로 일정을 더듬어보았다. 토머스 미첼의 집에 가봐야 했고, 마지막 심리를 위해 가석방심사위원회에 출석해야 했고, 최근에 맡은 유일한 의뢰인을 교도소에서 빼내기 위한 법률 서류를 작성해야 했다. 이 모든 걸 일주일 안에 해내야 했다. 뿐만 아니라 의뢰인의 재정도 정리해야 했고, 이제는 카밀 버드의 사건 재구성에도 시간을 내야 했다. 앤절라 미첼을 찾아 그녀에게 무슨 일이 있었는지 알아내고 싶은 불타는 욕망은 잠시 미뤄두고 이 모든걸 해야 했다.

"요즘 눈코 뜰 새 없이 바빠요, 실리아. 몇 주 뒤로 미루면 안 될까요?" 토머스 미첼 건만 제외하면 아버지 회사 일은 거의 정리가 되어 있었다.

잠시 침묵이 내려앉았다.

"로리, 우리 정말 만나야 해요."

숨죽여 우는 소리가 들리는 듯했다. 아버지 회사에서 실리아가 자신을 안았을 때 목을 타고 흐르던 그녀의 눈물이 생각났다.

"그래요? 그럼 이번 주에 만나죠. 괜찮은 시간을 찾아서 내일 연락드릴게요."

로리는 훌쩍이는 소리를 들으며 대답을 기다리지 않고 전화를 끊었다. 핸드폰을 뒷주머니에 넣은 그녀가 보스에게 고개를 돌렸다.

"일주일만 더 주세요, 론. 버드 씨한테는 제가 전화해서 소식 전할게요."

형사가 고개를 끄덕였다. "좋네. 하지만 뭐라도 빨리 찾아주게, 로리. 새로운 걸 말이야. 뭐라도 좋아."

"다음주까지 대령하도록 하죠." 로리가 말했다.

1981년 11월, 시카고

프랭크 무어는 앤절라 미첼의 가족 등 주변인을 추적했다. 가장 마땅해 보이는 방법이었다. 만약 앤절라가 살아 있다면 친구나 가족에게 의지할 확률이 크니까. 이건 그의 바람이기도 했다. 왜냐하면 다른 가능성이 있다면(그녀가 정말 혼자 사라졌다면) 그는 오를 수 없는 거대한 장벽과 마주해야 하는 셈이니까. 그저 그렇게 사라져버린 사람을 무슨 수로 찾아낸단 말인가? 만약 이 나라를 떠서 아무도 들여다볼 생각이 없는 먼 나라 구석으로 숨어버렸다면? 프랭크가 이 여성에 대해 아는 바에 따르면 이것 또한 무시할 수 없는 가능성이었다.

앤절라는 일생 동안 마음의 의지처 없이 거의 혼자였다. 청소년기에 부모를 떠나 일리노이주 남부의 청소년 정신병원에서 예상보다 오랜 기간을 보내고 열여덟 살이 되어서 퇴원했다. 거기서부터 프랭크의 추적이 길을 잃었다. 앤절라가 법적으로 성년이 된 이후로 부모는 그녀의 삶에서 배제되었고, 그래서 세인트루이스까지 가서 그녀의 부모를 만난 것은 헛수고가 되었다. 부모가 앤절라를 보거나 소식을 들은 것은 실종 몇 년 전이 마지막이라고 했다. 심지어 그들은 딸이 결혼한 것도 몰랐다. 프랭크가 만든 개략적인 타임라인에 앤절라가 다시 등장한 것은 그녀가 시카고에서 토머스

재구성 : 도적

미첼을 만나 짧게 교제하고 결혼식을 올렸을 때였다. 가까운 친구라고는 토머스의 동업자의 부인인 캐서린 블랙웰이 유일했다. 캐서린을 찾아간 것 역시 별무소득이었는데, 조금 이상했던 그 만남은 어쨌든 시간과 체력의 낭비였을 뿐이었다.

프랭크는 도서관에서 찾은 기록 정보와 앤절라의 부모에게서 받은 주변인 정보를 토대로 먼 친척까지 방문 목록을 만들었다. 앤절라의 사촌들, 부모의 형제 및 사촌들, 그리고 앤절라가 토머스를 만나기 전의 삶에서 한두 번이라도 만났던 사람은 아무리 먼 친척이라도 이름을 올렸다.

프랭크는 지난 3개월 동안 토머스가 장담한 대로 그의 아내가 살아 있다는 어떤 증거라도 찾으려고 노력했다. 스물여덟 살의 신참내기인 프랭크는 개리슨 포드에서 능력을 입증하고 싶어 안달이 나 있었다. 매일같이 조사 업무와 서류 작업에 매달리고 때로는 선배 변호사를 보조하러 법정에 나가는 한편, 밤이 되면 죽어서 묻힌 것으로 알려진 여성을 악착같이 추적했다. 신혼이긴 했지만 간호사인 아내가 저녁 근무를 해서 가능한 일이었다. 유령을 뒤쫓으며 돈을 받는 것도 만족스러웠다. 그런데 만약 실제로 앤절라를 찾아낸다면? 그 이후의 일은 그저 상상만 해볼 뿐이었다. 선고가 뒤집어져 의뢰인은 자유의 몸이 될 것이고, 개리슨 포드에서 프랭크의 주가는 빠르게 올라갈 것이다. 어쩌면 마흔 살이 되기도 전에 관리직에 오를 수도 있었다.

마지막 단서가 그의 차 계기판에 스카치테이프로 붙어 있었다. 종잇조각에는 이름과 주소가 적혀 있었다. 도시 서쪽의 시골길을 한 시간 반쯤 달리는 동안 길은 텅텅 비어 있었다. 이런 외딴 시골에 차량 정체가 있을 리 없었다. 그는 정면으로 내려앉는 햇빛을 바라보며 자유롭게 운전했다. 길 양옆으로는 옥수수밭이 끝없이 펼쳐져 있었다. 한때 우뚝 솟았을 줄기들이 지금은 짧게 잘려 있었다. 나선형으로 촘촘히 말아놓은 건초 더미가 들판 군데군데 흩어져 있었다.

프랭크 무어는 T 자형 삼거리 앞에서 지도를 확인하고 왼쪽으로 방향을 꺾었다. 거기서 5킬로미터쯤 더 가니 텅텅 빈 땅에 2층짜리 건물이 우뚝 서 있었다. 부지는 사방으로 끝없이 펼쳐져 있었다. 외진 곳에 있는 하얀색 건물을 보니 마치 교도소처럼 느껴졌다. 저 안에 있는 환자들도 분명 그렇게 느끼리라. 프랭크는 '바이어 그룹 청소년 정신병원'이라는 표지판을 지나 주차장으로 들어섰다.

건물에 들어가 서명을 마치자 안내 데스크 직원이 물었다.

"환자분 만나러 오신 건가요?"

"아니요. 제퍼슨 박사님을 만나러 왔습니다." 프랭크 무어가 입은 정장은 개리슨 포드에서부터 먼 길을 오느라 구겨져 있었다.

"약속하고 오신 건가요?"

"네. 주초에 연락드렸습니다."

"어디 계신지 찾아볼게요."

프랭크는 대기실로 들어가 기다렸다.

오 분쯤 지나자 문이 열렸다.

"무어 씨?"

고개를 돌리자 하얀색 가운에 얇은 안경을 쓴 마른 남자가 서 있었다.

"데일 제퍼슨입니다. 전화로 인사드렸죠."

"네, 시간 내주셔서 감사합니다." 프랭크가 악수를 나누며 대답했다.

"더 나은 상황에서 뵈었으면 좋았을 텐데요. 제 사무실로 가시죠." 제퍼슨 박사가 말했다.

프랭크는 그를 따라 정신병원의 길고 하얀 복도를 걸어갔다. 제퍼슨 박사의 사무실은 마치 거실처럼 꾸며져 있었다. 긴 소파와 그 길이에 맞는 탁자, 그리고 탁자 양끝에 마주보게 놓은 의자. 벽에 달린 선반에는 교재가 꽂혀 있었다. 제퍼슨 박사는 한쪽에 있는 의자에 앉아 프랭크에게 소파에 앉으라고 손짓했다.

박사가 탁자에 있는 파일을 들어올리며 말했다.

"앤절라 일은 정말 딱하게 됐습니다. 뉴스에서 들었을 때 결혼 전 성을 사용하지 않아서 처음에는 이 상황에 대해 알지 못했어요. 애석하게도 피해자들보다 토머스 미첼이 더 주목받고 있더군요. 대중의 관심이 그가 앗아간 생명들보다도 '도적'에 더 쏠려 있는 거죠."

프랭크는 대중의 심리에 대해 토론하자고 온 것도 아니었고, 자신의 의뢰인은 다수가 아닌 단 한 사람을 살해한 것으로 유죄 선고를 받았다는 말을 할 생각도 없었다. 사실 그는 몇 달간 앤절라를 찾아 헤매는 동안 그 누구에게도 자신과 토머스와의 관계를 언급한 적이 없었다. 여론은 1979년 실종된 여성들 모두에 대해 토머스의 책임을 추궁하며 손가락질하고 있었다. 그런 상황에서 자신이 2년 전에 죽은 것으로 알려진 여성에 대해 묻고 다니는 이유를 밝힐 수는 없었다.

"네, 안타까운 일이죠." 마침내 프랭크가 말했다.

"앤절라의 가족이 민사소송을 하려고 한다고요?"

"네." 프랭크가 다리를 꼬며 대답했다. 포커 선수라면 이 행동이 거짓말 때문에 긴장한 것을 감추려는 반응이라는 걸 알아챘을 것이다. "이런 상황에서 민사소송이 가능한지를 알아보려는 중입니다."

"이런 말씀 드려도 될지 모르겠지만, 그 남자는 혼 좀 나야 합니다. 만약 그가 사형을 받지 않는다면, 평생 가둬놓고 전 재산을 압수해야 합니다."

"흠." 프랭크가 목을 가다듬고 말했다. "제가 할 수 있는 일이 뭔지 알아보겠습니다."

"앤절라 부모님의 변호인이신가요?"

프랭크는 순간 멈칫했다. "그렇습니다."

"제가 기억하기로 그들은 딸과의 관계가 썩 좋지는 않았습니다. 부모 자식 간이 그렇게 깨진 걸 보는 건 언제나 힘든 일이죠. 게다가 이제는 회복할 기회조차 없으니까요."

"네, 안타까운 일이죠." 프랭크가 아까와 똑같이 대답했다.

"자녀가 있으십니까, 무어 씨?"

"결혼한 지 얼마 안 됐습니다. 일이 년쯤 있다가 가지려고요."

제퍼슨 박사가 파일을 들어올렸다. "그래서 제가 어떻게 도와드리면 될까요?"

"민사소송은 진흙탕 싸움이 될 수 있어서요, 앤절라에 대해 가능한 한 많은 것을 알고 싶습니다. 십 대 시절에 이곳에서 보낸 적이 있다고 알고 있는데요, 질문을 몇 가지 드려도 될까요?"

"물론입니다."

프랭크가 상의 앞주머니에서 종이 하나를 꺼냈다. "앤절라는 1967년 열일곱 살 때 이곳에 왔죠."

"그렇습니다."

"얼마나 오래 있었습니까?"

"일곱 달이요. 열여덟 살 생일에 퇴원했습니다. 우리도 그렇고 부모님도 그렇고 원하는 만큼 앤절라를 도와주지 못한 것 같습니다."

재구성 : 도적

"그래서 성인이 되자마자 혼자 떠난 겁니까?"

"네. 바이어 그룹은 청소년 기관입니다. 저희는 18세 미만이거나, 부모님 또는 후견인의 보호하에 있는 청소년들만 받아들입니다. 법적으로 성인이 되면 본인이 원해야만 머물 수 있죠. 그런데 앤절라는 원치 않았어요."

"앤절라가 이곳에 입원한 이유는 무엇입니까?"

제퍼슨 박사가 파일을 읽었다.

"반항성장애, 사회불안증, 강박장애였네요. 게다가 자폐증도 있어서 치료가 더 복잡했죠."

"그래서 앤절라가 열여덟 살이 되어 법적으로 이곳에 묶어두지 못하게 되었을 때 부모님이 와서 데리고 갔나요? 여기서 나간 뒤로 앤절라에게 무슨 일이 있었는지 혹시 아십니까?"

"아니요. 말씀드렸다시피 부모님과의 관계는 이미 깨져 있었거든요. 사실 앤절라가 이곳에 있는 동안 상태가 호전되는 기미가 없어서 부모님께 제안했어요. 앤절라가 도움을 받는 것에 수용적인 태도일 때 지금이라도 퇴원을 시키는 게 좋겠다고요. 근데 거절하시더군요. 아마 부모님은 더 이상 앤절라를 감당할 수가 없었던 상태였던 것 같습니다."

프랭크가 엉덩이를 당겨 앉으며 물었다. "그래서요? 여기다 버려뒀다는 겁니까?"

제퍼슨 박사가 어깨를 으쓱했다. "저라면 그렇게 표현하지는 못할 것 같네요. 그들은 앤절라를 돕고 싶어 했어요. 다만 그들 힘만으로는 불가능하다고 느낀 거죠."

"앤절라가 열여덟 살이 됐고요, 더는 여기서 맡아주지 못하는 상황이 됐습니다. 그럼 어디로 갔습니까? 부모님께 인계됐나요?"

제퍼슨 박사가 고개를 저었다. "아니요. 자진해서 퇴원했습니다. 법적으로 그게 가능한 나이였거든요."

"네. 하지만 이제 막 열여덟이 된 거잖아요. 직업도 없고, 돈도 없고, 아마 차도 없었을 거 같은데요. 어디로 간 걸까요? 그냥 이 옥수수밭을 걸어 나갔을 리가 없잖아요?"

"저희 상담 선생님이 몇 주 동안 앤절라에게 연락을 시도했었는데 답신이 없었어요. 마지막 등록 주소는 일리노이주 피오리아입니다."

"피오리아에 뭐가 있는데요?"

"제 기억으로는 친구가 거기 살았습니다. 앤절라가 퇴원하는 날 그 친구가 서명을 했거든요. 물건 챙겨가는 걸 도와줬지요. 저희 기록을 보면 그 친구와 함께 떠난 것으로 되어 있네요."

"그분 이름이 적혀 있습니까?" 프랭크가 급하게 질문했다가 흥분을 가라앉히려고 잠시 멈칫했다. 앤절라의 성인 시절 지인을 찾아다닌 이후 첫 수확이었다. "만약 그분이 친척이라면 그분 이름도 민사소송에 넣을 수 있거든요."

"물론이지요." 박사가 파일을 넘기다가 종이 한 장을 빼서 건넸다. "성이 슈라이버군요. 파트타임 간호사였어요. 지금도 그곳에 사는지는 모르겠네요. 오래된 파일이거든요."

재구성 : 도적

22장
2019년 10월 29일, 시카고

　로리와 레인이 탄 차는 사회복지사와 가석방 담당자가 타고 가는 앞 차를 따라가고 있었다. 토머스 미첼은 1994년 삼촌에게서 통나무집 한 채를 물려받았다. 로리는 아버지의 서류를 참고해 할 수 있는 한 최선을 다해 부동산을 추적했다. 토머스의 삼촌은 췌장암으로 세상을 떠나며 집은 조카에게 주겠다는 유언을 남겼다. 로리의 아버지는 그 통나무집을 신탁에 넣었다. 그리하여 숙박 관리 업체가 그곳을 잘 운영했고, 로리가 파일에서 본 재정 기록에 따르면 그곳은 수년간 짭짤한 소득을 올려주고 있었다.

　침실 두 개에 지붕이 A 자 모양인 그 통나무집은 시카고에서 차로 한 시간 거리의 스타브드록 주립공원 외곽에 있었다. 근처에 공원도 있고 일리노이강도 있어서 그동안 임대가 잘 되었다. 임대 수입은 관리 업체의 주택 유지 보수비로 사용되었다. 로리의 아버지는 작년에 관리 업체를 해고했고, 매달 그곳에 가서 상황을 기록해놓았다. 아마도 의뢰인이 그곳에 도착하는 날만을 기대했을지도 모른다.

　스타브드록 외곽에 다다르자 사회복지사가 탄 차가 서서히 속도를 줄였다. 아마도 GPS 좌표를 찾고 있는 것 같았다. 앞 차가 다시 출발하자 로리는 공원 북쪽에 난 구불구불한 길을 따라 그

차를 따라갔다. 잠시 후 다리를 건넜다. 다리 옆에는 낮은 폭포가 떨어지고 있었고, 화창한 시월의 하늘을 향해 진초록 소나무가 솟아 있었다. 연쇄살인마로 추정되는 자의 통나무집으로 가는 상황이 아니었다면 풍광은 더 수려해 보였을 것이다.

십오 분쯤 느리게 달리며 교차로마다 멈춰 서서 길을 찾은 후에야 흙으로 덮인 긴 진입로 입구에 도착했다. 하늘을 가릴 만큼 무성한 나뭇잎은 가을을 맞아 단풍이 들어 있었다. 길 바로 옆에는 우편함이 서 있었다. 그걸 본 로리는 판사의 요구사항 중 적어도 하나는 확인이 됐다고 생각했다. 누구든 도적에게 편지를 보낸다면 그는 미국우정공사를 통해 받게 될 것이었다.

진입로를 따라 백 미터쯤 울퉁불퉁한 길을 달리자 드디어 바닥이 깔린 길이 나왔다. 그 길 끝에 펼쳐진 부지에 삼나무로 둘러싸인 A 자 형태의 통나무집이 보였다. 인상적인 풍경이었다. 로리는 항공사진을 보듯 머릿속에서 상상해보았다. 빽빽한 삼림 지역을 가르고 있는 통나무집……. 그 집이 자리한 2만 제곱미터의 땅에는 주변 삼림에 대항하듯 잔디와 자갈과 진흙이 깔려 있었다. 진입로를 계속 따라가면 통나무집을 한 바퀴 돌게 되어 있었다. 로리는 계속 운전하며 둥글게 한 바퀴 돌았다. 그러다 오른쪽 나무 사이로 강이 있는 걸 발견했다. 나무 때문에 길은 막혔지만 계단이 있어서 물이 있는 아래까지 내려갈 수 있었다.

"자." 조수석의 레인이 창밖을 보며 말했다. "연쇄살인마로 추정되는 남자가 평생 숨어 살기에 이보다 좋은 곳은 없을 것 같군."

로리가 고개를 저었다. "나는 그동안 이곳을 빌려 살았던 가족들한테 정말 아름다운 곳이었겠구나 생각했는데."

"그럴 리가! 정말 그렇게 생각했다면 직업으로 죽은 자들의 사건을 재구성하며 살지는 않았겠지."

로리가 통나무집을 한 바퀴 돌아 주차했다. 그녀는 계기판 앞에 두었던 뿔테안경을 쓰고는 이마를 가릴 때까지 비니를 내려썼다. "그렇네. 그 말이 맞네." 그녀는 차문을 열며 말했다. "여기 너무 소름 끼치는 곳이야. 곧 돌아올게."

로리는 사회복지사인 나오미 브라운과 함께 통나무집 앞으로 갔다. 열쇠는 로리에게 있었다. 아버지 사무실에서 찾은 것이었다.

"이전에도 여기 의뢰인 집에 와보신 적 있으세요?" 나오미가 물었다.

"정확히 하자면 그 사람, 제 의뢰인 아니에요." 로리가 고개를 저으며 안경을 추켜올리고 말했다. "아니요. 안 와봤어요."

나오미가 잠시 로리를 바라보았다. 그녀의 얼굴에 혼란의 표정이 깃들었다. 로리가 가끔 보는, 너무나도 싫어하는 표정.

로리는 공중에서 손가락을 빙글빙글 돌리다가 통나무집을 가리켰다.

"빨리 해치우죠."

"체크해야 할 항목들이 있어요." 나오미가 말했다. "집전화가 있어야 하고, 미국우정공사 주소도 활성화되어 있어야 하고, 다른 항목들도 있어요. 대부분 그냥 형식이지만 판사가 거주 문제에 대해 특별 취급을 해준 이상 모든 항목을 확인해야 해요."

"그럼 확인해봅시다." 로리가 현관 계단을 오르며 말했다. 나무 계단이 삐걱거리는 소리를 냈다. 로리는 열쇠를 꽂아 문을 열었다. 가석방 담당자인 에즈라 파커는 밖에서 사진을 찍은 다음 따라 들어왔다. 안으로 들어서자 잘 관리된 내부가 눈에 들어왔다. 거실에는 돌로 된 벽난로 주변으로 소파와 의자가 놓여 있었다. 주방은 왼쪽에 있었고, 식사를 위한 공간은 따로 있었다. 방충망을 쳐놓은 베란다에서는 숲까지 뻗은 공간이 한눈에 보였고, 그 너머 펼쳐진 강에는 시월의 하늘이 비쳐 있었다. 계단을 통해 위층으로 올라가면 침실이 두 개 나왔다.

내부를 살펴보는 데 삼십 분이 걸렸다. 나오미 브라운은 모든 항목을 확인했다. 즉 이곳은 판사의 요구에 들어맞는 집이었다. 에즈라 파커는 필요한 부분을 모두 사진으로 기록했다.

"의뢰인이 자동차를 사기 전까지는, 800미터쯤 길을 따라가면 편의점이 나오니 거길 이용하면 될 겁니다." 나오미가 말했다.

로리가 고개를 끄덕였다. 토머스 미첼의 재정을 관리한다는 것은 그가 무언가를 구입할 때, 그러니까 자동차 같은 것을 살 때 도와줘야 한다는 의미였다. 새삼 그 사실을 깨달은 로리는 갑자기 이곳을 빠져나가고 싶다는 강한 충동을 느꼈다.

거실로 들어서던 그들은 여기저기 찍혀 있는 발자국을 발견했다. 그들이 바깥에서 묻혀온 붉은 진흙 자국이었다. 로리는 자신의 컴뱃 부츠를 내려다보았다. 신발이 온통 흙으로 뒤덮여 있었다.

"미안하게 됐네요. 신발을 벗었어야 했나 봐요." 나오미가 말했다.

"이게 다 뭐예요?" 로리가 발을 들어올려 신발 밑창을 보았다.

"붉은 진흙이요. 스타브드록 주변 땅은 붉은 진흙으로 가득하죠. 아마 차도 난리가 났을 겁니다." 에즈라가 말했다.

로리는 피처럼 붉은 발자국을 바라보았다.

"이만 갈 시간이네요. 그가 여기 오기 전에 사람을 불러 청소를 좀 해야겠어요." 로리가 말했다.

1981년 11월, 시카고

프랭크는 피오리아까지 직접 운전해서 가기로 마음먹었다. 3일 동안 전화를 해봤지만 받지 않았던 것이다. 앤절라 미첼이 바이어 그룹 청소년 정신병원에서 퇴원한 것은 1968년으로 13년 전의 일이었다. 그러니 제퍼슨 박사가 준 주소에 살았던 친구는 그곳을 떠났을 확률이 높았다. 그렇지만 앤절라가 토머스와 결혼하기 전의 삶과 연결되는 첫 단서였으니 운전은 문제될 게 아니었다.

교통량이 적은 토요일 아침을 고른 덕에 운전 시간은 두 시간을 조금 넘겼다. 그는 수확이 끝난 옥수수밭이 끝없이 이어지는 길을 달렸다. 지난번 바이어 그룹 정신병원으로 가던 길과 별반 다르지 않았다. 들판 한복판에 트랙터가 세워져 있었고, 지평선을 따라 때때로 둥근 탑 모양의 곡식 창고들이 서 있었다. 길게 뻗은 2차선 도로로 접어들자 길가 우편함에 박힌 주소가 눈에 들어왔다. 길디긴 이 길 옆으로는 넓은 부지에 자리 잡은 외딴 집들이 늘어서 있었고, 각각의 집은 서로 멀찍이 떨어져 있었다.

마침내 앤절라 미첼의 파일에 적힌 주소를 발견했다. 프랭크는 구불구불한 진입로로 들어섰다. 진입로 끝으로 차를 몰고 들어가자 집 뒤에서 개들이 뛰쳐나와 차가 멈출 때까지 따라오며 짖어댔다. 천천히 차문을 열자 셰퍼드 두 마리가 관심을 구하듯 그를 반

겄다. 두 마리 다 머리를 그의 손 아래에 두려고 서로를 밀쳐댔다. 그는 어쩔 수 없이 녀석들을 쓰다듬으며 농가를 바라보았다.

열린 현관문으로 한 여성이 나와 그를 내려다보았다. 프랭크는 우호적으로 보이려고 손을 흔든 후 그녀를 향해 걸어갔다. 개들은 껑충껑충 뛰어올라 그의 다리에 몸을 문지르며 따라왔다.

"물지는 않는다우." 여자가 현관에서 말했다. "그만 좀 하고! 자, 자, 뒷마당으로 가야지!"

개들은 장난스런 폭행을 멈추고 집 뒤로 사라졌다. 프랭크는 현관 발치까지 걸어갔다.

"슈라이버 부인? 제가 발음 제대로 한 거 맞습니까?"

가까이 다가가자 여자의 얼굴을 좀 더 자세히 볼 수 있었다. 오십 대 후반이나 육십 대 초반 같았다.

"네, 제 이름 맞습니다. 무슨 일로 오셨는데요? 백과사전이나 진공청소기나 뭐, 그런 거 파시는 분은 아니죠?"

"아닙니다, 허허. 제 이름은 프랭크 무어입니다. 변호사예요. 앤절라 미첼에 대해서 몇 가지 여쭤볼 게 있어서 찾아왔습니다. 결혼 전 이름은 앤절라 배런인데, 그분 아시는 거 맞죠?"

프랭크는 그녀의 얼굴에서 갑자기 힘이 빠지는 걸 보았다. 턱이 툭 떨어지며 입이 벌어졌다. 프랭크가 허리춤에서 총을 꺼내 겨누기라도 한 것처럼 눈을 동그랗게 떴다. 한 걸음 뒤로 물러나 손으로 문손잡이를 잡기까지 했다.

프랭크가 두 손을 들어 보였다. "그냥 얘기만 하려고 온 겁니다."

"할 말 없어요. 내 땅에서 당장 나가요. 안 그러면 경찰 부를 거예요."

"부인, 저는 문제를 일으키려고 온 게 아닙니다. 앤절라의 가족을 도울 수도 있는 민사소송과 관련해 조사 중이거든요."

"당장 나가주세요. 당장!" 여자가 커다란 두 눈에 음산한 기운을 드러내며 고함을 질렀다.

순식간에 생각지도 못한 방향으로 상황이 바뀌었다.

프랭크는 주머니에서 명함을 꺼내며 말했다. "좋습니다. 앤절라에 대해 얘기하고 싶으시면 전화 주세요. 여기 제 번호 있습니다."

"텁스! 해럴드!"

개들이 집 뒤에서 쏜살같이 튀어나왔다. 이번에는 위협적인 태도였다. 장난스럽게 낑낑대던 소리가 이제는 으르렁거리는 소리로 바뀌었다. 프랭크는 명함을 떨어뜨리고 뒷걸음을 쳤다. 서둘러 차로 가는 동안에도 개들은 그의 바짓단을 물어댔고, 그가 차에 오르자 이빨을 드러내고 포악하게 짖어댔다. 시동을 걸고 현관을 바라보는 그의 이마에 땀이 맺혀 있었다. 여자는 사라지고 없었지만, 프랭크는 앞 창문 커튼이 살짝 움직이는 것을 보았다.

하얀색 반점 같은 그의 명함이 눈에 띄었다. 떨어뜨린 그 자리에 그대로 있었다. 그는 유턴을 하고 긴 도로를 향해 달렸다. 짖는 개들로부터 멀리. 프랭크 무어는 자신이 뭔가를 발견했다는 것을 알았지만 그게 뭔지는 알지 못했다.

23장
2019년 10월 29일, 시카고

　도시 남부로 빠져나가는 로리의 차 조수석에는 도자기 인형이 놓여 있었다. 그녀는 케네디 고속도로로 접어들어 I-94도로로 접어든 후 I-80도로를 타고 동쪽으로 달려 캘류멧 대로로 빠져나갔다. 인디애나주 먼스터 시내로 들어선 것은 시카고의 집을 떠난 지 오십 분이 지난 후였다. 그녀는 이미 닫은 지 오래된 스리플로이즈 양조장의 주차장으로 들어갔다. 이곳에 마지막으로 온 것은 지난 5월에 있었던 '다크로드의 날'이었다. 24시간 진행되는 다크로드의 날 행사는 흑맥주 애호가들이 일 년에 단 한 번 가장 좋아하는 맥주를 살 수 있는 기회였다. 그 행사에 로리와 레인도 참가했다. 그녀가 좋아하는 흔치 않은 행사이기도 했고, 맥주가 넘쳐나는 데다가 레인도 흥미를 보였기 때문이었다. 그렇다 해도 남들처럼 다크로드를 쟁여놓으려고 간 것은 아니었다. 물론 그렇게 하긴 했지만. 보통 사람들은 갖고 있던 다크로드를 다 먹으면 다음해까지 기다려야 했다. 로리는 다행히 보통 사람이 아니었다.

　그녀는 인형을 집어 들고 차에서 내렸다. 차가운 밤공기 사이로 입김이 새어 나왔다. 그녀는 비니를 이마까지 내리고 안경을 고쳐 쓰고는 건물을 향해 걸었다. 주차장 중간에 높이 솟은 기둥 꼭대기에서 노란색 할로겐전구가 빛날 뿐 다른 조명은 없었다. 아스팔트 도로를 따라 걷자 여전히 붉은 발자국 위로 금빛 조명이 내려 앉았고, 그 때문에 차에서부터 이어진 발자취는 주황색으로 보였다. 이상한 색깔의 발자국을 본 로리는 발을 쿵쿵거려서 오전 나절에 스타브드록에서 묻혀온 붉은 진흙의 잔해를 털어냈다. 통나무집에 남기고 온 붉은 발자국을 떠올리니 오싹한 기분이 들었다. 이런 이유로 마음을 안정시키기 위해 먼스터까지 왔다. 집의 냉장고에는 맥주가 똑 떨어진 것이었다.

양조장의 측면으로 가서 회색빛 철문을 두드리자 곧바로 문이 열렸다.

"인형 여인 로리 씨! 거의 6개월 만에 오셨네." 몸집이 큰 남자가 말했다. 텁수룩한 수염은 가슴까지 내려왔고 중간 중간 회색빛이 돌았다. 그는 '3 플로이즈 브루잉Floyds Brewing'이라고 적힌 야구모자를 쓰고 있었다.

지난 5월 왔을 때 그녀는 모두가 일 년은 먹겠다고 생각할 만한 양의 맥주를 사 갔다. 그런데 그 후로 일을 거의 하지 않았다. 그녀는 쉬는 동안 맥주를 많이 소비하는 사람이었다. 그런 데다가 최근 인생의 새로운 국면을 맞으면서 나머지를 너무 빨리 마셔버렸다.

"킵! 만날 때마다 반갑네요." 로리가 인형을 들어 보였다. "시몬 앤드 할빅Simon and Halbig. 독일산이고 흔치 않은 거예요. 완전 새것 같은 상태고요."

덩치 큰 사내는 인형을 들고 뭔가를 안다는 듯이 살펴보더니 긴 수염을 쓰다듬으며 물었다. "월마트에서도 살 수 있소?"

"어림없죠."

"테일러가 하나 구해달라고 난리던데. 내가 연휴 때 베키에게 준 인형에 대해 얘기 들었다면서 말이오."

로리는 킵에게 손주가 몇 명 있다는 걸 알고 있었다. 아이들은 늘 생일이나 크리스마스가 되면 할아버지의 사랑을 독차지하길 원했고, 지난 이삼 년 동안 복구된 도자기 인형은 믿을 만한 선물이 되어주었다. 흔치 않고 비싸서 경쟁자로부터 선두를 빼앗기지 않을 선물. 로리는 킵이 희귀 인형으로 손주들 모두를 매혹하고 나면 어떻게 될지 걱정이 되었다. 그때가 되면 다른 보통 사람들처럼 다 크로드를 아껴 마셔야 할 것이다. 그때까지는 물물교환만이 살길이었다.

"소매가격은?" 킵이 물었다.

로리가 어깨를 으쓱했다. "아마 400달러 정도 될 거예요."

"그럼 얼마나 원하시오?"

"두 상자요."

"정말 그거면 된다고요?"

"제가 오늘 좀 후하죠."

킵은 시몬앤드할빅 인형을 다시 한 번 쳐다보며 수염을 쓸어내렸다. "증명서 있소?"

"그런 질문을 하시다니." 로리는 회색 코트 주머니에서 인형에 대해 설명하는 원본 증명서를 꺼냈다. 이 인형은 작년에 경매장에서 거의 거저로 갖고 온 거였다. 도자기 여기저기에 균열이 있었고 머리카락도 뭉텅이로 빠져 있는 최악의 상태였기 때문이었다. 로리는 능숙한 솜씨로 거의 안 보일 정도로 균열을 채워 없앴다. 머리가 빠진 부분은 그레타 할머니의 도움을 받았다. 방금 로리가 건넨 인형은 완전 새것처럼 보였다. 그 인형을 샀던 경매장에 다시 내놓는다면 적어도 400달러 이상은 받을 수 있을 것이다.

킵은 증명서를 보며 고개를 끄덕였다. "금방 나갑니다."

몇 분 후 그들은 함께 주차장을 가로질렀다. 킵이 끄는 짐수레에는 맥주 두 상자가 쌓여 있었다. 그는 로리의 차에 맥주를 싣고 트렁크를 닫았다. 로리는 차에 올라타 시동을 켰다. 킵이 문을 두드리자 그녀가 창문을 내렸다.

　"여기 오는 길에 호박밭이라도 밟다가 온 거요?" 킵이 차 주위에 찍힌 주황색 달빛 같은 자국을 보고 물었다.

　"호박밭은 아니고요." 로리가 안경을 고쳐 쓰며 말했다. "하지만 아주 엉망인 곳이었죠. 그것만은 확실해요." 그녀는 애써 미소를 지어 보였다. "그래서 이런 한밤중에 급히 오게 된 거예요. 이 얘기는 이 정도로 해두죠."

　"그래요. 어쩐지 전화받았을 때 애타게 투여를 기다리는 것 같더라고요."

　"이건 맥주예요, 킵. 헤로인이 아니고요."

　"투여는 투여죠."

　킵은 코트 주머니에 손을 넣어 냉장고에서 바로 가져온 차가운 다크로드 한 병을 꺼내고, 다른 주머니에서 스위스 군용 칼을 꺼냈다. 다크로드의 상징이 새겨져 있는 칼이었다. 뚜껑을 따는 칼의 양날이 수술용 메스처럼 날카롭게 빛났다. 킵은 뚜껑 딴 맥주를 로리에게 건넸다.

　"I-80도로에서 조심해요. 망할놈의 주 경찰들이 눈을 치켜뜨고 있다오."

　로리는 차가운 병을 받으며 미소를 지었다. "고마워요, 킵. 5월에 만나요."

　"자요." 그는 스위스 군용 칼도 내밀었다. "이 인형은 맥주 두 상자보다 훨씬 값이 나가잖소."

로리는 고개를 숙여 인사하고 주차장을 나와 인디애나 공원도로로 향했다. 몇 분 후 고속도로로 진입했다. 그녀는 자동주행 속도 유지 장치를 제한속도보다 2킬로미터 정도 느리게 설정했다. 그리고 다크로드를 홀짝이며 도시로 돌아가는 길을 즐겼다.

정신을 차리고 보니 자신도 모르게 아버지 집에 주차를 하고 있었다. 새벽 1시가 다 된 시각이었다. 로리는 1979년의 그 여성에게 비정상적으로 집착하고 있었다. 어쩐 일인지 앤절라 미첼은 시간을 거슬러 로리의 의식을 휘어잡고 말았다. 누군가 소리굽쇠를 친 것처럼, 그 여자를 둘러싼 수수께끼로부터 진동이 흘러나와 들릴락 말락 소리가 들렸고, 로리는 그걸 못 들은 체할 수 없었다.

처음에는 왜 앤절라가 자신을 그토록 휘어잡는지 이해하지 못했다. 아니면 인정하고 싶지 않았던 것일 수도 있었다. 인정하기 위해서는 자신을 돌아봐야 했고, 자신의 결점과 별난 점을 인정해야 했다. 자신의 영혼을 드러내는 것은 언제나 어려운 일이었다. 심지어 대상이 자기 자신뿐이라 해도. 로리는 앤절라가 자폐증을 앓았다는 것을 알게 된 순간부터 그녀와 연결되었다. 그 연결의 끈은 앤절라를 설명하는 글을 읽으며 더욱 강해졌다. 사회 바깥을 맴도는 내향적 인물, 누군가와 진정으로 어울리지 못하고 친한 친구가 극소수인 사람(그것도 있다는 경우에 한해서), 남편이 연쇄살인마일 수도 있다는 의혹을 느끼면서도 너무 두려워 경찰을 찾아가지 못한 여자. 캐서린이 앤절라의 생존을 믿는다는 것을 알게 된 후로 로리의 머릿속은 과열 상태였다. 아버지도 앤절라를 찾아다녔다는 사실, 아마도 오랜 기간 그렇게 보냈을 거라는 생각이 앤절라에 대한 비정상적인 집착을 낳았다. 마음속 깊은 곳에서 떨림이 느껴지며 질문 하나가 떠올랐다.

과연 아버지는 무엇을 발견했을까?

이 문제는 따로 떼어놓고 그냥 잊기에는 너무 큰 것이었다. 로리는 자신이 모든 수단과 방법을 동원해 앤절라의 행방을 찾아낼 것이라는 사실을 알고 있었다.

그녀는 차에서 내려 배낭을 멨다. 트렁크를 열어 다크로드 한 병을 집어 든 후 어린 시절 살았던 집 문에 열쇠를 꽂았다. 문을 열자 갑자기 밀려든 감정이 파도처럼 그녀를 훑고 지나갔다. 로리는 마지막으로 운 게 언제인지 기억도 나지 않았다. 성인이 된 이후 이런 감정을 느낀 적이 있는지도 불확실했다. 그녀 생각으로는 아니었다. 그러니 어린 시절 살았던 집의 문지방을 넘어섰다고 해서 감정에 휘말리고 싶지는 않았다. 아버지는 돌아가셨다. 커다란 비밀을 지닌 채로. 그러니 의문에 빠지는 건 당연했다. 눈물은 도움이 되지 않았다.

그녀는 아버지 서재로 가서 책상에 앉았다. 킵이 준 스위스 군용 칼로 맥주병을 따고 어둑한 방 안을 둘러보았다. 그녀의 특별한 재능은 미해결 사건을 짜맞추는 것이었다. 사건 상황이(때로는 포식자가) 머릿속에서 명백해질 때까지 일어난 일을 반추하고 다른 수사관들이 놓친 증거를 찾아내는 것이었다. 살인자의 생각이나 동기를 이해하는 것은 그 살인자가 저지른 무수한 사건을 들여다보는 것에서 시작했다. 그렇지만 앤절라에 대해 뭐라도 재구성하려는 시도는 좌절만을 낳았다. 남아 있는 것이 전무했기 때문이었다. 토머스가 무수한 살인을 저질렀다는 기록이 있는 것도 아니었고, 바로 이 점 때문에 로리는 그가 유죄인지 의문이 들었다. 그녀는 자문해보았다. *자신이 저지르지도 않은 사건 하나 때문에 감옥에서*

40년을 썩는다는 게 가능한가? 머리를 더욱 혼란스럽게 만드는 난제는 바로 다음 질문이었다. *일어나지도 않은 사건 때문에 수십 년을 감옥에서 썩는다는 것은 가능한가?*

그녀는 스탠드를 켜고 배낭에서 레인 필립스의 논문을 꺼냈다. 살인자들의 어둡고 불길한 사고방식을 들여다보는 시선이 담긴 논문으로, 10년도 더 전에 발표한 것이었다. 레인은 혼자 2년 동안 전 세계를 다니며 백 명이 넘는 연쇄살인자들을 인터뷰해 이 역작을 완성했다. 레인이 FBI에서 프로파일러로서의 삶을 그만둔 지 오래된 지금까지도 이 논문은 그곳 강의실에서 계속 거론되었다. 로리가 사건을 재구성하는 데도 꽤 쓸모 있는 참고서였다. 그녀는 살인자들의 사고방식을 알아보기 위해 자주 이 논문을 참고했다. 다크로드 한 모금을 마신 그녀는 표지를 넘겼다. 「*어둠을 선택하는 자*」, 레인 필립스.

그녀는 이 논문을 수없이 읽었지만, 언제나 똑같은 부분에서 마음을 빼앗겼다. 지금 읽는 이 부분, 제목만 봐도 가슴에 떨림이 느껴졌다.

"*살인자들은 왜 살인을 저지르는가?*"

사람들이 왜 다른 사람의 생명을 앗으려 하는가에 대한 연구 내용이었다. 합리화가 일어나는 것일 수도 있고, 감정의 차단 때문에, 또는 쏟아지는 사회규범과 도덕적 의무가 그들 마음속의 블랙홀로 사라지기 때문일 수도 있었다. 이 개념은 다시 논문의 핵심으로 되돌아갔다.

"*살인자가 존재하는 한 어떤 시점이 되면 선택이 내려진다. 누군가는 어둠을 선택하고, 누군가는 어둠에 선택당한다.*"

로리는 돌아가신 아버지의 어두운 서재 책상에서 맥주를 다 비웠다. 어렸을 때 살던 집을 둘러보자 텅 빈 공간의 고요함이 그녀의 마음속 질문을 자꾸 들춰냈다. 그녀를 괴롭히는 그 질문. 그녀는 앤절라 미첼에 대해 생각했다. 그리고 이 수수께끼 같은 여성이 어둠을 선택한 것인지, 아니면 어둠에 선택당한 것인지를 궁금해하기 시작했다.

1981년 11월, 시카고

프랭크 무어는 앤절라 미첼의 자취를 찾아 혼자서 사냥을 계속했다. 개리슨 포드의 상사들에게는 일언반구도 하지 않았다. 아내에게도 아직 아무 말 하지 않았다. 그는 토머스 미첼의 항소 변호인으로서 효율적이고 솜씨 좋게 일을 처리해나갔다. 토머스가 아내에 대해 조사해달라고 자신을 고용한 것은 비밀로 해두었다. 처음에는 이 요청에 대해 혼란과 의혹이 가득했지만, 피오리아 농가에서의 이상한 만남 이후로 그 역시 앤절라가 정말 살아 있을 수도 있겠다는 생각을 하게 되었다.

그는 개리슨 포드의 자기 자리에서 전화기를 귀에 대고 있었다. 옆에는 두꺼운 조사 파일이 있었다. 파일에는 지금까지 모은 앤절라에 대한 모든 정보가 담겨 있었다. 문제 많았던 청소년기부터 열일곱 살에 바이어 그룹 청소년 정신병원에 입원한 것, 그리고 제퍼슨 박사와의 면담 내용까지. 파일 끝에는 앤절라가 정신병원을 퇴원하던 날 그녀를 태우고 간 여자의 이름 '마거릿 슈라이버'와 피오리아의 농가 주소가 적혀 있었다.

그는 일주일 동안 마거릿 슈라이버에 대해 조사했다. 주州 당국을 통해 공문서를 뒤져보니 그녀는 피오리아의 집을 11년 동안 소유하고 있었다. 담보대출을 받아 현재도 대출금을 갚는 상황이었다. 그녀는 피오리아 지역 병원의 공인 조산사였다. 지난 며칠간 프랭크는 카운티 관할기관에서 조산사 증명서를, 일리노이주 직업관리부서에서는 간호사 자격증을 확인했다. 그리고 병원에 설문조사를 하는 것처럼 전화를 걸어 마거릿 슈라이버에 대한 인상적인 사실들을 수집했다.

"앤절라 미첼은 열여덟 살 생일에 바이어 정신병원을 떠났습니다. 그녀를 태우고 간 여자를 찾았어요." 프랭크가 전화에 대고 말했다.

"부모님이 아니었나요?" 교도소의 토머스 미첼이 노이즈 가득한 전화선 너머로 물었다.

"아니었어요. 자진해서 퇴원했는데, 마거릿 슈라이버라는 여자가 도와줬더라고요. 지금까지 알아낸 건 이게 답니다. 가족을 제외하면 그 여자분이, 앤절라가 당신을 만나기 전에 알고 지냈던 유일한 사람이에요. 그래서 그쪽을 파보려고요."

"그 여자분하고 얘기는 해봤습니까?"

"짧게요."

"앤절라에 대해서 물어봤어요?"

"거론하기는 했죠."

"그랬는데요? 그 여자가 뭘 아는 것 같습디까?"

프랭크는 현관에서 뒷걸음치던 마거릿 슈라이버의 모습을, 그녀의 눈에 비치던 두려움의 빛을 떠올렸다. 그가 차를 몰고 떠나려할 때 창문의 커튼이 살짝 움직였던 것도 생각났다. 그 여자는 뭔가를 숨기고 있는 게 분명했다. 그것이 뭔지 프랭크는 잘 알았다.

마침내 그가 대답했다. "아직은 잘 모르겠더라고요. 뭔가를 더알게 되면 연락드리겠습니다."

프랭크는 전화를 끊고 토머스의 파일에 십오 분간 통화했다는 내용을 쓰고는 청구서에 추가했다. 그때 비서가 들어왔다.

"점심 먹으러 가려고요. 이건 아침에 온 메시지들이에요." 비서의 손에 노란색 종이 몇 장이 들려 있었다. "아내분한테서 전화가 왔어요. 출근을 일찍 했는데 퇴근도 밤늦게 하게 될 거랍니다. 하워드 개리슨 대표님이 잠시 들르셨다가 찾아오라고 하셨고요. 그리고 이름을 밝히지 않은 여자분이 이상한 메시지를 남기셨어요. 메시지 내용이 음, 잠시만요……. 정말 이상했는데."

비서가 종이를 뒤적거렸다. 프랭크는 몸이 마비되는 것 같았다.

"여기 있네요. 음……." 비서가 종이에서 시선을 떼고 눈을 찌푸리며 그를 바라보았다. "'개들은 미안했어요'? 그리고 빠른 시일 내에 얘기를 하고 싶다고 하셨어요." 비서가 그 종이를 넘겨주었다. "무슨 뜻인지 이해가 가세요?"

"얘기가 길어요." 프랭크가 재빨리 일어나 책상 주변에서 허둥지둥 서둘렀다. "아내한테는 내가 나중에 전화할게요. 개리슨 대표님께는 뭘 좀 하고 있다고 전해줘요. 내일 내가 연락해서 뵐 테니까."

"근데 이 여자분, 전화번호도 안 남겼는데요?" 사무실을 빠져나가는 프랭크의 뒤에 대고 비서가 말했다.

"괜찮아요. 없어도 돼요."

그는 사무실을 뛰쳐나가 2년 전에 사라진 여성의 자취를 쫓기 시작했다.

24장
2019년 10월 30일, 시카고

6년 전 로리의 어머니 말라가 세상을 뜬 후 아버지는 작은 아파트로 이사 가려 했다. 하지만 결국 실행하지 못하고, 로리를 키웠던 3층 집을 지키며 생전 아내의 기억을 간직하기에는 너무 큰 공간에서 혼자 지냈다. 이제 아버지마저 돌아가셨으니 법률사무소처럼 집을 완전히 비우고 앞마당에 '매매합니다' 표지판을 내걸어야 한다는 사실이 분명해졌다. 아버지 서재에서 다크로드를 마시던 로리는 몸을 가누지 못하고 소파에 눕고 말았다. 이 집에 쌓여 있는 어린 시절 추억을 정리하고 나면 다른 가족이 들어와 그들의 이야기를 덧칠해나가겠지. 그 생각을 하니 집을 정리할 일이 탐탁지 않았고, 자꾸만 슬픔이 밀려왔다. 그녀는 알코올로 감각을 무디게 만들며 이 모든 상황을 생각했다. 그러다 까무룩 잠이 들어 다른 세계로 향했다.

잠에서 깨니 창문을 통해 비스듬히 들어온 햇살이 얼굴 위로 쏟아졌다. 로리는 곧장 눈을 가렸다. 소파에서 일어나 관자놀이를 문지르는데 머리가 무지근하게 아팠다. 아버지는 이 서재에서 돌아가셨다. 로리는 이곳에서 밤을 지냈다는 사실에 위안과 평온함을 느꼈다. 어쩌면 아버지의 영혼과 밤을 같이 지낸 것일 수도 있었다. 아니면 아직도 취한 상태이거나.

책상 위에 빈 맥주병이 놓여 있었고, 컴퓨터 화면에는 앤절라에 대해 아버지가 발견한 게 무엇인지 찾아내려던 로리의 시도가 띄워져 있었다. 그러나 아버지는 뭔가를 발견했다 해도 컴퓨터에는 기록해놓지 않은 모양이었다. 로리는 책상에서 맥주병을 치우고 아버지가 마지막 숨을 놓았던 의자에 앉았다. 핸드폰으로 세 곳의 이사 업체 웹사이트를 찾아 포스트잇에 전화번호를 옮겨 적었다. 이 지역에는 창고 시설도 있어서 보이는 대로 몇 군데를 골랐다. 그리고 삼십 분 동안 전화를 돌리며 시간을 조정했다. 모든 것을 마친 후 컴퓨터를 끄고 주변을 둘러보았다. 늦은 밤에 보았던 서재와 아침 햇살이 가득한 지금의 서재는 사뭇 달라 보였다. 그때 그녀의 시선을 끄는 무언가가 있었다. 책상 맨 아래 서랍장이 살짝 열려 있었고, 그 틈으로 금고 손잡이가 보였다. 로리는 서랍장 문을 활짝 열었다.

금고가 있었다. 로리는 머릿속에 바로 떠오르는 숫자에 맞춰 다이얼을 돌려보았다. 전혀 맞지 않았다. 자신의 생일, 어머니와 아버지의 생일로도 시도했지만 아니었다. 부모님 결혼기념일로 다이얼을 돌리자 마침내 금고 문이 열렸다. 로리는 책상 아래 쭈그리고 앉아 작은 금고 안을 들여다보았다. 두꺼운 파일철이 들어 있었다. 그것을 책상 위에 올리고 펼쳐보았다. 20년 전부터 모아놓은 토머스 미첼의 가석방 신청서였다. 모든 신청서에 기각 도장이 찍혀 있었고, 각각의 신청서에 아버지의 호소문이 동봉되어 있었다. 파일 더미를 뒤쪽으로 넘겨보았다. 가석방심사위원회의 편지가 있었는데, 프랭크의 의뢰인이 놀랄 만한 발전을 보였으며 위원회 의원들의 생각이 바뀌고 있다는 내용이었다. 두 통의 편지에서 토머스 미첼의 발전과 갱생에 대한 찬사가 이어졌고, 결국 맨 아래에 있는 가석방 신청서에는 승인 도장이 찍혀 있었다.

로리는 다시 앞쪽의 편지들을 보며 각각의 날짜에 시선을 돌렸고, 연월일을 분류해 머릿속에 기록했다. 아버지는 1980년대부터 모든 심리와 항소에 참여해왔다. 그녀는 가석방 신청서와 위원회의 답장을 옆으로 쌓아놓았다. 그 옆에는 토머스가 손으로 쓴 편지를 쌓았다. 그의 필체는 완벽한 활자체에다 처음부터 끝까지 대문자로 써서 오래된 타자기로 쳐낸 것 같았다. 로리는 그동안 숱하게 읽어왔던 형사들의 보고서를 채운 악필을 떠올렸다. 그런 보고서와는 아주 대조적인 토머스의 필체는 마치 그에게 남은 건 시간뿐인 것 같다는 생각을 하게 했다. 그의 글씨에는 전혀 긴급함이 없었다. 서두를 이유도 없었다. 매우 신중하게 쓴 듯 보였고, 각각의 알파벳이 모두 찍어낸 듯 똑같았다. 더욱이 특이한 것은 A 자 모양이었다. A 자 중간에 선을 긋지 않아서 마치 뒤집어진 V 자 같았다.

> 본인, 토머스THOMAS 미첼은 최근의LATEST 가석방 심리PAROLE HEARING 건MATTER과 관련해 변호인ATTORNEY으로 프랭크FRANK 무어를 선임하였으니 그가 나를 대신하여ON MY BEHALF 참석하고 발언할SPEAK 것입니다.

왠지 꺼림칙한 부호처럼 보였다. 중간에 선이 하나 빠진 것이 마치 그 남자의 영혼에서 중요한 뭔가가 결손되어 있다는 불길한 징조 같았다. 로리는 편지를 옆으로 치우고 마지막 파일을 앞으로 가져왔다. 파일 더미는 고무줄로 묶여 있었고 맨 위에는 아버지의 필체로 앤절라 미첼이라는 이름이 적혀 있었다.

숨이 턱하고 막혔다. 아버지가 앤절라의 삶과 가족, 친구, 지인들을 조사한 내용이 연대순으로 나열되어 있었다. 수많은 이름이 나열된 목록 옆에는 확인 표시와 함께 메모가 덧붙어 있었다. 그중에는 캐서린 블랙웰의 이름도 있었다. 로리는 손가락으로 짚어 내려가며 모든 이름을 확인했다.

"여기 있다고 친구분이 알려주셔서 찾아왔어요."

느닷없는 목소리에 로리는 헉하고 들이마신 공기를 비명과 함께 내보냈다. 고개를 들자 문 앞에 실리아가 서 있었다.

"맙소사, 실리아! 놀랐잖아요." 로리가 가슴으로 손을 갖다 대며 말했다.

"미안해요. 문을 두드렸는데 대답이 없더라고요. 근데 밖에 차가 있길래 와봤어요."

"무슨 일로 오신 거예요?" 로리는 서류를 한데 모았다.

"전화를 안 주셨잖아요. 오늘 아침에 댁에 갔더니 친구분이 여기 가보라고 하더라고요."

로리는 어젯밤 취한 상태로 아버지의 컴퓨터를 염탐하며 레인에게 전화를 걸었던 기억이 희미하게 떠올랐다.

"죄송해요. 일이 많아 정신이 좀 없었어요." 로리는 실리아의 표정에서 무언가를 감지했다. "무슨 문제라도 있나요?"

"아버님께서 저한테 남겨주신 게 있는데, 이걸 어째야 할지 모르겠어요." 실리아는 손에 조그만 뭔가를 들고 있었다. "아주 오래전에 주신 거예요. 혼자만 알고 있으라고 하셨고요."

로리는 눈을 찌푸렸다. 렌즈를 낀 채 잠을 잔 터라 눈이 뻑뻑해 실리아의 손에 있는 게 뭔지 알아볼 수 없었다.

"그게 뭔데요?"

"은행 금고 열쇠예요."

1981년 11월, 시카고

프랭크는 길게 뻗은 도로 갓길에 차를 세웠다. 농가는 저멀리 서 있었다. 늦은 오후, 단풍나무 그늘이 땅으로 점점 내려앉고 있었다. 그는 핸들을 돌려 쭉 뻗은 도로로 다가갔다. 집 뒤에서 개들이 뛰쳐나와 그의 차를 따라오며 깡충깡충 뛰었다. 프랭크는 개들이 자신을 갈기갈기 찢으려고 하는 순간 간신히 차에 올랐던 지난번처럼 개들이 자신의 공포심을 감지하지 않을까 두려웠다.

그는 차문을 열지 않고 시동만 끈 채 개들이 자신의 존재를 알려주기를 기다렸다. 잠시 후 현관에 그 여자가 나타나 개들에게 소리쳤다. 개들이 집 뒤로 달려가자 프랭크는 천천히 차에서 몸을 빼냈다.

"안으로 들어오세요." 그녀가 말했다.

프랭크는 계단을 올라 삐걱거리는 현관 어귀를 밟고 섰다. 여자가 망문을 열어 프랭크를 안으로 들였다. 둘은 현관에서 떨어진 응접실로 갔다. 커다란 퇴창을 통해 집 뒤에 펼쳐진 대지가 내려다보였다. 지금 자세히 보니 그녀는 생각보다 나이가 많은 사람이었고, 약간 초췌한 모습으로 짐작건대 삶이 그녀를 가혹하게 대한 것 같았다. 그녀는 거친 잿빛 머리카락을 쓸어넘기며 소파에 앉았다.

프랭크는 예의상 잡담을 할 준비가 되어 있었지만, 그럴 필요가 없었다. 이야기를 짜맞춰놓았지만 그걸 써먹을 것 같지도 않았다.

"앤절라에 대해 물어보신 이유가 뭐죠?"

단도직입적인 질문에 프랭크는 적이 놀랐다. 당장 사실을 털어놓아야 할 것만 같았다. 그는 몇 개월간이나 자신이 하는 일에 대해 거짓말을 하고 있었다. 앤절라의 생존 가능성을 믿게 된 뒤로 몇 개월간이나 그녀의 행방을 찾기 위해 기만적으로 행동했다. 그러나 무슨 이유에선지 눈앞의 이 여성에게는 그의 거짓 이야기가 통하지 않을 것 같았다.

"제가 고용된 것은 혹시나 앤절라가……." 프랭크는 적당한 단어를 고르기 위해 잠시 버둥거렸다.

"앤절라가 뭐요?"

"살아 있는지 알아보려고요."

여자는 고개를 저었다. "그가 자기를 찾을 거라고 경고했었지요."

전율이 프랭크의 몸을 훑고 지나갔다. 영혼 깊은 곳에서 윙윙거리는 소리가 났다. "누가 경고했다는 거죠?"

여자가 그를 바라보았다. 생기 없는 눈빛이 가차없어 보였다.

"앤절라요."

프랭크는 마치 어딘가로 떨어지는 기분이 들었다. 폐에서는 공기가 다 빠져나갔고, 다시 입을 열었을 때는 힘 빠진 목소리가 흘러나왔다. "누가 자기를 찾을 거라고 했다는 거죠?"

대답하는 그녀의 목소리 역시 불안정했다. "토머스요. 그가 자기를 찾는 걸 절대 멈추지 않을 거라고 말하더군요."

25장
2019년 10월 30일, 시카고

"어디서 찾으신 거예요?" 로리가 실리아의 손에 있는 열쇠를 보며 물었다. 아버지 법률사무소 구석구석을 모두 살폈지만 로리는 아무것도 찾지 못한 터였다.

"전 아버님을 사랑했어요." 실리아가 울먹이는 목소리로 말했다. "우린 서로 사랑했어요, 로리. 프랭크는 당신이 알면 속상해할까 봐 말하지 않은 거예요."

로리는 의자에서 일어났다. 안경을 고쳐 쓰려고 손을 올렸지만 안경은 잠들기 전 소파 옆 탁자에 올려둔 채였다. 비니 모자도 탁자에 있었다. 게다가 그녀는 맨발이었다. 컴뱃 부츠는 탁자 옆에 놓여 있었다. 아버지와의 관계에 대한 실리아의 고백을 듣는 동안 로리를 보호해줄 장비는 하나도 없었다.

"어머님이 돌아가시고 나서 일 년쯤 있다가 그렇게 되었어요. 프랭크는 그전부터 그랬다고 오해받을까 봐 걱정했어요. 하지만 절대 아니에요, 로리. 전 그런 짓은 안 해요. 말라 씨가 떠난 후 아버님은 몹시 상심하셨어요. 그때 제 남편도 몇 년 전에 떠난 참이라 우리는 서로를 이해하고 사랑에 빠진 거예요."

"알았어요." 로리가 손바닥을 들어 보이며 말했다. "더 이상은 알고 싶지 않아요, 실리아. 지금은 아니에요."

숙취로 머리가 아팠지만 지끈거리는 머리로도 로리는 모든 걸 파악할 수 있었다. 왜 실리아가 장례식 때 격한 감정을 보였는지, 사무실 정리를 위해 만났을 때 왜 그렇게 무너지듯이 눈물을 떨구며 안아주었는지, 그 모든 게 둘의 관계 때문이었다. 아버지 생애의 마지막 몇 년을 떠올리자 깊은 슬픔이 밀려왔다. 아버지는 어머니가 세상을 뜬 후 고통 속에서 극심한 우울증을 겪었다. 작년에는 아버지가 유난히 스트레스를 받는다는 걸 로리도 느꼈다. 어쩌면 그것은 다른 여자와 함께 행복하게 되었는데 그 새로운 기쁨을 딸과 함께 나누지 못해서일 수도 있었다. 그에게 있어 로리는 늘 보호의 대상이었고, 아버지는 자신의 긴 생애 동안 무엇으로도 딸에게 상처 주지 않으려 노력하는 사람이었다. 로리는 아버지와 함께 나눴으면 좋았을 그의 인생 한 조각을 지금에서야 발견한 것이었다. 어젯밤 겨우 참아낸 눈물이 다시 솟구치려 했다. 이번에는 기어코 참을 틈을 주지 않았다.

"이런 얘기 해서 미안해요, 로리. 프랭크가 떠나고 난 후부터 계속 고민해왔어요. 아예 말을 말까도 생각했죠. 그게 제일 쉬운 방법일 테니까요. 그런데 이게 튀어나온 거예요."

실리아가 다가와 책상 위에 열쇠를 놓고 죽 밀었다. "아버님은 오래전 은행에 금고를 대여하셨어요. 아버님한테 무슨 일이라도 생기면 금고에 있는 걸 챙겨서 저 혼자 간직하라고 하셨죠."

로리는 마음을 가다듬고 열쇠를 집어 들었다. "뭐가 들었는데요?"

"저도 몰라요. 아마 돈이겠죠. 근데 제가 갖는 건 아닌 거 같아서요. 프랭크는 늘 저를 돌봐주겠다고 약속했어요……. 그러니까, 재정적으로요. 하지만 만약 돈을 남긴 거라면, 그건 당신 거예요."

로리는 열쇠를 집어 들고 열쇠 날에 있는 홈에 손가락을 문질렀다. 으스스한 기분이 명치를 타고 목까지 올라왔고 귀에서는 소리가 울렸다. 머리에 있는 모낭은 따끔거렸다. 그녀는 좀 전에 아버지 금고에서 찾아낸 서류 더미를 바라보았고, 아버지가 실리아에게 혼자 간직하라고 한 것은 돈이 아닐 거라 짐작했다.

로리가 은행 주차장에 차를 세운 것은 오전 9시 직전이었다. 실리아는 조수석에 앉아 있었다. 다크로드로 인한 두통이 여전히 관자놀이에 머물렀고, 입은 보독보독 말라 있었다. 그녀는 보호 장비를 갖추었다. 모자, 안경, 회색 재킷, 매든걸 엘로이즈 컴뱃 부츠.

아버지 집에서 이곳까지 운전해서 오는 동안 실리아의 이야기가 이어졌다. 두 사람이 사귀고 나서 일 년 후에 프랭크가 실리아에게 은행 금고의 공동명의자로 서명해달라고 부탁했다. 실리아는 내용물에 대해서 단 한 번도 물은 적이 없었다. 그녀가 아는 것이라곤 프랭크가 실리아에게 잘 지켜달라고 부탁한 그 물건이 그에게 엄청난 스트레스를 준다는 것뿐이었다. 차에서 기다리는 동안 로리는 안경 사이로 흘끗 시선을 돌렸고 실리아가 자신을 보고 있다는 걸 알아챘다. 실리아는 프랭크와의 관계에 대해 절실하게 얘기를 나누고 싶은 눈치였다. 그렇지만 로리에게 간절한 것은 다이어트 콜라와 혼자만의 공간이었다. 다행히 차의 디지털시계가 9시를 가리키자 은행 직원이 나와 문을 열었다.

로리가 앞유리 너머를 가리키며 말했다. "은행 문 열렸네요."

두 사람은 차에서 나와 주차장을 가로질렀다. 은행으로 들어가 승강기를 타고 맨 아래층으로 내려가 안내 데스크로 향했다. 여직원이 그들에게 미소를 보였다. 로리는 실리아가 말하게 내버려두었다.

"411번 금고를 보러 왔어요."

"두 분 다 공동명의로 등록되셨나요?" 직원이 물었다.

"아니요. 저만 공동명의예요." 실리아가 대답했다.

"등록되신 분만 금고 접근이 가능해요. 아닌 분은 요 바깥에 있는 대기실에서 기다리시면 됩니다."

"네, 감사합니다." 로리가 말했다.

실리아는 신분증을 건네고 카드에 서명을 했다. 은행 직원은 그걸 복사하고 실리아의 서명을 파일과 대조하더니 벽 뒤에 달린 서랍장에서 마스터키를 꺼냈다. 그리고 모퉁이를 돌아 잠시 사라졌다가 실리아와 로리가 기다리는 곳으로 다시 나타났다.

"이쪽으로 오시죠."

세 사람은 안내 데스크와 금고 공간을 가르는 두꺼운 철제 기둥 쪽으로 걸어갔다. 문은 이미 열려 있었고, 그 뒤에 있는 금고 문도 마찬가지였다. 직원은 둥글고 높은 탁자가 있는 대기실을 가리켰다. 그쪽으로 향한 로리는 실리아가 직원과 함께 문을 지나 금고 안으로 들어가는 것을 보았다. 몇 분 후 실리아가 얇은 철제 상자를 들고 나타났다.

직원이 미소를 띠며 말했다. "다 되시면 말씀해주세요."

실리아는 높은 탁자 위에 상자를 올렸다.

"혼자 보세요." 실리아가 로리에게 말했다.

로리는 상자에 시선을 고정한 채 고개를 끄덕였다. 대기실에 혼자만 남자 그녀는 뚜껑을 열어 안을 들여다봤다. 종이 몇 장이 다였다. 그녀는 첫 번째 서류를 집어 들었다. 아버지의 유언장이었다. 천천히 페이지를 넘겨본 그녀는 별다른 점을 찾지 못하자 제자리에 내려놓았다. 그런데 그다음 서류를 들여다보자 주변이 빙빙 돌기 시작했다. 처음에는 천천히 돌더니 갈수록 더 빨리 돌았다. 그녀는 탁자를 붙잡고 몸을 의지한 채 서류를 읽기 시작했다.

주변 공간이 맹렬하게 회전하기 시작했다. 로리는 관자놀이에 손을 갖다 댔다. 안경이 바닥에 떨어지고 말았다. 그녀는 상자 바닥에서 한 장으로 된 마지막 서류를 쥔 채 비틀거리며 뒷걸음쳤다. 벽에 부딪힌 순간 땀으로 범벅이 된 머리에서 비니 모자가 떨어졌고, 서류를 읽던 그녀 역시 바닥으로 쓰러졌다.

1981년 11월, 시카고

"남편이 자길 찾아다닐 거라고 앤절라가 경고했다고요?"

프랭크가 물었지만 마거릿은 묵묵부답이었다.

"앤절라는 살아 있습니까?"

마거릿은 그로부터 시선을 돌려 창 너머 뒤뜰에 펼쳐진 광활한 대지를 쳐다보았다. "절 어떻게 찾으신 거지요?"

프랭크는 대답을 회피하는 그녀를 몰아세우지 않았다. 자신이 곧 엄청난 발견을 하게 되리라는 걸 알았기 때문이었다.

"앤절라가 열여덟 살이 되어 바이어 정신병원을 퇴원할 때 데리고 간 사람으로 등록이 되어 있더군요."

"젠장! 날 가리킬 만한 단서에 대해서 다 따져봤었는데. 우리를 연결시킬 어떤 단서든 말이에요. 우린 안전하다고 생각했어요." 그녀가 창밖으로 던졌던 시선을 거두며 말했다. "당신이 날 어떻게 찾은 건지는 알겠네요. 이제 그 이유가 뭔지 알아야겠습니다. 그 사람이 시킨 건가요?"

프랭크가 힘겹게 침을 삼켰다. 두려움이라는 불길한 감각이 주변에 내려앉았다. 그와 토머스 미첼의 관계가 그토록 잘못되었다는 느낌을 받은 건 이 순간이 처음이었다.

"사람들 몇몇이…… 앤절라가 아직도 살아 있다고 믿고 있습니다. 남편을 피해서 사라진 거라고요. 경찰은 그가 아내를 죽였다고 생각했고, 검사는 그를 기소하기에 충분한 사건이라고 여겼지만요. 하지만 만약 그들이 틀린 건 아닌지 하는 생각이 들더라고요."

"그 사람이 시킨 건가요?" 그녀가 또다시 물었다.

그는 자신이 완수하려는 일에서 엄청난 지각변동이 일어나는 것을 느꼈다. 원래 이 여정은 의뢰인을 도와주기 위한 것이었으나, 이제는 사람들의 목숨을 위태롭게 하고 있다는 생각이 들었다.

프랭크가 고개를 끄덕였다. "네…… 토머스 미첼이 아내를 찾아달라고 저를 고용했습니다."

두려움으로 가득 찬 그녀의 눈이 커졌다. "당신이 알아낸 거 절대 발설하면 안 돼요. 아시겠어요? 그 사람이 날 찾아내면 안 된다고요."

"그들이 틀렸습니까? 경찰과 검사가 틀린 겁니까? 아니면 정말 토머스 미첼이 아내를 살해한 겁니까?"

"아니요. 하지만 다른 많은 여성들을 죽였어요."

"앤절라는 어디 있습니까?"

"앤절라가 말한 것처럼 그는 수많은 여성들을 죽였어요. 앤절라가 나한테 그러더군요. 남편이 자기를 찾아다닐 거라고, 사람을 시켜서라도 찾을 거라고요. 2년이 걸렸지만, 앤절라 말이 맞았네요."

프랭크는 자신이 이곳을 찾게 된 단서를 이미 토머스에게 말했다는 것은 비밀에 부쳤다. 지금 와서 보니 후회되는 일이었다. 그의 내면이 그 행동은 엄청난 실수였다는 것을 자각했다.

"무슨 일이 있었던 건지 말씀해주십시오." 프랭크가 말했다. "도와드릴 수 있습니다. 도움이 필요하다면 제가 어떻게든 방법을 찾아낸다고 약속드리지요."

집 안 멀리 어딘가에서 깍깍 하는 소리가 들렸다. 프랭크는 즉시 복도 쪽을 바라보았다. 소리는 끊어지지 않고 계속해서 들려왔다. 크게 더 크게. 그러다 울음소리가 들렸다.

"날 따라오세요." 그녀가 말했다.

마거릿은 소파에서 일어나 현관 쪽으로 걸어가 2층으로 향하는 계단을 올랐다. 프랭크는 관자놀이에서 땀이 배어 나오는 것을 느끼며 자리에서 일어났다. 계단참에 이르자 묘한 예감이 휘몰아쳤다. 기묘한 이 계단을 오르면 자신의 인생이 지금과는 딴판이 될 것만 같았다. 하지만 그가 지금까지 추격해온 앤절라 미첼이라는 유령 같은 존재는 여기서 머뭇거리기에는 너무 큰 미끼였다. 계단을 오르는 그의 발밑에서 나무가 삐걱거리는 소리가 들렸다. 한 걸음 오를 때마다 우는 소리가 더욱 크게 들렸다. 어느 순간 울음은 비명에 더 가깝게 들렸다.

잿빛 머리칼의 여성은 계단을 다 오르자 방향을 꺾어 방으로 들어갔다. 프랭크는 계단 끝에서 잠시 멈추고는 발을 돌려 자신이 올라온 긴 계단을 내려다보았다. 계단의 나무 난간과 가로대가 그의 시선을 흐릿하게 만들었다. 현관 입구와 현관문, 그리고 창문을 통해 쏟아지는 늦은 오후의 햇살, 이 모든 것이 왜곡된 이미지를 만들며 소용돌이치고 있었다. 그에게는 아직 시간이 있었다. 아직 기회가 있었다. 계단을 뛰어 내려가 차를 탈 기회가. 농가에서 멀어져 다시는 돌아오지 않을 기회. 의뢰인에게는 막다른 길이었다고 말하면 될 일이었다. 거짓말을 하면 된다.

그렇지만 그는 결국 달려 나가지 않았다. 대신 몸을 돌려 마거릿이 사라진 문으로 걸어 들어갔다. 구석에 유아차가 있었다. 아기 침대에서 새빨갛게 화난 얼굴로 서 있는 작은 아이가 울음소리의 근원이었다. 너무나 본능적인 비명이라 귀를 막고 싶었지만, 호기심이 그를 방 안으로 끌어들였다. 문지방을 넘은 순간 잿빛 머리칼의 마거릿이 아이를 안아 들었고, 울음소리는 잦아들었다.

방 안으로 들어선 프랭크에게 이상한 감각이 느껴졌다. 수천 개의 눈이 자신을 쳐다보고 있는 것 같았다. 마침내 그는 그 이유를 깨달았다. 아기 방의 삼면에 선반이 설치되어 있었다. 각각의 선반에는 완벽하게 줄을 맞춘 골동품 도자기 인형이 세 개씩 놓여 있었다. 조명 아래에 있는 인형들은 나무랄 데 없이 완벽해 보였고, 모두가 깜빡이지 않는 눈동자를 그에게 고정하고 있었다.

"그 사람이 이 애를 찾으면 안 돼요." 마거릿이 말했다.

3부

농가

1982년 5월, 시카고

시골길로 차를 돌린 프랭크는 막 싹을 틔운 옥수수밭 사이 2차
선 도로를 따라 가속 페달을 밟았다. 조수석에는 그의 아내가 앉
아 있었다. 뒤쫓아오는 토요일 아침 햇살이 차 앞으로 비스듬한
그림자를 만들어냈다. 지난 4월은 한 달 내내 거의 비가 뿌리더니
5월은 햇살을 데려오고 꽃을 피우는 봄의 역할을 완벽하게 수행
하고 있었다. 이 계절은 프랭크와 말라 무어에게 희망까지 전해주
었다.

"이 사람들은 어떻게 찾은 거야?" 말라가 물었다.

"얘기가 길어. 대기자 명단이 너무 길다고 들었을 때부터 찾아다
니기 시작했지. 지난주에 연락받은 거고." 프랭크가 대답했다.

"나 빼고 혼자 만난 거야?"

"합법적인지 확인하려고. 당신이 이미 그거…… 때문에 고생이 많
았잖아……." 프랭크가 말꼬리를 흐렸다. 그는 가능하면 '유산'이
라는 단어를 안 쓰려고 노력 중이었다. 그 단어만 들으면 말라는
늘 우울해했으니까. 오늘만큼은 기쁨의 날이 되어야 했다. 설령 기
만으로 가득 찬 것이라 해도.

"공식적인 단체를 거치지 않은 사람들한테서 돈을 빼돌리는 사
람들이 있다는 얘기를 들었어. 그래서 섣불리 당신한테 말하기 전

에 정말 믿을 만한지 확인부터 하고 싶었어."

"그래서?"

프랭크가 잠시 뜸을 들이고 말했다. "맞아. 합법적이야."

"당신 정말 이러고 싶은 거 맞아?"

프랭크가 아내를 바라보았다. "완전히."

말라가 몇 달 만에 웃는 모습을 보였다. 한 시간 후 그들은 농가 입구에 차를 세웠다. 하얀색 칠이 된 허리 높이의 나무 울타리가 부지를 둘러싸며 저멀리 뻗어 있었다.

"준비됐어?" 그가 물었다.

"이거 진짜 맞아?"

프랭크가 천천히 고개를 끄덕였다. "맞아."

그는 진입로로 들어서서 자갈길을 따라 천천히 나아간 후 항상 멈추는 자리에 차를 세웠다. 이 집에 처음 오고 난 후 벌써 6개월이 흘렀다. 그때의 발견 이후 셀 수도 없을 만큼 이곳을 방문했다. 그는 모든 걸 처리하기 위해 더 많은 시간이 있었으면 했지만, 아무리 시간을 끈다고 해도 그들의 계획은 절대 완벽할 수 없었다. 위험할 수 있는 일이었다. 재난을 불러올 수도 있었다. 그런 상황에서 완벽이라니! 어림도 없는 일이었다.

그는 몇 년간의 결혼생활 동안 아내 몰래 비밀을 간직한 적이 없었다. 처음부터 아무것도 숨기지 말자는 마음으로 그녀와 교제를 시작했다. 하지만 인생이라는 것은 때때로 뜻밖의 기회를 가져다주는 법이었다. 인생이 우리에게 능력 밖의 것을 요구할 때, 원대한 계획을 위해서라면 '위반'마저 기꺼이 감수하게 하는 뜻밖의 소명을 내려준다.

이제 개들은 그를 잘 알았다. 아내의 손을 잡고 현관으로 향하는 내내 개들은 발랄한 모습으로 깡충깡충 뛰며 따라왔다.

문을 열고 나온 여자가 미소를 지으며 물었다.

"말라?"

프랭크의 아내는 힘겹게 침을 삼키고 고개를 끄덕인 후 똑같이 물었다.

"마거릿?"

"오, 이런, 아니에요. 나를 마거릿이라고 부르는 사람은 우리 할머니 말고는 없어요. 그레타라고 불러주세요. 들어와요. 아기를 소개해주고 싶어 애가 타네요." 그녀가 망문을 밀어 열었다.

26장
2019년 10월 30일, 시카고

로리가 케스트너 인형을 가지고 요양원으로 들어갔다. 그레타 고모할머니는 의자에 앉아 있었다. 아버지가 돌아가신 후 침대 밖으로 나온 할머니를 보는 건 몇 주 만에 처음이었다. 할머니를 보자 묘한 감정이 밀려들었다. 평생의 기억이 머리를 스치고 지나가는 것 같았다. 농가에서 주말을 보냈던 기억, 할머니와 함께 도자기 인형을 복구하며 지냈던 시간들, 복구를 마친 인형을 위층 방 선반에 올려도 된다고 할머니가 허락할 때 느꼈던, 그 무엇과도 비교할 수 없는 만족감⋯⋯. 로리가 여섯 살 때 진단받은 강박장애는 그녀의 어린 시절을 위협했지만, 할머니의 농가 위층 방에서는 오히려 강박장애가 도움이 되었다.

인형 작업에 몰두할 때면 뇌가 보내는 보잘것없는 요구들을 몰아낼 수 있었다. 고모할머니와 함께하는 동안에는 로리의 기벽과 완벽을 추구하는 습관이 판단의 대상이나 걱정거리가 되지 않았고, 일생에 반갑지 않은 골칫거리인 지나친 꼼꼼함이 작업 중에는 오히려 도움이 되었다. 로리가 이렇게 배출구를 발견한 이후로는 정신적 요구에 동요되지 않을 수 있었다. 성인이 되자 로리는 할머니에게 배운 기술로 자신만의 콜렉션을 만들어갔다. 그레타 할머니는 건강이 나빠지자 농가 위층의 모든 인형은 로리의 것이라며,

오직 로리만이 관리해야 한다고 주지시켰다. 현재 로리의 작업실에 나란히 놓여 있는 것들이 바로 그 인형들이었다.

그렇지만 이제 자신의 어린 시절은 다르게만 보였다. 모든 게 달라졌다. 은행 금고에 보관돼 있던 출생증명서와 서류를 발견한 이후부터. 서류에는 그레타가 로리의 생모이며, 프랭크와 말라 무어가 그녀를 입양했다고 나와 있었다. 로리는 도대체 이해가 가지 않았고, 너무나 많은 궁금증이 생겼다.

"안녕, 할머니?" 로리가 인사했다.

그레타는 로리를 흘끗 보고는 무음 상태인 텔레비전으로 시선을 돌렸다.

"너를 구하려고 했어. 피가 너무 많이 났어."

로리는 그레타를 보고 갑자기 좌절감에 휩싸인 자신에게 화가 나 숨을 깊이 들이마셨다. 그렇게 잠시 멈춘 동안 생각을 다잡았다. 할머니는 이런저런 생각이 입 밖으로 튀어나오는 걸 조절할 수 있는 상태가 아니라고. 그건 재채기를 참는 것보다 어려워 보였다.

"그가 오고 있어. 나한테 말한 적 있잖아. 근데 피가 너무 많이 나와."

"괜찮아요. 이제 괜찮아요." 로리가 말했다.

"그가 너를 찾아올 거야. 그렇지만 먼저 피를 멈춰야 해."

로리는 잠시 눈을 감았다. 지난 몇 년 동안 로리는 그레타에게 아무것도 요구하지 않았다. 사실 두 사람의 역할은 시간이 흐르며 뒤바뀐 상태였다. 로리의 불안을 잠재우던 양육자 그레타는 이제 환자가 되었고, 로리는 오늘 같은 날 고모할머니의 동요를 잠재우는 사람이 되었다. 로리는 오늘밤 자신을 왜 '버렸는지'에 대한 변명이 아닌, 오직 그레타만이 줄 수 있는 대답을 원했다. 그녀는 숨을 가다듬고 옆에 있는 의자로 걸어갔다. 그레타 할머니의 혼란을 잠재울 최고의 비법을 사용해야 할 때였다. 어렸을 적 자신을 구해주었던 바로 그 비법을.

"케스트너 인형 같이 마무리해야죠. 고객이 점점 조바심을 내고 있어요. 한 번만 더 덧칠하면 된다고 하셨잖아요." 로리가 말했다.

그레타는 케스트너 인형을 보며 눈을 깜빡였다. 마치 인형이 과거의 고통스러운 기억에서 그녀를 끌어당겨 현재로 데려왔다는 듯이. 그녀는 인형을 달라는 손짓을 했다. 로리는 평생을 고모할머니로 알았던 그녀를 계속 주시했다. 돌아가신 아버지의 연인이 건네준 열쇠로 은행 금고를 열었을 때까지는 그런 줄만 알았다. 로리는 마침내 카밀 버드의 케스트너 인형을 상자에서 꺼내 그레타의 무릎에 조심스럽게 내려놓았다. 그리고 며칠 전 밤에 왔을 때 벽장에 넣어놓았던 도구들과 파스텔 물감을 꺼냈다. 그것을 이동식 탁자에 올려놓고 그레타 옆으로 밀어주었다.

"햇빛에 비춰보면요, 색감이 완벽하게 보여요. 그런데 백열등에서 보면 흠이 보이고, 형광등에서 보면 탈색되어 보여요." 로리가 인형의 왼뺨을 가리키며 말했다.

"덧칠 한 번 더. 그런 다음 손상 없는 쪽에 윤을 내서 색을 맞출게." 그레타가 말했다.

로리는 침대 끝에 걸터앉아 그레타 할머니의 작업을 바라보았다. 그리고 있자니 어린 시절의 농가로 되돌아가 긴긴 여름날과 고요했던 밤을 다시 만난 것 같았다. 학창시절 로리가 강박증에 시달릴 때면 부모님은 금요일 일찍 그녀를 학교에서 데리고 나와 주말 내내 농가에서 보내게 했다. 시골에서 할머니와 함께 인형 복구 작업을 하는 것은 강박장애와 불안을 잠재우는 최고의 치료법이었다. 그리고 지금처럼 본래의 모습을 되찾아가는 인형을 보고 있으면 늘 그렇듯 마음이 느긋해졌다. 머릿속에 꽉 찼던 수천 가지 질문도 어느새 사라졌다.

"요즘 일하고 있니?" 그레타의 질문에 로리는 상념에서 깨어났다.

"네."

"말해보렴."

로리는 머뭇거렸다. 할머니와 대화다운 대화를 하지 못한 지 몇 주 만이었다. 드디어 오늘밤 온전한 정신 상태의 고모할머니를 만나는 흔치 않은 기회가 열렸다.

"그 케스트너 인형이요, 죽은 소녀 거예요."

그레타의 손에 들린 붓이 돌연 멈췄다. 그녀가 로리를 바라봤다.

"작년에 살해됐어요. 그 애 아버지가 사건을 봐달라고 했고요."

"무슨 일이 있었다니?"

로리는 눈을 몇 번이나 깜빡이며 자신이 사건을 얼마나 등한시하고 있었는지를 깨달았다. 데이비슨 형사는 분명 그녀에게 실망할 것이다. 그녀가 자신의 딸을 위해 정의를 찾아줄 거라 믿고 있는 월터 버드도 몹시 마음에 걸렸다. 하지만 무엇보다도 로리의 마음에 가장 아프게 걸려 있는 사람은 죽은 소녀인 카밀 버드였다. 소녀의 영혼은 로리가 자신을 찾아와서 고요한 안식처로 안내해주길 바라고 있을 테니까. 그랜트 공원의 꽁꽁 언 땅에서 데리고 나와 영혼의 안식처에 조심스럽게 눕혀주어야 소녀는 평화를 되찾을 것이다.

죽은 소녀의 꿈을 꾸었던 게 생각났다. 그랜트 공원의 잔디 언덕에 생기 없이 누워 있는 카밀의 차가운 어깨를 흔들어봤지만 꿈쩍하지 않았던 꿈. 로리는 종잡을 수 없는 생각의 심연에서 깨어나

눈에 초점을 맞췄다. 그레타가 자신을 바라보고 있었다.

"아직 잘 모르겠어요."

그레타는 잠시 로리를 바라보더니 다시 작업에 몰두했다. 한 시간쯤 지나자 볼과 이마의 색칠 작업과 광택 작업이 끝났다. 마지막으로 인형 얼굴에 묻은 가루를 털어내자 한때 망가져 파손되었던 인형이 흠 하나 없이 완벽해 보였다.

"할머니, 정말 완벽해요!" 로리는 도서관에서 처음 이 인형을 보았을 때 있었던 왼쪽 눈에서 시작된 긴 균열을 떠올렸다. 인형을 눕히자 왼쪽 눈과 오른쪽 눈이 한 치의 오차도 없이 똑같이 감겼다. 양쪽 뺨의 색깔도 똑같았고, 머리에서부터 턱까지 이어졌던 균열도 더 이상 보이지 않았다.

"우리가 할 수 있는 건 다 한 거 같아요. 소녀의 아버지가 할머니 솜씨를 보면 좋아할 거예요."

"너도 같이 한 거잖니."

그레타가 인형으로 시선을 돌렸다. 로리는 할머니가 갑자기 시간 관념을 잃고 넋을 놓을까 봐 걱정이 됐다. 할머니가 현재를 인식하고 초롱초롱한 정신으로 있다가 갑자기 돌변하는 것은 이제 자주 있는 일이라 더 이상 놀랄 일도 아니었지만.

그레타는 치매의 심연으로 가라앉는 대신 인형을 바라보며 말을 이었다. "이걸 보니 네가 어렸을 때 기억이 나는구나."

"저도요." 로리가 고개를 끄덕였다.

"어떨 때는 그 시절 여름이 마치 어제처럼 느껴져." 그레타가 미소를 지었다.

"할머니." 침대에 걸터앉았던 로리가 일어나 가까이 다가오며 말했다. "왜 부모님이 저를 그렇게 자주 농가에 데려갔던 거예요? 왜 저는 어렸을 때 여름마다 거기서 시간을 보낸 거예요?"

한동안 침묵이 이어졌다. 마침내 고개를 든 그레타가 로리를 바라보았다. "너는 신경이 과민했거든. 근데 우리 집에 오면 평온함을 느꼈지."

로리는 이 사실에 반론할 수 없었다. 그녀의 일상을 둘러싼 모든 불안과 이른 아침 연못의 안개처럼 피어나던 근심도 그레타의 농가에서는 서서히 사라지곤 했다. 그러나 이제 로리는 자신이 그곳에서 시간을 보낸 것에는 또 다른 이유가 있다는 것을 알고 있었다.

"거기서 할머니랑 지낸 것은 합의사항이었죠? 그게 프랭크와 말라가 합의한 내용이었나요?"

그레타는 눈만 깜빡일 뿐 아무 대답이 없었다. 그녀는 다시 무릎에 있는 인형으로 시선을 돌렸다.

"할머니, 서류를 찾았어요. 아빠가 은행 금고에 보관하고 있었어요. 제 출생증명서요. 그리고 입양 서류도요."

로리는 족히 일 분 동안 아무 말 없이 그레타를 바라보며 자신이 방금 말한 고백이 둘 사이에 자리 잡기를 기다렸다. 대답을 강요하고 싶었다. 진실을 알려줄 수 있는 마지막 남은 한 사람에게서 대답을 듣고 싶었다. 그렇지만 그레타의 눈이 먼 곳으로 멀어져 가는 게 보였다. *아마도 의도적으로.* 그나마 치매가 그레타의 정신을 망각으로 데려가기 전 잠시라도 대화다운 대화를 할 수 있었으니, 로리에게는 큰 의미가 있었다.

로리는 고모할머니를 가만히 바라보았다. 자신이 평생 알아온 이 여인이 뭔가를 갈망하고 있다는 게 느껴졌다. 고통과 조롱에 잠식될 수도 있었던 어린 시절로부터 자신을 구해준 여인. 고모할머니라고 생각했지만 이제 로리의 인식 속에서 정체성이 뒤섞인 여인.

마치 완벽하게 차려진 저녁 식탁이 한쪽으로 기울어진 것만 같았다. 조각들은 갑자기 뒤죽박죽 섞여 짜맞추는 게 불가능했다. 로리는 그녀의 눈빛에서 케스트너 인형 복구가 끝난 것에 대한 슬픈 감정을 보았다. 그것은 과거로 연결되는 통로와 마찬가지였다. 어린 소녀와 고모할머니로 알고 있던 중년의 여인이 평생의 우정과 깨지지 않을 유대감을 쌓아가던 여름날과 주말로 연결되는 통로.

"로리와 내가 인형을 구한 것처럼 너를 구할 수만 있었다면 얼마나 좋았을까." 그레타가 멍한 눈으로 텔레비전에 시선을 둔 채 말했다.

"제가 로리예요." 로리가 의자 옆에 쭈그리고 앉았다. "그레타 할머니? 제 말 들리세요?"

"응. 우리가 숨겨줄게. 그가 올 거야. 네가 말한 것처럼. 너를 구하려고 했어. 근데 피가 너무 많이 났어."

로리는 잠시 눈을 감았다. 그레타는 사라졌다. 문병도 끝났다. 그녀는 일어나 그레타의 무릎에서 인형을 집어 들고 조심스럽게 상자 안에 눕혔다.

1982년 5월, 시카고

프랭크와 말라가 소파에 나란히 앉았다. 둘은 한 달 전부터 주말마다 농가를 방문하고 있었다. 토요일과 일요일을 피오리아에 있는 그레타 슈라이버의 농가에서 지내며 아이와 친분을 쌓았다. 말라가 아이를 품에 안고 『굿나잇 문 Goodnight Moon』을 읽어주자 아이가 어느새 잠에 빠져들었다. 프랭크는 말라가 이 의식을 좋아하기 시작했다는 걸 알 수 있었다. 말라는 계속 아이를 안고 있고 싶었지만, 그레타가 미래에 대해 상의하자고 해서 어쩔 수 없이 내려놓았다.

프랭크는 일이 계획대로 굴러가고 있다는 걸 느꼈다. 아내는 이 작은 아이에게 감정적으로 애착을 느끼고 있었다. 이것은 그의 계획 중에서 가장 중요한 부분이었다. 실은 계획을 완수하는 데 필요한 반석과도 같은 부분이었다. 아이가 잠든 지금, 프랭크는 아내에게 제안을 하려고 했다. 그는 확신했다. 그 제안의 내용이 믿어지지 않을 만큼 괜찮은 한편, 너무 터무니없어 불가능해 보인다는 것을.

"이 일이 제대로 진행되려면……." 프랭크가 그레타에게 말했다. "말라 또한 모든 것을 알아야 합니다. 이 일을 성사시키려면 비밀이란 없어야 해요. 우리는 어떻게 해서든 도울 겁니다. 그건 약속드립니다. 저는 대충 내용을 알고 있지만 다는 아니지요. 그리고 저는 아내도 모든 것을 알아야 한다고 생각합니다. 그러니 처음부터 얘기를 해주세요. 그래야 우리가 같은 내용을 공유할 수 있으니까요."

그레타가 고개를 끄덕였다. 지난 가을 프랭크가 처음으로 농가에 발을 들인 이래로 그녀의 머리칼은 조금 더 하얘진 것 같았다. 그녀의 어깨를 짓누르는 압박감이 그녀를 무너뜨리고 있음이 분명했다.

"저는 간호사예요." 그레타가 입을 열었다. 프랭크는 이미 들은 내용이라 그레타는 말라를 보며 이야기했다. "저는 이곳 시내에 있는 병원에서 조산사로 일하고 있어요. 자연주의 방식으로 출산하고 싶어 하는 사람들을 위해 가정방문도 하고요. 그리고 바이어 그룹에 있는 소녀들에게 상담을 해주기도 합니다."

프랭크가 말라를 향해 몸을 돌렸다. "바이어 그룹은 청소년 정신병원이야."

말라는 이 모든 걸 이해했다는 듯이 고개를 끄덕였다. 프랭크는 아내가 오직 아기에게만, 그 아기가 자신의 아이가 될 가능성에만 마음이 쏠려 있다는 것을 알고 있었다.

"저는 바이어 그룹에서 임신한 소녀들, 혹은 임신 경험이 있는 소녀들을 대상으로 일을 했어요. 앞으로 일어날 일에 대해서 상담을 해주고요. 그 일을 몇 년이나 해왔어요. 그리고 바이어 그룹에서 일하면서 앤절라를 알게 되었죠. 그때 앤절라는 열일곱 살이었어요."

아이 침대를 바라보던 말라가 눈길을 돌리며 물었다. "누구요?"

"앤절라 미첼." 프랭크가 대답했다.

말라가 남편을 바라보았다. 실눈을 뜬 그녀의 이마에 주름이 졌다. "몇 년 전에 죽은 그 여자? 1979년 여름에 죽은?"

"응." 프랭크가 대답했다.

말라가 고개를 기울이며 말했다. "당신 회사가 토머스 미첼을 변호하고 있잖아. 당신은 그 사람 항소를 돕고 있고."

"응." 프랭크가 말라의 손을 잡으며 대답했다. "이 일을 진행하려면 모든 내용을 알아야 한다고 얘기한 거 기억하지? 그래서 우리가 여기에 온 거야."

프랭크는 잠시 아내를 쳐다보았다. 그녀가 이 일에 합류한 것인지 확실히 해야 했다. 마침내 아내가 고개를 끄덕였다. 그리고 두 사람은 동시에 그레타를 바라보았다.

"앤절라는 열일곱 살 때 바이어 그룹에 들어가 일곱 달을 지냈어요. 그게 1967년이었죠." 그레타가 고개를 저으며 말했다. "그게 벌써 15년 전이라니 믿어지지 않네요. 제가 바이어 그룹에 상담하러 갈 때마다 이 내성적인 소녀는 구석에 홀로 있었어요. 그러던 어느 날 제가 그 아이한테 다가갔어요. 간호사가 아닌 상담사로서 걱정이 됐거든요. 그 아이한테 혼자가 아니라고 알려주고 싶었어요."

* * *

"안녕?" 그레타는 늘 말없이 혼자 앉아 있는 소녀에게 말을 걸었다.

소녀는 그녀를 바라보지도 않았고, 그녀의 존재를 모르는 척했다.

"나는 그레타야. 여기 간호사지."

이 말을 들은 소녀는 잠시 그녀 쪽으로 시선을 돌리더니 다시 자신의 무릎을 바라보았다.

"저는 약 안 먹을 거예요. 간호사 선생님이라고 해도 신경 안 써요. 아무리 착한 척하신대도요." 소녀가 말했다.

"아, 나는 정신과 간호사가 아니야. 나는 여기에 있는 아이들과 미래에 대해 얘기하는 일을 해.”

그레타가 조금 가까이 몸을 기울였다.

“여기 사람들이 주는 약 먹기 싫으니?”

“네.” 소녀가 대답했다.

그레타가 휴게실을 둘러보았다. 텔레비전이 켜져 있었고 소녀 두세 명이 그 앞 소파에 앉아 있었다. 그들 외에는 아무도 없었다.

“사람들이 뭘 줬니? 내가 대신 얘기해줄 수도 있는데.”

소녀가 그녀를 바라보았다. 소녀의 눈에는 두려움과 실낱같은 희망의 빛이 동시에 떠올랐다.

“리튬요. 먹으면 졸리고 악몽을 꿔요. 어쩔 때는 깨어 있을 때도 꿈을 꾸는 거 같아요.”

“그건 환각이라고 해. 리튬의 흔한 부작용 중 하나지.” 그레타가 의자를 바짝 당겨 앉았다. “의사 선생님이랑 얘기는 해봤어?”

“네. 그런데 신경도 안 써요. 사람들은 저를 잠재우고 진정시키려고만 해요.”

“사람들이란 누굴 말하는 거니?”

“부모님이랑 의사들요.” 소녀가 그레타를 바라보았다. “저 좀 도와주실래요? 여기 있는 사람 누구도 저를 도와주지 않을 거예요.”

그레타가 손을 뻗어 소녀의 손을 잡았다. 소녀는 한순간 움찔하더니 잠시 후 힘을 주어 맞잡았다.

“이름이 뭐니?”

“앤절라요.”

“앤절라, 내가 도와줄게. 널 도와줄 방법을 꼭 찾을게.”

27장
2019년 11월 1일, 시카고

　로리는 서재 책상에 앉았다. 코르크판에 있는 카밀 버드의 사진이 그녀를 내려다보았고, 책상 위에는 아버지의 은행 금고에서 가져온 서류들이 놓여 있었다. 로리는 시야가 흐려질 때까지 입양 서류를 노려보았다. 그녀의 정신이 건강하지 못한 방식으로 부담을 주기 시작했다. 그녀가 늘 거부해온 방식으로. 쓸데없는 생각들이 몰려들어 머릿속을 방해하자 그녀는 궁지에 몰린 동물처럼 맞서 싸웠다. 여기서 굴복하면 어떤 일이 생길지 알고 있었다.

　로리는 고뇌를 옆으로 밀어두고 입양 서류를 바닥으로 떨어뜨렸다. 그러고는 책상 금고에서 발견한 서류 더미를 가져와 가석방 위원회의 편지와 아버지가 젊었을 적 작성한 항소장을 샅샅이 뒤졌다. 항소장에는 검찰 측이 사건이라고 일컫는 것이 순전히 정황 증거를 근거로 했다는 주장이 담겨 있었다. 또 앤절라 미첼이 자폐증을 앓고 있고, 사회에 적응하기 위해 분투 중이고, 약물 과다복용에 현실을 제대로 파악하지도 못하는 상태라고 가차없이 묘사해놓았다. 로리는 서류를 내려다보며, 아버지는 다만 자신에게 도움을 청한 모든 사람을 보호하겠다는 선서를 이행하려 했던 거라고 애써 납득했다. 하지만 아버지는 그가 조사한 내용 중 뭔가가 다른 이야기를 하고 있었다.

로리의 주의를 끈 것은 아주 미묘한 것이었다. 너무 미묘해서 자신을 뺀 그 누구도 알아차리지 못했을 거라 확신했다. 그것은 바로 어조의 변화였다. 그녀가 눈치를 챈 것은 아버지가 쓴 호소문을 읽을 때였다. 비록 항소문에 담긴 내용과 사실관계는 변함이 없었지만, 해가 지날수록 주장의 논지가 변하고 있었다. 로리는 생각했다. 어쩌면 몇 년간에 걸친 실패로 인해 아버지가 토머스 미첼을 변호하는 것에 열정을 잃었을지도 모른다고. 20년간 똑같은 일을 반복하면서 아무리 항소해도 받아들여지지 않으니 차츰 희망을 버린 걸지도 모른다고. 그렇지만 로리는 그게 아니라는 생각을 멈출 수가 없었다. 항소장에는 다른 목적이 있었을 수도 있었다. 어쩌면 아버지는 토머스 미첼을 감옥 밖으로 빼내고 싶은 마음이 전혀 없었던 것이 아닐까?

그녀는 다크로드 한 잔을 더 따르고 계속해서 읽어 내려갔다.

1982년 5월, 시카고

그레타가 앤절라 미첼에 관해서 이야기하는 동안 아이는 계속 잠에 빠져 있었다. 프랭크와 말라 무어는 소파에 앉아 이야기를 들었다. 그레타는 커피를 따르며 말을 이었다.

"바이어 그룹 휴게실 구석에서 앤절라를 처음 만난 날 제 전화번호를 몰래 주었어요. 앤절라는 세상에 의지할 사람이라곤 한 명도 없었어요. 심지어 부모님한테도 의지할 수 없었죠. 저는 그 애를 도와줘야 했어요. 그래서 의사와 바이어 그룹 담당자와도 대화를 나눴어요. 다행히 당시 병원의 제 상사와 그쪽 의료실장이 가까운 사이였어요. 조금 밀어붙인 결과 부모님이 좀 더 관심을 갖게 되었고 리튬도 끊을 수 있었죠. 그러기까지 몇 주가 걸렸고, 그동안 저는 앤절라와 정기적으로 만났어요. 형식적인 만남이 아니라 그냥…… 우리는 친구 같은 사이였다고 할 수 있겠네요."

그레타는 커피를 한 모금 들이켜고 프랭크를 바라보았다. "그렇게 해서 당신이 저를 찾아낸 거지요. 저와 앤절라가 친구였기 때문에요. 앤절라가 열여덟이 되었을 때 바이어 그룹은 더 이상 그녀를 붙잡아둘 수 없었죠. 앤절라도 그곳에 머물길 원치 않았고요. 그녀는 저에게 연락해 데려가 달라고 했어요. 부모님한테 연락해야 하는 거 아니냐고 말해봤지만, 그들의 관계는 돌이킬 수 없을 정도로 균열이 나 있었죠. 그래서 제가 도왔던 거예요. 앤절라는 퇴원 서류에 자신을 데려가는 사람으로 제 이름을 썼어요. 제가 아는 한에서 실수는 딱 그거 하나였어요. 저는 앤절라를 이곳 농가로 데리고 왔어요. 그녀는 일 년간 이곳에 머물며 일을 해서 돈을 모았어요. 이사를 나갈 수 있을 때까지요. 앤절라가 도시로 떠난 건 열아홉 살 때였어요. 1968년이요. 직장을 잡아 혼자 지내며 가끔 전화를 걸어왔어요. 그러던 어느 날 그러더군요. 남자를 만났다고요. ……안타깝게도 그 남자가 바로 토머스 미첼이었죠."

그레타는 커피를 한 모금 더 마셨다.

말라와 프랭크는 좀 더 가까이서 듣기 위해 소파 끝에 걸터앉았다. 말라는 주의 깊게 경청하는 중이었다. 프랭크는 그레타가 마지막 연결고리를 찾기 위해 애쓰고 있다는 것을 느꼈다.

"앤절라와 계속 연락하며 지내신 건가요?" 프랭크는 이야기가 계속되기를 바라며 질문을 던졌다.

"그렇지는 않아요. 처음 몇 년간은 가끔 전화를 걸어와 어떻게 지내는지 알려줬어요. 부모님이 세인트루이스로 이사 간 것, 직장을 잡은 것, 거처를 마련했다는 것 같은 일이요. 저는 늘 격려를 아끼지 않았고 언제든 오고 싶으면 농가에 들르라고 말했죠. 그러다 앤절라가 토머스를 만나고 나서 연락이 끊겼어요. 몇 년이 지나도 연락 한 번 없었어요."

그레타는 다시 말을 멈추고 커피를 한 모금 마셨다. 그녀는 컵받침 위에 컵을 올려놓고는 프랭크와 말라를 쳐다보았다.

"그리고 나서, 1979년 여름, 뉴스를 보게 된 거예요."

"앤절라가 실종됐다는 뉴스요?" 말라가 물었다.

"네. 텔레비전에서 앤절라 얼굴을 보는데 마음이 무너지더라고요. 그리고 그해 여름 여성들을 납치한 사람이 앤절라 남편이라는 뉴스를 봤어요. 제가 앤절라를 제대로 돕지 못했다는 생각이 들었죠. 저는 바이어 그룹에서 홀로 앉아 있던 그녀를 발견했을 때부터 어떻게든 돕기 위해 엄청난 노력을 해왔어요. 앤절라가 그곳에서 지낼 때 우리는 친구가 되었고요. 근데 그 후로 제가 그녀를 떠나보낸 거예요. 진짜 세상으로 걸어가게 내버려두었죠. 앤절라한테 생긴 일을 들었을 때, 저는 그녀의 삶을 제대로 인도해주지 못했다는 죄책감에 사로잡혔어요. 그 이틀 동안 가슴이 너무 아팠어요. 그렇게 아팠던 건 처음이었죠."

"왜 이틀 동안이죠?" 말라가 물었다.

그레타가 프랭크를 바라보았다. 프랭크는 고개를 끄덕였다. 그는 아내가 모든 이야기를 들어야 한다고 생각했다.

* * *

그레타 슈라이버는 위층 작업대에 앉아 있었다. 벽에 달린 선반에는 도자기 인형이 완벽히 줄을 맞춰 놓여 있었다. 그녀는 이틀 전에 새로운 프로젝트를 시작한 참이었다. 그것은 최근 시카고에서 발생한 사건에 대해서 들은 직후였다. 바이어 그룹에서 친구가 되었던 소녀 앤절라, 열여덟의 나이에 일 년을 꼬박 농가에서 같이 살았던 그녀가 실종되었는데, 당국이 도적이라 부르는 그 남자의 마지막 희생자가 그녀로 추정된다는 뉴스였다. 그 남자가 앤절라의 남편이라는 놀라운 소식에 그레타는 밤새 주방에서 서성이며 시간을 보냈다. 하지만 지금, 손상된 인형을 앞에 두고 있으니 바라던 대로 그 생각에서 조금이라도 멀어질 수 있었다. 인형 머리에서 시작된 균열은 정수리를 지나 귀까지 이어졌고 더 나아가 턱 아래까지 지나고 있었다. 덕분에 일하는 동안만큼은 정신을 쏟으며 한때 알고 지냈던 소녀에 대해 생각하지 않을 수 있었다.

복구 작업에 집중하고 있는데 소음이 들려와 정신이 흐트러졌다. 대로에서 농가로 이어진, 자갈이 깔린 기나긴 진입로를 굴러오는 자동차 소리였다. 그레타는 창문으로 걸어가 커튼을 살짝 들추었다. 은색 세단 자동차가 잿빛 먼지 구름을 만들며 천천히 다가오고 있었다. 텁스와 해럴드가 자동차를 따라 깡충깡충 뛰며 짖어댔다.

그레타는 차가 다가오는 내내 창가에 머물렀다. 그런데 차가 멈췄는데도 운전자는 모습을 드러내지 않았다. 그녀는 창가에서 물러나 아래층으로 내려갔다. 현관 발치로 나갔는데도 이쪽을 마주해 있는 차 운전자는 여전히 자리에 앉아 있었다. 자동차 전면 유리에 비친 파란 하늘과 단풍나무 때문에 안에 앉은 사람이 제대로 보이지 않았다. 그레타는 운전석 문이 열릴 때까지 가만히 기다렸다. 마침내 문이 열리고 한 여자가 모습을 드러냈다. 마른 몸을 감싼 후드티가 아래로 축 늘어져 있었다. 그녀는 두 손을 머리로 들어올려 후드를 뒤로 젖혔다.

"세상에나!"

그레타는 계단을 껑충껑충 뛰어 내려가 그녀를 꽉 안아주었다.

그녀가 그레타의 귀에 속삭였다.

"도움이 필요해요."

그레타는 한 발 뒤로 물러나 앤절라의 얼굴을 두 손으로 감쌌다. 그녀는 탈모증을 겪는 환자처럼 보였다. 눈썹은 사라지고 없었고, 속눈썹도 몇 가닥 남아 있지 않았다. 긁어서 난 상처는 목에서 시작해 등 쪽으로 이어져 있었다. 눈앞의 그녀는 바이어 그룹에서 처음 만났을 때의 모습을 떠올리게 했다. 아니, 지금의 모습이 더욱 심했다.

"경찰에 연락해야 해. 사람들은 네가 죽은 줄 알아."

"안 돼요. 경찰에 알리면 안 돼요. 아무한테도요. 그 사람이 우릴 찾아내면 안 된다고요. 그레타, 약속해줘요. 그 사람이 우릴 못 찾게 해주겠다고 약속해줘요."

28장
2019년 11월 1일, 시카고

로리는 항소장을 옆으로 밀쳐두고 상단에 앤절라 미첼의 이름이 휘갈겨진 서류 더미를 가져왔다. 이 서류에는 1979년 실종된 여성에 대한 아버지의 조사 내용이 시간 순으로 적혀 있었다. 로리는 실리아가 아버지 사무실로 왔던 날 아침 이 서류를 모두 봤었다. 실리아가 은행 금고 열쇠를 들고 나타났을 때는 아버지가 연락했던 사람들의 이름을 훑고 있던 참이었다.

로리는 아버지가 토머스의 석방을 막기 위해 은밀히 노력했다는 생각을 떨쳐내고 오직 자신 앞에 놓인 것에 집중했다. 아버지가 앤절라를 찾아다닌 증거를 보자니 뭔가 불길한 느낌이 들었다. 캐서린이 적어놓은 내용으로 보아 의심할 여지는 없지만, 로리의 마음 한구석은 그걸 믿기를 거부하고 있었다. 그러나 지금, 앤절라를 찾으며 적어놓은 아버지의 노트를 보고 있자니 더 이상 부인할 수 없었다. 앤절라는 어딘가에 살아 있다.

로리는 아버지가 세인트루이스로 앤절라의 부모를 찾아갔던 기록을 읽었다. 시카고 북부에 사는 캐서린을 찾아갔던 내용도, 앤절라가 십 대 시절 머물렀던 정신병원을 찾아갔던 내용도 읽었다. 로리는 맹렬한 갈증을 느끼며 조사 내용을 샅샅이 살펴보았다. 미친 듯한 열의로 페이지를 넘긴 끝에, 앤절라의 열여덟 번째 생일날 그녀를 데리고 나간 간호사의 이름을 발견했다. 만화경 같은 이상한 이미지가 춤을 추듯 흔들리며 로리의 시선이 좁아졌다. 그 간호사의 이름은 마거릿 슈라이버였다.

로리의 숨이 잠시 멈췄다. 공황과 혼란으로 폐가 짓눌리는 것 같아 숨을 들이마실 수도, 내뱉을 수도 없었다. 아버지는 앤절라를 찾아 그녀의 삶을 되짚으며 청소년 정신병원까지 이르렀고 그녀와 친구가 되었던 여성을 찾아냈다. 로리가 평생을 고모할머니로 알고 지냈던, 그러나 지금은 입양 서류와 출생증명서로 정체성을 알 수 없는 그 여성을. 로리는 아무것도 이해할 수 없었다. 부정하고 싶은 마음과 혼란이 가득했지만 그 이상의 무언가가 있다는 것을 알고 있었다. 그녀는 다른 사람들이 보지 못하는 것을 보도록 훈련해왔으니까. 로리는 다른 사람들의 눈에는 보이지 않는 사건의 조각을 짜맞추고 사건의 세부사항을 추적해왔다. 그렇지만 그레타 할머니와 앤절라 사이의 관계를 알아낸 순간 그녀의 마음은 뒤죽박죽이 되었다. 명치 아래에서 시작된 깊은 고통이 오랫동안 잠자던 화산 분화구에서 부글부글 용암이 흘러나오듯 솟아나고 있었다. 마지막으로 공황을 느낀 게 언제였던가? 어렸을 때는 흔하게 겪던 일이었다. 그레타 할머니의 농가 위층에 놓여 있는, 치유의 배출구를 찾아내기 전까지는.

그녀는 피어오르는 두려움을 맥주가 말 그대로 씻어내 주기를, 그리고 술기운으로 감각이 둔해지기를 바라며 남은 다크로드를 마셨다. 냉장고로 달려가 맥주 한 병을 더 따고는 어두운 주방에 선 채 입에 갖다 댔다. 몇 모금만으로 반이나 사라졌다. 그녀는 어지러움을 느끼며 작업실로 가서 불을 켰다. 그리고 선반 위에 있는 도자기 인형을 뚫어지게 바라보았다. 농가의 작업실을 그대로 옮겨놓은 이 공간과 복구된 인형들을 보는 것만으로 공황의 기운이 꺾이기를 바라면서.

로리는 그레타와 부모님이 어떻게 앤절라와 연결됐는지에 대해 생각을 멈추고 다른 무언가에 몰두해야 했다. 카밀 버드의 인형 복구를 막 마친 참이라 할 수 있는 다른 작업이 없었다. 그녀는 구석에 있는 상자를 열어 경매에서 산 인형을 꺼냈다. 낡을 대로 낡은데다 망가진 인형이라 복구하려면 엄청난 기술과 집중력이 필요했다. 로리는 작업대에 앉아 손상 부분을 들여다봤다. 하지만 그녀의 정신은 미끼를 물지 않았다. 평소라면 그녀를 홀렸을 인형 복구마저도 그레타가 앤절라와 아는 사이였다는 사실 앞에서는 아무 소용 없었다. 공황발작을 잠재울 만병통치약이 먹히지 않았다.

그녀는 맥주병을 쥔 채 서재를 빠져나가 차로 달려갔다. 연석에 있던 차에 올라타 전조등을 켜고 어둡고 텅 빈 시카고 거리를 비췄다. 그리고 아무 생각 없이 운전을 시작했다. 파일에 있는 주소는 외운 상태였다. 그곳은 북부 지역이었다. 그녀는 옆길로 빠져 속도를 조절하기 위해 노력했다. 다크로드를 너무 많이 마셔서, 게다가 제정신이 아니라 운전할 수 있는 상황이 아니었다. 그러나 이십분 후 그녀는 앤절라 미첼이 1979년 당시 살았던 집 앞에 차를 세웠다. 집들이 나란히 서 있었고 구역 전체는 어둡고 조용했다. 어둠 속에서 빛나는 것은 현관 등뿐이었다.

그녀는 몇 분 동안 뚫어지게 현관을 바라보았다. 그리고 앤절라에 대해 알고 난 이후 느껴왔던 강력한 유대감을 다시 한 번 인지했다. 사건을 재구성할 때마다 피해자와 연결되듯이 그녀와 앤절라 사이에도 관계가 형성되었다. 로리는 이 여성을 찾아야겠다는 의무감에 사로잡혔다. 그녀를 찾아내서 그 고통과 아픔을 이해하는 다른 누군가가 존재한다는 사실을 알려주고 싶었다.

그녀는 차를 몰고 모퉁이를 돌아 집 뒤로 난 골목으로 서서히 들어갔다. 앤절라가 살던 집의 작은 뒷마당은 울타리로 막혀 있었다. 집과 떨어져 있는 차고는 골목 쪽을 향해 있었다. 로리는 차에서 내려 그 앞으로 걸어갔다. 그리고 집 뒤편을 가만히 쳐다보았다. 그 오래전 이곳에서 무슨 일이 일어났던 것인지, 어떻게 이 사건이 자신의 인생을 함께한 모든 사람과 연결되었는지 아무리 생각해도 모를 일이었다.

차 전조등이 그녀의 그림자를 인도에 길게 늘어뜨렸다. 그녀의 다리는 Λ 모양의 그림자를 만들어냈다. 그 그림자를 보던 로리는 마음 안에서 뭔가를 감지했다. 뭔가가 자신의 주의를 촉구하고 있었다. 하지만 자신이 느끼는 감정이 무엇인지, 왜 자신의 그림자가 그렇게 소름 끼치게 느껴지는지 이해할 수 없었다. 그러다 곧 깨달았다. 전조등이 땅에 만들어낸 그림자는 토머스 미첼이 대문자 A를 쓰는 방식과 똑같았다. 활자체로 중간에 선을 긋지 않고 쓴 Λ. 그녀는 깨달았다. 어두운 골목에 드리워진 그림자를 보며 서 있는 지금, 자신이 앤절라의 집만이 아닌 토머스의 집에도 온 거라는 사실을. 그걸 깨달은 순간 과호흡이 시작됐다. 가슴이 텅 비어버린 것 같았다. 그렇지만 로리의 천리안이 실제로 보지 못하는 사실이 있었다. 그것은 지금 그녀가 정확히 40년 전 앤절라가 서 있던 공간에 있다는 것, 그리고 앤절라가 그 여름 실종 여성들에게 생긴 일을 밝혀내리라고 결심한 것처럼 지금의 로리 역시 똑같은 결심을 하고 있다는 것이었다.

그때 뒤쪽 문 위에 등이 켜졌다. 주방에 불이 켜지며 창문이 환해졌다. 그리고 뒷문이 열렸다.

"뭐 도와드릴 일이라도 있나요?" 한 남자가 문가에 서서 소리쳤다. "아니면 경찰을 불러서 도움을 드려야 합니까? 아니면 제 집을 무단침입하셨으니 제가 직접 수정헌법 제 2조항*에 따라 권리를 행사할까요?"

갑자기 들이닥친 대치 상황에 로리는 너무 놀라 서둘러 차로 향했다. 쏜살같이 달려가자 그녀의 그림자가 금세 사라졌다.

"여기서 꺼져!" 차에 오르는 동시에 남자의 외침이 들렸다. 그녀는 자동차로 쓰레기통 옆을 스치듯 치며 골목을 빠져나갔다.

---

* "규율을 갖춘 민병대는 자유로운 주 정부의 안보에 필수적이므로 무기를 소유하고 휴대할 수 있는 국민의 권리가 침해받아서는 안 된다"는 내용이다.

1982년 5월, 시카고

그레타가 이야기를 계속하는 동안 프랭크와 말라는 소파에 가만히 앉아 있었다. 말라는 몸을 앞으로 기울이며 질문을 했다.

"앤절라 미첼이 남편한테 살해당한 게 아니라는 거예요?"

"네, 아니에요. 그렇지만 떠나지 않았다면 그 사람은 분명 앤절라를 죽였을 거예요." 그레타가 대답했다.

말라는 곁눈질로 남편을 쳐다보고는 다시 그레타를 바라보았다. "그럼 앤절라한테는 무슨 일이 있었던 거예요?"

그레타는 대답을 망설였다.

"앤절라는 지금 어디 있어요? 그리고 그게 우리 입양과 무슨 상관이 있죠?"

그레타는 고개를 저으며 프랭크를 바라보았다.

프랭크가 고개를 끄덕였다. "우리는 모든 걸 알아야 합니다, 그레타. 제가 도와드리겠다고 약속했지요. 그러려면 저희 둘 다 모든 내용을 들어야겠습니다."

그레타가 커피 한 모금을 마시고는 컵을 컵받침 위에 조심스레 내려놓았다. "앤절라의 말을 듣고 나자 저는 다른 방법은 없다는 걸 깨달았어요."

* * *

　앤절라가 진입로로 등장한 지 이틀이 지난 날, 그레타는 농가에서 1.6 킬로미터 떨어진 곳에 있는 저수지로 차를 몰았다. 앤절라는 자신의 차로 그레타의 차를 따라갔다. 그들은 땅거미가 질 때까지 기다렸다. 여름 하늘이 라벤더색을 띠고 폭신한 구름이 남아 있는 석양을 거둬 선홍색으로 물들 때까지. 몸을 숨길 수 있을 만큼 적당히 어두웠고, 행동에 나설 수 있을 만큼 적당히 밝았다. 그레타는 저수지에서 백 미터 정도 떨어진 곳에 차를 세워놓았고, 남은 구간은 앤절라의 차 조수석에 올라타 함께 갔다. 앤절라는 풀이 우거진, 바로 아래에 물이 있는 급경사면에 차를 세웠다. 그리고 둘이 함께 차에서 내렸다.

　그레타는 다른 사람이 없는지 주위를 둘러보았다. 그러고는 운전석 쪽 창문 안으로 손을 뻗어 중립 기어인지 체크했다. 둘은 뒤 범퍼에 자리를 잡고 발을 땅에 고정한 채 차를 밀었다. 앞바퀴가 둑을 넘자 나머지는 중력이 알아서 밀어주었다. 차가 저수지로 빠져 물 속으로 사라졌다. 그들은 차에 갇힌 공기가 물방울을 만들며 빠지는 모습을 보며 십 분쯤 기다렸다. 너무 어두워져서 수면 위의 소란이 보이지 않게 됐을 때 함께 그레타의 차로 걸어갔다.

　농가로 되돌아오는 길에 그레타는 앤절라를 바라보았다.

　"몇 개월?"

　"저도 잘 모르겠어요."

　"입덧은?"

　"1, 2주 정도 있었어요. 의사 선생님 전화를 받기 전까지는 불안증 때문에 토하는 줄만 알았어요."

　"그렇구나. 아마 1, 2개월쯤 된 거 같네. 그러니 예정일은 내년 봄이나 될 거야. 우리 집에서 애를 낳는 건 아무 문제 없어. 수십 번이나 해봤으니까. 문제는 너와 아기를 숨기는 거야. 정식으로 서류 작업을 해야 하잖아. 그걸 안 하면 학교 가는 것에도 문제가 생기고 생활이 안 되겠지. 내가 너는 숨겨줄 수 있어. 당분간만이라도. 모두가 너는 죽었다고 생각하니까. 하지만 아이를 낳고 나면 좀 더 장기적인 계획이 필요해. 아이를 숨기는 건 거의 불가능해."

"그 사람은 임신 사실을 전혀 모르고 있을 거예요. 방법을 찾겠다고 약속해줘요, 그레타."

그레타가 천천히 고개를 끄덕였다. 이토록 불가능한 일을 하겠다고 동의하는 자신이 이해가 가지 않았지만, 그럼에도 이렇게 말해주었다.

"약속할게."

29장
2019년 11월 1일, 시카고

로리는 조수석 쪽 바퀴를 연석 위에 걸쳐놓은 채 집 앞에 주차했다. 비틀거리며 계단을 올라 현관문을 열고 침실로 향했다. 어린 시절 이후로 이렇게 심한 공황발작은 처음 겪는 일이었다. 이걸 잠재우지 못하면 엄청난 후폭풍이 따를 것이다. 그녀는 침대로 쓰러졌다. 마음속에서 백색소음이 들렸다. 앤절라 미첼로부터 들려오는 끊임없는 외침이었다. 이것은 부모님이 자신의 입양을 숨긴 사실과, 그레타가 자신의 짐작대로 고모할머니가 아니었다는 것, 그리고 바로 내일 보일 판사와 가석방심사위원회 앞에서 토머스 미첼과 함께 서야 한다는 것을 알리는 끊임없는 속삭임보다 훨씬 큰 소리를 내고 있었다.

공황발작의 꼭대기에서는 한 여성이 서서 로리를 유혹하고 있었다. 로리가 사랑했던 사람들이 어떤 식으로든 연결된 신비한 여성이. 이끌림이 너무 강해 로리는 따를 수밖에 없었다. 이 느낌은 어렸을 때 그녀를 사로잡았던 감각과 아주 유사했다. 로리는 반으로 접은 베개를 머리에 올려 귀를 막고는 마음속에서 삐져나오는 속삭임을 막아보려 했다.

로리는 숨 쉬는 것에 집중했다. 눈을 감고 생각을 비웠다. 공황발작을 다스리는 방법이 있었다. 그녀는 그 비결을 기억해내려 애썼다. 숨쉬기 훈련을 하면 늘 그 유명한 갈래길에 도착하곤 했다. 한쪽 길은 잠들지 못하는 밤으로 이어지는 길이었다. 그 길로 가면 가차없는 생각이 제멋대로 솟아나 그녀를 깨워댔다. 다른 쪽 길은 뇌 작동을 잠시 끄고 잠들 수 있는 매력적이고 잔잔한 길이었다. 그 길로 가면 그녀의 꿈은 마음 깊숙한 길을 마음껏 돌아다닐 수 있었다.

로리는 삼십 분쯤 숨 쉬기에 집중하며 폐가 확장하고 수축하는 것 외에는 다른 생각을 일절 하지 않았다. 그리하여 마침내 평화로운 그 길에 도착했다. 그녀의 호흡은 깊고 안정적으로 변했다.

* * *

로리가 깨어난 곳은 예전에 살던 농가의 침실이었다.

이따금 일어나는 일이었다. 여름이 되면 몇 번씩. 그레타 고모할머니가 그녀를 침대에 눕히고 이불을 덮어준 후 불을 껐다.

"기억하거라. 어떤 것도 너를 겁줄 수 없단다. 네가 허락하지 않는다면 말이야." 할머니는 문간에 서서 이렇게 말하곤 했다.

그레타가 침실 문을 닫으면 로리는 평화롭게 잠에 빠져들었다. 농가에 있으면 늘 그랬다. 그곳에서는 불안과 두려움이 그녀를 찾아내지 못했다. 그래서 아침까지 내내 잘 잤다. 그렇지만 오늘밤은 달랐다. 가슴, 머리, 손가락과 발가락까지 윙윙대며 오밤중에 깨어났다. 그녀는 터질 듯한 놀라운 욕망으로 가득 찼고, 활력 때문에 그야말로 몸을 덜덜 떨었다. 침대에서 이리저리 뒤척여야 했다. 처음 몇 번은 이러한 현상을 맞닥뜨릴 때마다 대항해 싸웠다. 이불을 걷어차고 베개 위치를 바꾸며 버텼다. 그렇게 다음 날 아침 햇살이 블라인드 사이로 쏟아지며 창문을 채

울 때까지 버티면, 밤길을 배회하고 불안의 원인을 찾겠다는 열망이 사라지곤 했다.

로리는 이 불안에 대한 느낌을 누구에게도 말하지 않으려 노력했다. 부모님이 로리를 그레타 할머니 집에 보낸 것은 그녀가 불안에서 달아나게 해주기 위한 거였으니까. 아니, 사실은 떨쳐버릴 수 있게 하려는 거였다. 그러니 간혹 한밤의 동요가 있다는 것을 알게 된다면, 로리를 농가에 보내는 것이 더 이상 도움이 안 된다고 생각할 수도 있었다. 그녀는 주말과 여름을 평화로운 곳에서 보내는 것을 정말 좋아했다. 그래서 가끔 잠들지 못하는 날이 있다는 사실을 비밀에 부쳤다. 그것도 이유였지만, 한밤중에 느끼는 불안의 감정을 묘사한다는 것은 뭔가 잘못된 일인 것 같았다. 로리는 농가에서 한동안 잠 못 드는 날이 와도 걱정이 되지 않았다. 다만 침대 밖으로 나와 의미를 찾으라며 손짓하는 유혹이 도통 이해가 가지 않을 뿐이었다.

어느 날 밤 그 유혹을 따르기로 결심한 것은 열 살 때였다. 잠에서 깬 로리는 비몽사몽하기는커녕 정신이 초롱초롱했다. 침대 옆에 있는 시계는 새벽 2시 4분을 가리키고 있었다. 고모할머니의 농가에서 몇 번이나 여름을 보낸 그녀는 자신에게 다가온 이 익숙한 호기심에 가슴이 떨렸다. 그래서 이불을 걷고 침대에서 내려와 보이지 않는 간절함에 이끌렸다. 그녀는 끼익거리는 경첩 소리를 견디며 침실 문을 열었다. 조심스럽게 할머니의 침실을 지나고, 인형들이 선반에 늘어서 있는 작업실을 지나 아래로 내려갔다. 곧 뒷문을 열고는 밤의 세계로 발을 내디뎠다. 하늘의 별들이 그녀를 비추었고, 이따금 달빛을 받아 은빛을 띤 얇은 구름이 나타나면 어둠이 내려앉았다. 저편 아득한 곳에서 간헐적으로 번개가 치며 지평선을 밝혔다. 몇 분 후에는 낮게 우르릉하는 우레 소리가 날 것이다.

뒷문 발치에 선 로리는 가슴이 시키는 대로 따르기로 했다. 그녀의 다리는 멀리 있는 거대한 금속판에 이끌리는 자석 같았다. 집 뒤에 있는 들판을 지나자 부지를 둘러싼 두 줄의 나무 울타리가 낮게 쳐져 있었다. 로리는 부드러운 표면 위로 손을 미끄러뜨리며 울타리를 따라 걸었다. 부지 뒤쪽, 울타리가 90도로 꺾인 곳에서 로리는 자신을 부른 게 무엇인지 발견했다. 그날 아침 일찍 그레타 할머니가 꺾어 모은 꽃이 땅바닥에 놓여 있었다.

아침마다 로리는 그레타가 정원에서 꽃을 꺾는 모습을 보았다. 꽃을 한데 모아 철끈으로 묶는 건 로리의 몫이었다. 로리는 그때마다 꽃에 대해 물었다. 물론 그날 아침에도 마찬가지였다. 그 꽃으로 뭘 하느냐고, 어디에 놓느냐고. 계속되는 로리의 질문에도 대답은 늘 모호했다. 그 대답을 오늘밤 드디어 찾았다. 장미는 집에서 조금 멀리 떨어진 곳에 덩그러니 놓여 있었다.

지평선 저멀리서 또다시 번개가 쳤다. 그 빛은 잿빛 달빛과 함께 벚나무 꽃잎을 비춰주었다. 로리는 쭈그리고 앉아 꽃다발에서 장미 한 송이를 뽑아 코에 대고 향기를 들이마셨다. 가슴에서 윙윙대는 소리가 사라졌고 고요함이 마음을 달래주었다. 고요함이라는 감정은 언제나 그녀를 고모할머니의 농가로 데리고 갔다. 오늘밤 흐린 달빛 아래서 그녀는 한 송이 장미를 코에 대고 이 평온을 마음껏 누렸다.

다시 한 번 번개가 치자 로리는 뽑아 든 장미를 다발 위에 올리고 잿빛 밤을 지나 집까지 뛰어갔다. 그리고 침대로 기어들었다. 그러자 곧 잠이 들었다. 그 이후의 어린 시절 동안, 그리고 그레타의 농가에서 지낸 모든 여름 동안, 로리는 다시는 밤에서 깨어나는 이상한 일을 겪지 않았다.

1982년 5월, 시카고

"저는 일을 그만둘 겁니다. 개리슨 포드를 떠나야겠어요." 프랭크가 말했다.

"그 남자를 피하려고?" 말라가 물었다. 울고 난 후라 눈가가 빨갰다.

"아니, 그 반대야. 이 일이 되게 하려면 토머스 미첼을 가까운 곳에 둬야 해. 그가 나 말고 다른 사람한테 앤절라를 찾아달라고 요청하면 안 되잖아. 나만 믿게 해야 해."

"그 사람은 추적하는 걸 절대 멈추지 않을 거예요. 앤절라는 그점에 있어서는 단호했어요. 당신이 아니더라도 누군가를 시켜 찾을 거예요." 그레타가 말했다.

"그러니 그 사람한테 주는 정보를 제한해야죠. 제 일이 진척되고 있다고 믿게 할 겁니다. 얼마 동안은 몇 가지 정보를 제공하겠지만, 결과적으로는 아무런 성과가 없다고 할 거예요. 저를 믿게 만들어야죠. 제가 앤절라를 찾고 있다고 믿도록 하는 게 중요합니다. 그가 그렇게 믿는 한 따로 찾지는 않을 테니까요. 다른 사람을 고용하지도 않을 거고요. 그는 저를 믿고 있어요. 저는 그 신뢰를 더 깊게 쌓아갈 계획입니다."

"얼마 동안이나요?"

"아이가 살아 있는 동안요." 프랭크가 답했다.

말라가 시선을 돌렸다. 그녀의 눈이 계단으로 향했다. 그녀가 요람에서 잠들어 있는 아이를 생각하고 있다는 걸 프랭크는 알았다.

"돈은 어쩌고, 프랭크? 어떻게 해서 먹고살지?" 말라가 물었다.

"따로 개업을 하려고. 혼자서도 할 수 있을 만큼 경험이 충분해. 그리고 그 사람은 내가 하는 일에 돈을 지불할 용의가 있고."

"토머스 미첼이?"

"응. 항소를 제기하고 재정을 관리해줄 변호사가 필요하거든. 그리고 이 곁다리 일에도 보수를 줄 테니까. 그 사람이 내 첫 의뢰인이 되는 거야."

"프랭크, 그건…… 내가 생각했던 거랑 다른데." 말라가 말했다.

"제발요." 그레타가 말라를 보며 말했다. "도와주세요. 우리는 도움이 필요해요. 두 분만큼 이 아이를 사랑해줄 사람은 없을 거예요. 진실이 밝혀질 경우 아이가 어떤 삶을 살게 될지 생각해보세요. 토머스가 아내 살인 혐의로 형을 받고 있는데 둘 사이에 아이가 있었다는 사실을 대중이 알게 되면 어떻게 되겠어요. 자기 아버지가 살인을 여러 번 저질렀다는 걸 아는 상황에서 어떻게 평범한 삶을 살겠어요?"

말라가 다시 울기 시작했다. 세 사람 모두 말도 안 되는 상황에 봉착하게 되었다. 그들 모두 요람에서 평화롭게 잠들어 있는 아이를 생각했다. 아이 앞에 놓인 삶은 너무나 가혹했다. 말라는 천천히 고개를 들어 그레타를 바라보았다.

"그녀는 어디 있어요? 앤절라는 어디 있죠?"

그레타가 길게 한숨을 내쉬더니 흐느끼기 시작했다. "그녀를 구하려고 했어요. 피가 너무 많이 났어요……."

* * *

뭔가가 잘못되었다. 출혈이 심해지고 있었다. 앤절라는 임신중독증으로 지난 몇 주간 침대에만 머무르며 피까지 비치던 중이었다. 그러면서도 의사는 절대 부르지 말고 직접 봐달라며 고집을 부렸다. 그레타는 동의할 수밖에 없었다. 토머스의 재판 관련 뉴스가 나올 때마다 앤절라의 사진이 화면에 떴기 때문에 누구든 보면 바로 알아볼 게 분명했다. 그레타는 먼저 혈압 문제에 대한 조치를 하고, 침대에서 쉬라고 하고는 매의 눈으로 계속 지켜보았다. 그러던 중 오늘밤 앤절라는 양수가 터졌다. 출혈이 너무 심각했다. 그리고 지금은 진통 중이었다.

"힘줘! 앤절라, 힘줘!"

"못 하겠어요……." 앤절라가 말했다.

침대에 누운 그녀는 땀으로 범벅이 되어 있었다. 수술용 가운이 중간에 걸려 있어서 그녀는 자신의 하반신을 볼 수 없었다. 진통으로 고생하는 가운데 간헐적으로 그레타의 머리가 보일 뿐이었다.

"아픈 거 알아. 하지만 힘줘야지, 앤절라!"

"아니요, 못 하겠어요. 힘이 안 들어가요."

"알았어." 그레타가 고개를 저으며 말했다. "병원에 가야겠어, 앤절라. 뭔가 잘못됐어. 출혈이 너무 심해."

"안 돼요! 병원에는 못 가요. 그럼 그 사람이 풀려나요. 아기에 대해서도 알게 될 거라고요. 제발요!"

그레타는 다시 아래를 내려다보았다. 출혈이 계속되고 있었다. 그녀는 목구멍으로 올라오는 두려움을 꿀꺽 삼키고 고개를 끄덕였다. 아기도 걱정됐지만, 무엇보다 앤절라가 걱정이었다. 지난 몇 달간 집에다 의료 장비를 이것저것 구비해놨지만 이렇게 복잡한 상황을 다룰 만큼은 아니었다. 그리고 그레타 또한 준비가 덜 되어 있었다.

"그럼 힘을 줘야 해. 내 말 들려?"

앤절라는 시키는 대로 했다. 힘을 주고 또 주었다.

4부

선택

30장
2019년 11월 2일, 시카고

법정에서 하는 심리는 그저 형식일 뿐 전혀 필요하지 않은 절차였다. 하지만 오늘 아침 로리는 가장 있기 싫은 그 장소로 향했다. 숙취와 공황발작의 여운으로 여전히 마음이 어지러웠고, 수수께끼 같은 어젯밤의 꿈에 정신을 빼앗긴 채였다. 그녀는 당장 그레타 할머니가 있는 요양원으로 달려가고 싶었다. 가서 앤절라와의 관계에 대해 물어보고 싶었다. 그렇지만 프랭크 무어가 가석방심사위원회에 마지막 의결권을 주기 위한 이 심리를 몇 달 전에 동의한 상태였다. 그리고 가석방심사위원회는 토머스 미첼이 형기보다 20년이나 일찍 자유를 맛보도록 할 예정이었다. 법정에는 여섯 명의 위원회 사람과, 로스쿨을 갓 졸업한 듯 보이는 검찰청 쪽 지정대리인 한 명, 법원 서기, 로리와 함께 스타브드록 통나무집에 갔던 사회복지사 나오미 브라운과 가석방 담당자 에즈라 파커도 있었다. 로리를 제외한 모두가 법정에 어울리는 복장을 하고 있었다.

회색 청바지와 어두운색 티셔츠를 입은 로리는 변호사라기보다 오히려 가석방 당사자에 가까워 보였다. 법정에서 비니는 차마 쓸 수 없어 그 대신 구불거리는 흑갈색 머리를 커튼처럼 드리워 얼굴을 가렸다. 그녀는 안경이 제자리에 있는지 확인하고 법정으로 들어갔다. 컴뱃 부츠에서 달그락거리는 소리가 나 모두의 시선을 끌었다. 그녀는 보일 판사에게 자신이 법정과는 어울리지 않는 사람이라는 사실을 미리 주지시켜놓았다. 보통은 이렇게 사람들의 시선을 끌면 공황 상태에 빠지곤 했지만, 어젯밤 취한 채 앤절라가 살았던 집에 다녀온 후 극도의 공황발작을 겪으며 모든 불안을 소진한 상태였다. *그 집은 토머스 미첼의 집이기도 했지.* 그런 생각을 하는 순간 법정 측면의 문이 열리며 두 명의 법정관리인이 나타났다. 그들은 토머스 미첼을 데리고 들어와 로리 옆에 세웠다. 보일 판사는 다른 문으로 나타나서는 자신의 자리에 앉았다.

"안녕들 하신가요!" 판사의 목소리가 거의 비어 있는 법정 안을 울렸다. "심리를 짧게 진행하도록 하겠습니다."

판사는 법정에 나온 사람들에게는 눈길을 전혀 주지 않고 자신 앞의 서류에 시선을 고정했다. 그는 이 사건의 법적 절차에 대해 로리만큼이나 흥분한 듯 보였다.

"무어 씨, 저는 위원회 분들에게 최근에 있었던 미첼 씨의 전 변호인 사망 건에 대해서, 그리고 당신이 새로운 변호인으로서 이전 조항에 모두 동의했다는 사실을 밝혀두었습니다."

그들은 거주 형태, 가석방 담당자와의 정기적인 연락, 약물과 주류 제한, 약물 테스트, 그리고 그 밖의 것들에 대해 다시 한 번 훑었다.

"네, 알겠습니다. 네, 그러겠습니다." 토머스 미첼은 위원회 의원 누가 부르든 제깍 대답했다.

형식적인 절차는 십오 분이 걸렸다. 모두가 만족한 것처럼 보이자 판사는 서류를 정리했다.

"미첼 씨, 내일 석방 절차는 좀 까다로울 겁니다. 세부사항에 대해 언론이 집중적으로 주시하고 있는데, 무어 씨와 저는 당신이 익

명으로 남는 게 중요하다고 의견을 모았기 때문입니다. 보도자료
에는 오전 10시 석방이라고 되어 있습니다. 그건 그대로 두고 실제
로는 당신을 새벽 4시 반에 석방할 겁니다. 아직 어두울 때죠. 교도
소장도 이에 동의했고, 동쪽 출구를 이용하기로 했습니다. 이렇게
하면 조용히 진행할 수 있을 테고 아무도 모르게 자택까지 가실
수 있을 겁니다."

거론하지는 않았지만, 그의 변호인이 교통편을 맡아줄 거라는
건 오래전에 동의된 사항이었다. 토머스 미첼의 인생에는 아무도
남지 않았다. 그리고 지금, 프랭크 무어도 없다.

보일 판사가 로리를 바라보았다. "교통편은 정리가 되었나요?"

로리가 끄덕였다.

"미첼 씨, 당신은 모범수였습니다. 이로써 우리는 내일 아침 4시
반에 당신을 석방할 것입니다. 11월 3일입니다. 앞으로 남은 인생
을 소중하게 쓰기 바랍니다. 행운을 빕니다."

"감사합니다, 판사님." 토머스가 말했다.

판사는 판사봉을 치고는 자리에서 사라졌다. 판사복이 마치 망
토처럼 바람에 휘날렸다.

토머스는 위원회 의원들을 향해 머리를 조아렸다. "감사합니다."

그는 정중했고 친절했다. 갱생을 마치고 사회와 어우러질 준비
가 된 완벽한 신사였다.

31장
2019년 11월 3일, 시카고

침대 옆자리에는 레인이 누워 있었다. 로리는 새벽 3시가 될 때까지 재깍, 재깍, 재깍 하는 시곗바늘만 바라보았다. 그녀는 잠을 이루지 못했다. 아니, 눈을 감지도 않았다. 토머스 미첼과 둘이서 차를 탈 생각에 신경이 극도로 날카로웠다. 한밤중에 그레타 할머니에게 가볼까 하는 생각도 해보았다. 할머니는 로리의 신경을 진정시켜줄 단 한 명의 완벽한 사람이었다. 그렇지만 로리는 다음에 할머니를 만난다면 조금이라도 정신이 돌아왔을 때 앤절라에 대해 물어야 한다는 것을 알고 있었다. 그때가 되면 할머니에게 정확하고 간결하게 말해야 했다. 그러려면 일단 마음을 가라앉히는 게 중요했다. 레인이 옆에서 잠든 늦은 밤, 그녀는 토머스를 스타브드록까지 데려다주는 걸림돌을 우선 뛰어넘고 나서 할머니를 보러 가야겠다고 결심했다. 새벽 3시 15분, 그녀는 이불을 들추고 일어났다.

따뜻한 물이 머리 위로 떨어져 내렸다. 평소보다 더 많은 시간을 샤워에 할애하고 나서야 수도꼭지를 잠그고 앞으로 일어날 일을 위해 채비를 했다. 이십 분 후 평소처럼 전투복 차림을 갖추고 컴뱃 부츠의 끈을 동여맸다. 현관 밖 어둠으로 나가려는 찰나, 옷을 차려입고 어둑한 거실에 앉아 있는 레인을 발견했다. 소파에 앉은 그는 두 팔을 벌려 등받이에 올리고 다리를 꼰 채 불이 꺼진 벽난로에 시선을 고정하고 있었다.

"뭐 해?"

레인이 그녀의 목소리 쪽으로 고개를 돌렸다.

"당신을 혼자 보낸다니, 안 될 일이지."

"레인……."

레인은 이미 자리에서 일어나 문을 나가고 있었다. 잠시 후 차문이 닫히는 소리가 났다.

"다행이다." 그녀는 혼자 속삭였다.

새벽 4시 15분, 두 사람은 일리노이주 크레스트힐에 있는 스테이트빌 교도소에 도착해 동쪽 출구에 차를 대고 기다렸다. 전조등 빛이 철책선을 비추었다. 정확히 4시 반이 되자 옆문이 열리며 동트기 전의 어둠 속으로 노란 빛을 쏟아냈다. 몇몇이 모습을 드러냈다. 건물의 빛을 등져 실루엣만 보이는 그들은 길고 호리호리한 귀신같은 그림자를 만들어냈다. 그 모습을 보자 로리는 엊그제 밤으로 잠시 소환되었다. 앤절라가 살았던 집, 토머스의 집이기도 한 그곳 뒤쪽 골목에 서 있던 그때, 차 전조등으로 생긴 그림자가 눈앞에서 슬금슬금 움직이던 그때…….

사람들이 나타나자 철책이 열렸다. 그들이 철책 끝에 다다르고 나서는 단 한 사람만이 계속해서 걸어 나왔다. 토머스가 어둠 속에서 나와 차 뒷자리에 올라타자 로리는 명치가 뭉근하게 아팠다.

스타브드록까지 가는 여정은 한 시간이 조금 더 걸렸다. 어두운 차 안에서는 어떠한 대화도 없었다. I-80도로 위에서 전조등 빛을 따라 달리는 차 소리만 들려올 뿐이었다. 차는 어느새 고속도로를 빠져나가 GPS가 알려주는 대로 옆길을 탔다. 로리는 숨겨진 통나무집으로 향하는, 거의 눈에 띄지 않는 진입로로 접어들자 속도를 천천히 줄였다.

"와우! 오래간만이네요." 뒷좌석에 앉은 토머스가 탄성을 내뱉었다. 여명의 빛이 지평선 위로 떠오르며 어둠을 몰아내고 부드러운 푸른빛으로 채우는 중이었다.

로리는 그가 오랜만이라고 하는 게 통나무집인지 일출인지 알 수 없었다. 하지만 묻지 않고 운전에만 집중했다. 나무로 우거진 길을 따라 운전대를 돌리자 차가 부드럽게 흔들렸고, 마침내 청록빛 아침 햇살이 내린 부지에 A 모양을 한 통나무집이 눈에 들어왔다. 로리는 진입로 끝에 주차한 후 몸을 돌려 오른팔을 조수석 뒤로 뻗었다. 그녀의 손이 레인의 어깨에 닿았다.

그녀는 좌석 너머로 열쇠를 넘겼다.

"아버지 사무실에서 찾은 열쇠는 이게 다예요."

토머스는 열쇠를 받아 들고 차에서 내렸다. 그에게는 교도관에게 돌려받은 지퍼백이 있었다. 그가 이 세상에서 소유한 모든 것이 그 안에 있었다. 로리는 차에서 내려 트렁크를 열고 작은 배낭을 꺼냈다. 세 사람은 현관 발치로 걸어갔다.

"먹을 만한 게 없더라고요." 로리가 말했다.

그녀의 아버지였다면 냉장고를 채워놨을 것이다. 그러나 로리는 그런 것은 전혀 신경 쓰지 않았다.

"도로를 따라 한 800미터만 가면 편의점이 있어요."

"저도 기억납니다." 토머스가 끄덕였다.

로리는 아버지가 설정해둔 비밀번호를 이용해 토머스의 계좌에서 인출한 돈 봉투를 건넸다.

"일단 이 돈을 쓰세요. 안에 계좌랑 연결된 현금카드가 들어 있어요. 비밀번호는 포스트잇에 적혀 있고요. 현금카드로 돈 뽑아보신 적 있으세요?"

토머스가 고개를 끄덕였다. "교도소 안에서도 카드를 썼어요. 알아서 하겠습니다."

"현금인출기는 편의점에 있어요. 우선은 음식이랑 옷을 사셔야 할 거예요." 로리는 그에게 배낭을 건넸다. "제가 좀 챙겨왔어요. 차를 사실 때까지는 그 정도로 될 거예요. 하지만 그전에 먼저 면허증이 있어야 해요. 그 점에 대해서도 차차 알아보죠. 이 정도 옷이랑 편의점 음식으로 일주일 정도 버티실 수 있겠어요? 제가 세부사항을 정리할 동안 말이에요."

"그러겠습니다. 고맙습니다."

그는 열쇠로 현관문을 열고 들어갔다. 재빨리 안을 훑어본 그가 다시 밖으로 나와 말했다. "여기까지 태워주셔서 감사합니다."

"전화 오면 꼭 받으세요. 오늘 가석방 담당자가 전화로 지시사항을 전달할 거예요. 담당자 이름은 에즈라 파커예요. 당신은 그와 매일 연락을 해야 하고요."

"그러지요."

"여기 에즈라 파커 씨 명함이 있어요. 전화기 옆에 두세요."

"알았습니다." 토머스가 그녀의 손에서 명함을 받아 들었다.

"또 연락하겠습니다."

차로 돌아오자 날이 좀 더 환해져 있었다. 로리는 나무 사이로 비치는 아침해의 노란빛을 보며 자신이 위험한 여정에서 탈출했다는 느낌을 받았다.

오전 8시가 막 넘은 시각, 로리의 차가 집 앞에 멈춰 섰다. 로리는 잠이 부족했고, 신경이 곤두서 있었고, 분출됐던 아드레날린이 가파르게 줄어들고 있었다. 잔디 마당을 지나 현관으로 오르는 그녀는 완전히 탈진 상태였다. 레인이 로리의 어깨에 팔을 둘렀다. 아버지가 돌아가시고 그레타 또한 더 이상 그녀를 품어줄 수 없게 되니, 그녀 인생에 남은 반가운 손길은 레인이 유일했다. 그녀는 레인의 어깨에 머리를 기대고 현관 계단을 올랐다.

"커피 만들어줄까?" 로리가 물었다.

"당신은 커피 안 마시면서."

"나는 다이어트 콜라 마시면 되지."

"됐어. 나 오전에 강의가 있어. 이미 늦었거든. 당신은 좀 자도록 해. 밤새 안 잤잖아."

"나 그레타 할머니 보러 가야 해."

"지금?"

"뭔가 알아볼 게 있거든. 할머니랑 할 얘기가 있어."

"잠 좀 자. 나 오늘 교수들 저녁 모임 있어. 가서 기조연설을 해야 해. 끝나자마자 빠져나와서 당신 보러 올게."

로리는 가만히 그의 키스를 받았다.

"알았지?" 레인이 물었다.

"알았어." 로리의 눈이 피로에 젖어 축 처져 있었다.

그녀는 몸을 돌려 현관문으로 들어갔다. 문이 닫히자 레인은 계단을 내려왔다. 계단에는 불그레한 흙이 지저분하게 묻어 있었다. 피처럼 붉은 그 발자국은 로리의 부츠에서 나온 것이었다. 발자국은 길에서부터 시작해 앞마당을 지나 현관까지 이어져 있었다.

32장
2019년 11월 3일, 일리노이 스타브드록

　토머스 미첼은 현관문을 닫고 창밖을 내다봤다. 프랭크 무어의 딸이 통나무집 둘레로 나 있는 원형 도로를 따라 차를 몰고 울창한 도로로 빠져나갔다. 차가 모습을 감추자 토머스는 방마다 다니며 앞으로 살 집을 둘러보았다. 잠시 후 현관 밖으로 나와 여명이 비치는 아침으로 발을 내디뎠다. 40년 만에 처음 보는 일출이었다. 그는 소나무 향기를 들이마셨다. 처음에는 그의 뇌가 착각을 불러일으켜, 이 향기가 지난 수십 년간 맡아온 소독용 표백제 냄새인 줄 알았다. 물론 아니었다. 이건 상쾌한 향기였다. 아침이 주는, 자유가 주는, 그리고 기회가 주는 향기였다.

　이곳에서는 참 많은 일이 일어났다. 그의 역사는 이곳, 숲에 가려진 삼촌의 통나무집에 숨어 있었다. 그리고 이제 더 많은 역사가 생겨날 것이다. 그의 인생 마지막 장은 이곳에서 완성될 것이다. 그는 그녀를 찾을 계획이었다. 찾아서 이곳으로 데려올 것이다. 그 옛날 했어야 했던 일이었다.

　그는 잠시 서서 떠오르는 햇살을 즐기고 집 안으로 돌아왔다. 소파에 앉아 교도관이 준 지퍼백의 내용물을 탁자에 펼쳐놓았다. 교도소에서 지내며 모은 자질구레한 물건과 소지품은 감방에 남겨두고 왔다. 그 물건들은 교도관이 챙겨가서 '광팬'들에게 팔 것이다. 도적에게는 아직도 추종자들이 있으니까. 토머스에게 중요한 것은 종이뿐이었다. 몇 년에 걸쳐 진력나도록 꼼꼼하게 적어놓은 기록. 이 기록에는 그가 프랭크 무어와 나눈 이야기가 고스란히 적혀 있었다. 변호사가 자신의 아내를 추적하면서 찾아낸 모든 실마리, 그리고 프랭크가 만났던 모든 사람들의 목록까지. 수년간의 논의 끝에 목록에 남은 사람은 이제 중요한 몇 명뿐이었다. 토머스는 어디서부터 시작해야 하는지 잘 알았다. 시간을 낭비할 생각 따윈 없었다. 40년간의 기다림이 막을 내릴 참이었다.

몇 시간 후 하늘 높이 뜬 태양이 오랜만에 노출된 그의 하얀 피부를 태우고 있었다. 삽질을 천 번 정도 한 것 같았다. 그의 셔츠는 땀으로 흠뻑 젖었다. 퍼낸 흙의 높이가 허벅지에 달했고, 파놓은 구덩이에 들어가려면 크게 한 발짝 내디뎌야 했다. 그는 그 후로도 한 시간 동안 구덩이 너비를 넓혔고, 또 한 시간은 각각의 모서리를 각이 지게 만들었다. 무덤을 파는 게 너무 오랜만이라 이 감각을 거의 잊고 있었다. 그러니까, 스릴이 밀려온다는 뜻이었다.

그는 기대감에 휩싸였다. 팔뚝으로 얼굴에 난 땀을 닦고 다시 삽질을 했다. 다시, 또다시.

33장
2019년 11월 3일, 시카고

꿈도 꾸지 않고 잘 자던 로리가 윙 하는 소리에 깨어났다. 밤이 찾아온 시각, 침실 창밖으로는 희미한 밤나무색 하늘이 펼쳐져 있었다. 거의 30년 만에 찾아온 심한 공황발작에, 24시간 넘게 잠을 자지 않고, 토머스 미첼을 차로 태워다준 일까지, 이 모든 게 그녀를 기진맥진하게 만들었다. 잠에서 깬 로리는 잠시 혼미했다. 윙 소리가 또 났다. 어디서 나는 소리일까? 한동안 헤매던 그녀는 침대 옆 협탁에서 울리고 있는 자신의 핸드폰을 발견했다. 레인의 전화일 거라 예상하며 핸드폰을 집어 들었다. 그러나 다른 사람이었다. 로리는 즉각 전화번호를 알아보고 화면을 밀어 핸드폰을 귀에 갖다 댔다.

"버드 씨?"

"네. 안녕하세요, 로리 씨?"

로리는 뜸을 들였다. 여전히 혼미한 자신의 상태가 목소리에서도 티가 난다는 게 느껴졌다.

"죄송합니다. 저 때문에 깨신 건가요?"

"아니에요." 로리가 침대에서 일어나 창문으로 다가가기까지 긴 침묵이 이어졌다. 오후 5시가 넘어 해는 이미 져 있었다. 거의 온종일 잠을 잔 셈이었다.

"여보세요?"

"네, 듣고 있어요."

"사건이 어떻게 되고 있는지 궁금해서 전화했습니다. 진전이 좀 있나 해서요."

로리는 잠에서 깨려고 눈을 깜빡였다. "안타깝게도 아니에요. 그러니까 제 말은, 아직 시작을 못 했어요. 그렇지만 곧 하겠다고 약속드릴게요. 카밀의 인형은 복구를 마쳤어요. 마지막 수정만 조금 하면 돼요. 다음주에 전화드릴 테니 그때 만날 약속을 잡죠."

짧은 침묵 끝에 대답이 들렸다. "좋습니다."

로리는 전화를 끊고 문자 메시지를 확인했다. 새로 온 건 없었다. 레인에게 전화를 걸었지만 받지 않았다. 수업은 몇 시간 전에 끝났으니 저녁 모임에 가고 있겠거니 생각했다. 그렇다면 앞으로 몇 시간 안에는 도착하지 않을 것이다. 그녀는 침대에 누워 기다리기로 했다. 조금 더 눈을 감은 채 있고 싶었다. 눈을 감은 그녀는 몇 초 만에 다시 잠에 빠져들었다.

34장
2019년 11월 3일, 시카고

캐서린 블랙웰은 10시 뉴스를 본 후 텔레비전을 껐다. 주요 뉴스는 토머스 미첼, 일명 '도적'이 오늘 아침 일찍 스테이트빌 교도소에서 풀려났다는 것이었다. 출소 영상은 없었다. 기자들은 그가 어둠에 몸을 숨기고 이른 아침 출소했거나, 아니면 석방이 미뤄진 것이라 추측했다. 당국이나 교도소 관계자는 아무런 정보를 주지 않았고, 그런 상황은 내일 오전까지 계속될 것 같았다. 기자들은 교도소 밖에서 밤을 새우고 있었다. 도적이 교도소를 빠져나와 자신의 카메라 조명으로 걸어 들어오는 장면을 담아 특종을 보도하겠다는 희망으로.

너무하네. 정말 너무해. 캐서린은 냉장고에서 우유를 꺼내 주방 바닥에 있는 그릇에 부었다. 우유병 뚜껑을 따는 소리에 침대 밑에 있던 고양이가 갸르릉거리며 나타나 차가운 우유를 할짝거렸다. 그녀는 싱크대로 가서 빈 병을 쓰레기 봉지에 넣어 바짝 묶고는 뒷문으로 향했다. 고양이가 즉시 그녀를 따라왔다.

"탐험이 하고 싶구나. 그런 거야? 이리 와."

뒷문을 열자 고양이가 어둠 속으로 뛰쳐나갔다. 캐서린은 집 뒤편의 골목으로 걸어가 커다란 쓰레기통 뚜껑을 들어올리고 쓰레기 봉지를 넣었다. 어느새 고양이가 옆에 다가와 있었다.

"오늘은 탐험할 기분이 아니야? 가서 쥐 사냥이라도 해."

그러나 고양이는 그녀에게서 떨어지지 않았다. 오늘따라 이상하리만큼 그녀에게 들러붙었다. 골목에 서 있던 캐서린은 뭔가 불길한 예감이 들었다. 고양이가 어둠 속으로 하악질을 했다.

"무슨 일이야? 뭘 본 거니?"

고양이는 한 번 더 하악질을 하고는 어딘가로 뛰쳐나가 금세 어둠 속으로 사라졌다. 캐서린이 눈을 가늘게 뜨고 어둠을 바라보던 그때 뒤에서 발을 끄는 소리가 났다. 그녀는 재빨리 뒤돌아봤다. 두 사람의 눈이 마주쳤다. 그녀는 짧은 비명을 내질렀다. 순간 상대의 손이 입을 막아버렸다.

35장
2019년 11월 3일, 시카고

침대에 누워 눈을 감은 그레타 슈라이버는 혹독한 치매 상태에 빠져 있었다. 그녀의 머릿속에서 과거의 이미지가 번쩍이며 지나갔다. 살아온 인생에서 온 다채로운 신기루가 불쑥불쑥 터지고 있었다.

"그 여자는 어디 있지?" 어둠 속에서 목소리가 들렸다.

"너를 구하려고 했어. 피가 너무 많이 났어." 그레타가 말했다.

농가의 풍경이 그녀의 정신을 스치고 지나갔다. 임시변통으로 만들어놓은 분만실 모습도. 앤절라가 침대에 누워 있었다. 침대 위에는 피, 의구심, 공포가 깃들어 있었다.

그레타는 그날처럼 억장 같은 근심으로 가슴이 무거웠다.

"어디 있냐고!" 목소리가 다시 물었다.

"우리는 병원에 가야 해. 뭔가 잘못됐어. 피가 많이 나잖아." 그레타가 말했다.

"한 번만 더 묻겠다. 당신이 정신병원에서 그 여자를 태우고 나왔어. 도와달라고 당신한테 간 거 다 안다고. 그 여자 지금 어딨지?" 어둠 속에서 목소리가 들렸다.

그레타가 눈을 떴다. 농가는 사라지고 그 자리를 차지한 병실에는 파랗게 빛나는 텔레비전과 침대 옆에 서 있는 어렴풋한 사람의 형상뿐이었다. 그 형상이 다가와 허리를 굽혀 그레타의 얼굴 쪽으로 자신의 얼굴을 바짝 갖다 댔다.

"어, 디, 있, 냐, 고."

그레타가 눈을 깜박였다. 정신이 또렷해졌다. 자신 앞에 있는 얼굴을 알아볼 수 있었다. 수년 전 뉴스에서 보던 얼굴이었다. 앤절라와 함께 본 텔레비전 뉴스에서 징역형이 선고됐다며 보여준 사진 속 모습보다 더 늙어 보였다. 신문 기사 속 모습보다도 더 늙어 있었다. 그렇지만 그 남자가 확실했다. 그가 여기 온 것은 놀랄 일이 아니었다. 이날을 예상치 못한 것도 아니었다. 프랭크는 몇 년 동안 그 생각에 빠져 몇 번이나 그레타에게 걱정이 된다고 말했었다.

"마지막이다. 어디에⋯⋯." 그 남자가 말했다.

"어디에도 없어." 그레타의 탁한 목소리는 거의 들리지 않을 정도였다.

남자는 자신의 귀를 그녀의 입술에 갖다 댔다. 그가 몸을 수그리자 텔레비전에서 쏟아지는 푸른빛이 가려졌다.

"다시 말해." 그가 말했다.

"어디에도 없어서 못 찾아. 어디에도 없어서 못 따라갈걸."

남자가 몸을 일으키자 푸른빛이 다시 보이더니 곧바로 다시 사라졌다. 그레타는 베개가 얼굴을 짓누르는 걸 느꼈다. 그녀는 팔을 옆으로 늘어뜨리고 조금도 저항하지 않았다. 이내 정신이 혼미해졌다.

너를 구하려고 했어. 그런데 피가 너무 많이 났어.

36장
2019년 11월 4일, 시카고

공황발작을 일으킨 지 48시간을 넘기자 로리의 몸은 균형을 잡기 시작했다. 수면의 힘일까? 그녀는 이제 불안의 근원을 마주할 준비가 되었다. 그레타 할머니와 앤절라 미첼의 관계에 대해 질문하기 위해 이제 막 요양원 앞에 도착한 참이었다. 카밀 버드의 케스트너 인형은 상자에 담긴 채 조수석에 놓여 있었다. 미리 준비한 어려운 질문을 들이밀 때 인형이 도움이 되어줄 것이다. 오늘은 절대 그냥 넘어가지 않을 작정이었다. 오늘은 대답을 들어야 했다. 자신의 삶에 드리워진 정체불명의 장막과, 자신이 사랑하는 모든 이들이 40년 전 사망한 것으로 알려진 여성에게 얽혀 있는 이유를 알아야 했다.

주차장으로 진입하는데 응급차 불빛과 건물 앞 반대편에 세워진 소방차가 눈에 띄었다. 그레타 할머니가 이곳에서 지낸 지 꽤 오래된 만큼 응급차 불빛과 경보음은 로리에게 특별한 게 아니었다. 요양원에 머무는 사람들은 시시때때로 각종 응급 상황을 맞아 병원으로 이송되곤 했다. 그러니 이곳에 응급차가 서 있는 것은 평범한 일상의 모습 중 하나였다.

로리는 엔진 소리가 우렁찬 소방차 앞을 지나 로비로 들어갔다. 방문자 명단에 이름을 쓰고 잠시 멈췄다. 그레타의 이름과 병실 번호를 쓰고 좁은 선에 맞춰 서명만 하면 됐다. 수년간 수없이 반복한 일이라 이 행동만 해도 고모할머니가 병실에 앉아 텔레비전의 푸른 빛을 쳐다보는 모습이 자동으로 떠올랐다. 그런데 방문자 명단을 쳐다보고 있는 지금 뭔가가 이상했다. 잠재의식 속에서 피어나는 희미한 직감이 이름 쓰는 것을 망설이게 했다. 이게 무슨 예감인지 해독하기도 전에 그레타의 담당 간호사가 눈에 들어왔다. 이쪽을 향해 발을 총총 내딛는 모습에서 다급함이 느껴졌다. 로리는 방문자 기록지에서 시선을 떼며 펜을 바닥으로 떨어뜨렸다. 모든 것이 느려졌다. 서둘러 다가오는 간호사가 마치 수중에서 움직이는 듯 보였고, 그녀의 머리카락도 느리게 휘날렸다.

간호사가 연민 가득한 눈으로 로리의 손을 잡았다.

"할머니께서 돌아가셨어요, 로리."

로리가 눈을 깜빡였다. 세상은 다시 제 시간을 따라잡았다. 로비에서 나는 소리가 다시 들려왔다. 주변 사람들은 보통의 걸음걸이, 보통의 속도로 걷고 있었다. 바깥에서 들어온 빛이 로비에 걸린 액자에 부딪혀 붉은빛을 발했다.

"어제 아주 행복한 마음으로 잠자리에 드셨어요. 오늘 아침에 발견했어요. 밤사이 돌아가신 거예요. 평화롭게, 고통 없이요."

로리는 가만히 서서 아무 대답도 하지 못했다. 케스트너 인형만 팔 아래 꼭 끼고 있을 뿐이었다.

"할머니 모습 보고 싶으세요?"

로리는 고개를 끄덕였다.

37장
2019년 11월 4일, 시카고

로리는 침대에 누워 있었다. 조금 전 보고 온 그레타 할머니의 모습을 떨쳐낼 수가 없었다. 하얀 천이 덮이며 할머니의 얼굴이 사라지던 순간, 로리의 일부분도 함께 사라졌다. 한 달 전 실리아가 전화를 걸어 아버지의 사망 소식을 전했을 때도 로리는 자신을 지키기 위해 싸웠다. 어렸을 때 살던 집으로 걸어 들어가 지나간 삶의 기억으로부터 공격을 당했을 때도 애써 싸웠다. 오늘밤도 그렇게 저항하고 싶었지만, 이번만은 흐르는 눈물을 막을 길이 없었다. 어렸을 때도 운 기억이 거의 없는 그녀가 울고 있었다. 물론 성인이 되어 이렇게 운 건 처음이었다.

로리는 고통과 슬픔이라는 감정을 느끼지 못하는 게 아니었다. 다만 그런 감정이 일반 사람과는 다른 방식으로 그녀에게 영향을 미쳤다. 이에 따라 생겨난 감각이 그녀의 기분을 바꾸고 생각을 변화시켰다. 그래서 사람들과의 접촉을 피해 세상으로부터 숨고 싶게 만들었다. 그녀가 혼자 있고 싶은 건 그래서였다. 그렇지만 로리도 사회가 고통의 반응으로 받아들이는 모습(엉엉 우는 것)을 보이는 경우도 있긴 했다. 오늘이 그 흔치 않은 경우였다. 로리는 모로 누워 머리를 베개에 묻고 눈물을 흘렸다.

너무 많은 것이 사라져버렸다. 로리에게 그레타는 마지막 남은 가족이었다. 이제 로리가 사랑하는 사람은 레인 필립스를 제외하면 아무도 없었다. 그녀가 지금 느끼는 비통함에는 또 다른 의미가 담겨 있었다. 마지막 남은 가족이 사라졌다는 것과 더불어, 입양 서류에 대한 대답을 들을 기회도 사라졌다는 것. 프랭크와 말라 무어에 대해서도, 농가에서 보냈던 여름에 대해서도, 자신과 그레타의 진짜 관계에 대해서도, 그레타와 앤절라의 관계에 대해서도. 로리가 앤절라의 죽음을 재구성한 이후 이 불가사의한 여성은 로리 인생에 있는 모든 것과 연결되어 있는 것처럼 보였다. 이 관계는 로리가 재구성해온 사건의 피해자들과 맺었던 일반적인 관계보다 훨씬 더 강력하고 비현실적인 것이었다. 이런 이유로, 그레타 할머니를 잃은 날 밤에도 로리는 오직 앤절라에 대해서만 생각하게 되었다.

눈을 감으니 베개를 적시던 눈물이 잦아들었다. 후회는 그녀의 동반자가 되어주었다. 곧 잠기운이 밀려들었다. 그녀는 흔쾌히 잠을 받아들였다. 수면 속에서는 다른 것들을 만날 수 있기 때문이었다. 예를 들면 어렸을 때 알게 된 익숙한 이끌림과, 침대에서 자신을 끌어내 농가 뒤의 초원으로 데려가 평온함을 선사한 매혹 같은 것. 그러나 오늘은 달랐다. 눈꺼풀 속에서 눈동자가 떨리는 지금, 그녀는 다른 누군가가 자신의 마음을 이끌고 있다는 것을 깨달았다. 그녀는 저항할 수 없었다.

* * *

로리는 어둡고 조용한 그랜트 공원 쪽으로 걸어갔다. 멀리 보이는 시카고 하늘에서 빛이 났고, 간헐적으로 보이는 고층 건물의 노란 빛이 어두운 하늘과 대비를 이루었다. 로리는 눈을 가늘게 뜨고 어둠 속을 바라보았다. 버킹엄 분수를 지나 자작나무가 나란한 자갈길을 걸어 2년쯤 전 카밀 버드의 시신이 발견된 공터에 다다랐다. 그 소녀는 지금 잔디 언덕에 혼자 앉아 있었다. 가로등의 할로겐 빛이 그녀의 윤곽을 돋보이게 했고, 뒤편의 벽돌 담으로 그림자를 드리웠다. 요가를 하듯 가부좌를 틀고 가만히 앉아 있는 그녀의 어깨에는 담요가 둘러져 있었다. 로리가 다가가자 소녀가 손을 들어 보였다. 살랑이는 손짓을 보니 로리의 마음에 평온함과 슬픔이 동시에 스며들었다.

카밀의 무릎에는 뭔가가 있었다. 로리가 풀밭 언덕으로 올라가보니 형체가 드러났다. 가부좌를 튼 소녀의 무릎 위에 있는 것은 인형이었다. 카밀은 구불거리는 인형의 머리를 쓰다듬었다. 어둠 속에서 자세히 보니 인형 왼뺨에 들쭉날쭉한 균열이 나 있었고, 안구는 마치 밤알처럼 쪼개져 있었다.

"네 사건을 방치해서 미안해. 정말 미안해. 그동안 너를 뒷전에 두고 있었어." 로리가 말했다.

소녀가 미소를 지었다. 그녀의 빛나는 미소는 자신의 시신이 버려진 곳에 평화로운 분위기를 선사했다. 그녀의 눈에는 분노나 실망의 기미는 보이지 않았다.

"당신은 절 뒷전에 둔 적 없어요. 누구보다도 제 생각을 더 많이 해주셨는걸요." 카밀이 말했다.

"네 사건 꼭 시작할게. 너에게 이런 짓을 한 자를 찾아내겠다고 약속할게."

"저에게 다시 돌아와주실 거라는 거 알고 있어요."

로리는 더 가까이 다가갔다. 케스트너 인형은 월터 버드가 복구를 의뢰했던 그날처럼 망가져 있었다.

"당신은 죽음을 재구성하는 동안 피해자들과 가까워지잖아요. 언제나 그러셨죠. 그래서 다른 사람들은 두 손 들고 물러나도 당신만은 해결이 가능했던 거예요. 당신만의 수수께끼도 곧 풀게 될 거예요. 모든 해답은 당신 앞에 있거든요. 당신을 괴롭히는 문제도, 말이 안 되는 모든 것들도……." 카밀은 인형의 얼굴을 쓰다듬으며 말을 이었다. "진실은 놓치기 쉽죠. 바로 우리 앞에 있어도요."

카밀은 인형을 안아 들고 두 눈을 내려다봤다.

"당신과 그레타 할머니가 완벽하게 복구해주셨더라고요."

그레타의 이름을 듣자 로리의 마음에 그레타 할머니의 이미지가 떠올랐다. 병실에 들어서는 로리를 볼 때마다 혼란을 느끼고 감정에 벅차 치매 상태로 횡설수설하던 모습이.

"너를 구하려고 했어. 피가 너무 많이 났어."

로리는 병문안을 갈 때마다 그레타의 눈에 공포가 서려 있던 게 떠올랐다. 과거의 고통스러운 기억에서 빠져나올 때까지 할머니는 괴로움을 느끼며 절망의 시간을 보내야 했다.

"로리와 내가 인형을 구한 것처럼 너를 구할 수만 있었다면 얼마나 좋았을까?"

세상이 빙빙 돌기 시작했다. 로리는 열 살 때 농가 뒤편 초원으로 자신을 데리고 간 신비한 이끌림을 기억해냈다. 땅바닥에 놓인 장미 다발과, 코에 갖다 댔을 때 온몸을 채우던 향기, 그리고 그때 찾아온 평온함을 떠올리자 주변의 모든 것이 흐려지기 시작했다.

주변이 빙빙 도는 동시에 세상이 멈추었다. 로리는 혼자였다. 카밀 버드는 사라졌다. 그녀가 있었던 잔디 언덕에는 장미 다발과 완벽하게 복구된 케스트너 인형이 놓여 있었다.

귓가에는 그레타의 목소리가 들렸다.

"너를 구하려고 했어. 피가 너무 많이 났어."

"피가 너무 많이 나. 병원에 가야 해."

"그가 오고 있어. 나한테 말한 적 있잖아. 그가 찾아올 거라고."

그리고 카밀 버드의 목소리도.

"진실은 놓치기 쉽죠. 바로 우리 앞에 있어도요."

그랜트 공원의 잔디 언덕에 서 있는 이 순간 모든 것이 맞아떨어졌다. 로리가 앤절라에게 느꼈던 유대감과 서로를 이어주는 유사점, 아버지의 항소장이 로리에게 외치던 것은 사실 토머스를 감옥에 묶어두려는 이면의 진실이 담겨 있었다는 것, 그레타와 앤절라의 관계, 그레타가 조산사였다는 사실, 프랭크와 말라 무어의 입양, 토머스를 더 이상 감옥에 가둬둘 수 없게 되자 인생의 마지막을 고통으로 보낸 아버지⋯⋯.

무언가가 그녀를 잡아당기는 느낌이 났다. 거의 수면 위로 올라온 것 같았다. 하지만 그녀가 마음 깊숙한 곳에서 그걸 찾으려 노력할수록 물을 더 헤집는 꼴이 되었다. 로리는 꿈에서 깨고 싶어 신음을 내뱉었다. 그리고 달아나려 했다. 그 순간 카밀 버드의 목소리가 들렸다. 몸을 돌리자 어깨에 담요를 걸친 소녀가 다시 잔디 언덕에 서 있었다. 노란 전등이 뒤에 있는 벽에 카밀의 그림자를 드리웠고, 그것을 본 로리의 마음에 뭔가가 번쩍했다. 로리는 그동안 자신을 괴롭혔던 게 무엇인지 깨달았고, 카밀의 출현으로 도움을 받았다는 사실도 알게 되었다.

"인형 복구해주셔서 고마워요. 아빠한테는 그 무엇보다 중요한 것이라서요."

로리가 쳐다보자 카밀의 팔에 안긴 케스트너 인형은 흠 없이 완벽해져 있었다. 소녀는 다시 손을 흔들었고, 로리는 뛰고 또 뛰었다.

38장
2019년 11월 5일, 시카고

로리는 발길질을 하며 깨어났다. 정신이 번쩍 들었다. 종이가 다리 사이에 뒤얽혀 있었다. 그걸 정리하느라 시간이 좀 걸렸다. 그녀는 온몸이 땀에 젖어 있었다. 꿈을 떠올리자 심장이 터질 듯 뛰었다. 돌담에 비친 카밀 버드의 그림자를 기억해내며 그녀는 침대에서 뛰쳐나왔다. 청바지와 티셔츠를 입고 컴뱃 부츠에 발을 끼워 넣었다. 머리에는 비니를 쓰고 현관문을 뛰쳐나가 차에 올라탔다.

자정이 지난 한적한 시간이라 요양원까지는 십오 분밖에 걸리지 않았다. 그녀는 전날 응급차와 소방차가 서 있던 곳까지 속도를 높여 달렸고, 시동도 끄지 않고 운전석 문을 열어둔 채 건물 안으로 뛰어 들어갔다.

요양원은 지금 잠에 빠져 있을 시간이었다. 컴뱃 부츠를 달그락거리며 로비로 들어서는데 접수처에 젊은 남자가 서 있었다.

"안녕하세요? 병문안 오셨나요?" 한밤의 고요함을 대변하듯 남자가 작게 속삭였다.

"어제 방문 기록을 좀 보려고요."

"출입 명부에 기록하시게요?"

"아니요. 그냥 어제 기록만 보면 돼요."

"특별히 찾으시는 환자라도 있나요?"

로리는 한숨을 내쉬었다. 그녀에게는 두 가지 선택지가 있었다. 시카고 경찰인 론 데이비슨을 불러와 기록을 당장 내놓으라고 하는 것, 아니면 연민의 감정을 자극하는 것. 그녀는 후자를 선택했다.

"여기 입원했던 저희 할머니가 어제 돌아가셨어요. 바로 직전에 할머니 친구분이 병문안을 왔었는데, 제가 그분 성함을 까먹었거든요. 그분도 명부를 작성하고 들어가셨을 테니 읽어보면 생각이 날까 해서요."

"아, 그래요? 잠시만요." 젊은이는 바로 경계를 풀었다.

그는 서랍장에서 두꺼운 3공 바인더를 꺼내 로리 쪽으로 방향을 돌린 후 표지를 열어주었다. 올해의 방문자 기록이 깔끔하게 철이 되어 있었다. 어제의 기록은 맨 윗장이었다. 로리는 손가락으로 짚어가며 재빨리 이름을 훑었다.

머릿속에선 토머스 미첼이 아버지에게 보낸 편지 속 글씨체를 떠올리고 있었다. 도적의 필체는 꼼꼼했고, 모두 대문자였으며, 줄 없는 지면에도 완벽하게 줄을 맞췄다. 그리고 A를 Λ로 쓰는 특성이 있었다.

기록지의 모든 글자가 종이에서 튀어오르는 것 같았다. 그의 필체를 기억하는 지금, 특이한 부호가 그녀의 시야를 채웠다. 꿈에서 그랬던 것처럼 요양원이 빙글빙글 돌았다. 그녀는 꿈속에서 본 카밀 버드의 모습을 떠올렸다. 할로겐 빛 아래 선 그녀의 그림자가 돌담에 드리워지던 장면을. 그리고 앤절라 미첼이 살았던 집 뒤편의 골목에 섰을 때 자신의 다리가 만들어냈던 Λ 모양을 떠올렸다. 그날 밤 그녀를 덮쳤던 으스스한 감각도. 로리는 어제 방문자 명단을 작성할 때도 똑같은 걸 느꼈다. 뭐라 말할 수 없는 예감 같은 것이었다. 그레타의 소식을 전하려고 총총 다가오던 간호사가 시야에 들어오기 직전, 그녀의 관심을 요하는 무언가가 비명을 질렀다. 그리고 지금, 카밀 버드가 힘을 살짝 실어준 덕에 로리는 이해할 수 있었다. 눈앞에 놓인 방문자 기록에 토머스 미첼의 필체가 있었다. 바로 그 Λ 모양이.

121호 환자를 보러 온 그가 활자체를 사용해 모든 철자를 대문자로 써놓았다. 마거릿 슈라이버MARGARET SCHREIBER라고.

39장
2019년 11월 5일, 일리노이 스타브드록

로리가 고속도로를 탄 것은 새벽 2시가 다 된 시각이었다. 텅 빈 I-80도로 위에 드문드문 전조등이 밝혀져 있었다. 그러나 스타브드록 주립공원 근처, 숲속의 통나무집으로 향하는 고요한 시골길을 달리는 지금, 그녀는 진짜 혼자였다. 이미 두 번이나 가본 길이라 오늘은 기억에 따라 운전했다. 갈림길에서도 주저하지 않았고 분기점에서도 고민하지 않았다. 그곳으로 가는 여정은 다른 모든 것처럼 그녀의 기억에 각인되어 있었다. 인생의 모든 자질구레한 것이 저장되어 분류되듯이.

로리는 머릿속에 있는 모든 것을 언제나 인지하거나 알아차리는 것도 아니었고, 기억에 담긴 어마어마한 양의 정보를 손쉽게 이해하는 것도 아니었다. 그렇지만 그랜트 공원의 잔디 언덕에서 카밀 버드의 영혼과 마주한 꿈을 꾼 이후 어린 시절과 농가와 관련해 아리송했던 모든 것이 명확해졌다. 그레타 할머니와 부모님, 요양원 방문과 그녀가 복구한 인형들, 그레타가 아무렇게나 뱉는 것처럼 보였던 중얼거림, 그리고 어렸을 때 농가 뒤쪽으로 자신을 불러내던 신비스러운 이끌림, 앤절라를 알게 된 순간 즉각적으로 마음이 끌렸던 것, 앤절라와 자신에게 사회불안증과 강박장애라는 똑같은 증상이 있다는 사실까지. 로리는 이 모든 것이 무엇을 의미하는지 깨달았다. 그녀는 그 오랫동안 손에 닿지 않았던 자신의 존재에 대한 찾기 힘든 요소를 마침내 손에 쥔 것이었다. 그리고 그것은 오직 자신의 도움을 기다리던 죽은 소녀의 영혼이 건넨 격려 덕분이었다.

"진실은 놓치기 쉽죠. 바로 우리 앞에 있어도요."

로리는 오늘밤 자신의 직관을 따라 이곳에 왔다. 그녀는 어둠의 벼랑 끝에 있었고, 영혼은 어둠으로 더럽혀진 기분이었다. 자신의 존재 중심에 자리한 이 고장난 부분을 바로잡아야 했다. 과연 그게 가능한 일인지 확신할 수 없었지만, 분노가 계속 시도하라고 몰아세웠다. 그녀는 자신의 여정에서 마지막 모퉁이를 돈 참이었다. 캄캄한 밤을 밝히는 것은 차의 전조등뿐이지만, 그녀는 그마저도 꺼버렸다. 오직 희미하게 빛나는 달빛만을 의지한 채 달렸다. 자갈길 진입로로 들어서자 으드득으드득 소리가 났다. 그녀는 차를 멈추고 시동을 껐다. 약 200미터 앞 울창한 나무 사이로 토머스 미첼의 통나무집으로 이어진 길이 보였다.

그녀는 족히 백번은 핸드폰을 들어 환한 화면을 쳐다보았다. 스타브드록으로 오기까지 레인의 번호를 띄우고 수없이 고민했다. 한동안 론 데이비슨의 번호를 띄워놓기도 했다. 인생에 있어서 자신의 행동을 막아줄 남자들 중 누구에게라도 전화하기 위해. 하지만 결국 마음을 접었다. 오늘밤 그녀의 인생에서 자신의 역할을 할 남성은 단 한 명이라는 결정을 내렸다. 그녀의 존재도 모르는 채 침묵을 지키고 있는 한 남자. 어쩌면 그녀의 성격을 형성했을지도 모르는 사람. 그는 그녀로부터 너무 많은 것을 빼앗아갔다. 물론 그 모든 것을 되찾기는 불가능했다.

차에서 내려 조심스럽게 문을 닫은 그녀는 문득 이런 의문이 들었다. 화재 진원지의 불을 끈다고 활활 타고 있는 옆 건물 불길까지 제압할 수 있을까? 나무가 무성한 진입로로 향하는 지금, 그녀는 밤의 적막에 압도당해 자신의 질문에 대답할 수 없었다. 통나무집 진입로와 자신의 차 중간에서 숲으로 향하는 길을 발견했다. 그녀는 핸드폰 손전등 기능을 켜고 그 길을 따라갔다. 200미터를 가자 졸졸거리는 물소리가 들렸다. 강이 근처에 있다는 증거였다. 공터에 다다르자 양쪽으로 강이 흘렀고, 신비한 뱀이 밤 사이로 미끄러지듯 수면에 달빛이 내려앉아 있었다. 그녀는 다시 200미터 정도 강둑을 따라 걸었다. 지난번 가석방 담당자와 사회복지사와 함께 왔을 때 봤던 작은 선착장을 발견했다. 물이 찰랑찰랑 닿은 가파른 제방에서부터 낡은 계단이 시작되었다. 그녀는 한 번에 한 단씩 조심스럽게 계단을 밟았다. 명치가 욱신거리고 머리에서는 피가 뱅뱅 돌았다.

계단 끝에 오르자 2만 제곱미터의 대지 한복판에 서 있는 통나무집이 보였다. 주변은 숲으로 둘러싸여 있었다. 그녀는 그곳을 향해 천천히 발을 옮겼다. 달빛이 그녀 옆으로 희미한 그림자를 드리웠다. 그녀의 동행은 자신의 그림자뿐이었다.

40장
2019년 11월 5일, 일리노이 스타브드록

　로리는 후방에서 접근했다. 어두운 창문이 마치 블랙홀 같았다. 그녀는 천천히 숲을 빠져나와 뒤로 길게 뻗어 있는 잔디밭을 지나갔다. 핸드폰의 손전등 기능을 끄고 살금살금. 부츠가 닿는 땅은 평평해서 걷는 데 지장이 없었다. 그러나 통나무집에서 50미터쯤 떨어진 곳에 다다랐을 때 발이 아래로 쑥 빠졌다. 그녀는 앞으로 고꾸라져 1미터 아래로 떨어졌다. 균형을 유지하는 건 불가능했다. 땅에 얼굴을 박자 눅눅한 흙 냄새가 코를 찔렀다.

　그녀는 위치를 가늠하기 위해 잠시 그대로 누워 있었다. 고꾸라지며 놓친 핸드폰을 더듬어 찾아 손전등 기능을 켜보았다. 주변을 둘러본 그녀는 자신이 막 새로 판 구덩이에 빠진 거라는 사실을 깨달았다. 위를 보니 어둠 속에서도 구덩이에서 파낸 흙이 더미를 이루고 있는 게 보였다. 로리는 천천히 무릎을 바닥에 대고 구덩이에서 일어났다. 구덩이는 허리 높이였다. 다시 통나무집이 보이자 호흡이 불규칙해졌다. 그곳은 여전히 어둡고 조용했다.

　그녀는 구덩이에서 빠져나와 핸드폰을 끄고 통나무집을 향해 나아갔다. 집을 둘러싼 길에 다다르자 이틀 전 차로 이 길을 따라 커브를 탔던 게 떠올랐다. 그녀는 다시 한 번 길을 따라 통나무집으로 향했다. 그리고 코트 주머니에 손을 넣어 자신에게 있는 단 하나의 무기, 킵이 준 스위스 군용 칼을 확인했다.

로리는 자갈길을 걸으며 칼날을 폈다. 컴뱃 부츠에 돌이 밟히는 소리가 났다. 땅은 온통 붉은색 진흙으로 이루어져 있었다. 계단으로 올라서니 그녀의 무게를 못 이긴 나무가 삐걱거리는 소리를 냈다. 한밤중이라 대포 소리처럼 크게 들렸다. 로리는 잠시 멈춘 후 다음 발을 내디뎠고, 그렇게 한 발씩 내디디며 현관까지 올라갔다. 지금 멈추면 그나마 있던 용기도 사라질 터였다. 그녀는 손잡이를 잡고 비틀었다. 문은 아무런 저항 없이 열렸고, 손잡이를 놓자 경첩에서 끼익하는 소리가 작게 났다. 그녀는 손가락이 떨리는 것을 느끼며 삼십 초를 기다렸다. 안으로 들어서자 어둠이 그녀를 반겼다.

그녀는 지난번 사회복지사와 가석방 담당자와 함께 왔을 때 봐 두었던 구조를 떠올렸다. 1층은 세 구역, 즉 거실과 주방, 뒤 베란다로 나뉘어 있고, 현관 왼쪽으로 난 계단을 오르면 침실 두 개와 욕실이 나온다. 그 남자는 아마 위층에 있을 것이다. 자고 있을 확률이 높았다. 그가 병실을 찾았을 때 그레타 할머니가 그랬던 것처럼.

그녀는 칼을 든 손을 덜덜 떨면서 위층으로 올라갔다.

침실은 비어 있었다. 침대에는 깔개도 이불도 없었다. 로리는 다시 아래층으로 내려와 핸드폰 손전등을 켜고 거실 쪽을 비춰보았다. 커피 탁자에 종이가 어지럽게 흩어져 있었다. 그중 한 장을 들고 읽어보았다. 그 남자가 아내 추적에 대해 꼼꼼하게 활자체로 적은 내용이 시간 순으로 나열돼 있었다. 명치 아래에서 으스스한 흥분이 부글부글 끓어올랐다. 감정을 주체하지 못한 로리는 소파에 앉아 스위스 군용 칼을 탁자에 올려놓았다. 그리고 종이를 한 장씩 넘겨보았다. 지금 당장 내용을 들여다보며 수년간의 그의 행적을 재구성하고 그가 알아낸 게 무엇인지 찾아내고 싶었다. 그것은 로리에게 일도 아니었다. 그러고 싶다는 욕망에 굴복하기 직전, 손으로 그린 지도가 그녀의 마음을 붙들었다.

특이한 활자체 Λ자가 글 사방에서 그녀를 향해 달려들었다. 그녀는 자신이 무엇을 읽고 있는지 이해하려고 애썼다. 그건 통나무집이 서 있는 부지를 측량한 도면 같았다. 부지와 경계가 그려진 건축도면이었다. 도면에는 손으로 그린 직사각형이 늘어서 있었다. 직사각형들은 격자무늬로 통나무집 뒤편 공터를 뒤덮고 있었다. 그리고 각각 이름이 적혀 있었다. 로리는 그것이 1979년 사라진 여성들의 이름이라는 것을 알아챘다. 그녀가 들고 있는 건 직접 만든 묘지를 표시한 지도였다. 방금 전 빠져나온 구멍은 새로 판 무덤이 분명했다. 그녀는 종이를 바닥으로 떨어뜨렸다.

41장
2019년 11월 5일, 일리노이 스타브드록

측량도면, 즉 묘지를 표시한 지도를 발밑에 떨어트린 채 거실에 서 있는 지금, 체온이 급격히 상승했다. 목 뒤로 땀이 맺혔고 숨이 제대로 쉬어지지 않았다. 며칠 전 밤 그레타와 앤절라의 관계에 대해 생각할 때 닥쳤던 발작이 다시금 로리를 휘감고 있었다. 바로 지금, 여기서, 공황발작이 닥칠 것만 같았다.

로리는 비니를 벗고 코트의 단추를 만지작거렸다. 맥박이 비정상적으로 뛰었다. 코트 깃을 열자 목에 시원한 바람이 느껴졌다. 그러자 잠깐 정신이 들면서 밖으로 뛰쳐나가고 싶다는 충동이 솟구쳤다. 폐에 고통을 느끼던 그녀는 마침내 숨을 들이쉬었다. 여전히 손전등 모드로 되어 있는 핸드폰과 지도를 들고, 탁자에 둔 스위스 군용 칼을 집어 들었다. 그리고 거실을 지나 주방을 거쳐 뒤베란다로 향했다. 그래야 강둑 계단을 찾아 차로 더 빨리 갈 수 있었다. 그러나 문에 다다르자 이곳을 떠나고 싶다는 생각은 증발해 버렸다. 한 여성이 목에 나일론 끈을 두르고 두 손은 뒤로 결박당한 채 의자에 앉아 고꾸라져 있었다. 가까이서 보니 캐서린 블랙웰이었다. 로리의 손가락을 떨게 했던 진동이 이제는 온몸으로 퍼져 나갔다.

캐서린의 목에 둘러진 올가미는 로프에 연결되어 있었고, 로프는 베란다 천장에 박아놓은 커다란 나무 기구에 매달려 있었다. 로리는 핸드폰으로 그쪽을 비춰보았다. 로프는 세 개의 도르래에 연결되어 위로, 아래로, 위로, 아래로 이어져 있었고 로프의 반대쪽 끝은 캐서린과 몇 미터 떨어진 바닥을 향해 있었다. M 자 모양의 기구를 본 즉시 그것이 앤절라가 남편의 창고에서 본 기구의 모양과 같다는 것을 알았다.

로리는 천장을 비추던 손전등을 거두고 재빨리 캐서린에게 다가갔다.

"캐서린, 내 말 들려요?"

로리는 곧 그 말이 무의미하다는 것을 깨달았다. 캐서린은 눈을 감고 있었고 몸은 이미 차가웠다. 로리는 핸드폰을 사용하려고 화면을 밀었다. 손가락이 너무 떨려서 세 번이나 시도해야 했다. 그런데 응급차를 불러야 할지, 데이비슨 형사에게 연락해야 할지 판단이 서지 않았다. 그때 먼 곳에서 한 줄기 빛이 보였다. 베란다 방충망 너머로 보이는 공터 저편에서 불빛이 흔들렸다. 발걸음에 맞춰 흔들리는 불빛과 함께 누군가가 어둠을 헤치며 집을 향해 다가오고 있었다.

로리는 조금 전 강둑 계단 꼭대기에서 봤던 경관을 떠올렸다. 이곳에 있는 핸드폰 불빛이 저편 어둠 속에서는 확연히 눈에 띌 것이다. 그녀는 재빨리 손으로 핸드폰 화면을 가린 채 가슴에 갖다 댔다. 캐서린 옆에 쭈그리고 앉은 채 손전등 모드를 끄고 핸드폰을 주머니에 넣었다. 그리고 몸을 돌려 다시 뒷문으로 들어가 주방으로 향했다.

조심스럽게 베란다 문을 닫으면서 보니 흔들거리는 손전등 빛이 이쪽으로 점점 다가오고 있었다. 이미 반절은 온 상태로 고작 삼십 초 정도면 이곳에 당도할 것 같았다. 로리는 어둠 속에서 주방을 더듬거리며 어디든 숨을 곳을 찾았다. 그녀는 또다시 호흡을 멈춘 상태였고 잠깐이라도 숨을 들이마셔야 한다는 생각에 괴로웠다. 그때 근처 벽에 식료품 저장실로 통하는 문손잡이가 보였다. 즉시 그 문을 열고 미끄러져 들어갔다. 동시에 바깥에서 베란다로 연결된 문이 끼익하고 열리는 소리가 났다.

"한 판 더 할 수 있겠지? 물론 그럴 거라 믿어."

식료품 저장실에 숨은 로리는 토머스 미첼의 음성을 들으며 온몸을 부들부들 떨었다.

42장
2019년, 11월 5일, 일리노이 스타브드록

로리는 식료품 저장실 문을 마치 관 뚜껑처럼 코끝까지 당긴 채 호흡에 집중했다. 곰팡이와 먼지가 코로 들어왔고 눈물이 솟아 눈앞이 흐려졌다. 시야라고는 문틈으로 보이는 공간뿐이었다. 토머스가 주방에서 식사를 준비하고 있었다. 그 모습을 보자 명치 끝이 아팠고 귀에서 피가 도는 소리가 들렸다. 토머스는 로리로부터 2미터쯤 떨어진 곳에 있었다. 그는 금속 그릇에 음식을 넣어 섞은 후 맛에 대한 즐거움과는 철저히 담을 쌓은 듯 그저 식량을 주입하듯 먹기 시작했다.

그가 들어오며 전등을 켠 덕분에 주방과 베란다가 잘 보였다. 주변을 살피던 로리의 눈에 바닥에 남은 붉은 발자국이 보였다. 저장실 앞에도 급하게 발을 끈 흔적이 보였다. 급하게 미끄러져 들어오며 남긴 자국이었다. 순간 공포가 엄습했다. 그녀는 폐가 제 기능을 하도록 호흡을 조절했다. 내뿜는 숨소리가 마치 확성기를 통한 듯 크게 들렸다. 토머스가 곧 이쪽으로 다가와 문을 열고 로리라는 경품을 발견할 것만 같았다. 그녀는 언제라도 할퀴고 찌르고 주먹질할 준비가 되어 있었다. 그의 신체 어디라도 주저 없이 물어뜯을 수도 있었다. 그녀가 절대 피해야 할 것은 그의 손에 죽는 일이었다. 이미 너무 많은 여성이 그에게 죽임을 당했다. 로리가 숲이 우거진 길로 빠져나가 차로 달려가지 않고 여기서 그를 노려보는 것은 바로 그 이유였다. 그녀는 여기까지 와서야 그걸 깨달았다.

늘 그렇듯 그녀의 의식은 자신의 잠재의식을 건드려줄 작은 도화선을 찾고 있었다. 기회가 있었는데도 밖으로 뛰쳐나가지 않은 이유를 그녀는 알고 있었다. 왜 자신이 구조대에 전화하는 대신 핸드폰을 껐는지도. 몇 시간 전 카밀 버드의 영혼이 그녀에게 얘기했듯 그녀의 도움을 기다리는 이들이 있었기 때문이었다. 사건의 마무리와 평화를 기다리는 그들. 통나무집 뒤에 매장된 채 40년 동안 혼란을 느끼고 있는 그들. 로리는 카밀 버드를 포함해 이 여성들 모두를 더 이상 저버릴 수 없었다. 이들을 돕는 데는 레인이나 론 혹은 누구의 도움도 필요치 않았다. 여성들은 오직 로리만을 필요로 했고, 로리는 그들의 도움 요청에 응해야 했다.

그때 토머스가 그릇을 내려놓고 로리 쪽으로 다가왔다. 로리는 단 몇 센티미터라도 뒤로 물러나 어둠 속에 몸을 감추려 했다. 폐로 숨을 들여보내기가 점점 힘들었고, 거친 호흡 소리 때문에 들킬 거라 확신했다. 로리는 눈을 질끈 감고 마음을 다잡았다. 지금 곧 토머스가 문을 열어젖힐 것이고, 저장실 안은 돌연 환해질 것이다. 환해진다는 것은 공격하라는 신호, 맹렬히 싸우라는 신호였다. 자신을 위해, 캐서린을 위해, 그리고 통나무집 뒤에 묻힌 길 잃은 영혼들을 위해. 그를 덮치려고 마음먹자 근육이 긴장했다. 그런데 갑자기 음악 소리가 나며 그녀의 숨소리를 숨겨주었다.

로리는 눈을 뜨고 문틈으로 밖을 내다보았다. 주방에는 아무도 없었다. 갑자기 모차르트의 레퀴엠이 들렸다. 처음에는 작게, 그리고 크게. 음악은 더 커지고, 더욱 커졌다. 마침내 그가 보였다. 그는 식료품 저장실을 지나 베란다로 나갔다.

43장
2019년 11월 5일, 일리노이 스타브드록

통나무집을 잠식할 듯 커다란 음악 소리도 베란다에서는 적당한 음량으로 들렸다. 토머스는 음악 소리가 그녀를 깨울 수 있게 조금 더 컸으면 하는 마음이 들었다. 그녀가 모차르트의 레퀴엠 합창 부분을 듣고 깨어나길 바랐다. 그러면 앞으로 무슨 일이 일어날지 말해줄 것이다. 그녀는 마지막 판에 겨우 목숨을 부지하고 있었기에 아직도 살아 있는지는 확실치 않았다. 그렇지만 지금 확인하고 싶지 않았다. 그녀가 살았는지 죽었는지 알고 싶지 않았다. 그는 상상했던 것보다 더더욱 스릴을 그리워했고, 그 감정을 다시한 번 느끼고 싶었다.

단서 두 개는 모두 기대에 어긋났다. 첫 번째 사람은 설사 그녀가 진실을 알고 있다고 해도 너무 늦어서 의사소통하기가 힘들었다. 게다가 정보를 끌어낼 시간도 없었다. 지금 눈앞에 있는 이 여자라면 가능할 거라 믿었지만, 그녀는 앤절라 수색에 있어 쓸모없는 존재라는 것만 증명했다. 그렇게 막다른 길에 이르자 그는 오랫동안 눌러왔던 욕망, 스릴에 대한 탐욕에 굴복하고 말았다. 죽은 자들을 위한 송가가 그의 귀와 통나무집을 채우는 지금, 토머스는 캐서린 블랙웰로부터 2미터 떨어진 의자 위로 올라섰다. 나일론 끈을 자신의 목에 채우자 엔도르핀이 온몸을 감쌌다. 그는 목에 걸린 올가미를 바짝 당기고 의자에서 천천히 내려오며 캐서린이 공중으로 떠오르는 것을 지켜보았다. 정말이지 눈부시도록 아름다운 광경이었다. 매혹적인 음악과 스릴이 동시에 자신의 몸을 감싸는 것을 느끼며 토머스는 희열에 빠져들었다.

그는 잠시 눈을 감았다. 아주 오랜만이었지만, 지나친 탐닉은 위험하다는 것쯤은 인지하고 있었다. 스릴을 느끼는 것은 신비로운 행위였다. 그것은 세상이 내려주는 축복과도 같았다. 스릴은 그의 앞에 있는 막대기에 매달린 채 더 가까이 오라고 그에게 애원했다. 하지만 그는 죽음의 신이 그 막대기를 쥐고 있다는 걸 알았다. 스릴을 너무 많이, 너무 오래 탐하면 끝장이 난다는 것도 알았다. 어쩌면 그건 미끼일 수도 있었다. 황홀경과 죽음이라는 것은 한끝 차이니까.

그는 스릴에 젖어 몸을 떨었다. 황홀에 도취되어 있던 그는 앞에 둥둥 떠 있는 여자를 보기 위해 눈을 가늘게 떴다. 여자가 마법처럼 공중에 매달려 있었다. 장엄하고도 완벽한 경관이었다. 그러나 이내 상황이 바뀌었다. 시야 밖에서 무언가가 언뜻 스쳤다. 놀란 그는 눈이 휘둥그레진 채 목에 걸린 올가미를 쥐고는 발로 의자를 찾기 시작했다.

44장
2019년 11월 5일, 일리노이 스타브드록

로리는 식료품 저장실 문틈으로 토머스의 모습을 지켜보았다. 그가 의자를 베란다 한가운데 끌어다놓고, 머리 위에 매달린 올가미를 손으로 만지작거렸다. 그러더니 의자 위에 올라 자신의 목에 나일론 끈을 두르고 의자에서 천천히 발을 뗐다. 그와 동시에 캐서린의 몸이 공중으로 떠올랐다. 마치 마법사가 손을 대지 않고 사물을 들어올리는 것 같았다. 그 순간 로리는 자신에게 남은 모든 숨을 빼앗기는 느낌이 들었다.

너무나 괴이한 장면을 목격하고 말았다. 그녀는 '자위 질식'이라는 천박한 행위와 관련해 사건을 재구성한 경험도 있고, 이런 행위를 통해 성적 만족감을 느낀다는 변태적인 인간들에 대한 기사도 읽어보았다. 하지만 지금 눈앞에 펼쳐진 장면은 완전히 다른 것이었다. 사실상 그것은 성적이라기보다 변태적인 행위였다. 그것도 아주 불편한 방식으로. 토머스가 느끼는 쾌감은 변태적 성행위에서 온다기보다는 누군가의 죽음을 즐거이 구경하는 데서 오는 것이었다.

캐서린의 다리가 흐느적거리며 몸이 허공으로 솟아올랐다. 도르래 맞은편에 있는 토머스의 몸무게가 그녀를 들어올리고 있었다. 로리는 앤절라가 토머스의 창고에서 보고 그린 도르래 그림을 떠올렸다. 토머스는 이곳 통나무집에 그 장치를 재현해놓고, 아내의 단 하나뿐인 친구를 매달아놓았다. 그는 40년 전 캐서린이 앤절라의 실종을 도와주었다고 확신하는 게 분명했다. *당신은 잘못 생각하고 있어.* 로리는 속으로 중얼거렸다.

그가 천천히 몸을 낮추더니 마치 안전 장치를 찾듯 익숙한 동작으로 다리 하나를 의자 위에 올렸다. 긴장감이 극에 달해 의식 불명이 가까워지자 자신의 체중을 의자로 옮긴 것이엇다. 의자 위로 무게중심을 옮기자 그는 더 높은 곳에 위치하게 되었고, 자연스레 캐서린은 바닥으로 내려앉았다. 로리는 통나무집 안에서 쩌렁쩌렁 울리는 클래식 음악을 들으며 이 괴이한 시소 행위를 바라보고 있었다.

토머스가 다시 의자에서 발을 뗄 때 바닥에서 30센티미터쯤 떨어진 곳까지 내려왔다. 그의 얼굴은 진홍색으로 터질 듯 변했다. 로리의 마음이 충동에 휩싸인 건 바로 그때였다. 그것은 어렸을 적 그레타의 농가에서 느꼈던 이끌림만큼 강력했다. 그녀는 재빨리 저장실 문을 열었다. 그녀가 내는 소리는 모차르트의 음악에 묻혔다. 그녀는 코트 주머니에서 스위스 군용 칼을 꺼냈다. 칼날을 펼치자 베란다의 불빛이 칼날에 닿아 번뜩였다. 베란다 문 앞에 나타난 그녀의 모습에 토머스가 소스라치게 놀랐다. 그는 의자에 발을 올리기 위해 미친듯이 허우적거렸다. 피가 몰려 붉어진 그의 얼굴은 이제 다른 색, 더 어두운 색, 자주색으로 변해갔다.

허우적거리던 그의 오른쪽 다리가 마침내 의자 위에 닿았다. 몇초만 더 있었다면 그는 의자에 체중을 옮겨 목에 가해진 압력을 덜었을 것이다. 하지만 로리는 그 몇 초를 내주지 않았다. 그녀는 그와 눈을 마주한 채 천천히 다가갔다. 그녀의 눈은 침착하고 빈

틈없었고, 그의 눈은 튀어나온 채 당황한 기색이 역력했다. 이번만은 로리도 상대의 눈을 피하지 않았다. 그녀는 토머스가 그날 밤 병실을 찾았을 때 혼자 있었을 그레타 할머니를 떠올렸다. 통나무집 뒤에 묻힌 여성들을 떠올렸다. 캐서린을 떠올렸다. 그리고 앤절라도.

로리는 스위스 군용 칼날을 접었다. 어쨌거나 칼은 필요치 않았다. 단지 토머스가 다리 하나를 의자에 올린 순간, 그녀가 의자를 발로 차버렸을 뿐이었다. 그는 바닥으로 떨어졌고, 덜컥하는 충격에 몸을 움찔했다. 목으로 손을 올려 올가미를 느슨하게 하려고 했지만 헛수고였다. 그가 혼자 몸부림치는 동안 로리는 한참 동안 그를 내려다봤다. 그러더니 그의 귀에 대고 뭐라고 속삭였다. 툭 불거진 그의 눈이 커다래졌다. 로리는 캐서린에게로 몸을 돌렸다.

목이 졸린 채 가축처럼 매달려 있는 캐서린을 그대로 둘 수 없었다. 로리는 몇 분을 기다렸다가 그녀의 시신을 베란다 바닥에 조심스레 눕혔다. 토머스가 여전히 움찔거리는 걸 보며 그녀는 주방에 있는 집전화로 다가가 수화기를 들었다. 벽과 전화기 잭 사이에 가석방 담당자의 명함이 끼워져 있었다. 로리는 그 번호에 전화를 걸어 상대방이 받을 때까지 기다렸다가 주방 탁자에 수화기를 올려놨다.

마침내 로리는 주택을 빠져나왔다. 현관문은 열어둔 채였다. 차로 향하는 동안에도 모차르트의 레퀴엠이 희미하게 들렸다.

45장
2019년 11월 5일, 시카고

집 앞 연석에 차를 댄 것은 오전 6시였다. 로리는 맨발로 계단을 성큼성큼 올라 자물쇠를 열고 안으로 들어갔다. 곧바로 거실에 있는 난로 옆 쓰레기통에서 신문지를 모았고, 벽난로의 장작 아래에 신문을 넣었다. 성냥으로 종이에 불을 붙인 후 조심스럽게 불을 옮겼다. 활활 탈 때까지. 그리고 장작을 더 가져와 정확히 원뿔형으로 만들어 불이 제대로 붙을 수 있게 했다.

잠시 후 옷을 벗어 벽난로 안으로 던졌다. 청바지와 티셔츠, 코트와 비니까지. 그리고 불꽃이 천을 태우는 광경을 바라보았다. 옷감이 들어가자 불길이 더욱 거세졌다. 옷이 다 타서 조금의 재만 남긴 채 굴뚝 밖으로 사라지자 로리는 매든걸 엘로이즈 컴뱃 부츠를 집어 들었다. 부츠는 스타브드록 통나무집에서 묻혀온 붉은 진흙으로 범벅이 되어 있었다. 그녀는 부츠도 불 속으로 넣었다.

속옷 차림으로 부츠가 녹는 걸 지켜보던 그녀는 위층으로 올라가 침대에 기어들어 갔다.

레인 필립스가 열쇠로 문을 열고 로리의 집으로 들어왔다. 낮 12시가 다 됐는데 로리는 좀체 전화를 받지 않았다. 거실 벽난로가 그의 눈에 들어왔다. 꺼져가는 불 속에서 장작이 타고 있었다.

"로리!"

불러봐도 대답이 없었다.

그는 서재를 확인했다. 비어 있었다. 작업실에도 선반 위에 나란히 있는 인형을 제외하고는 아무도 없었다. 위층에 올라가자 그녀는 자고 있었다. 로리 무어는 절대 아침형 인간이라고 할 수 없지만, 그렇다고 정오까지 자는 것도 그녀답지 않았다. 레인은 침대로 다가가 그녀의 상태를 확인했다. 규칙적인 호흡에 맞춰 이불이 들썩였다. 그녀가 이토록 깊이 잠든 건 정말 오랜만에 보는 모습이었다.

레인의 눈에 이불 아래서 삐져나온 종이가 보였다. 이불을 들추자 너덜너덜해진 그의 논문이 나왔다. 하도 자주 읽어서 종이가 구겨지고 모서리까지 해져 있었다. 대충 넘겨보니 수많은 페이지 여백에 로리의 메모가 적혀 있었다. 끝부분으로 가자 종이 끝을 접어놓은 페이지가 있었다. 그것은 살인범들이 왜 살인을 저지르는지, 어떤 심리 기제를 통해 사람들이 타인의 생명을 앗아가려고 하는지 분석한 내용이었다. 중간 부분에 있는 한 문장에 형광펜이 그어져 있었다. *누군가는 어둠을 선택하고, 누군가는 어둠에 선택당한다.*

그 페이지는 물을 떨어뜨린 듯 축축하고 동그란 얼룩이 남아 있었다. 물인가? 아니면 눈물? 그때 초인종 소리가 났다. 레인은 논문에서 시선을 뗐다. 로리는 꼼짝도 하지 않았다. 초인종이 다시 울렸다. 그는 협탁에 논문을 올려두고 아래층으로 내려갔다. 문을 열자 현관 발치에 론 데이비슨이 서 있었다.

46장
2019년 11월 5일, 시카고

"로리?"

그녀의 눈꺼풀이 떨렸다.

"로리."

로리는 다시금 자신의 이름을 부르는 소리를 들었다.

눈을 뜨자 레인이 침대 옆에 서 있었다. 그가 그녀의 뺨에 손을 댔다.

"당신, 괜찮은 거야?"

"응, 괜찮아." 로리가 일어나 앉으며 대답했다.

그녀는 스타브드록 통나무집에서 있었던 시간을 잠깐 떠올렸다. 캐서린 블랙웰이 둥실 떠오르던 모습, 토머스 미첼이 괴이한 방식으로 황홀경을 느끼던 모습, 식료품 저장실에 숨었을 때 문틈으로 보이던 가느다란 불빛, 클래식 음악……. 아직도 그 음악 소리가 귀에 선했다.

"지금 몇 시야?" 그녀가 물었다.

"정오. 내가 론 얘기 한 거 들었어?"

"아니. 론이 왜?"

"여기 왔어. 아래층에 있어. 당신하고 얘기를 해야겠다는데. 뭔가 급한 거래."

로리는 눈을 몇 번 깜빡였다. 그녀가 읽던 레인의 논문이 협탁에 놓여 있었다. 그녀는 논문을 읽다가 잠에 빠져들어 꿈도 꾸지 않고 달게 잤다.

"잠시만 기다려달라고 해줘." 로리가 머리를 쓸어넘기며 말했다.

* * *

십오 분 뒤 세 사람은 거실에 모였다.

"오늘 오전 일찍 라샐 카운티 보안관 사무소에서 전화가 왔었네." 론이 말했다.

론은 벽난로 맞은편 소파에, 로리와 레인은 양옆 의자에 앉아 있었다. 벽난로는 로리의 왼쪽, 레인의 오른쪽에 있었고, 시카고 살인전담반 반장은 벽난로를 바로 마주하고 앉았다. 로리에게 선택권이 있었다면 론을 주방으로 이끌었을 것이다. 그러나 로리가 아래층으로 내려왔을 때 그와 레인은 이미 거실에 앉아 있었다.

"라샐 카운티요?" 로리가 물었다.

"스타브드록이 있잖아." 론이 대답했다. "여전히 자세한 사항을 수집하는 중이지만, 어쨌든 토머스 미첼이 자살을 한 것 같네."

로리는 얼굴에 감정이 드러나지 않도록 애썼다. 이런 종류의 소식을 들을 때면 늘 그래왔기에 오늘도 별다른 모습을 보이고 싶지 않았다.

"방법은요?" 그녀가 물었다.

"목을 맨 것 같아. 자세한 내용은 계속 들어오는 중이야. 나는 담당 형사하고 몇 분 대화를 나눈 게 다라서. 집 안에 다른 시신도 있었네. 여성이었어. 그가 고문을 한 것 같다고 하더라고. 그쪽 담당자들이 여전히 현장 상황을 파악하는 중이야."

"어떻게 해서 죽은 걸 발견했대요?"

"새벽에 가석방 담당자한테 전화가 걸려왔다는데, 한 3시쯤에. 수화기를 탁자에 올려두고 목을 맸대. 이건 그 사람들 추측이고, 법의학 팀에서 현장 조사 중이야. 그가 자네 의뢰인이었으니 알려 줘야 한다는 생각이 들었어. 지금 그쪽으로 가려는 참이거든."

로리가 고개를 끄덕였다. "고맙습니다." 그녀는 레인을 바라보고 다시 론을 쳐다보았다. "오늘 제가 좀 멍해 보이죠? 죄송해요. 머릿속으로 정보를 처리하려고 노력 중이라서요."

하지만 로리는 자신이 수화기나 주택 어딘가에 지문을 남기지 않았는지 걱정하고 있었다. 혹은 나오는 길에 자신의 컴뱃 부츠가 남긴 발자국을 확실히 없앴는지.

"이걸 어쩌나, 할 얘기가 더 있는데." 론이 말했다.

"네? 뭔가가 더 있다고요?"

"보안관 측 사람들이 그 집에서 도면을 하나 발견했는데, 그게 1979년에 실종된 여성들이 묻힌 장소 같다고 하더군. 토머스 미첼이 납치한 것으로 여겨진 여성들이 거기에 다 있었다고 하네."

"맙소사!" 레인이 내뱉었다.

"들어보니 그가 시카고에서 여성들을 납치해 살해한 뒤 삼촌의 통나무집 뒤에 묻었다고 하더군. 삼촌은 사망할 당시 조카에게 그 집을 남겨주었고. 삼촌이란 자도 아마 자기 조카가 뭘 하는지 알았을 거야."

"뭐라고 말해야 할지 모르겠네요." 로리가 고개를 저으며 말했다.

"우리 쪽 사람들도 조사에 착수할 거야. 피해자들이 시카고 출신이니까. 쿡 카운티 보안관 사무소도 마찬가지고."

"그렇겠네요." 로리가 말했다.

"말해 봐, 그레이. 자네가 스타브드록에 갔던 게 언제지?"

로리가 론을 쳐다보았다. "어, 그게, 며칠 전 아침이요. 레인과 제가 그 사람 태워다준 날이요."

"박사님? 그게 마지막이었습니까?" 론이 레인에게 물었다.

"그렇죠. 왜요? 뭐 때문에 물으시죠?" 레인이 되물었다.

"그냥 정확히 하기 위해서죠. 라샐 카운티 사람들도 물어보려고 할 겁니다. 미리 알려드리고 싶어서요. 두 분 다 그곳에 간 적이 있으니 아마 그들한테 진술을 하셔야 할 겁니다."

"물론 해야죠." 레인이 말했다.

"그래야죠." 로리도 고개를 끄덕였다.

벽난로에서 장작이 타닥거리는 소리가 났다. 장작 갈라지는 소리에 모두가 그쪽을 바라봤다. 몇 시간 전에 옷을 태운 후 처음으로 보는 벽난로였다. 재 위로 솟은 컴뱃 부츠의 잔해가 로리의 눈에 띄었다. 그녀는 목 근육의 경련을 느꼈다. 부츠 앞부분 엄지발쪽, 그리고 밑창 가죽과 고무가 불길을 피해 10센티미터 정도 남아 있었다. 불타는 장작 때문에 부츠 부분이 도드라져 보였다. 마치 어항에 죽은 고기가 둥둥 떠 있는 것처럼 분명하게. 게다가 그것은 스타브드록 통나무집 땅에서 묻은 붉은색 흙으로 덮여 있었다. 그녀는 벽난로 앞 바닥을 바라보았다. 옷을 태우며 잠시 부츠를 내려놓았던 자리에 희미하게 붉은 기가 남아 있었다.

장작이 소리를 낸 직후, 그러니까 로리가 자신의 실수를 깨달은 그때 레인이 의자에서 일어나 부지깽이를 들었다.

"필요하시면 언제든 연락 주세요." 레인이 벽난로 앞에 서서 론의 시야를 가리며 말했다. "도움이 된다면 뭐든 협조하겠습니다."

그는 불타는 장작 위로 몇 조각의 나무를 더 얹었다. 그러자 주황색 불빛 속에서 한 줄기 잉걸불이 솟아올랐다. 불꽃은 즉시 장작으로 옮겨 붙었고 불길은 다시 활기를 되찾았다. 로리는 레인이 부지깽이 끝으로 선홍색 부츠 잔해를 불길 속으로 밀어넣는 것을 보았다. 부츠는 곧 녹아 사라졌다.

레인은 장작 하나를 더 던져 넣은 다음 부지깽이를 제자리에 걸었다. 그러더니 벽난로 앞에 깔려 있던 작은 깔개를 자신의 왼쪽으로 끌어당겨 진홍색 얼룩을 가렸다.

"두말하면 잔소리겠지만, 지금 상황은 그야말로 엉망진창입니다." 론이 말을 이었다. "언론은 앞으로 신이 나서 떠들 겁니다. 그리고 로리, 그 사람이 자네 의뢰인이니 그쪽 담당자들이 자네와도 얘기를 하려 할 걸세. 지금 그쪽으로 가는데 혹시 원하면 같이 가고."

로리는 당장 론 데이비슨을 집에서 쫓아내고 싶었다. 그녀가 죽어도 가기 싫은 곳이 바로 그 통나무집이었다.

하지만 그녀는 고개를 끄덕이며 대답했다. "네, 그것도 괜찮겠네요."

레인은 로리가 마주 보이는 자기 자리에 다시 앉았다. 그 역시 고개를 끄덕이고 있었다. 두 사람은 서로의 눈을 마주보며 무언의 대화를 나누었다.

"그것도 괜찮겠네요." 레인이 로리의 말을 반복했다.

"조금만 기다려주실 수 있죠?" 로리가 물었다.

"물론이지. 전화해서 우리 둘이 같이 간다고 얘기해놓겠네."

소파에서 일어난 론은 핸드폰을 귀에 대며 현관으로 나갔다.

로리는 론이 사라진 후에도 레인에게 시선을 고정하고 있었다. 그녀는 레인과 대화를 하고 싶었다. 모든 걸 말하고 싶었다.

"당신 옷 갈아입어야지." 레인이 말했다.

십 분 후 로리는 현관 발치에 있는 론과 합류했다. 통화 중인 론은 로리에게 검지를 들어 보였다. 일 분 후 그는 어리둥절한 표정을 지으며 상의 앞주머니로 핸드폰을 밀어 넣었다.

"준비됐나?" 그가 물었다.

"네. 근데 무슨 문제 있어요?" 로리가 안경을 고쳐 쓰며 물었다.

"자네가 부츠 안 신은 거 처음 본 거 같아서." 론이 그녀의 발을 보며 대답했다.

로리는 비니를 좀 더 내려썼다. 옷장에 있던 여분의 비니였다. 코트도 하나 더 찾아서 목까지 단추를 채운 참이었다. 그러나 부츠만은 그거 하나였다. 10년이나 신어서 그녀의 발에 완벽하게 적응된, 그러나 지금은 재로 남은 부츠.

"왜냐면, 거기 엉망이잖아요. 부츠 망가뜨리고 싶지 않아서요."

그녀는 상사를 지나쳐 암행순찰차 조수석에 올라탔다.

47장
2019년 12월 5일, 일리노이 피오리아

    로리의 차 조수석에는 전달할 물건이 두 가지 놓여 있었다. 해럴드 워싱턴 도서관 주차장에 도착한 그녀는 그중 하나, 카밀 버드의 케스트너 인형을 들고 로비로 들어갔다. 몇 주 전 만났던 자리에 월터 버드가 서 있었다. 그녀가 다가서자 그는 굳은 시선으로 그녀의 손에 들린 상자를 뚫어져라 바라보았다. 로리가 안경을 고쳐 썼다.

    "너무 오래 걸려서 죄송해요."

    "끝났습니까?"

    로리가 도서관 문을 가리키며 말했다. "어떻게 됐는지 직접 보여드릴게요. 보시면 좋아하실 거예요."

    둘은 안으로 들어가 뒤쪽 구석에 있는 빈 책상에 앉았다. 로리는 상자를 책상 위에 놓고 뚜껑을 열었다. 그리고 조심스럽게 카밀의 인형을 꺼내 그에게 넘겼다. 월터 버드는 손으로 인형을 받더니 침을 꿀꺽 삼키고 인형 얼굴을 어루만졌다. 로리는 그의 눈이 눈물로 빛나는 것을 보았다. 그가 그녀를 바라보았다.

    "감사합니다. 정말 놀랍군요."

    로리가 눈을 피하며 고개를 끄덕였다. "말씀드리고 싶은 게 있어요. 이제 카밀의 사건에만 집중하려고요. 처리해야 할 일이 하나 있긴 하지만, 그러고 나면 따님 사건에만 총력을 기울일 거예요."

인형을 바라보던 월터 버드가 고개를 들었다. "감사합니다."

로리는 그의 딸이 자신을 도와줬다고 말하고 싶었다. 상상할 수도 없고, 설명할 수도 없는 방법으로. 로리의 도움을 기다리던 죽은 소녀의 영혼이 오히려 그녀를 통찰의 끝으로 몰아붙였다는 것은 누구도 이해하지 못할 것이다. 그래서 로리는 그냥 이렇게 말했다. "저는 카밀과 연결이 된 것처럼 느껴져요. 카밀을 돕고 싶은 마음도 들고요. 그러니 꼭 그러겠다고 약속드릴게요."

로리는 흠 없이 복구된 딸의 인형을 들고 있는 월터 버드를 남겨둔 채 방향을 틀어 도서관을 빠져나왔다. 그녀는 조수석에 남아 있는 두 번째 물건을 전달하기 위해 차로 향했다.

로리는 차를 몰고 쭉 뻗은 시골길을 달렸다. 황량한 옥수수밭이 흐릿하게 눈가를 스치고 지나갔다. 해가 지평선을 향해 가는 늦은 오후, 태양은 그녀 앞에 펼쳐진 풍경으로 내려앉고 있었다. 하늘에는 구름 한 점 없었고, 태양이 내려앉으며 밝은 하늘을 점점 짙은 산호색으로 물들이고 있었다.

1979년 실종되었던 여성들은 스타브드록 통나무집 뒤에서 모두 시신으로 발견되었다. 치과 기록을 통해 신원을 확인했고, 희생자의 가족은 마침내 마무리를 할 수 있었다. 그렇지만 안타깝게도 많은 수의 실종자 가족이 이미 세상을 떠난 후였다. 대다수의 부모들은 딸의 운명을 알지도 못한 채 숨을 거뒀다. 다행히 생존해 있는 형제자매들이 있었고, 이들은 론 데이비슨이 기자회견에서 사건을 설명할 때 자리를 지켜주었다. 뉴스 매체는 엄청난 속도로 기사를 쏟아냈다. 토머스 미첼, 1979년 여름의 연쇄 실종사건, 그리고 희생자들이 40년 후 스타브드록 통나무집에서 발견된 비극적인 사건은 앞으로도 범죄사건 애호가들의 입에 오르내릴 것이다. 언젠가는 이 사건에 대해 다큐멘터리를 제작하려는 영화감독이 기필코 통나무집을 찾을 것이다. 그런 일이 생긴다 해도 로리는 그 누구도 자신의 집에 찾아와 문을 두드리고 질문하지 않기를 바랐다. 로리는 그저 토머스 미첼 사건 속에서 별 볼일 없는 존재, 그의 가석방 심리를 잠시 대변해준 변호인으로만 남고 싶었다. 그마저도 언급되고 싶지 않았지만, 그 부분은 별 도리가 없었다. 그녀가 필사적으로 원하는 것은 진실을 감추는 것이었다. 앤절라 미첼에 대한 진실, 그녀가 그레타의 농가로 도망간 것, 죽기 전 아이를 낳았다는 사실. 바로 토머스 미첼의 유전자를 피 속에 담고 있는 아이.

아, 제발……. 인터넷 미치광이들이 그걸 알면 난리가 날 거야.

그녀를 가장 사랑하는 사람들은 과거의 비밀을 묻기 위해 심혈을 기울여 대책을 강구했었다. 이제 로리 자신도 그 모든 것을 덮어두기 위해 뭐든 할 계획이었다. 노력이 필요한 일이라는 건 알았다. 사람들은 계속해서 파고들려고 할 테니까. 채팅방과 레딧Reddit 사이트에서는 이런저런 대화가 오갔다. 그중에는 토머스의 통나무집에서 발견되지 않은 실종자가 한 명 있다는 내용도 있었다. 바로 1979년 자신만의 수사를 시작해 도적의 몰락을 초래한 그의 아내 앤절라였다.

초기 여론을 보면 앤절라의 시신이 발견되지 않은 점, 그리고 이제 토머스까지 죽었으니 시신의 행방은 영원히 미스터리로 남을 것이라는 사실에 사람들은 깊이 안타까워했다. 그러나 음모론적인 여론도 있었다. 앤절라의 시신이 발견되지 않은 이유는 단순하게도 그녀가 살아 있기 때문이라는 내용이었다. 음모론은 언제나 안타까운 마음보다 힘이 셌고, 지난 몇 달간 이 목소리는 점점 더 커져서 마침내 여론을 장악했다. 그러자 범죄사건 애호가들은 시류에 편승해 앤절라가 어딘가에 살아 있다고 주장하기 시작했다. 자신들이 그녀를 찾아낼 거라고 장담하기까지 했다.

아무도 없는 시골길을 달리는 로리는 그 모든 진실을 알고 있었다. 마침내 모든 것을 이해했다. 그녀는 앤절라의 죽음에 대해 재구성을 했을 뿐만 아니라 자신의 어린 시절을 짜맞춘 것이었다. 사라진 조각을 찾아낸 그녀는 한편으로는 충격을 받았고 또 한편으로는 영혼이 안정되는 느낌을 받았다. 그것은 평생에 걸쳐 해야 할 복구 작업과도 같았다. 몇 달간 노심초사하며 살펴본 결과 진실을 아는 이는 자신밖에 없다는 것을 깨달았다. 하지만 이것을 세상에 알릴 생각은 전혀 없었다.

론 데이비슨에게 모든 것을 털어놓을까 고민하기도 했다. 하지만 그랬을 경우 어떤 파급 효과가 생길지는 누구도 알 수 없었다. 그녀는 똑똑한 자들이 몰려들어 질문을 퍼부어댈까 봐 겁이 났다. 만약 조금의 냄새라도 흘린다면 수사관들은 코를 킁킁거리기 시작할 것이다. 그중 하나가 로리가 했던 것처럼 파고든다면, 그녀가 발견해낸 혈통을 그들도 찾아낼 것이다. 로리는 이 비밀만큼은 무덤까지 가지고 가고 싶었다.

진실을 아는 사람들은 모두 세상을 떠났고, 로리는 그들 모두가 지금 어디 있든지, 앞으로 어디로 가게 되든지 간에, 자신의 이 마지막 여정을 지켜보고 있다는 것에 만족감을 느꼈다. 그들은 그녀를 자랑스러워하고 있었다. 운전하는 내내 깊은 안도감이 그녀를 휘감았다. 이것은 그녀가 평생 처음 느껴보는 일치감이었다. 덕분에 자신이 자유로우며 살아 있다는 것을, 왠지 해방된 것 같다는 느낌이 들었다. 로리는 결정을 내렸고, 그 결정에 만족했다.

갈림길이 나오자 왼쪽으로 방향을 틀었다. 잠시 후 눈앞에 농가가 나타났다. 오래간만이었다. 몇 년 전 그레타 할머니가 요양원으로 들어간 이후로 지금까지 이곳에 온 적이 없었다. 그러나 로리는 오래된 농가의 파란 칠이 된 삼나무와 지붕을 두른 1층 테라스를 보자 자신이 이곳을 얼마나 그리워했는지 깨달았다. 기억은 그녀를 어린 시절의 여름날로 데리고 갔다.

넘쳐나는 추억과 함께 로리는 자갈이 깔린 진입로로 들어가 자갈길 끝에 차를 세웠다. 그곳부터는 잔디가 끝없이 펼쳐져 있었다. 집 안에서 누군가 나오지 않을까 하는 마음에 잠시 기다렸다. 집주인이 나타나면 뭐라고 말할지는 생각해보지 않았다. 하지만 그녀가 해야 할 일은 더 이상의 지체를 거부했다. 마음이 이끄는 힘이 너무 강해 어쩔 수 없었다. 몇 분쯤 지나자 땅거미가 지려고 했다. 연보랏빛 지평선을 배경으로 윤곽을 드러낸 농가는 여전히 고요했다. 로리는 백미러로 자신의 모습을 보았다. 오랜 시간 시골길을 달려오면서도 그녀는 여전히 두꺼운 뿔테안경을 끼고 비니를 이마까지 내려쓰고 있었다. 그녀는 손을 뻗어 안경과 모자를 벗었다. 다른 때라면 몰라도 지금만큼은 자신을 감출 수가 없었다. 숨고 싶지 않았다. 그럴 필요도 없었다.

그녀는 모자와 안경을 조수석에 두고, 가지고 온 물건을 들어올렸다. 그리고 차문을 열어 늦은 오후 속으로 발을 내디뎠다. 그녀는 농가 옆쪽으로 가서 뒤뜰로 향했다. 뒷문은 그녀의 왼쪽에 있었다. 열 살 때 한밤중 가슴속에서 끓어오르는 이끌림에 침대에서 나와 풀밭을 걸었던 당시의 세세한 부분들까지 생생하게 기억났다. 그날 어둡게 빛나던 달과 멀리서 내리치던 우레, 그리고 간헐적으로 지평선을 밝히던 번개까지. 오늘밤 석양은 땅에 있는 라일락을 붉게 물들였고 하늘은 짙은 청록색이었다.

부지를 따라 두 줄로 낮은 울타리가 처져 있었다. 놀라울 정도로 평온했던 그날 밤처럼 그녀는 울타리를 따라 걸었다. 거의 30년이 지나서야 로리는 마침내 그날 밤의 의미를 이해할 수 있었다. 그녀의 마음을 이끌고 자석처럼 끌어당겼던 그 밤, 장미를 집어 들어 달콤한 향기를 맡았을 때 느꼈던 평온함까지.

로리는 부지 뒤편의 울타리가 90도로 꺾여 왼쪽으로 뻗어나간 곳까지 걸어갔다. 초원 한구석에 다다른 그녀는 땅을 내려다보았다. 태어나 처음 이곳에 섰을 때, 눈앞에는 그레타 할머니가 날마다 정원에서 골라낸 장미가 놓여 있었다. 로리가 매번 다발로 묶어주었던 그 장미.

음모론자들은 채팅방이나 인터넷 사이트 어디서든 아무렇게나 떠들 수 있었다. 그들은 앤절라 미첼에 대해, 그리고 그녀가 지금 어디 있는지에 대해 터무니없는 논리를 펼 수도 있었다. 하지만 그들 중 누구도 끝내 진실을 알아내지는 못할 것이다. 누구도 그녀를 찾아내지 못할 것이다. 앤절라는 40년 전에도 발견되기를 원치 않았고, 지금도 그럴 테니까. 로리는 가지고 온 것을 들어올렸다. 단단하게 묶은 장미 꽃다발을. 그녀는 눈을 감은 채 장미에 코를 대고 그윽한 향기를 마셨다. 그런 후 쪼그리고 앉아 꽃다발을 내려놓았다.

감사의 말

아래 모든 분들에게 커다란 감사의 마음을 전합니다.

늘 놀랄 만큼 제 소설을 지지해주시는 켄싱턴 출판사의 모든 분들. 특별히 셀 수 없을 정도로 수없이 저를 위해 싸워준 존 스코냐밀리오, 늘 감사해요.

저의 에이전트이자 친구이기도 한 말린 스트링어, 당신은 늘 저보다 한 발 앞서 보는 사람이에요.

에이미 돈리, 우리 가족을 하나로 뭉쳐주는 사람. 당신이 없었다면 내 인생은 수천 조각으로 깨져 로리 무어마저도 끼워 맞추지 못했을 거야.

나의 가장 열렬한 지지자이자 끊임없이 내 책을 읽고 싶어 하는 애비와 놀란(너희들은 아직 나이가 안 돼서 못 읽는단다), 책에 쓰라고 던져주는 엉뚱한 생각들, 늘 고마워. 계속 던져주라고!

메리 머피. 말도 안 되는 원고를 반만 써놓고 도움을 청해도 늘 그걸로 말이 되는 대사를 만들어내기 위해 노력해줘서 고마워요.

크리스 머피. 최종 원고에 대해 이런저런 제안을 해준 것, 그리고 다크로드 맥주에 대해 정확한 정보를 제공해준 것, 감사해요. 우리 곧 만나서 같이 마셔요.

리치 힐스. 늘 다양한 아이디어를 줘서 고마워요. 제가 늘 당신의 초안을 왜곡하고 비뚤어지게 만들고 있다는 거 잘 알고 있답니다.

마이크 쉬멜러와 질 바넘. 연쇄살인범을 감옥에서 빼내려는 저에게 법적 지식을 나눠주신 것, 감사합니다.

실제 살인사건연구 프로젝트의 창시자이자 대표인 토머스 하그로브. 제 전화를 받아주시고 무슨 일을 하시는지 설명해주심에 감사드립니다.

그리고 제 책을 사주시는 모든 독자분들께 영원히 감사하는 마음입니다.

어둠이 돌아오라 부를 때

1판 1쇄 인쇄 2021년 10월 26일
1판 1쇄 발행 2021년 11월 2일

지은이 찰리 돈리
옮긴이 안은주
펴낸이 김기옥

문학팀 김세화 | 마케팅 김주현
경영지원 고광현, 김형식, 임민진

표지디자인 이경란 | 본문디자인 고은주
인쇄·제본 (주)민언프린텍

펴낸곳 한스미디어(한즈미디어(주))
주소 (04037) 서울시 마포구 양화로 11길 13(서교동, 강원빌딩 5층)
전화 02-707-0337 | 팩스 02-707-0198 | 홈페이지 www.hansmedia.com
출판신고번호 제313-2003-227호 | 신고일자 2003년 6월 25일

ISBN 979-11-6007-742-1 (03840)

한스미디어 소설 카페 http://cafe.naver.com/ragno | 트위터 @hans_media
페이스북 www.facebook.com/hansmediabooks | 인스타그램 @hansmystery